Monika Hanshans

200 Bar Liebe

Roman

OMNINO

Impressum

Bibliografische Informationen der Deutschen Nationalbibliothek
Die Deutsche Nationalbibliothek verzeichnet diese Publikation in der Deutschen Nationalbibliografie; detaillierte bibliografische Daten sind im Internet über
http://dnb.d-nb.de abrufbar.

ISBN: 978-3-95894-162-5 (Print) / 978-3-95894-163-2 (E-Book)

Cover: Heidi Entner-Ruttmann

1

„Mei, Sie san a wirklich schwieriger Fall, Frau Kiefer."

Mit bedauerndem Kopfschütteln sah mich Herr Huber, mein Sachbearbeiter bei der Münchner Agentur für Arbeit, durch seine dicke Hornbrille an und legte meine Unterlagen beiseite.

Nach einem abgebrochenen Studium hatte ich bis vor kurzem für eine TV-Produktion gearbeitet. Die war aber leider seitens des Senders eingestellt worden, und eine neue Festanstellung war in dieser Branche gerade nicht so leicht zu finden.

Es war vielmehr ein hoffnungsloses Unterfangen.

Ebenso hoffnungslos schien auch mein Besuch auf dem Arbeitsamt zu sein. „Was soll i nur mit Ihnen anstell'n?", seufzte Huber mit ratloser Verzweiflung. „Des is immer a Kreiz mit dera Künstlerbagage. Ständig ham's koan beitragspflichtigen Job mehr, zahl'n nix in die Rentnkass'n ein und woll'n dann trotzdem immer a Geld!"

Ich glaubte, mich verhört zu haben. Ich war siebzehn Jahre lang bei dieser Fernsehproduktion fest angestellt gewesen, hatte in dieser Zeit auch immer brav in die Rentenkasse eingezahlt und am heutigen Tag mit meinen nunmehr neununddreißig Jahren auch das erste Mal einen Fuß über die Schwelle einer Arbeitsagentur gesetzt. „Ja haben's denn sonst gar nix G'scheits g'lernt? "

Ich begann kurz mein Leben zu reflektieren und entschied intuitiv, meine Ausbildung zur Tauchlehrerin hier besser gar nicht zu erwähnen. Hatte ich sonst irgendwas „G'scheits" gelernt? Die Sache war die. Nach dem Abitur hatte ich mal Lehramt studiert, was in Hubers Augen sicherlich „was G'scheits“ gewesen wäre.

Als Lehrerin war ich allerdings nie tätig gewesen, weil ich nach dem ersten Staatsexamen das Handtuch geworfen hatte. Während verschiedener Praktika war mir nämlich zum Glück noch rechtzeitig klar geworden: Lehramt war einfach nichts für mich. Außerdem hätte ich mir das Studium ohnehin nicht mehr leisten können, weil ich damals alleinerziehende Mutter einer kleinen Tochter gewesen war. Obwohl der Kindsvater immer seinen Pflichtunterhalt gezahlt hatte, hatte es hinten und vorne nicht gereicht. München war schon immer eine teure Stadt gewesen, und ohne Job hätte ich mit Ronja nur sehr schwer über die Runden kommen können. Sei es durch Zufall oder Glück, ich war schließlich Dramaturgin bei einer Daily Soap geworden.

Vor meinem geistigen Auge ploppten bunte Bildfragmente aus dieser Zeit auf. Vom spontanen Prosecco im Büro, zahllosen Überstunden, kapriziösen Schauspielern, exzessiven Partynächten – von einer schrillen, verrückten, aber auch anstrengenden Zeit mit tollen Kollegen.

„Das Lehramtsstudium ham's ned abgschloss'n, aber ham's dann vielleicht irgend a Zertifikat von der Fernsehgsellschaft, irgend an Abschluss schwarz auf weiß?“

Herr Huber hatte mich abrupt aus meinen Erinnerungen gerissen und ich schüttelte nur schwach den Kopf. Das hatte ich nicht, weil es so etwas gar nicht gab. Jede Erklärung wäre allerdings verschwendete Energie und Atemluft gewesen, die in diesem miefigen, beklemmend trist eingerichteten Büro ohnehin Mangelware war.

„Dann san's also a unglernte Hilfskraft!“, holte Huber zum nächsten vernichtenden Schlag gegen meine ohnehin schon schwer in Mitleidenschaft gezogene Psyche aus. Ungelernte Hilfskraft? Ungläubig starrte ich mein Gegenüber an. Nach einem bestandenen ersten Staatsexamen war ich einer anspruchsvollen Tätigkeit nachgegangen und hatte in dieser Zeit auch noch meine Tochter Ronja großgezogen. Wie konnte mich dieser auf Lebenszeit verbeamtete Sesselpupser, der vom wirklichen Leben keine Ahnung hatte, nur so derart diskreditieren? Und das nur, weil ich kein Zertifikat vorweisen konnte? Mein Gastspiel in dieser Behörde mutierte zu einem bürgerlichen Trauerspiel unter der Regie von engstirniger, spießiger Bürokratie mit Doro Kiefer in der Hauptrolle. Mein Berufsleben und alles, was ich mir über die Jahre mit viel Herzblut aufgebaut hatte, zählte hier gar nichts und lag wie ein Scherbenhaufen vor mir.

„Mir sann fei no ned fertig miteinand' und das Thema berufliche Wiedereingliederung is no ned g'essen, Frau Kiefer!“

Herr Huber begann auf einmal unangenehm scheppernd zu lachen. „Des hab' i auch mal zu ner magersüchtigen Arbeitslosen g'sagt. Hahaha – des is noch ned gessen. Hab erst im Nachhinein g'merkt, dass des vielleicht ned so gut bei der ankomma is. Genauso wie bei dem kleinkriminellen Rollstuhlfahrer, dem i g'sagt hab', dass er im Leben koan Fuß mehr auf'n Bodn kriegt, wenn er ned aufhört krumme Dinger zu dreh'n. Hahaha, a Rollstuhlfahrer mit'm Fuß auf'm Boden.“

War mir eben noch schwindelig, wurde mir nun speiübel. Ich hoffte inständig, dass gleich Guido Cantz hinter einer Tür hervorspringen möge und diese Szene als Scherz der Versteckten Kamera entlarven würde, doch nichts dergleichen geschah. Huber hatte sich vielmehr in Rage geredet.

„Wissen's Frau Kiefer, i mag halt so Sprachspielereien und so metaphorische Sprache. Des hat der Franz Joseph Strauß, Gott hab' ihn selig, a immer brillant k'onnt. Wissen's überhaupt, was a Metapher is, Frau Kiefer?"

Während Gott den Franz Joseph Strauß selig haben sollte, fiel ich langsam vom Glauben ab. Der für mich verantwortliche Berater vom Arbeitsamt hatte offensichtlich meinen Lebenslauf gar nicht richtig gelesen. Studium: Lehramt, Hauptfach: Germanistik.

Contenance!, zügelte ich meinen aufsteigenden Zorn und konterte souverän.

„Neben Alliterationen, Chiasmen und Oxymora ist mir während meines Studiums auch schon die eine oder andere Metapher untergekommen."

Ich dankte dem Himmel für meine spontane Schlagfertigkeit, die mir zumindest für die nächsten gefühlten dreißig Sekunden Ruhe einbrachte. In Hubers Gehirn schien es zu arbeiten, bis er mit einem Strahlen im Gesicht wieder das Wort ergriff, was mir mehr Angst denn Mut machte. „I merk' scho, dass Sie sich wohl mit Sprache a bisserl auskennen. Da hätt i doch an hervorragenden Berufsvorschlag für Sie, der wo was mit Sprechen und Sprache und so zum tun hat – Sie machen a Umschulung zur Logopädin!"

In Erwartung eines Begeisterungssturms sah Huber mich selbstgefällig an.

„Lo – o – o – goo – päääă – ddd – iiiin?", stotterte ich wie zum Beweis meiner fehlenden Qualifikation. Eine stotternde Logopädin. Diese Vorstellung war so absurd, dass ich mich hilflos an Huber wandte. „Haben Sie vielleicht noch was anderes im Angebot?“

2

Erschöpft klappte ich mein Tagebuch zu. Normalerweise war ich keine große Tagebuchschreiberin, aber heute war es mir mal wieder ein dringendes Bedürfnis gewesen, um die große Frustration über meinen Besuch auf dem Amt besser verarbeiten zu können. Ich überflog noch einmal meine Zeilen und ging in mich. Huber war sicher ein untragbarer Vertreter seiner Zunft gewesen, aber was hatte ich erwartet? Die Agentur für Arbeit war kein Supermarkt gefüllt mit Traumberufen im Sonderangebot, wobei ich mir noch nicht mal einen Einkaufszettel geschrieben hatte. Sprich – ich hatte mir im Vorfeld keinerlei Gedanken über berufliche Alternativen gemacht, weil ich gar keinen anderen Job als den beim Fernsehen haben wollte. Unter diesen Voraussetzungen hätte ein sensiblerer Berater auch nicht viel mehr für mich tun können, aber eines war klar: Ich musste dringend, so schnell wie möglich wieder irgendetwas arbeiten, um nicht depressiv zu werden. Nur was?

Ratlos band ich meine langen, blonden Haare zu einem Pferdeschwanz und zog Bilanz.

Mein bisheriges Leben war im Großen und Ganzen recht glücklich verlaufen. Nur was Männer anging, herrschte seit Jahren totale Flaute.

Meine große Liebe Jan hatte mich mitten im Studium schwanger sitzen lassen und nach Jan hatte ich leider kein großes Glück in der Liebe mehr gehabt. Manche Männer waren von einer nicht partytauglichen, alleinerziehenden Frau mit Kind abgeschreckt gewesen, andere hatten gleich noch ein Geschwisterkind produzieren wollen und was meine Erfolgsquote bei Single-Börsen, Speed Dating, Tinder und dergleichen mehr anging, tendierte die gegen null. Je intensiver und verzweifelter ich auf der Suche gewesen war, desto abschreckender musste das aufs andere Geschlecht gewirkt haben, sodass ich irgendwann aufgehört hatte nach der großen Liebe zu suchen. Entweder Mr. Right lief mir irgendwann mal zufällig über den Weg – oder eben nicht.

Nachdenklich sah ich aus dem Fenster. Es war ein wunderschöner Spätsommertag, die Sonnenstrahlen hüllten den Raum in warmes Licht und trotzdem übermannte mich ein Gefühl von Hoffnungslosigkeit und Verzweiflung. Ein Gefühl, das ich so nicht kannte und mir Angst machte. Ich hatte meinen Job verloren, wusste nicht, was ich mit meinem Leben noch anfangen sollte, und hatte außerdem auch keinen Partner an meiner Seite, der mir in dieser schweren Zeit beistehen könnte.

Eine Tür fiel ins Schloss. Ronja, mit der ich in einer liebevoll-turbulenten Mutter-Tochter-WG zusammenlebte, war von der Schauspielschule nach Hause gekommen. Sie war inzwischen neunzehn Jahre alt und hatte nächstes Jahr ihren Abschluss in der Tasche. Meine Tochter, der ich immer beigebracht hatte optimistisch und mutig zu sein, sollte ihre Mutter nicht in einem derart desolaten Zustand sehen. Obwohl Ronja kein Kind mehr war, wollte ich meine eigenen Worte nicht Lügen strafen und ihr in dieser Hinsicht noch immer ein Vorbild sein.

Demnach setzte ich ein gewinnendes *Lächeln* auf und lief Ronja fröhlich plappernd entgegen.

„Wie war dein Tag, Liebes? Heute war doch die Besetzung eures neuen Stücks, oder? Ihr inszeniert doch *Geschlossene Gesellschaft* von Sartre, oder? Hast du deine Traumrolle bekommen? Alles andere würde mich wundern, weil du ..."

„Mami!" Ich brach mitten im Satz ab. Ronja hatte mein Manöver durchschaut und fragte vorsichtig nach. „Auf dem Amt ist es wohl nicht so toll gelaufen?"

Ich schüttelte nur schwach den Kopf. „Nicht wirklich. Mein Berater wusste nichts mit mir anzufangen, weil ich keinen Berufsabschluss habe und mein bisheriger Job nicht zählt. Alles Weitere erspare ich dir." Ronja umarmte mich spontan. „Und jetzt?"

„Jetzt soll ich mir möglichst schnell überlegen, welchen Beruf ich bis zur Rente noch lernen möchte." Ich ließ resigniert die Schultern hängen. „Aber ich weiß es einfach nicht." Ich blätterte in der Broschüre *Ausbildungsberufe von A bis Z,* die mir Herr Huber am Ende noch in die Hand gedrückt hatte, und ließ das Heft beim Buchstaben *B* wieder sinken. Das hatte heute einfach keinen Sinn. Ich würde sonst aus Verzweiflung vielleicht noch als Bestatterin enden. Ronja sah mich verständnisvoll an, sagte aber nichts weiter, da sie intuitiv spürte, was ich gerade brauchte. Ablenkung. Sie ging zum Kühlschrank, angelte sich einen Prosecco und schaltete das Radio an. Mit dankbarem Lächeln öffnete ich die Flasche und schenkte ein. Aufmunternd prostete Ronja mir zu. „Auf dich!"

„Auf uns!"

Die erste Flasche war schnell geleert, und in gelöster Stimmung warf Ronja einen Blick in die Broschüre. „Schau mal, Mami. Hier gibt es am Ende einen Fragebogen zur Berufsfindung. Den füllen wir jetzt mal zusammen aus, okay?"

3

Ronja war am nächsten Tag schon längst wieder in der Schauspielschule, als ich das erste Mal vorsichtig meine Augen öffnete. Es war gestern noch ein sehr langer, feuchtfröhlicher Abend geworden, was Ronja anscheinend besser vertragen hatte als ich. Während sie schon wieder unterwegs war, spürte ich noch jeden Schluck, aber ich war ja auch keine neunzehn mehr. Mit schmerzendem Kopf schlurfte ich in die Küche, um meinen Körper mit zwei Aspirin und einer großen Menge Kaffee der Kategorie „extra stark" wiederzubeleben. Meine Therapiemaßnahmen wirkten zum Glück sehr schnell und ich ließ den gestrigen Abend Revue passieren. Der Fragebogen hatte mir nicht wirklich geholfen. Der ein oder andere Beruf hatte zwar ganz interessant geklungen, aber ich hatte bei keinem laut Hurra geschrien. Ich beneidete die Menschen, die schon seit ihrer Schulzeit ganz genau gewusst hatten, was sie mal werden wollten, und ihre Ziele dann auch ohne Umwege verfolgt hatten. Meine Klassenkameradin und beste Freundin Isy war unter Wasser zu Hause und war Tauchlehrerin in Ägypten geworden, Ronja wollte schon immer Schauspielerin werden und Jan Meeresbiologe. Jan. In einem

Anflug von Melancholie dachte ich an unsere gemeinsame Zeit, suchte mein altes Fotoalbum aus Studienzeiten und tauchte ab in die Vergangenheit.

Ich hatte mein Abi in der Tasche und glaubte damals noch sicher zu wissen, dass ich Lehrerin werden wollte. Noch sicherer wusste ich allerdings, dass ich in München studieren wollte, und träumte von einer coolen WG. Das war allerdings leichter gesagt als getan, denn Wohnungen waren schon damals für normal sterbliche Studenten schwer zu kriegen und noch schwerer zu finanzieren, aber wo ein Wille, da ein Weg. Mit ungetrübtem Optimismus begann ich also die Kleinanzeigen im Münchner Stadtmagazin *Kurz und Fündig* zu durchforsten und stieß auf eine ungewöhnliche Annonce.

Student sucht Mitbewohner/-in für 2er-WG in Traumlage. 400 DM warm. Adresse nach erfolgreicher Schnitzeljagd. Start: Achterbahn auf der Wiesn. Alles Weitere vor Ort.

Wie witzig ist das denn? Das ist genau mein Ding, dachte ich mir und machte mich gespannt auf den Weg zur Achterbahn. Nach jeder bestandenen Aufgabe erfuhr ich ein weiteres Detail, bis ich am Ende alle notwendigen Informationen zusammenhatte. Es war ein schwül-heißer Tag Mitte September, ich lief durch die Straßen und lästige Mücken umschwirrten mein schweißnasses Gesicht. Verdammt. Obwohl ich mich überpünktlich auf den Weg gemacht hatte, war ich jetzt schon einige Minuten zu spät. Ich hatte mich in diesem verflixten Straßendschungel Schwabings gnadenlos verlaufen und Smartphones mit Streetview hatte es damals leider noch nicht gegeben. Die Traumlage, die die Annonce versprochen hatte, wurde für mich von Minute zu Minute mehr zum Alptraum, doch aufgeben wollte ich auf keinen Fall. Endlich.

Als ich um die nächste Ecke gebogen war, war ich tatsächlich in der Zittelstraße angekommen und hätte vor Erleichterung fast das Straßenschild geküsst, wenn es nicht zu hoch gehangen hätte. Erschöpft sank ich erst mal auf einen Mauervorsprung, wischte mir mit einem Taschentuch den Schweiß aus dem Gesicht und betrat dann das lang ersehnte Haus, dessen Tür offen stand. Die kühle Luft, die mir aus dem hohen Eingangsbereich des Altbaus entgegenströmte, wirkte wie Balsam auf mein erhitztes Gemüt.

Wie viele andere Zimmersuchende hatten wohl noch erfolgreich an der Schnitzeljagd teilgenommen? Wie viele davon würden zu dem Besichtigungstermin erscheinen? Vorsichtig legte ich mein Ohr an die Wohnungstür im Erdgeschoss und lauschte. Konnte man von drinnen vielleicht Stimmen hören? Fehlanzeige. Ich nestelte also noch einmal an meinem Lieblings-Shirt herum, zupfte meinen Pferdeschwanz zurecht und drückte dann nervös den Klingelknopf. Eine gefühlte Ewigkeit tat sich gar nichts und ich trat nervös von einem Bein aufs andere, bis sich die Tür endlich öffnete.

„Hi, willst du nur mal schnell aufs Klo oder willst du dir das Zimmer anschauen?“, scherzte ein unverschämt gutaussehender, sportlicher Kerl, vermutlich Anfang zwanzig, mit dunklen Locken, strahlend blauen Augen und umwerfendem Lächeln. Ob dieses atemberaubenden Anblicks zupfte ich wieder an meinem Shirt und stammelte leicht verlegen. „Nein, ich will nicht ... also ich meine, ich bin ...“ Der Kerl lächelte mich charmant an. „Du bist echt süß und auch die Erste, die es geschafft hat, mich zu finden! Komm rein und schau dich um. Meinen Namen kennst du ja bereits, verrätst du mir auch deinen?“ Ich war hin und weg. Den berühmten Magic Moment gab es also wirklich. Während Jan seine etwas widerspenstigen dunklen Locken, die ihm ständig ins Gesicht fielen, lässig mit einem Haargummi bändigte, blieb mir kurz Zeit meine Begeisterung zu zügeln. Jan sollte mir auf gar keinen Fall anmerken, wie gut er mir gefiel, also musste ich jetzt cool bleiben. Aber könnte ich es auf Dauer überhaupt aushalten, diesem Adonis morgens in T-Shirt und Boxershorts im Bad zu begegnen, ohne nervös zu werden? Oder sollte ich besser unter einem Vorwand gleich wieder verschwinden? Mitten in meinen strategischen Überlegungen spürte ich einen Finger auf meiner Schulter, der mich antippte.

„Hey namenlose Frau, kommst du, oder muss ich erst noch nen roten Teppich ausrollen?“ Mit einladender Geste bat Jan mich herein, da ich mich bis jetzt keinen Meter von der Stelle bewegt hatte.

Eine coole Antwort muss her, und zwar schnell!

„Ich heiße Doro. Einen roten Teppich brauche ich nicht, aber ein Autogramm kann ich dir trotzdem gerne geben. Auf dem Mietvertrag.“

Amüsiert wollte Jan wissen: „Und mit welcher Berühmtheit habe ich es gerade zu tun?“

Ich straffte mich.

„Mit Doro der Ersten. Der Ersten, die deine Aufgaben erfüllt hat und deswegen auch hier einziehen darf.“

„Dafür zolle ich Ihrer Majestät auch größten Respekt“, konterte Jan mit theatralischer Verbeugung. Wir konnten uns nicht mehr zurückhalten und begannen gleichzeitig zu lachen, was mir über meine Befangenheit hinweghalf. Jan sah nicht nur super aus, wir hatten auch den gleichen Humor. Neugierig folgte ich ihm durch den kurzen Flur in ein geräumiges Wohnzimmer mit hohen Wänden, Stuckdecke und großen Flügelfenstern. Die Einrichtung des Raums war zweckmäßig und ohne Firlefanz.

Hier kann keine Frau gewohnt haben!

An der Wand ein schlichtes Regalsystem aus Holz mit viel Stauraum für Stereoanlage, Fernseher und Bücher, gegenüber eine antik anmutende Holzkommode, daneben eine Stehlampe aus der Kollektion eines bekannten schwedischen Möbelhauses und in der Mitte eine großzügige Sofalandschaft in weinrotem Leder, die zum gemütlichen Verweilen einlud. Ich ließ noch einmal meinen Blick schweifen und nahm das Gespräch wieder auf. „Majestät beiseite. Ganz egal, ob ich das WG-Zimmer kriege oder nicht: Die Schnitzeljagd hat Riesenspaß gemacht!" Jan lächelte erfreut. „War halt mal was anderes und hat mir tausend langweilige Bewerber vom Hals gehalten. Wer bei sowas mitmacht, muss schon irgendwie ... besonders sein!"

„Besonders *verrückt*?"

„Vielleicht auch das. Jedenfalls habe ich genau so jemanden gesucht!"

„Und? Bin ich dir verrückt genug?", hakte ich kokett nach.

Jan fixierte mich mit seinen strahlend blauen Augen. „Frech genug bist du jedenfalls schon mal und ..." Er raunte heiser. „... und wenn du so weitermachst, *machst* du mich auch noch total verrückt."

Dito!

Vom überraschenden Wandel der Situation überfordert, sah ich verlegen zu Boden, bis auf einmal eine grau getigerte Katze ins Wohnzimmer spazierte, um es sich auf dem Sofa bequem zu machen. „Oh. Du hast eine Katze!", jubelte ich, wurde jedoch gleich korrigiert. „Entschuldigung, das ist ein Kater und heißt Mikesch." Dankbar für Mikeschs Erscheinen setzte ich mich neben das Tier, um meine Verlegenheit wegzustreicheln und gleichzeitig auch meinen Fauxpas wiedergutzumachen. Unter Jans angetanem Blick begann Mikesch, sich unter lautem Schnurren wohlig zu räkeln. „Genau deshalb musstest du dich bei der Schnitzeljagd eine Stunde um die Katzen im Tierheim kümmern. Wenn du allergisch wärst, hättest du das nämlich nicht überlebt und könntest auch nicht hier einziehen." Das machte Sinn. Jan setzte sich ebenfalls aufs Sofa, nahm Mikesch in unsere Mitte und klärte mich weiter auf. „Drei Mal hintereinander Achterbahn fahren musstest du, weil das Zusammenwohnen mit mir genauso turbulent und schwindelerregend sein kann." Jan lächelte mich vielsagend an. „Das muss eine Mitbewohnerin schon aushalten?"

„Kein Problem. Achterbahnfahren macht Spaß ...", behauptete ich nicht minder vielsagend, kramte in meinem Rucksack und überreichte Jan feierlich einen rot lackierten Korkenzieher. „Und den sollte ich vermutlich mitbringen, weil mir vom Weintrinken auch nicht schwindelig werden darf?"

Jan schüttelte schmunzelnd den Kopf und ließ den Korkenzieher fast zärtlich durch seine Finger gleiten. „Das können wir gerne ausprobieren ... Einen neuen Korkenzieher habe ich aber gebraucht, weil der letzte Mitbewohner meinen aus Versehen mitgenommen hat."

„Ach so."

Schweigen.

Und nun?

Wollte Jan nicht einen Wein mit mir trinken oder mir vielleicht mal das Zimmer zeigen? Ich könnte auch selbst danach fragen, doch stattdessen streichelte ich weiter Kater Mikesch, der mir zutraulich auf den Schoß sprang.

„Ähm ... dann ist es ja gut, dass du jetzt wieder einen hast. Korkenzieher meine ich." Jan sah versonnen auf seinen schnurrenden Kater. „Er mag dich ...! Mikesch, meine ich." Dann stand er unvermittelt auf, nahm eine Flasche Wein und wirbelte den neuen Korkenzieher akrobatisch durch die Luft, der während dieser Showeinlage allerdings zu Boden fiel. „Upps." Jan wurde rot und wir bückten uns gleichzeitig, um den Öffner aufzuheben. Dabei berührten sich zufällig unsere Finger und wir zuckten zurück. Ein spannungsgeladenes Brizzeln lag in der Luft ...

Jan räusperte sich und deutete auf die Flasche. „Okay ... du hast schon noch Lust, oder?" In vorauseilendem Gehorsam öffnete er den Wein und prostete mir zu. „Auf dich!" Ich hauchte leise Protest. „Auf uns ... unsere WG!" Jan verzog erst keine Miene, dann forderte er kryptisch. „Wenn du das Zimmer wirklich haben willst, musst du aber noch eine Aufgabe bestehen." Ehe ich nachfragen konnte, kam Jan mir immer näher, bis sich unsere Lippen wie von alleine zu einem ersten, zärtlichen Kuss trafen. Alles um mich herum drehte sich, und ich gestand leise: „Jetzt wird mir doch ein bisschen schwindelig ...!" Jan strich mir vorsichtig eine Haarsträhne aus dem Gesicht. „Ich hoffe, du hältst das aus?"

Und wie ich das aushalten würde.

4

„Das sind ja alte Fotos von dir und Jan? Die hab ich ja noch nie gesehen.“ Vor Schreck rutschte mir das Album vom Schoß. Ronja. Ich hatte gar nicht bemerkt, dass sie hinter mir stand. Wie lange hatte sie mich wohl schon beobachtet? „Du hast bis jetzt auch noch nie danach gefragt“, fuhr ich meine Tochter eine Spur zu heftig an. Ronja hatte schon immer gespürt, dass das Thema Jan schmerzhaft für mich war, und hatte daher selbst als Teenager nur sehr selten nach ihm gefragt. Vorsichtig setzte Ronja sich neben mich. „Können wir die jetzt vielleicht mal zusammen anschauen?“ Eine bessere Gelegenheit hätte sich nicht ergeben können. Ich nickte und begann von Jan zu erzählen. Amüsiert deutete Ronja auf ein Foto. „Hihi, wo war das denn?“ Auch ich musste schmunzeln. „Wir haben uns mal eine Nacht im Möbelhaus einschließen lassen, haben alle Betten getestet und uns am Ende entschieden, die Nacht in diesem Himmelbett mit Goldfüßen und Samtvorhängen zu verbringen. Wir haben uns wie Prinz und Prinzessin gefühlt.“ Mit leuchtenden Augen blätterte ich weiter im Album und zu fast jedem der Fotos hatte ich Ronja eine kleine Geschichte zu erzählen. Es waren Geschichten aus der glücklichsten Zeit meines Lebens.

„Wie verliebt ihr auf all den Bildern ausseht.“

„Das waren wir auch.“ Entschlossen klappte ich das Album zu. „Aber das ist Vergangenheit.“

Die entspannte Atmosphäre erlaubte Ronja genauer nachzuhaken. „Warum? Ich meine, wenn ihr so glücklich wart ... warum habt ihr euch dann überhaupt getrennt?“

Obwohl die nächsten Minuten sicher nicht ganz einfach für mich werden würden, war ich Ronja diese Antwort schuldig. „Jan war mein Traummann, und ich habe mir sogar vorstellen können, den Rest meines Lebens mit ihm zusammen zu sein – obwohl ich noch so jung war." Ich holte tief Luft. „Jan wollte aber erst mal für drei bis vier Jahre nach Australien. Ein Professor hatte ihm angeboten, seine Doktorarbeit über Haie zu schreiben. Danach wollte er wieder zurückkommen, aber diese Riesenchance konnte er sich nicht entgehen lassen. Das hätte ich verstehen sollen."

„Hast du aber nicht?"

„Verstanden habe ich das schon, und ich wäre vielleicht sogar mitgekommen, aber Jan hat mich nie gefragt. Auf eine Fernbeziehung habe ich aber keine Lust gehabt. Ich hätte Jan nur in den Semesterferien besuchen können oder er mich." Ich schluckte. „Ich habe ihn wirklich sehr geliebt, aber das wäre auf Dauer nicht gut gegangen. Deswegen habe ich lieber gleich Schluss gemacht." Obwohl das alles nun schon sehr lange her war und Jan in meinem Leben keine Rolle mehr spielte, gingen mir diese Erinnerungen näher, als mir lieb war. Ich klappte das Album wieder auf und griff nach einem bereits leicht vergilbten Zettel, den ich seither dort aufbewahrte. Jans Abschiedsgruß. Mit zittriger Stimme begann ich vorzulesen.

„If you love someone set them free, if they come back, they're yours if they don't they never were."

Jan war nie zu mir zurückgekommen.

Eine kleine Träne tropfte auf das Papier. Weshalb wühlten mich diese Zeilen noch immer so dermaßen auf? Jan hatte einfach nicht mehr das Recht, nach Belieben auf meiner Gefühlsklaviatur herumzuklimpern.

Entschieden legte ich den Brief ins Album zurück, stand auf und stellte die Vergangenheit ins Regal zurück. Nach ganz hinten. Etwas hilflos reichte Ronja mir ein Taschentuch, woraufhin ich mich so heftig schnäuzte, als könnte ich dadurch alle alten Verletzungen und Enttäuschungen aus meiner Seele katapultieren. Ronja hatte mir inzwischen ein Glas Orangensaft gebracht, das ich durstig und dankbar in einem Zug leerte. „Geht's wieder?"

Ich nickte mit einem kleinen Lächeln, was Ronja dazu ermutigte, das Gespräch in die Richtung zu lenken, die sie sehr zu interessieren schien.

„Du hast Schluss gemacht, aber ihr habt euch noch geliebt und auch noch zusammengewohnt. Ist da echt nichts mehr gelaufen? Na ja, du weißt schon ..."

Natürlich wusste ich, und es war auch sehr schwer gewesen, Jan so nah zu sein und nicht mit ihm zu schlafen, aber ich konnte Ronjas Frage verneinen. „Am Anfang habe ich ja noch gehofft, dass Jan sich umentscheidet und bei mir bleibt. Als klar war, dass er geht, habe ich es nicht mehr ausgehalten und bin zu Isy in die WG gezogen."

Ich hatte Ronja viel erzählt, aber eine entscheidende Frage schien ihr noch unter den Nägeln zu brennen.

„Okay. Ihr wart nicht mehr zusammen und hattet auch keinen Sex mehr ... Mich gibt es aber trotzdem. War es der Heilige Geist?" Da es ohnehin keinen Sinn machen würde, Ronja noch irgendetwas zu verheimlichen, schüttelte ich den Kopf. „Nein, und ich bin auch nicht Jungfrau Maria. Das war so ..."

Jans Abreise rückte immer näher. Obwohl wir uns seit meinem Auszug nicht mehr gesehen hatten, war es mir irgendwie ein Bedürfnis gewesen, mich noch endgültig von ihm zu verabschieden. Genau wie bei unserer ersten Begegnung, als ich mich bei Jan für ein WG-Zimmer beworben hatte, stand ich mit zittrigen Knien und feuchten Händen vor der Wohnungstür des Schwabinger Altbaus. Wie würde Jan wohl auf mein Erscheinen reagieren? Würde er sich freuen? Es konnte aber auch durchaus sein, dass Jan mich gar nicht wiedersehen wollte. Ich musste mit allem rechnen und drückte zaghaft auf die Klingel.

Jan öffnete und sah mich überrascht an. „Doro?" Ich schluckte. „Ja, sorry. Ich wollte mich nur von dir verabschieden. Von dir und unserer Wohnung ..."

Entgegen meinen Befürchtungen lächelte Jan mich an. Zwar nicht mehr ganz so strahlend, sondern eher unsicher, fast schüchtern, aber er lächelte. „Schön, dich zu sehen ... komm rein. Du kennst dich ja aus."

Die Wohnung war kaum wiederzuerkennen. Überall standen gepackte Taschen, Koffer und prall gefüllte Müllsäcke herum. Jan sah sich leicht verlegen um. „Ja, nun ... Welcome back home. Einen Wein und eine Tüte Chips hätte ich noch?" Möbel gab es schon gar keine mehr. Die hatte Jan verkauft oder bei Freunden untergestellt, sodass wir uns inmitten des Chaos auf dem Boden setzen mussten. Jan breitete provisorisch einen blauen Müllsack als Tischdeckenersatz über eine Bananenkiste, öffnete die Flasche und schenkte ein.

„Prost, auf ..."

Auch wenn der Abschied danach noch schwerer fallen würde, auch wenn es vielleicht unvernünftig war, auch wenn tausend Gründe dagegensprachen – wir taten es trotzdem. Ein allerletztes Mal. Wild, leidenschaftlich, voll Trauer, Zärtlichkeit und Sehnsucht.

Ronja sah mich belustigt an. „Ich bin also in eurer allerletzten Nacht bei leidenschaftlichem Sex zwischen Müllbergen und Umzugskartons auf einer Bananenkiste entstanden? Ganz weit vorne!“ Dann runzelte sie unvermittelt die Stirn. „Hört sich aber an wie ein Soap-Drehbuch. Das hast du doch exakt so geplant!“

Ich hoffte, mich verhört zu haben, bis Ronja deutlicher wurde. „Na ja, du wolltest schwanger werden, weil du gehofft hast, dass Jan dann nicht nach Australien geht, sondern bei dir bleibt?“

Ich war geschockt, dass Ronja mir so etwas unterstellen konnte.

„Das glaubst du jetzt nicht wirklich? Das hätte ich niemals getan!“ Ronja sah mich noch immer skeptisch an. „Und was ist dann schiefgelaufen?“

„Ich habe immer die Pille genommen, aber in einer Partynacht habe ich wohl ein Glas zu viel getrunken und …“

„Und hast die Pille wieder … nach draußen befördert?“ Eleganter hätte ich es nicht umschreiben können, aber genau so war es gewesen. „Das ist mir aber nur ein einziges Mal passiert.“ Verständnislos schüttelte Ronja den Kopf.

„Aber wenn sowas passiert, kann die Pille doch gar nicht mehr zuverlässig wirken.“

„Und genau daran hättest du in diesem Moment sicher gedacht?“ Ronja dachte kurz nach und räumte dann kleinlaut ein. „Wahrscheinlich nicht.“ Von ihrem Zugeständnis ermutigt, erzählte ich weiter. „Ich habe damals einfach alles um mich herum vergessen und nur den Zauber des Augenblicks genossen, und die zauberhafte Konsequenz sitzt gerade leibhaftig neben mir. Ronja – ich könnte mir ein Leben ohne dich gar nicht mehr vorstellen, aber damals warst du wirklich nicht geplant. Das musst du mir glauben!"

„Ach Mami, ich glaube dir ja …" Spontan brach es aus ihr heraus. „Jan aber nicht!"

Erschrocken realisierte Ronja, dass sie sich gerade verplappert hatte.

Bei mir dauerte es eine Weile, bis ich die Tragweite ihrer Äußerung überrissen hatte.

Ich wusste ja, dass Jan mir die Sache mit dem alkoholbedingten Pillenverlust nie geglaubt hatte. Meine Schwangerschaft war in seinen Augen immer ein perfider Plan gewesen. Ronja hatte ich das aber nie erzählt. Woher wusste sie es dann? Sie konnte dies nur von Jan selbst erfahren haben. Wie war es dazu gekommen? Hatte Ronja ihren Vater etwa getroffen? Mit ihm telefoniert? Geschrieben? Was hatte Jan seiner Tochter erzählt? Was hatte er über mich erzählt? Und wieso hatte Ronja mir das verheimlicht? Meine Gedanken begannen sich immer schneller im Kreis zu drehen, bis Ronja mich aus dieser Endlosschleife erlöste.

„Mami, ich glaube, ich muss dir da mal was erzählen …"

5

Ronja erzählte eine ganze Weile erst mal gar nichts, sondern spielte stattdessen nervös mit einer Haarlocke. Sie schien zu überlegen, wie sie mir geschickt und schonend die Wahrheit beibringen konnte. Am Ende entschied sie, den für sie typischen direkten Weg einzuschlagen. „Okay, Mami … Jan und ich kennen uns. Seit ungefähr einem halben Jahr.“ Ich schnappte nach Luft: Ronja kannte ihren Vater schon so lange, und ich wusste nichts davon.

„Aber warum …?“ Ich sortierte kurz meine sich überschlagenden Gedanken. „Warum hast du mir nie was davon erzählt und wie hast du ihn überhaupt gefunden? Hast du Jan gesucht? Hat dir dein Vater etwa doch gefehlt, oder …“ Ronja, die merkte, dass sie mit dieser Nachricht einen emotionalen Wirbelsturm in mir ausgelöst hatte, bremste mich beschwichtigend aus. „Nee. Alles gut, Mami, und nein, mein Vater hat mir nicht gefehlt, und ich wär auch nie auf die Idee gekommen, nach ihm zu suchen. Das war Jan.“

„Wie jetzt?“

„Na ja, er wollte mich dann doch mal kennenlernen und hat mir auf Facebook ne Freundschaftsanfrage geschickt. Und jetzt schreiben oder telefonieren wir ab und zu mal. Nicht oft!“, beeilte sie sich in möglichst belanglosem Tonfall zu versichern. „Aber eins musst du mir glauben, Mami. Es ist mir echt verdammt schwergefallen, das so lange geheim zu halten.“

„Und warum hast du mir nicht einfach erzählt, dass du Jan kennst?“

Ronja druckste etwas herum. „Ich wollte es dir ja sagen. Gleich am Anfang. Ich hab nur auf den richtigen Moment gewartet, aber der ist irgendwie nie gekommen. Da hab ich lieber gar nichts gesagt, weil Jan mir nicht so wichtig ist und weil ich nicht wollte, dass du wieder traurig wirst.“ Ronja holte tief Luft. „Aber je länger ich dir nichts gesagt habe, desto schlechter habe ich mich gefühlt. Fast wie eine Lügnerin.“

Gerührt nahm ich mein Kind in den Arm. Sie hatte geschwiegen, um mich zu schützen, und sich damit selbst gequält. Meine Enttäuschung über den vermeintlichen Vertrauensbruch wich mit einem Mal großem Verständnis. Dass Ronja mit mir nicht offen über ihren Vater reden konnte, hatte ich mir selbst zuzuschreiben. Das musste sich dringend ändern, auch wenn es mir noch so schwerfallen würde.

Jan hatte sich die ganzen Jahre nie für seine Tochter interessiert.

Er war längst in Australien gewesen, als ich ihn mit meiner Schwangerschaft konfrontiert hatte. Jan war geschockt und hatte mir in düstersten Farben vor Augen geführt, wie mein künftiges Leben nun aussehen würde.

Abbruch meines Studiums, stattdessen schlaflose Nächte, Stillen und stinkende Windeln, Blähungen, erste Zähne oder auch völlig unbegründetes Geschrei, täglich Unmengen an Wäsche mit vollgesabberten Klamotten und keine Sekunde mehr Zeit für mich allein.

Des Weiteren würde mein zweites Zuhause nicht mehr die Kneipe um die Ecke, sondern der ortsansässige Kinderspielplatz sein. „Herzlichen Glückwunsch, Doro, genau das wolltest du doch. Heimlich die Pille absetzen, schwanger werden, um mir dann im idyllischen Eigenheim nebst Kind und Hund meine Karriere im Ausland zu versauen, aber vergiss es! Nicht mit mir. Irgendwann hätte ich vielleicht auch gerne mal Kinder gehabt, aber doch nicht jetzt. Wenn du das Baby trotz allem noch kriegen willst – dein Ding, aber lass mich damit in Ruhe." Mit diesem klaren Statement war das Thema Schwangerschaft für Jan vom Tisch gewesen.

Weshalb hatte er sich also ausgerechnet jetzt daran erinnert, dass er eine Tochter hatte? Ausgerechnet jetzt, nachdem alle Hürden der Kindheit und Pubertät überwunden waren.

Weshalb hatte er Ronja nicht bei ihren ersten, vorsichtigen Schritten an die Hand genommen, ihr erstes Wort gehört? Weshalb hatte er ihr nie gesagt, dass sie trotz ihres pickel-übersäten Gesichts noch immer seine wunderschöne Prinzessin war?

Heute war Ronja eine bildhübsche junge Frau, die ihrem Vater mit ihren dunklen Locken nebst sportlicher Figur auch noch ausgesprochen ähnlich sah. Schon klar, dass Jan sich jetzt mit dieser schönen Tochter nur allzu gerne als stolzer Papa in der Öffentlichkeit präsentieren wollte. „Aber warum?", entfuhr es mir und ich sah Ronja fragend an. „Ich meine, warum hat Jan sich nach all der Zeit auf einmal bei dir gemeldet?" Jan schien Ronja bereits eine Antwort auf diese Frage geliefert zu haben, denn sie reagierte prompt.

„Na ja, am Anfang hat Jan sich einfach nur verarscht und viel zu jung gefühlt. Aber nach ein paar Jahren haben einige Kollegen und Freunde auch Kinder bekommen und waren superhappy damit. Da hat er dann immer öfter mal an mich denken müssen und sich gefragt, wie es mir wohl geht und wie ich aussehe und so."

„Er hätte sich ja mal melden können", fiel ich Ronja vorwurfsvoll ins Wort.

„Das hat er sich aber nicht getraut. Schlechtes Gewissen und so."

„Feigling!“, konstatierte ich verächtlich. „Dann kann sein Interesse ja nicht so groß gewesen sein.“ Ronja zuckte mit den Schultern. „Keine Ahnung, aber als er bei der Arbeit mal gesehen hat, wie gut sich ein Vater mit seiner Tochter verstanden hat, hat er plötzlich große Sehnsucht gekriegt.“ Für mich war und blieb Jans Verhalten zwar unverzeihlich und feige, aber für Ronja riss ich mich zusammen und versteckte meine Aversion hinter einem Katalog banaler Fragen.

„Bei der Arbeit? Wo arbeitet Jan denn? Und wo lebt er jetzt?“

„Jan geht es super. Er lebt noch immer in Australien. Denham heißt der Ort, glaube ich. Ist jedenfalls irgendwo im Westen. Seit ein paar Jahren arbeitet er mit dem Haiforscher Winfried Hansen in der Shark Bay zusammen. Sie beobachten dort die vielen unterschiedlichen Hai-Arten, die da leben, und machen Experimente oder so. Jan ist aber meistens mit der Hai-Akademie auf allen Meeren der Welt unterwegs und gibt Kurse.“ Damit wusste ich nichts anzufangen.

„Hai-Akademie? Davon hab ich noch nie gehört.“

„Das ist ne echt coole Sache. Die veranstalten so Seminare, bei denen du mit Haien tauchst und dabei Übungen machst, damit du ihr Verhalten kennenlernst. Ich meine, warum Haie dieses oder jenes tun und wie du dann reagieren sollst und so. Jan lernt dabei auch jede Menge coole Leute kennen und kann tauchen gehen, sooft er will.“

„Klingt interessant.“

„Das ist nicht interessant, das ist echt mal hammergeil, und Jan will mich auch mal zu so einem Hai-Seminar mitnehmen. Wäre das okay für dich, Mami?“

Das war gerade alles etwas viel auf einmal. Jan versuchte sich in unser Leben zu drängen, wo er absolut nichts mehr verloren hatte. Erst hatte er Ronja aufgespürt, dann wollte er auch noch mit ihr in Urlaub fahren und am Ende sollte sie womöglich noch ganz zu ihm ziehen. Von irrationaler Angst und Eifersucht gebeutelt, war ich gerade unfähig, Ronjas Frage zu beantworten, und zog mich unter ihrem verunsicherten Blick erst mal in mein Zimmer zurück. „Tut mir leid, Liebes. Bin gleich wieder da." Aufgewühlt schloss ich die Tür und ließ mich auf meinen Sitzsack fallen. Heute war Jan nach über neunzehn Jahren wieder in mein Leben getreten. Zwar nur indirekt, aber ich konnte jetzt nicht länger mehr so tun, als würde es ihn gar nicht geben. Er wollte sogar mit meiner Ronja in Urlaub fahren. Zur Beruhigung meines angeschlagenen Nervenkostüms kramte ich in meinem Emergency-Kästchen, in dem sich immer mindestens drei Tafeln Schokolade, Kekse und Gummibärchen befanden – mein Erste-Hilfe-Paket für Notfälle emotionaler Natur. Auch wenn es meiner Figur sicher nicht guttun würde, riss ich die Verpackung einer Schokoladentafel auf, brach einen Riegel ab und biss gierig hinein. Immer und immer wieder, bis ich eine ganze Tafel verputzt hatte. Während ich mich wahnsinnig über meine Disziplinlosigkeit ärgerte und schon virtuelle Fettpölsterchen unter meinem Shirt hervorquellen sah, signalisierte mein Laptop einen Skype-Anruf. Meine beste Freundin Isy rief aus Ägypten an. So gerne ich sonst auch stundenlang mit ihr quatschte und die aktuellen News bis ins kleinste Detail besprach – gerade kam mir ihr Anruf sehr ungelegen. Ich wollte mit niemandem reden, sondern noch ein wenig alleine sein und drückte meine Freundin schweren Herzens weg. Es dauerte allerdings nur wenige Sekunden, bis es erneut klingelte. Ich hielt mir die Ohren zu, doch dieses Mal schien das Läuten viel lauter und aufdringlicher zu sein. Ich gab mich geschlagen und nahm den Anruf etwas unwillig entgegen. „Hi Isy."

Mein etwas desolater Anblick ließ Isy erschrecken und sie erkundigte sich besorgt. „Was ist los, Süße?"

„Ronja ...", presste ich heraus. Isy wurde blass.

„Was ist mit Ronja?"

„Ronja und Jan ... sie haben seit einem halben Jahr heimlich Kontakt."

„Jan lebt wieder in München?" Diese Vorstellung brachte mich einen Moment aus dem Konzept, dann schüttelte ich heftig den Kopf. „Nein, nein, der lebt immer noch in Australien und arbeitet irgendwas mit Haien, aber sie schreiben oder telefonieren ab und zu, und jetzt will Jan sogar mit Ronja zum Tauchen fliegen. Aber ... aber das werde ich irgendwie verhindern!", begehrte ich auf.

In Erwartung auf Mitgefühl sah ich meine Freundin an, doch Isys Reaktion war mehr erleichtert denn entsetzt. „Ach so. Ich habe schon gedacht, es ist was Schlimmes passiert."

„Das findest du nicht schlimm?", rang ich um Fassung. „Ronja und ich sind bis jetzt ganz gut alleine klargekommen. Jetzt ist Jan wieder aufgetaucht und bringt unser ganzes Leben durcheinander."

Isy konterte mit entwaffnender Ehrlichkeit. „Dein Leben, würde ich mal sagen, weil nur du ein Problem damit hast. Ronja scheint sich doch zu freuen, dass sie ihren Vater kennengelernt hat."

Objektiv betrachtet hatte Isy sicher recht, aber Objektivität konnte man gerade nicht von mir verlangen, was auch Isy inzwischen eingesehen hatte.

„Okay, ich weiß ... das ist bestimmt hart für dich und ich kann dich auch ein Stück weit verstehen. Aber nur weil Jan sich bis jetzt nicht für Ronja interessiert hat, darfst du nicht so egoistisch sein."

„Ich bin doch nicht egoistisch!"

Isy war eine echte Freundin, die mir immer schonungslos die Wahrheit sagte – auch wenn die Wahrheit schmerzhaft für mich war. „Lass deine Wut auf Jan nicht an Ronja aus. Egal, was er dir angetan hat – Ronja hat ein Recht darauf, ihren Vater kennenzulernen. Dann kann sie sich ein eigenes Bild von ihm machen. Wenn du das nicht möchtest, ist das sehr egoistisch."

Nach selbstkritischer Betrachtung musste ich zustimmen. Ronja war nicht mein Eigentum, und ich musste sie loslassen, um sie nicht zu verlieren. *If you love someone, set them free ...* Ich hatte noch keine Ahnung, wie ich damit klarkommen würde, Jan wieder so nah in meinem Leben zu haben. Es hatte lange genug gedauert über ihn hinwegzukommen. Von heute auf morgen würde mir das sicher nicht gelingen, aber für Ronja musste ich so tun, als wäre der Vater-Tochter-Kontakt kein Problem für mich.

Isy schien von meinem längeren Schweigen etwas verunsichert zu sein.

„Noch da?"

Bevor ich meinen eben getroffenen Entschluss bereute und mich wieder umentschied, musste jetzt alles sehr schnell gehen.

„Logo, aber sei mir nicht böse. Ich muss Schluss machen, weil ich noch was Wichtiges erledigen muss."

„Was denn?", wunderte sich Isy.

„Sag ich dir nächstes Mal, okay? Bis bald."

Ehe Isy sich versah, war ich vom Bildschirm verschwunden und machte mich entschlossen auf den Weg ins Wohnzimmer.

Ronja, die sich zur Ablenkung durch irgendwelche Fernsehkanäle gezappt hatte, sprang unverzüglich vom Sofa auf.

„Tut mir so leid, Mami, dass ich dich so überrumpelt habe, ich meine mit Jan und so ... Und dann auch noch die Sache mit diesem Hai-Seminar. Sorry!" Ich sah Ronja mit undurchsichtiger Miene an, sodass sie weiter um Schadensbegrenzung bemüht war.

„Vergiss einfach, dass ich gefragt habe, okay? Dieses Seminar mit Jan ist echt nicht so wichtig für mich!"

„Das hast du dir wohl so gedacht." Erschrocken sah Ronja mich an. „Das hast du dir wohl so gedacht, dass du das Seminar einfach absagst und nicht mit Jan zum Tauchen gehst. Das verbiete ich dir!"

Ronja wusste, wie viel Überwindung mich dieses Zugeständnis gekostet haben musste, und fiel mir überschwänglich um den Hals. „Mami – du bist einfach die Beste!"

Etwas verlegen flüchtete ich mich in Aktionismus „Soll ich schon mal deinen Koffer suchen? Wann geht's denn los?" Mit gespielter Empörung stemmte Ronja ihre Hände in die Hüften. „Du willst mich wohl so schnell wie möglich loswerden, was? Du musst mich aber leider noch ne Weile ertragen. Ich hab' vergessen, wann genau das nächste Seminar in Ägypten stattfindet. Irgendwann im Herbst oder Winter.“ Sie zwinkerte mir verschwörerisch zu. „Den Koffer kannst du aber trotzdem suchen, und zwar für dich. Du wirst jetzt nämlich eine Unterwassertherapie machen und zum Tauchen nach Ägypten fliegen.

Nach der ersten Verblüffung über diese mal wieder sehr spontane Idee meiner Tochter dachte ich nach. Ich hatte so viel Stress und Ärger in letzter Zeit, dass mir ein Tauchurlaub sicher sehr guttun würde. Aber durfte ich mir das in meiner Situation überhaupt erlauben? Andererseits brauchte ich wirklich mal eine Auszeit, um Abstand zu gewinnen und mich vor allem beruflich neu zu orientieren, und meine Gedanken gingen bereits auf die Reise.

Alleine die Vorstellung, in die bunte Unterwasserwelt abzutauchen und auch meine beste Freundin Isy und ihren Mann Chris endlich mal wiederzusehen, zauberte ein Lächeln in mein Gesicht, was Ronja ohne nachzufragen als Zustimmung deutete. Eilig klappte sie ihren Laptop auf, suchte nach günstigen Angeboten und begann begeistert zu strahlen. „Schau mal, Mami, der Flug hier ist ein echtes Last Minute Schnäppchen. Soll ich buchen?“

6

„Hast du auch nichts vergessen, Mami?“ Ronja und ich wuchteten mit vereinten Kräften mein Tauchgepäck nebst Trolley in die S-Bahn Richtung Flughafen und ich checkte in Gedanken noch einmal meine Koffer. „Ich denke nicht. Jackett, Maske, Tauchanzug, Füßlinge, Flossen,

Tauchcomputer, Kompass, Lampe, Boje und Logbuch mit Brevets habe ich dabei und Klamotten werde ich in den zwei Wochen sowieso nicht viele brauchen, weil ich vermutlich die meiste Zeit unter Wasser sein werde." Ronja blickte trotzdem leicht skeptisch auf meinen winzigen Trolley. „Na hoffentlich ..."

Noch etwas müde ließ ich mich gähnend auf einen freien Platz fallen. Der erste Teil meiner Reise war geschafft. Die Bahn fuhr an und ich schloss die Augen, um noch ein wenig zu dösen, doch mit einem Mal war es wieder da – mein schlechtes Gewissen.

Seit meiner spontanen Buchung vor fünf Tagen plagten mich des Öfteren mehr oder weniger große Zweifel, ob es nicht doch ein großer Fehler gewesen war, ausgerechnet jetzt zu verreisen. Ich war arbeitslos und hatte auch noch keine Ahnung, womit ich künftig mein Geld verdienen sollte.

Nüchtern betrachtet konnte ich mir so einen teuren Tauchurlaub momentan gar nicht leisten.

Ich seufzte.

Meine Patentante Renate war vor einem Jahr gestorben und hatte mir eine nicht unerhebliche Summe vererbt, die seither unberührt auf der Bank schlummerte. Renate hatte sich schon zu Lebzeiten immer große Sorgen um mich und meine Zukunft gemacht, weil man bei meinem Job in dieser unsicheren Branche nie so genau wissen konnte. Laut Testament sollte mir das Erbe bei finanziellen Engpässen über die Runden helfen und mir gegebenenfalls auch einen beruflichen Neustart ermöglichen. Obwohl man meine aktuelle Situation tatsächlich als finanziellen Engpass bezeichnen konnte, hatte ich Renates Geld bis jetzt noch nicht angerührt, weil ich es immer irgendwie aus eigener Kraft schaffen wollte meinen Lebensunterhalt zu verdienen. Jetzt hatte ich aber zum allerersten Mal von diesem Konto etwas abgehoben. Für einen Tauchurlaub.

Entschuldigend blickte ich nach oben.

Danach starte ich dann aber beruflich wieder voll durch! Versprochen! Am Flughafen angekommen waren Check-in und Gepäckaufgabe zum Glück schnell und problemlos über die Bühne gegangen und Ronja pfiff anerkennend durch die Zähne. „Mami, du hast in kürzester Zeit mindestens 30 Kilo abgenommen. Wie hast du das nur geschafft?“

Ich zwickte Ronja leicht in die Seite. „Selten so gelacht!“

Schon klar, dass ich ohne Gepäck an die 30 Kilo weniger mit mir herumschleppen musste, meine vier bis fünf Kilo zu viel auf den Hüften konnte ich aber leider nicht mal einfach so an der Gepäckaufgabe abwerfen. „Ich werde dich kein bisschen vermissen! Ich bin sogar froh, dass mir deine frechen Kommentare zwei Wochen erspart bleiben.“ Ein kurzer Blick auf die Uhr ließ mich erschrecken. Der Zeitpunkt des Abschieds war schneller gekommen als gedacht und strafte meine vorherigen Worte Lügen. Auch wenn das albern war, vermisste ich meine „Kleine“ jetzt schon.

Ich war noch nie alleine, ohne einen Buddy zum Tauchen geflogen und auch wenn ich vor Ort viele Leute kannte oder kennenlernen würde, fühlte sich das in diesem Moment irgendwie komisch an. „Zack, zack, ab zum Gate mit dir Mami“, unterbrach Ronja meinen Anflug von Sentimentalität.

Nach einer letzten Umarmung und schnellen Abschiedsküsschen war ich endgültig alleine und nahm während des Boardings meine Mitreisenden ins Visier. Familien, Pärchen, Freundinnen oder Cliquen – außer mir schien niemand sonst alleine zu verreisen.

Egal. Unter Tauchern würde ich sicher nicht lange alleine bleiben und außerdem flog ich auch nicht irgendwo hin, sondern an die Tauchbasis meiner Freunde Isy und Chris. Im *Divers Village* hatte ich seit Jahren mit Ronja meine Urlaube verbracht und mich dort immer fast wie zu Hause gefühlt.

Die Mitarbeiter hatten mich immer schnell als beste Freundin der Chefin kennengelernt und von daher war ich auch vor Anmachversuchen verschont geblieben. Touristinnen waren bei den jungen Ägyptern nämlich sehr beliebt und die landesunübliche textile Freizügigkeit weckte verständlicherweise auch die ein oder andere erotische Begehrlichkeit. Isy hatte zwar immer wieder auf strenge oder witzige Art und Weise versucht, ungewünschte Annäherungsversuche zu unterbinden, aber gegen Hormone war selbst die Chefin machtlos und ein Stück weit legten es manche Mädels auch drauf an. Das Boarding war nun completed, unsere Boeing 737 startete die Motoren, rollte zur Startbahn und gab Gas, während ich meine Finger ins Polster meines Sitzplatzes Reihe 17A krallte. So ein Start war jedes Mal aufs Neue aufregend. Die Umgebung sauste immer schneller an mir vorbei und der Druck, mit dem ich in den Sessel gepresst wurde, stieg immer weiter an, bis der Flieger den Boden unter den Füßen verlor und kraftvoll abhob. Nun gab es kein Zurück mehr.

Ein Hähnchenbrustfilet mit Reis, drei Mineralwasser und ein halbes Buch später befanden wir uns auch schon wieder im Sinkflug. Ich sah aus dem Fenster und entdeckte den Nil, der sich über 6671 Kilometer wie eine grüne Ader durch die Landschaft Afrikas zog und der Wüste mit seinen bis zu zwanzig Kilometer breiten Tälern Leben spendete. Ob eine Nil-Kreuzfahrt eventuell auch mal eine reizvolle Angelegenheit für mich wäre? Dieser Gedanke verschwand allerdings ebenso schnell wie der Nil aus meinem Blickfeld und wir landeten nach viereinhalb Stunden ohne nennenswerte Zwischenfälle in Hurghada. Außentemperatur 35 Grad, Regenwahrscheinlichkeit null Prozent – Urlaub, ich komme!

„Welcome back in Egypt!", begrüßte mich ein kleiner, grauhaariger Mann mit faltigem Gesicht, dessen Mundwinkel ein freundliches Lächeln umspielte, und klebte mir ein weiteres metallic blau glänzendes Ägyptenvisum in meinen Reisepass. Ich erwiderte das Lächeln, blickte auf die vielen Visa und kam ins Nachdenken. Wie oft war ich nun schon in Ägypten gewesen? Unzählige Male. Und was hatte ich bis jetzt von diesem faszinierenden Land mit seinen unzähligen Monumenten und Kunstschätzen gesehen? So gut wie nichts. Weder zur großen, berühmten Cheops-Pyramide bei Gizeh hatte ich es geschafft noch zu den Pyramiden und Tempelanlagen bei Luxor. Von Safaga aus wurden zwar regelmäßig geführte Ausflüge nach Luxor angeboten, doch die Unterwasserwelt hatte mich bis jetzt immer mehr gereizt. Vielleicht hatte ich es aber auch als wenig verlockend empfunden, morgens um drei Uhr aufzustehen, um dann im klimatisierten Reisebus mit einer Horde anderer Touristen einen Tag lang durch militärisches Sperrgebiet kutschiert zu werden, um am Ende mehr Basare zu sehen als Pyramiden. Wenn es sich irgendwann mal ergeben würde, würde ich sehr gerne mit einem Einheimischen einen Ausflug dorthin machen. Oder in die pulsierende Metropole Kairo oder beides, aber wie gesagt nur, wenn es sich mal ergab. Bis jetzt hatte sich so eine Gelegenheit aber noch nicht ergeben, weil man auch Gelegenheiten manchmal etwas auf die Sprünge helfen musste. Ich flog aber jedes Mal nach Hurghada, wurde von einem organisierten Fahrdienst idiotensicher ins Hotel geleitet, interessierte mich während meines Aufenthalts hauptsächlich fürs Tauchen und verließ das Hotelgelände höchstens einige hundert Meter, bis ich wieder nach Hause flog. Lediglich der Ruf des Muezzins erinnerte mich hier und da daran, dass ich in Ägypten war – Ansonsten hätte ich überall auf der Welt sein können. Eine Tauchtouristin, wie sie im Buche stand.

Bevor ich mich aber noch länger dafür schämte, begab ich mich lieber zum Förderband der Gepäckausgabe. Wieder an die 30 Kilo schwerer, schleppte ich mich aus dem klimatisierten Flughafen hinaus an die frische oder besser gesagt sehr heiße Luft. Als erfahrene Ägyptenreisende hatte ich mich nach dem Zwiebelprinzip gekleidet und begann nun, mich der überflüssigen Klamottenschichten zu entledigen. Nacheinander fielen unter den irritierten, bis interessierten Blicken einiger Flughafenmitarbeiter Jacke, Wollpullover und Strumpfhose zu Boden, bis ich am Ende nur noch in Rock und T-Shirt bekleidet auf meinen Fahrer wartete.

Sorry Jungs – mir ist einfach nur heiß.

Nach einstündiger Fahrt durch die Wüste, wo es außer Sand, militärischen Kontrollposten und einigen Bauruinen nichts Interessantes zu sehen gab, kam ich endlich im *Divers Village* an. Mit einem *Shokran,* dem arabischen Wort für *Danke,* und zwei Euro *Bakschisch* verabschiedete ich mich von meinem freundlichen Fahrer.

„Afwan", rief der mir im Abgehen zu, was auf Deutsch so viel wie *Bitte, gern geschehen* hieß.

Shokran und afwan waren die einzigen zwei Worte, die ich mir trotz häufiger Ägyptenurlaube dauerhaft merken konnte. Schon irgendwie peinlich. Sosehr ich sonst darum bemüht war, mich in der Sprache des jeweiligen Urlaubslandes zu verständigen, musste ich bei Ägyptisch in Wort und Schrift kapitulieren. Zum Glück sprach Omar an der Rezeption sehr gut verständliches Arabic-English. Dieses Hotel war im Gegensatz zu den großen Hotel-Bunkern, die man am Roten Meer meistens sah, sehr klein und familiär, sodass mich Omar auf den ersten Blick erfreut wiedererkannte. Nach dem obligatorischen „welcome home", dem Ausfüllen eines Formulars und dem ebenfalls obligatorischen Genuss eines pappsüßen Begrüßungsgetränks schnappte er sich mein Gepäck, um mir nach einer kurzen Gehstrecke charmant die Tür meines Bungalows zu öffnen.

Dort angekommen, schaltete ich als Erstes die Klimaanlage ein, zog mich komplett aus und ließ mich erschöpft aufs Bett fallen. Dabei zerstörte ich fast einen kunstvoll gefalteten Handtuch-Schwan. Der thronte umringt von roten Blütenblättern neben meinem Kopfkissen und schien mich interessiert zu beobachten.

„Glotz nicht so blöd, du Spanner-Schwan. Lange wirst du sowieso nicht mehr leben, weil ich nämlich jetzt duschen gehe."

Okay Doro – du vermisst Ronja, aber fang jetzt bitte nicht an zu spinnen. Du bist gerade im Begriff, mit einem Stofftuch zu sprechen.

Der Schwan starb einen schnellen Tod und verwandelte sich in ein Handtuch zurück, das ich mir auf dem Weg ins Badezimmer über die Schulter warf.

Frisch geduscht machte ich mich dann auf den Weg zur Tauchbasis. Ich freute mich riesig auf Isy, die ich seit über einem Jahr nicht mehr gesehen hatte, und beschleunigte meinen Schritt, bis ich fast rannte, doch das war sinnlose Energieverschwendung gewesen. Isy und Chris waren nämlich noch mit dem Tauchboot *Sea Angel* unterwegs und den jungen Mann am Check-in Schalter der Tauchbasis namens Mohammed kannte ich leider nicht. Zumindest kannte ich diesen Mohammed nicht. Mohammed oder Ahmed hießen nämlich sehr viele Männer hier. Es fühlten sich jedenfalls immer mindestens zwei angesprochen, wenn ich einen dieser Namen rief, was manchmal auch sehr praktisch war. Nach einem kurzen Smalltalk nahm ich den fürs Tauchen obligatorischen medizinischen Fragebogen entgegen und verabschiedete mich mit einem freundlichen „Shokran" von Mohammed.

Genau genommen sollte man sich jedes Jahr einer tauchärztlichen Untersuchung unterziehen – auf dem Fragebogen alle Krankheiten selbst zu negieren war natürlich wesentlich einfacher. Vielleicht sollte ich mich irgendwann auch mal wieder von einem Arzt untersuchen lassen. Irgendwann ...

Jetzt wollte ich mir nach dem langen Flug noch ein wenig die Beine vertreten und marschierte Richtung Einkaufsmeile. Die Luft flirrte vor Hitze und es roch nach Öl, Benzin, Gewürzen, Tee und Räucherstäbchen. Eine unverkennbare Mischung. Mein Ziel vor Augen und in der Nase lief ich weiter den staubigen Straßenrand entlang, der mit unzähligen leeren Plastik-Getränkeflaschen gesäumt war. Schweiß trat auf meine Stirn und ich hätte glatt schon wieder duschen können. Unzählige Autos, Mopeds und Taxi-Minibusse sausten hupend und qualmend an mir vorbei oder drosselten kurz ihr Tempo, um mich gegebenenfalls mitzunehmen. Zu den Läden war es aber nur ein Katzensprung.

Vielleicht wäre ich besser am Strand spazieren gegangen, aber irgendetwas hatte mich ausgerechnet hierher gezogen.

Ausgerechnet zu diesen Händlern, die mich sonst immer irrsinnig genervt hatten und um die ich immer gerne einen großen Bogen gemacht hatte. Ausgerechnet die wirkten heute auf mich irgendwie beruhigend. Mein Leben in Deutschland war durch den unverhofften Jobverlust komplett aus dem Gleichgewicht geraten. Nichts war mehr so wie noch vor einem Monat. Hier hingegen schien die Zeit stehen geblieben zu sein, nichts hatte sich verändert und alles lief nach den altbekannten, vertrauten und vorhersehbaren Schemata ab. „Hallo! Du Deutsch? Komm in meine Laden, nur gucken, komm, beste Ware, beste Qualität ...!“

Jetzt fragt mich dieser Händler sicher gleich, wie ich heiße und aus welcher deutschen Stadt ich denn komme. Er wird München und das Oktoberfest lieben, weil er, sein

Onkel, Cousin oder sonst ein Verwandter mal in München gearbeitet hat. Wetten?

„Du Deutsche? Wie dein Name? Welches Stadt du kommen? Ich gut kennen Deutscheland."

„Ich heiße Doro und wohne in München", antwortete ich brav und musste schon leicht grinsen.

„München! Ich lieben München und die Bierfeste. Meine Onkel arbeiten da, ich einmal habe besuchen ihn."

Bingo! Eigentlich könnte ich mein Geld auch als Wahrsagerin verdienen. Wäre das vielleicht was G'scheits, Herr Huber?

Nachdem ich gefühlte tausend Mal beteuert hatte, dass ich ganz sicher nichts kaufen werde, lud mich der Mann namens Abdul trotzdem in seinen Laden auf einen Tee ein. Da ich sehr durstig war und ohnehin nichts Besseres zu tun hatte, nahm ich die Einladung schließlich an. In dem winzigen, vollgestopften Geschäft waren alle Waren bis zur Decke hochgestapelt und nicht wirklich thematisch sortiert, sodass ich mich zwischen erotischen Spitzen-Dessous und Bildbänden der Unterwasserwelt an ein kleines Tischchen setzte. Ob dieses für deutsche Begriffe großen Wirrwarrs konnte einem fast schwindelig werden, aber solange ich hier nicht aufräumen musste, konnte es mir auch egal sein. Ich blendete das Chaos also aus, nippte an meinem Tee und begann den medizinischen Fragebogen auszufüllen beziehungsweise anzukreuzen. Das war zwar schnell erledigt, doch Ahmed schenkte mir unaufhörlich nach, sodass ich binnen einer halben Stunde vier Gläser Tee getrunken hatte. Meine Blase meldete ein dringendes Entleerungsbedürfnis an und nicht nur deshalb war es jetzt auch an der Zeit zu gehen. Anstandshalber kaufte ich Ahmed dann doch ein Päckchen Tee ab, versprach bald wiederzukommen und machte mich auf den Rückweg. Inzwischen dürften auch Isy und Chris von ihrem Tagesausflug zurückgekehrt sein. Ich lief zum Bootsanleger und erkannte Isy schon von Weitem. Mein kleiner, zierlicher Wirbelwind wuselte gleich einem Duracell-Häschen zwischen Gästen und Tauchgepäck herum und schien sich kein bisschen verändert zu haben. Vorsichtig pirschte ich mich heran und hielt ihr die Augen zu.

„Mohammed, lass den Quatsch, du nervst!", schimpfte Isy im Glauben, es handele sich um einen ihrer Mitarbeiter.

Ich verstellte meine Stimme und antwortete mindestens drei Oktaven tiefer. „Okay, dann gehe ich eben wieder." Blitzartig drehte Isy sich um, sodass sich ihre glatten, braunen Haare teilweise aus der Spange lösten und nun etwas wirr herunterhingen. Mit ihren großen Rehaugen sah sie mich noch einen Augenblick ungläubig an, schrie dann aber begeistert. „Doro! Du bist schon da?"

Wir fielen uns in die Arme und ließen uns gefühlte fünf Minuten nicht mehr los, bis Chris leicht ungeduldig protestierte und endlich auch eine Umarmung einforderte. Im Gegensatz zu seiner Frau war Chris mit seinen 1,97 Metern Körpergröße und sehr breiten Schultern ein echter Hüne. Dieses optisch sehr ungleiche Paar musste zwar beim Küssen eine gewisse Kreativität und Gelenkigkeit entwickeln, was ihrer großen Liebe aber keinen Abbruch tat und Isy den Spitznamen kleiner Floh einbrachte. „Super, dass du mal wieder da bist!", freute sich auch Chris. Ich nickte bestätigend und strahlte. „War mal wieder dringend nötig. Bin nämlich voll auf Tauchentzug und kann es schon gar nicht mehr erwarten, endlich wieder Stickstoff im Blut zu haben!“ Isy grinste verschmitzt. „Heute müssen wir aber leider den zweiten Schritt vor dem ersten machen. Lust auf ein Dekobier? Ich muss nur noch mal schnell aufs Boot. Bis gleich!“ Das sogenannte Dekompressions–Bier wurde für gewöhnlich am Ende eines Tauchtages getrunken, obwohl dieses Getränk nicht das Geringste zur Dekompression, also zum Abbau von Stickstoff im Körper, beitrug. Es war lediglich dem Gemeinschaftsgefühl unter Tauchern sehr zuträglich. Man traf sich zum Erlebnisaustausch an der Bar der Tauchbasis, berichtete von spannenden Unterwassererlebnissen, gesichteten Fischen, Schildkröten, Rochen und selten auch mal Haien. Direkt proportional zum steigenden Alkoholpegel sank allerdings auch der Wahrheitsgehalt dieser Geschichten.

Aus einem friedlich am Boden schlummernden Blaupunktrochen wurden nach dem zweiten oder dritten Dekobier gerne mal fünf elegant vorbeiziehende Adlerrochen und ein kleiner, schüchterner Riffhai erlebte die wundersame Metamorphose zum drei Meter langen Weißspitzen-Hochseehai, auch Longimanus genannt.

Ich liebte dieses Taucherlatein im Kreise von Gleichgesinnten, freute mich darauf, gleich die anderen Gäste kennenzulernen, und lief eilig den Jetty entlang Richtung Bar. Aber stopp. Wenn ich morgen mit rausfahren wollte, sollte ich dringend noch fertig einchecken und meine Kiste packen.

Nachdem ich bei Mohammed meinen medizinischen Fragebogen abgegeben hatte, erhielt ich im Gegenzug meine Plastikkiste, in der ich in den kommenden zwei

Wochen mein Equipment verstauen würde. Kunstvoll schrieb ich mit wasserlöslichem Stift meinen Namen auf die Tafel an der Front und malte zusätzlich noch eine kleine Schnecke dazu. So wurde meine Kiste einzigartig und unverwechselbar, falls noch eine weitere Taucherin namens Doro zugegen sein sollte. Zufrieden betrachtete ich mein Werk und machte mich daran, meine Utensilien so geschickt wie möglich in die wie immer viel zu klein scheinende Kiste zu quetschen, als mich plötzlich ein Finger von hinten anstupste. Das konnte nur meine ungeduldige und durstige Freundin sein.

„Moment, ich bin gleich so weit!", bat ich um einen Augenblick Geduld und drehte mich um. Vor mir stand jedoch nicht Isy. Ich blickte in das Gesicht eines attraktiven Ägypters, den ich noch nie zuvor gesehen hatte. Der hingegen tat so, als würden wir uns bereits ewig kennen, und lächelte mich charmant an.

War das eine Masche, um schnellstmöglich das Vertrauen neuer Gäste zu gewinnen oder um Frauen anzubaggern? Obwohl dieser Typ noch kein Wort gesagt hatte, war mir sein Auftreten eine Spur zu selbstbewusst und seine Model-Optik schon fast eine Provokation.

„Hallo Doro, Ich habe auf der Liste gesehen, dass du morgen mit rausfährst", wurde ich in akzentfreiem Deutsch begrüßt. „Freut mich, kleines Schneckchen!"

Hatte dieser Kerl mich wirklich *kleines Schneckchen* genannt? Wie dreist war das denn!

„Woher weißt du eigentlich, wie ich heiße? Und dein kleines Schneckchen bin ich schon dreimal nicht!", giftete ich angefressen. Hiervon unbeeindruckt grinste der Kerl nur jovial. „Ich könnte jetzt zwar behaupten, dass ein

Gottesgeschenk wie du nur Dorothea heißen kann, aber das wäre etwas übertrieben." Er kam näher und sah mir mit souveränem Grinsen in die Augen. Bevor ich diesen arroganten Kerl mit Blicken töten konnte, ergriff der schon wieder das Wort. „*Doro* steht auf deiner Kiste und wer lesen kann, ist klar im Vorteil, Schneckchen."

Schwungvoll schulterte er mein Tauchgepäck, um es über Nacht im Gepäckraum zu verstauen, und streckte mir die noch freie Hand entgegen. „Ich bin übrigens Hakim, der neue Tauchlehrer."

Während ich große Mühe hatte, die Indizien meiner Verlegenheit zu verbergen, verabschiedete sich Hakim mit amüsiertem Augenzwinkern und drehte sich im Abgehen noch einmal um. „Also dann ... bis morgen!"

Das kann ja heiter werden.

7

Heiter erwachte ich tatsächlich am nächsten Morgen, obwohl mich der Muezzin noch vor Sonnenaufgang lautstark aus meinen Träumen gerissen hatte. Mein Wecker hätte diesen Straftatbestand vermutlich nicht überlebt, doch kaum erschallten die Rufe vom Minarett, sprang ich freiwillig aus den Federn, als wollte ich wie eine gläubige Muslima mein Morgengebet verrichten. Ich war allerdings nicht zum Islam konvertiert. Alleine die Vorfreude aufs Tauchen war im Stande, meine Lebensgeister zu nachtschlafender Zeit zu aktivieren.

Nach kurzer Morgentoilette schlüpfte ich in meinen Badeanzug, warf mir ein luftiges Sommerkleid über, schnappte meinen Rucksack und begab mich zum Frühstücksbuffet. In diesem kleinen Taucherhotel würde ich sicher bald alle Gäste kennen. Die nette Clique aus Düsseldorf, die ich gestern Abend beim Dekobier kennengelernt hatte, war leider gerade nicht da. Stattdessen zwei junge Frauen etwa in Ronjas Alter. Ich musste kurz schlucken. Vor einem guten Jahr war ich zusammen mit meiner Tochter genau an diesem Tisch gesessen.

Und genau da setze ich mich heute auch wieder hin!

Die Beiden hatten nichts dagegen, dass ich ihnen Gesellschaft leisten wollte und stellten sich als Samantha und Jaqueline, kurz Sammy und Jacky vor. Sammy stieß mit ihrer Kaffeetasse mit mir an. „Prost Doro! Auf einen geilen Urlaub!" Auch Jacky prostete mir zu und plapperte gleich ungeniert und schambefreit drauflos. „Apropos geil, ... Bist du eigentlich zum Tauchen hergeflogen oder willst du hier nur in paar heiße Kerle klarmachen?"

Wie war Jacky nur auf diese absurde Idee gekommen? Vermittelte ich etwa diesen Eindruck, weil ich alleine unterwegs war? Hiervon empört verschluckte ich mich an meinem Kaffee und musste so heftig husten, dass ich puterrot anlief.

„Musst dich jetzt echt nich' dafür schämen. Machen doch viele Single-Frauen in deinem Alter so, stimmt's Sammy?"

„Yep. Was bleibt denen auch übrig, wenn se daheim keinen mehr abkriegen? Die fliegen dann zum Vögeln nach Afrika oder so, weil die Jungs da voll auf Frauen aus Deutschland abfahren. Hab ich im Fernseh'n gesehn."

„Und was im Fernseh'n kommt, stimmt auch! Die Badehose von Hassan wird jedenfalls immer zum Zelt, wenn er mich sieht."

„Das is jetzt aber echt mal keine Kunst Jacky. Du bist ja noch jung und knackig und kannst jeden kriegen."

Kapitän an Niveau: Wir sinken.

So viel geballte Dummheit am Morgen war nur schwer zu ertragen und in Anbetracht eines gen null tendierenden IQs wäre jede weitere Kommunikation sinnlos gewesen. Ich versuchte daher, die Unterhaltung der beiden bestmöglich auszublenden, und löffelte konzentriert meinen Joghurt mit frischen Früchten.

Jacky nahm ihr Gespräch mit Sammy wieder auf und stöhnte frustriert. „Hakim leider nicht. Der is der Schärfste von allen, macht aber immer einen auf ultracool und lässt keine an sich ran. Den zu knacken wär echt mal ne Herausforderung." Sammys Augen blitzten kämpferisch auf. „Du oder ich – eine krallt ihn sich, wetten?!"

Jacky grinste siegessicher und schlug ein. „Top, die Wette gilt! Findest du den Hakim auch so scharf, Doro?"

Bei der Erwähnung meines Namens schreckte ich auf. „Ähm ... was?"

„Na Hakim, der Tauchlehrer. Der ist doch mal n Sahneschnittchen. Den würdest du doch bestimmt auch gerne mal vernaschen."

Jacky kicherte albern. „Und Hakim taucht sicher nicht nur im Meer professionell ab ..."

Hilfe!

Irgendetwas mussten diese Ballermann-Blondinen beim Begriff TAUCHURLAUB komplett falsch verstanden haben!

„Danke, kein Bedarf."

Sammy nickte mit verständnisvollem Bedauern. „Hey, schon klar, is wahrscheinlich auch besser für dich.

Hättest eh null Chancen, weil du für den echt mal viel zu alt bist."

CONTENANCE!

„Na dann wollen wir hier mal keinen Gammelfleisch-Skandal riskieren. Ich schenke ihn euch, aber Vorsicht – Sahneschnitten können dick machen!"

Das Maß war voll. Keine Sekunde länger würde ich Sammy und Jacky noch in meiner Nähe ertragen. Noch im Gehen trank ich meinen Kaffee aus, verließ fluchtartig und ohne ein Wort des Abschieds den Frühstücksraum, rannte zur Tauchbasis und überflog eilig die Liste der Taucher, die heute mit an Bord der *Sea Angel* sein würden. Keine Sammy, keine Jacky. Glück gehabt! Erleichtert schnappte ich mir meine Kiste und wuchtete sie auf den Rollwagen, der das Equipment aller Taucher über einen Holzsteg zum Boot transportieren würde. An Bord herrschte wie jeden Morgen reges Treiben. Alle Taucher verstauten ihre Kisten und bereiteten ihre Flaschen für den ersten Tauchgang vor, während sich die Schnorchler bereits Liegeplätze auf dem Sonnendeck sicherten. Die *Sea Angel* war im Begriff abzulegen, als laute, schrille Rufe und wild rudernde Arme den Kapitän innehalten ließen. „Haaaaalt!"

„Nicht losfahren!"

„Wartet!"

Oh no. Sammy und Jacky!

Der Motor wurde zu meinem Entsetzen tatsächlich noch einmal gestoppt und Isy hakte verwundert nach. „Was macht ihr denn hier? Ich dachte, ihr habt heute Theorieunterricht bei Chris, damit ihr bald eure Prüfung schreiben könnt?"

Sammy stammelte einen wenig glaubwürdigen Erklärungsversuch. „Ja, schon, aber … ähm … Chris hatte noch was anderes zu tun und will ... ja er will den Unterricht deswegen heute Abend nachholen und wir ..."

„... wollen deswegen jetzt einfach so zum ..."

Hakim anbaggern!

„... Schnorcheln mit rausfahren?"

Es folgte ein herzerweichendes „Biiitte" gepaart mit synchronem Lolita-Wimpernklimpern, welches die Bootsjungs sichtlich nervös werden ließ.

Obwohl sie den beiden natürlich kein Wort geglaubt hatte, stimmte Isy des lieben Friedens willen zu, verdrehte aber genervt die Augen und raunte mir zu. „Die zwei sind das Grauen auf vier Beinen, über Wasser wie unter Wasser."

„Ich weiß!"

Bevor mich Sammy und Jacky entdecken konnten, flüchtete ich an den Bug der *Sea Angel*, die inzwischen losgefahren war, stellte mich an die vorderste Spitze und breitete die Arme weit aus. Ich schloss die Augen, atmete den Duft des Meeres tief ein und genoss Wind und Wellengischt auf meiner Haut. Wie sehr hatte ich dieses Gefühl von Freiheit vermisst.

„Sehr elegant. Steht dir gut die Titanic-Nummer."

Hakim!!!

„Darf ich bitten? Ich bin der König der Welt, wobei ich im Gegensatz zu meinem Vorgänger Neopren trage und beim Untergehen immer genügend Luft mitnehme. Ist gesünder!" Hakim grinste mich keck an und ich musste Sammy und Jacky in einem Punkt recht geben. Dieser Kerl war wirklich sehr attraktiv – aber das wusste er auch. Ich suchte krampfhaft nach einer Retourkutsche, doch sosehr ich mein Hirn auch bemühte – mir wollte einfach nichts Cooles einfallen.

Du selbstgefälliger Leonardo DiCaprio für Arme.

Isys Ruf vom Sonnendeck beendete meine kreative Blockade dann zum Glück sehr organisch.

„Briefing!“

Da wir aufgrund hoher Wellen kein Außenriff anfahren konnten, hatten wir schon nach gut 20 Minuten das Riff namens *Ras Abu Soma* für unseren ersten Tauchgang erreicht. Alle Taucher kletterten rasch nach oben, sofern sie nicht schon längst auf dem Sonnendeck lagen, und scharten sich um Isy, die das Riff schematisch auf eine Tafel aufgezeichnet hatte und den Tauchgang erklärte.

„Unser heutiger Tauchplatz heißt Ras Abu Soma. Ras heißt übersetzt Kopf. Der Kopf des Riffes ist eine Steilwand, die auf einem Plateau endet, wo ihr bis zu vier Meter große, uralte Tischkorallen sehen könnt. Meistens kommt die Strömung aus Norden, aber wie ihr wisst, kann das auch mal anders sein. Plant euren Tauchgang also entsprechend. Wenn es die Strömung zulässt, tauchen wir Riff linke Schulter los und kehren wie gehabt bei 100 Bar Riff rechte Schulter um. Wenn ihr bis zum Drop-off taucht, könnt ihr mit viel Glück auch mal Weißspitzenriffhaie, Stachelrochen oder Adlerrochen sehen. Am Drop-off in einer Tiefe von ca. 35 Metern wohnt aber auf jeden Fall ein Langnasenbüschelbarsch in einer Gorgonie.

Wie immer gilt: keine Deko-Tauchgänge, am Ende des Tauchgangs drei Minuten Sicherheitsstopp in fünf Metern Tiefe, gut Luft und viel Vergnügen. Fragen? Keine.“ Bevor alle aufstanden, um sich fertig zu machen, fiel Isy noch etwas ein. „Ach ja, die Buddy-Teams. Mein AOWD-Kurs (PADI: Advanced Open Water Diver) taucht natürlich wie immer mit mir. Alle anderen wie gehabt?" Leise meldete ich mich zu Wort.

„Und was ist mit mir?"

„Oh nein Doro. Dich hab ich glatt vergessen. Sorry! Wie wäre es, wenn du mit Andi, Kiki, Britta und Thierry tauchst? Das sind sehr erfahrene Taucher und haben auch ungefähr so viele Tauchgänge wie du." Kiki zeigte sich hiervon allerdings wenig begeistert. „Nichts gegen dich Doro, aber wir tauchen schon immer als Viererteam zusammen. Das funktioniert super und deswegen würden wir das auch gerne so lassen?"

Isy wusste, dass die Wünsche ihrer Gäste immer oberste Priorität haben sollten. Etwas ratlos sah sie in die Runde, bis sie mich erleichtert anlächelte. „Oh Mann, dass ich da nicht gleich draufgekommen bin. Du tauchst natürlich mit Hakim. Ihr seid beide Tauchlehrer und passt daher super zusammen!" Während ich das noch stark bezweifelte, war für Isy die Buddy-Frage damit bestens gelöst. Sie stand auf und wandte sich ihrem Kurs zu. „Alle schnell anziehen, Buddycheck und ab ins Wasser." Während ich angestrengt, mit hochrotem Kopf und inzwischen schweißnass versuchte, mich in meinen mal wieder geschrumpften Tauchanzug zu quälen, stand Hakim in kompletter Montur vor mir und kommentierte augenzwinkernd. „Nomen est omen, Schneckchen. Wenn ich mir das Tempo ansehe, in dem du in deinen Anzug kriechst, kann ich locker noch eine Runde schnorcheln gehen!"

Normalerweise war ich immer recht schnell gewesen, aber wenn ein Tauchanzug länger nicht benutzt wird, zieht er sich zusammen und das erste Anziehen dauert etwas länger. Daher kam mir dieser zeitliche Aufschub sehr entgegen. „Au ja, wir kommen mit! Wir wollten auch gerade zum Schnorcheln!", jubelten Sammy und Jacky und ehe Hakim sich versah, folgten sie dem Objekt ihrer Begierde ins Wasser.

Zum Schnorcheln kam Hakim allerdings nicht, weil die beiden albernen Seehühner permanent versuchten ihn unterzutauchen, bis Hakim sich heftig verschluckte. „Verdammt, was soll der Scheiß?", fluchte er und stieg hustend aus dem Wasser. Falls das ein Teil ihres Verführungsplans gewesen sein sollte, war der gewaltig danebengegangen. Diese Kindergartenaktion hatte Hakim nämlich alles andere als sexy gefunden. Vielmehr waren die beiden eine echte Plage und Hakim begann mir sogar ein bisschen leidzutun. Mitfühlend klopfte ich ihm auf die Schulter. „Geht's wieder?" Der hustete noch einmal und nickte. „Von mir aus kann's losgehen." Ich stand inzwischen ebenfalls tauchfertig in Anzug, Jackett und Flossen auf der Plattform am Heck. „Ready to dive!", gab ich meinem Buddy vorfreudig grünes Licht. Nach sorgfältigem Buddycheck füllten wir unsere Jacketts mit Luft, sprangen ins Wasser und gaben sowohl der Crew als auch uns gegenseitig das Okay-Zeichen.

Hakims Daumen zeigte daraufhin nach unten, was in der Tauchersprache das Signal zum Abtauchen war. Ich gab mein Okay, ließ die Luft über den Inflator ab, doch nichts geschah.

Gleich einem Korken ploppte ich trotz heftiger Abtauchbemühungen immer wieder nach oben, was auch Hakim dazu verpflichtete, wieder aufzutauchen.

„Sieht so aus, als hättest du zu wenig Blei dabei?", diagnostizierte er mit Kennerblick und scannte mich ab. „Hat das Schneckchen vielleicht ein paar Kilo zu viel … Salat auf den Rippen?“, spekulierte er scherzhaft. „Oder liegt’s am 5 Millimeter Halbtrockenanzug? Egal. Ich würde dir jedenfalls neun Kilo empfehlen.“ Upps. Hakim hatte recht. Ich hatte in geistiger Umnachtung nur vier Kilo mitgenommen. Mit einem Nassanzug und Stahlflasche hätte mir das wahrscheinlich auch gereicht. Oder hatte ich wirklich zugenommen? Mein Kopf dürfte inzwischen die Farbe einer überreifen Tomate angenommen haben, doch ich konterte keck. „Es liegt natürlich am Anzug, aber ich wollte sowieso noch mal hoch. Hab meine Lampe vergessen.“

Nie wieder Schokolade, Macadamianut-Eis oder Chips ungarisch.

An diesem Tauchplatz brauchte zu dieser Tageszeit zwar kein Mensch eine Lampe, aber Lampe vergessen klang irgendwie besser als Blei. „Was brauchst du noch? Ich helfe dir“, schrie Jacky mir entgegen.

Oh no!

„Das ist sehr lieb von dir, aber ich krieg das alleine hin.“ Rasch griff ich nach der völlig überflüssigen Lampe und stopfte möglichst unauffällig weitere sechs Kilo Blei in meine Taschen. Sicherheitshalber sechs …

Nun fiel jeder Schritt immens schwer, doch zum Glück trennten mich nur noch wenige Meter von der Schwerelosigkeit und

endlich

ging

es

nach

unten.

Meter für Meter tauchte ich ab in eine völlig andere Welt. In eine Welt der Schwerelosigkeit. In eine Welt beeindruckender Unterwasserlandschaften voller bunter Fische und geheimnisvoller Lebewesen, in der ich mich von der ersten Sekunde an zu Hause und grenzenlos frei fühlte. In einer Tiefe von fünf Metern drehte ich mich auf den Rücken und sah nach oben, wo sich die Sonne millionenfach im Wasser spiegelte und die Oberfläche in ein Meer aus purem Gold verwandelte. Hakim tat es mir gleich. Ihn schien dieser Anblick ebenso zu faszinieren wie mich, sodass ich durch dieses gemeinsame Erlebnis eine Art von Verbundenheit fühlte, die mir Hakim gleich wesentlich sympathischer erscheinen ließ. Nach einer Weile drehten wir uns wieder um und ließen uns von der überwältigenden Rifflandschaft verzaubern. Beim Anblick der vielen bunten Fische kam es mir immer so vor, als wäre ich bei alten Freunden zu Besuch, weil sich alles so vertraut anfühlte. Vielleicht hatte ich den ein oder anderen Fisch ja bei meinen Tauchgängen im letzten Jahr tatsächlich schon mal gesehen? Das war zwar sehr unwahrscheinlich, aber irgendwie hatte diese Vorstellung etwas Schönes.

Nach diesen ersten Eindrücken prüfte Hakim die Strömungsverhältnisse und wir begannen unseren Tauchgang wie geplant mit Riff zur linken Schulter. In unserer noch recht geringen Tiefe wimmelte es von Fischen in allen Farben und Formen. Bei dem bunten Gewusel von Füsilieren, Doktorfischen, Papageifischen, Anemonenfischen und zahlreichen anderen Arten wusste ich gar nicht, wo ich zuerst hinsehen sollte.

Obwohl es den Anschein hatte, als schwämmen sie ziellos umher, wusste jeder Einzelne dieser noch so kleinen Fische ganz genau, was er als Nächstes zu tun hatte. Irgendwie beneidenswert.

Stopp! War ein Leben, das hauptsächlich aus Nahrungssuche und Fortpflanzung bestand, wirklich beneidenswert für mich? Beneidenswert war lediglich ihr klar definiertes Lebensziel.

Hakim und ich hatten im Vorfeld abgesprochen, dass wir auf jeden Fall dem berühmten Langnasenbüschelbarsch, von Tauchern auch Lanabüba genannt, am Drop-off einen Besuch abstatten wollten. Dafür mussten wir allerdings recht tief tauchen und ich beschloss am Anfang, etwas Luft zu sparen. Hakim schien den gleichen Plan zu haben und wir tarierten uns erst mal in 14 Metern Tiefe aus. Mein Buddy schwebte nun völlig relaxed neben mir über einem Anemonenfeld, um die zahlreichen kleinen Anemonenfische in aller Ruhe zu beobachten, die auch unter den Namen *Clownfische* oder *Nemos* bekannt waren.

Auch ich könnte diese Tiere stundenlang beobachten und die Anemonen, die sich im regelmäßigen Takt der Wellen hin und her bewegten, hatten eine meditative Wirkung auf mich. Meine Atmung wurde immer ruhiger und ich verfiel in einen tranceartigen Zustand. All meine Sorgen und Probleme zu Hause waren hier irrelevant und wie weggeblasen. In totaler Entspannung beobachtete ich das Treiben, doch meine Gelassenheit schien sich nicht auf die Anemonenfische zu übertragen. Besonders ein ganz kleiner Fisch fühlte sich durch meine Anwesenheit offensichtlich vehement gestört, nein sogar bedroht.

Ich wurde Zeugin, wie sich dieses nur zirka fünf Zentimeter lange Fischlein förmlich aufplusterte, um sein Heim mutig gegen den unwillkommenen Eindringling zu verteidigen. Mit grimmigem Gesichtsausdruck ging er zur Attacke über, schwamm auf mich zu, um dann mit voller Wucht an meiner Tauchermaske abzuprallen.

Ich traute meinen Augen kaum und musste unwillkürlich lachen. So etwas hatte ich noch nie erlebt. Bevor ich mich von meiner Verblüffung erholen konnte, ging mein furchtloser, kleiner Fisch schon wieder zum Angriff über und prallte erneut an meiner Maske ab.

Er wirkte zwar vom zweimaligen Aufprall etwas benommen, rüstete sich aber entschlossen zum Angriff Nummer drei.

Lass gut sein tapferer Nemo, ich verschwinde.

Voll Bewunderung winkte ich meinem kleinen Helden zum Abschied zu, der in Todesangst unter Einsatz seines Lebens das Haus seiner Familie gegen einen riesigen Feind verteidigt hatte.

Hakim hatte die David-gegen-Goliath-Nummer natürlich auch mitbekommen und lobte meine Entscheidung das Feld zu räumen mit einem Okay-Zeichen.

Nach Check der verbliebenen Luftreserven stellten wir fest, dass wir beide von den ursprünglichen 200 Bar in der Taucherflasche bis jetzt nur zirka 50 Bar verbraucht hatten. Langnasenbüschelbarsch, wir kommen! Mit zunehmender Tiefe nahmen Helligkeit, Fischvielfalt und Farben kontinuierlich ab, bis die Welt nur noch aus verschiedensten Grautönen zu existieren schien.

Ebenso verhielt es sich mit Geräuschen.

Konnte man oben noch die Wellenbewegungen oder das Knabbern der Fische an den Korallen wahrnehmen, herrschte ab einer Tiefe von etwa dreißig Metern absolute Stille, die lediglich von Atemgeräuschen durchbrochen wurde.

„Aber warum bleibst du denn beim Tauchen nicht oben, wo du immer bunte Fische und Korallen sehen kannst? Das ist doch viel schöner und nicht so gruselig?", wurde ich von Freunden des Öfteren gefragt.

Wie sollte ich einem Nichttaucher nur die Faszination der Tiefe erklären? Das Gefühl, an einem Drop-off magisch immer tiefer und tiefer nach unten gezogen zu werden, den ansteigenden Druck am ganzen Körper zu spüren, die Chance im Blauwasser auch mal Großfische zu sehen. Es war und blieb schwierig für jemanden, der dies noch nie selbst erlebt hatte. Wir setzten unseren Tauchgang aber erstmal in etwa dreiundzwanzig Metern Tiefe Richtung Drop-off fort, als wie aus dem Nichts zwei schwarze Schatten unter einer imposanten Tischkoralle hervorschossen. Irritiert hielten wir an und identifizierten die Schatten als kapitale Muränen, die sich eine spektakuläre Verfolgungsjagd lieferten. In rasender Geschwindigkeit sausten die schlangenartigen Tiere durchs Riff, bis die Jagd in einem erbitterten Kampf endete. Das schwächere Tier suchte während dieses brutalen und schmerzvollen Gefechts sein Heil in der Flucht und versteckte sich im Inneren eines Korallenblocks. Dieser Friede währte aber leider nur kurz, denn der Gegner spürte sein Opfer binnen kürzester Zeit auf, zerrte es heraus und verbiss sich wieder und wieder so gnadenlos und tief in dessen Körper, dass Haut- und Fleischfetzen flogen und Blut floss, das wie schwarzes Öl zu Boden tropfte. Der Kampf war damit beendet und das schwer verletzte Tier durfte daraufhin vom Sieger unbehelligt in die Weiten des Meeres verschwinden. Ich hatte keine Ahnung, was die Ursache dieses grausamen Kampfes gewesen sein könnte, doch mir zitterten von diesem Schauspiel noch immer die Knie. Hakim drehte mich daraufhin vorsichtig um und zeigte mir, wie nur wenige Meter entfernt zwei Oktopusse von dem Kampf völlig unbehelligt Händchen hielten, was bei diesen Tieren im Klartext hieß: Sie hatten gerade Sex und pflanzten sich fort. Hakim sah lächelnd zu den verliebten Tieren und formte mit seinen Fingern ein Herz.

Was wir bei diesem einzigen Tauchgang schon alles gesehen hatten, dürfte jeden Kinofilm in den Schatten stellen. Von mutiger Verteidigung über Action bis hin zu Liebe war alles dabei gewesen. Gespannt, welches Genre uns jetzt noch erwarten könnte, tauchten wir weiter und ich freute mich einmal mehr, wie gut Hakim und ich unter Wasser harmonierten.

Wir verbrauchten exakt gleich viel, besser gesagt gleich wenig Luft, rasten nicht im Highspeed-Modus durchs Riff, als gelte es einen Geschwindigkeitsrekord aufzustellen, sondern nahmen uns Zeit, die Unterwasserwelt in all ihren Facetten in Ruhe zu genießen.

Am Drop-off angekommen, gab es für mich aber kein Halten mehr. Mit unerklärlichem Verlangen ließ ich mich an der steilen, korallenbewachsenen Riff-Wand immer weiter nach unten sinken, kein Grund war zu sehen. Nichts als unendliche Tiefe, die mich magnetisch anzuziehen schien.

Meter für Meter sank ich nach unten und verspürte ein aufregendes Kribbeln, bis Hakim vehement an meinem Jackett zerrte, um mich zu stoppen. Im Rausch der Tiefe hatte ich alles um mich herum vergessen und sah erschrocken auf meinen Computer. 41,8 Meter ... So etwas durfte einfach nicht passieren! Zum Glück hatte ich aber meine

Nullzeit nicht überschritten. Anderenfalls hätte sich so viel Stickstoff in meinem Körper angesammelt, dass ich beim Auftauchen einen so genannten Dekompressions-Stopp einhalten müsste.

Mit einer Geste der Entschuldigung sah ich Hakim an. Ich wusste, dass ich großen Mist gebaut hatte, doch mein Buddy blieb gelassen und signalisierte *alles okay*, ist ja nichts passiert, *keep cool*!

Er tauchte ruhig und zielsicher zu der Gorgonie, in der der Lanabüba gewöhnlich anzutreffen war, und wurde zu meiner großen Freude auch gleich fündig. Einträchtig bestaunten wir den nur zirka elf Zentimeter langen Fisch, dessen langgezogener Körper in einer lanzenartigen Schnauze auslief. Ansonsten sah dieses Tier so aus, als hätte es sich für den Karneval verkleidet. Hakim hatte mir aber im Vorfeld erzählt, dass seine witzige, rote Karomusterung lediglich der Tarnung diente. Vorsichtig tauchte ich etwas näher an den hübschen Fisch heran, bis er plötzlich einen stachelartigen Kamm auf seinem Rücken aufrichtete. Für mich sah er nun aus wie ein kleiner Punk, doch diese Reaktion signalisierte großen Unmut. Obwohl mich seine Optik trotzdem sehr amüsierte, wollten wir den armen Lanabüba nicht länger aufregen und zogen uns diskret zurück – zumal sich unsere Luftreserven in dieser Tiefe rasend schnell minimiert hatten. Auf dem Rückweg strich ich Hakim einmal dankbar über den Arm. Er hatte diesen Tauchgang zu einem unvergesslichen Erlebnis werden lassen, das beim Sicherheitsstopp noch lange nicht zu Ende war.

Meine Alu-Flasche hatte inzwischen zwar einen immensen Auftrieb, doch Zusatz-Blei sei Dank, konnte ich die Fischvielfalt, die in fünf Metern Tiefe einem bunten Aquarium glich, ohne wildes Herumrudern ganz relaxed genießen.

Hakim deutete auf eine kleine Schnecke, die an einer Felswand entlangkroch, anschließend auf mich, dann wieder zur Schnecke und lächelte mich entwaffnend an.

Schneckchen!

Gegen meinen Willen musste ich lachen und meine Luftblasen perlten nach oben, als täten sie es mir gleich.

8

„Jaja, bei mir ist alles okay Mami, aber erzähl. Wie ist der Urlaub bis jetzt? Warst du schon tauchen? An welchem Riff? Wie geht es Isy und Chris? Ist es sehr heiß? Hast du einen guten Buddy gefunden?"

Nach dem Duschen hatte ich es mir auf meinem Sessel mit hochgelegten Füßen und einer eiskalten Cola light so gemütlich gemacht, dass ich Mühe hatte bei unserem Skype-Telefonat mit Ronjas Geschwindigkeit Schritt zu halten. Kopfschüttelnd stellte ich fest, dass sie ihre Neugierde mal wieder kaum zügeln konnte. Eine Frage nach der anderen zu stellen, ohne die jeweilige Antwort abzuwarten, war einfach typisch für sie. Ich freute mich riesig, meine Kleine auf dem Bildschirm zu sehen, konnte es aber dennoch nicht lassen, Ronja ein wenig den Spiegel vorzuhalten. „Super, ja, Ras Abu Soma, sehr gut, 34 Grad, Jein."

„Freut mich, beneide dich, geiles Riff, liebe Grüße, immer viel trinken, Bussi, ciao!"

Meine Tochter. Ich glaubte zwar nicht ernsthaft, dass sie ihre Ankündigung wahrmachen und das Gespräch tatsächlich beenden würde, doch bei Ronja wusste man nie. „Ronja?“

„Ja. Keine Angst, du glaubst doch nicht wirklich, dass ich auflege, bevor du mir die letzte Frage beantwortet oder besser gesagt erklärt hast. Warum ist dein Buddy *Jein*?“

Ich seufzte innerlich auf und griff zu meinem Handtuch, um erstmal in aller Ruhe meine Haare trockenzurubbeln. Weshalb hatte mich Ronja nicht nach den anderen Gästen gefragt, was ich beim Tauchen gesehen hatte oder zu welchem Tauchplatz wir morgen fahren wollten?

Nein. Sie interessierte sich mal wieder zielsicher für das Thema, über das ich nicht unbedingt sprechen wollte, weil es da eigentlich auch gar nichts zu sprechen gab. Demnach ignorierte ich Ronjas Frage und versuchte es mal wieder mit einem Ablenkungsmanöver. „Also das muss ich dir unbedingt noch erzählen. Da sind so zwei Mädels etwa in deinem Alter hier. Ich habe mich zu ihnen an den Frühstückstisch gesetzt. Sogar an den gleichen Tisch, an dem wir letztes Jahr zusammen gesessen waren, du erinnerst dich? Na ja egal, aber ich kann dir sagen, das habe ich bitter bereut. Ronja, die sind so dumm, dass es schon fast wehtut und sie sind eigentlich nur hier, um Männer anzubaggern und abzuschleppen, und zwar auf die billigste Tour, die man sich nur vorstellen kann. Die machen zwar einen Tauchkurs, aber das ist für die nur Mittel zum Zweck. Am schärfsten sind sie auf den Tauchlehrer. Stell dir vor, sie haben sogar gewettet, welche ihn schneller ins Bett bekommt. Ist das nicht …?“

„Mami. Bitte. Die Quasselstrippen-Nummer kannst du dir echt sparen. Was – ist – mit – deinem – Buddy?“ Ich gab mich geschlagen. „Mein Buddy heißt Hakim und ist der neue Tauchlehrer an der Basis, auf den die Mädels so scharf sind. Er sieht schon ganz gut aus und hält sich auch für unwiderstehlich. An Land ist er deswegen überheblich ... nein selbstverliebt und dreist! Unter Wasser ist es mit ihm aber richtig schön. Da verstehen wir uns supergut. Deswegen JEIN."

„Hakim? Ein Ägypter?"

„Keine Ahnung. Er sieht schon irgendwie ägyptisch aus, spricht aber perfekt Deutsch."

Ronja hakte nach. „Okay ... Und warum ist er überheblich und so?" Warum konnte Ronja nicht einfach mal Ruhe geben?

„Okay. Ich habe mich heute an den Bug gestellt und die Arme weit ausgestreckt, wie ich das immer mache, weil es sich einfach schön anfühlt."

„Ja und?"

„Hakim hat aber gedacht, dass ich die bekannte Titanic-Szene nachspielen wollte. Er hat sich hinter mich gestellt und sich als König der Welt vorgestellt. Im Gegensatz zu Leonardo DiCaprio würde er aber beim Untergehen Luft mitnehmen."

Ronja kicherte. „Das ist aber doch ganz witzig!?" Ich musste eingestehen, dass Hakims Text wirklich ganz witzig gewesen war. Das hätte ich aber niemals zugegeben. „Ich habe aber keinen Animateur gebucht!", giftete ich stattdessen. „Außerdem hat er mich dann auch noch Schneckchen genannt, weil ich heute etwas länger gebraucht habe, meinen Tauchanzug anzuziehen."

„Schneckchen? Wie süß!"

„Ich bin aber nicht süß!", begehrte ich auf. „Und seinen jugendlichen Charme soll er lieber bei Jüngeren versprühen."

Zur Beruhigung trank ich erst mal einen großen Schluck Cola und wollte wieder einen unbeteiligten Tonfall anschlagen, doch Ronja quietschte entzückt.

„Mami – Du bist verknallt!"

Entgeistert stellte ich mein Glas ab und starrte Ronja an. „Atmen nicht vergessen Mami und dann mal ehrlich. Ich weiß nicht, warum du dich sonst so dermaßen über einen Kerl aufregen solltest, der dir eigentlich gar nichts getan hat. Und warum du erst ewig herumeierst, bevor du mir von deinem Buddy erzählst."

Bevor ich Ronja in aller Deutlichkeit klarmachen konnte, wie falsch sie mit ihrer Unterstellung lag, verabschiedete die sich mit bedauerndem Lächeln. „Sorry Mami, ich muss los. Wir reden nächstes Mal weiter, okay?" Sie sei spät dran und müsse jetzt leider zur Theaterprobe.

Na toll. Erst stellte Ronja völlig haltlose Behauptungen auf und zog sich dann elegant aus der Affäre.

Nichtsdestotrotz hatte mich der Indizienprozess meiner kleinen Hobby-Staatsanwältin dann doch ein wenig verunsichert. Ich klappte meinen Laptop zu, schlüpfte in frische Klamotten, band meine Haare zu einem Pferdeschwanz und dachte währenddessen nach.

Ein Psychotest, den ich unlängst in einer Frauenzeitschrift beim Frisör überflogen hatte, sollte Klarheit schaffen und ich versuchte mich an einige der Fragen zu erinnern.

Bist du verliebt?

Suchst du jede Gelegenheit, um in seiner Nähe zu sein/ihn zu treffen?

Ich bin froh, wenn wir unter Wasser sind und ich nicht mit ihm reden muss.

Ziehst du für ein Date mit ihm sexy Klamotten an?

Welche Frau sieht im Tauchanzug schon besonders sexy aus?

Er ist wesentlich älter/jünger als du. Würde dich der große Altersunterschied stören?

Nein zu Pädophilie!

Und wenn er der letzte Mann auf Erden wäre?

Ich nehme den 50:50 Joker.

Na also. Konnte das Ergebnis noch eindeutiger sein? Ich war definitiv nicht in Hakim verliebt.

Entschieden stand ich auf, checkte im Bad noch kurz meine Optik, trug etwas Parfüm und Lipgloss auf und zog dann die Zimmertür hinter mir zu. Ich war spät dran und Isy würde an der Taucherbar sicher schon auf mich warten.

„Da bist du ja endlich, mein kleines Fischlein!"

„Fischlein?"

„Du warst heute echt ewig lange unter Wasser und das nach einem guten Jahr Tauchpause. Respekt!"

Das Tauchen hatte heute wirklich super geklappt und ich prostete Isy gut gelaunt zu. „Ich bin gespannt, welche Spitznamen aus Brehms Tierleben ich im Laufe des Urlaubs noch verpasst bekomme. Du nennst mich Fischlein und für Hakim bin ich ein Schneckchen." Isy klatschte begeistert in die Hände. „Wie süß! Habe ja von

Anfang an gewusst, dass ihr zwei euch super verstehen würdet.“

Fängt Isy jetzt auch noch damit an.

„Ähm ja … verstanden habe ich Hakim super. Woher spricht er eigentlich so gut Deutsch?“

„Sein Vater war Tauchlehrer und Hakim ist das Ergebnis einer deutsch-ägyptischen Urlaubsliebe. Nach fünf Jahren war allerdings Schluss und Hakim ist bei seiner Mutter in Deutschland aufgewachsen, wollte dann aber auch Tauchlehrer in Ägypten werden.“

„Und jetzt geht das gleiche Spiel von vorne los. Tauchschülerin – Baby – Tauchschülerin – Baby … So habt ihr wenigstens immer genügend Personal“, kicherte ich etwas albern. Isy hob abwehrend die Hände. „Hakim ist nicht so. Jedenfalls hat er bei uns noch nie was mit einer Frau angefangen.“ Ihr Blick wanderte zu Sammy und Jacky, die Hakim wie lästige Schmeißfliegen umschwirrten und sich kaum vertreiben ließen. „Obwohl er super aussieht und viele Angebote bekommt.“

„Meinst du Angebote, schwul zu werden?“, konterte ich sarkastisch.

„Du wieder! Schwul ist er, glaube ich, nicht, aber er scheint auch nicht auf dürre Knochen zu stehen!“

„Jedenfalls nicht, wenn die innen so hohl sind!“

Hilfe, waren wir albern!

Es war ein wunderschöner, sehr lustiger Abend, dem noch viele folgen sollten. Dieser Urlaub und die Zeit mit meinen Freunden machten meine Sorgen zu Hause fast vergessen. Zumindest waren sie in weite Ferne gerückt und auch mit meinem Buddy hatte ich das große Los gezogen. Die Tauchgänge mit Hakim waren ein Traum. Wir verstanden uns blind, hatten bei der Planung eines Tauchgangs die gleichen Interessen und brauchten auch nicht pro Tauchgang eine spektakuläre Großfisch-Begegnung. Schön, wenn dem so war, aber uns genügte es schon die kleinsten Lebewesen zu beobachten und das Gefühl in absoluter Schwerelosigkeit durchs Wasser zu gleiten und dabei die Unterwasserlandschaft zu bewundern, die in unterschiedlichen Perspektiven immer anders aussah.

Auch wenn wir die Welt mit eigenen Augen sahen, so fühlten wir doch im Herzen gleich.

Selbst an Hakims frecher, provokanter Art hatte ich inzwischen Gefallen gefunden. Unbewusst forderte er mich jeden Tag aufs Neue zu verbalen Ping-Pong-Spielen heraus, was sehr reizvoll war und mein Gehirn trotz großer Hitze auf Trab hielt.

Insgesamt tat es mir zugegebenermaßen sehr gut, so viel Zeit an der Seite dieses hübschen und intelligenten jungen Mannes zu verbringen, aber Ronja lag mit ihrer Vermutung falsch. Verliebt war ich nicht.

Und wenn er etwas älter wäre?

Unwillig wischte ich diesen Gedanken beiseite, weil ich einfach nur ungetrübt Spaß haben wollte und den hatte ich.

Was Sammy und Jacky anging, so war Hakims Geduldsfaden des Öfteren kurz vorm Zerreißen gewesen. Mehr als einmal hatte er deutlich ausgesprochen, dass er keinerlei Interesse hatte. Weder an Sammy noch an Jacky. Da die beiden aber Gäste waren, wollte er nicht zu unfreundlich sein und noch drastischer aussprechen, was er von ihnen hielt. Die beiden waren aber so resistent gegen Ablehnung, dass wir am Ende beschlossen hatten den Spieß umzudrehen und uns über ihre Aktionen zu amüsieren. Ein bisschen lustig war es dann tatsächlich geworden.

Jacky zum Beispiel hatte Hakim einmal um Nachhilfe gebeten, weil sie die schriftliche Theorieprüfung des Tauchkurses bestehen wollte. Der ganze Tauchertabellenkram wäre ihr ein Rätsel und ohne Hakims Hilfe würde sie sicher durch die Prüfung fallen.

Hakim hatte sich dann tatsächlich mit Jacky an der Taucherbar verabredet, um ihr die prüfungsrelevanten Sachverhalte noch einmal zu erklären. Seine Schülerin hatte dabei allerdings äußerst gelangweilt gewirkt – bis der Unterricht beendet war.

Schlagartig war Jacky wieder hellwach gewesen, hatte sich mit einem Wangenküsschen für die Hilfe bedankt, zwei Cocktails bestellt und wollte Hakim dann die Augen verbinden. Eine Überraschung.

Hakim hatte daraufhin eine noch viel größere Überraschung versprochen, der erwartungsvollen Jacky seinerseits die Augen verbunden, sein Glas genommen und war gegangen.

Jacky als Blinde Kuh mit Cocktail – ein Bild für die Götter! Als sie der Situation jedoch gewahr wurde, schwor sie auf Rache. Wir durften also gespannt sein ... Sammy wiederum hatte vorgegeben, so gerne mal downtown fahren zu wollen, um Stadt, Land und Leute kennen zu lernen. Außerdem wolle sie noch Gewürze für ihre Oma kaufen, würde sich das aber als Frau alleine nicht trauen und hatte Hakim daher um ortskundigen, männlichen Beistand gebeten.

Obwohl auch diese Ausrede zehn Meilen gegen den Wind als solche zu erkennen gewesen war, hatte Hakim sich breitschlagen lassen und war mit Sammy in die Stadt gefahren. Zurückgekommen war sie allerdings allein. Hakim hatte auch ihr einen Korb gegeben – gefüllt mit Gewürzen.

In Sachen Hakim waren Jacky und Sammy mal wieder auf ganzer Linie gescheitert, aber wenigstens ein Erfolgserlebnis war ihnen dann doch vergönnt gewesen. Sie hatten ihren Tauchkurs in Theorie und Praxis wirklich bestanden. Zwar mit vielen Erklärungen, Hilfestellungen und Augenzudrücken, aber immerhin. Sie waren nun offiziell brevetierte Taucherinnen, worauf natürlich an der Bar angestoßen werden musste, doch Hakim raunte Chris mitleidig zu. „Beileid Kollege! Jetzt hast du die zwei noch länger an der Backe." Chris lächelte gequält. „Ich weiß, ich weiß. Ich war ihr Tauchlehrer und sollte bei ihren ersten Tauchgängen auch mitkommen, aber ..."

„Aber was?" Chris zögerte etwas, weil ihm diese Bitte sichtlich schwerfiel. „Aber könntest du die zwei morgen vielleicht übernehmen? Meine Nase ist verstopft und ich fühle mich insgesamt irgendwie nicht so fit." Hakim verschränkte abwehrend die Arme.

„Vergiss es! Das kannst du dir echt abschminken!"

Mit dieser Reaktion hatte Chris nicht gerechnet. Verunsichert sah er Hakim an, der ihn allerdings kurze Zeit später frech grinsend erlöste. „Ich meine doch nur, dass du krank zum Tauchen gehst! Klar übernehme ich den Job und mit den beiden werde ich schon irgendwie klarkommen."

Chris sprang auf und begann Hakim im Scherz zu würgen. Er hasste es hinters Licht geführt zu werden.

„Wenn ich dir nicht so dankbar wäre, hätte ich große Lust dich umzubringen!“ Nachdem er sich wieder beruhigt hatte, ließ Chris von Hakim ab und suchte meinen Blick. „Könntest du Hakim morgen vielleicht helfen, Doro? Mir wäre bei unseren Chaos-Queens ein 1:1 Betreuerschlüssel echt lieber.“

Obwohl mir allein bei dem Gedanken übel wurde, nickte ich zweckoptimistisch. Wenn ich Chris irgendwie helfen konnte, war das für mich Ehrensache.

„Logo. Kein Problem.“ Wir fuhren zu Tobia Arba. Auch wenn Arba ins Deutsche übersetzt „vier“ hieß, erhoben sich an diesem Tauchplatz sieben turmartige Korallenstöcke vom Sandgrund auf zwölf bis zwanzig Metern Tiefe bis knapp unter die Wasseroberfläche. Sie waren alle mit traumhaft schönen Weichkorallen bewachsen, die von zahlreichen bunten Fischarten bewohnt wurden. Jede einzelne dieser Säulen wies ihre ganz eigenen, charakteristischen Merkmale auf, was die Orientierung unter Wasser erleichterte.

Neben den Korallenbewohnern lebten hier auch Rotfeuerfische, Barscharten und Napoleonfische, sofern die nicht gefangen oder von Tauchern zu Tode gefüttert worden waren.

Auch dieses Innenriff war nicht allzu weit vom Hotel entfernt, sodass wir schnell angekommen waren und Hakim zum Briefing rief.

Wie vor jedem Tauchgang hatte der jeweilige Guide, im heutigen Fall Hakim, den Tauchplatz schematisch auf einer Tafel aufgezeichnet und Himmelsrichtungen und wahrscheinliche Strömungen eingetragen. Außerdem schlug Hakim im Rahmen des Briefings noch mögliche Tauch-Routen vor. Tobia Arba war ein sehr unkomplizierter Tauchplatz und von daher auch recht schnell erklärt. Die Buddyteams fanden sich von alleine und ich war gespannt, was mich beim Tauchen mit Sammy und Jacky so alles erwarten würde.

Aufgrund der großen Beliebtheit dieses Riffs ankerten oft mehr als fünf Boote auf einmal hier. Ich spöttelte zuweilen, dass man zur Rushhour an diesem Riff vor lauter Tauchern kaum noch Fische sah und Verkehrsschilder wie *Vorfahrt achten, Einbahnstraße* oder *rechts vor links* von großem Nutzen wären.

Heute waren wir zum Glück bis jetzt alleine. Alle sprangen ins Wasser, gaben ihr obligatorisches Okay und tauchten ab.

Wir waren zwar ein Viererteam, das Hakim aber noch einmal unterteilt hatte. Er war der Privatbuddy von Jacky und ich sollte mich vorwiegend um Sammy kümmern.

An Tobia Arba gab es keinen Drop-off und man musste hier auch nicht tief tauchen, um diesen sehenswerten Tauchplatz in all seiner Schönheit und Vielfalt zu genießen. Daher war er auch für Tauchanfänger sehr geeignet.

Das Abtauchen verlief zwar zum Glück problemlos, aber ich würde diesen Tauchgang sicher nicht entspannt genießen können. Mein Augenmerk würde heute leider nicht den Weichkorallen und Fischen, sondern nahezu ausschließlich Sammy und Jacky gelten, aber für meinen Freund Chris brachte ich dieses Opfer gern. Recht mühsam umrundeten wir die erste Säule, da es den beiden nicht gelang, konstant eine Tiefe zu halten. Mit einer Amplitude von etwa drei Metern hüpften sie wie Gummibälle durchs Wasser. Tarieren wollte gelernt sein und aller Anfang war schwer.

Sammy tauchte ausnahmsweise gerade mal neben mir, als auf der Diagonalen zu Säule zwei tatsächlich ein stolzer, mittelgroßer Napoleonfisch unseren Weg kreuzte. Vor Begeisterung verlor ich Sammy für wenige Augenblicke aus den Augen und tauchte etwas näher an Napoleon heran. Dieser imposante, blau-grün gefärbte Fisch war ein sehr friedliebendes Tier und konnte bis zu 230 cm lang und 190 kg schwer werden. Objektiv betrachtet war er nicht wirklich eine Schönheit. Sein großes Maul mit wulstiger Oberlippe ließ ihn immer irgendwie grimmig aussehen und sein melonenförmiger Buckel an der Stirn erinnerte mich an ein großes Geschwür, aber genau dadurch wurde er auch unverwechselbar und zum erklärten Liebling vieler Taucher – mich eingeschlossen. Ein wildes Ziehen an meiner Flosse ließ mich aufschrecken. Ich drehte mich um und sah Sammy, die panisch rudernd signalisierte, dass sie keine Luft mehr bekam. Reflexartig griff ich nach meinem Oktopus und steckte ihr das Ersatzmundstück, das mit meiner Taucherflasche verbunden war, in den Mund. Sie atmete unkontrolliert, hektisch und stoßartig und es dauerte eine Weile, bis Sammy sich wieder etwas beruhigt hatte.

Ein Blick auf ihren Fini bestätigte meine Befürchtung. Obwohl wir erst 28 Minuten in einer Tiefe von 15 Metern unterwegs gewesen waren, hatte Sammy die zweihundert Bar aus ihrer Flasche bereits leergesaugt. Gar nicht gut. Ich war ihr Buddy und hätte wesentlich früher Sammys Luftreserven kontrollieren sollen – nein – müssen!

Auf meine Nachfrage signalisierte Hakim, dass Jacky zum Glück noch 50 Bar übrighatte, doch es war klar, dass wir den Tauchgang sofort abbrechen und auf direktem

Weg zum Boot zurücktauchen mussten. Alles andere wäre, insbesondere mit Tauchanfängern, unverantwortlich gewesen. Sammy atmete zwar wie ein Staubsauger, aber bis nach Hause würde meine Luft sicher noch für uns beide reichen.

Die kürzeste Strecke zum Boot maß zirka zwanzig Meter und führte zwischen zwei Säulen hindurch über sandigen Grund, aus dem einige Sandaale herausspitzten. Wenn wir Zeit beziehungsweise Luft gehabt hätten, hätte ich gerne ein wenig mit ihnen gespielt. Wenn man nämlich näher an diese Tiere herantauchte, zogen sie sich blitzschnell in den Sand zurück, doch wenn die Luft wieder rein war, krochen sie vorsichtig wieder heraus. Bei mehreren Aalen konnte das sehr lustig aussehen und bereitete mir jedes Mal diebisches Vergnügen.

Wir hatten ungefähr die Hälfte der Strecke zurückgelegt, als Jacky plötzlich wie ein Stein zu Boden sank und dort regungslos liegen blieb. Hakim tauchte panisch zu ihr, rüttelte sie, doch Jacky bewegte sich nicht. Lediglich an ihren Luftblasen wurde deutlich, dass sie noch zu atmen schien.

Hakim griff unter Jackys Achseln, zog sie zu sich und signalisierte umgehendes Auftauchen. Auf einen Sicherheitsstopp konnten wir in Anbetracht der geringen Tauchtiefe ausnahmsweise mal verzichten. Trotz der prekären Situation tauchten wir langsam und kontrolliert zur Oberfläche, wobei mir auffiel, dass Sammy einen wenig besorgten Eindruck machte. Sie atmete verhältnismäßig ruhig und schien sich mehr für den bunten Fischschwarm, der an uns vorüberzog, zu interessieren denn für ihre bewusstlose Freundin. An der Oberfläche angekommen, füllte Hakim Jackys Weste mit Luft, nahm ihr Mundstück heraus, zog die Maske ab und klopfte ihr nervös auf die Wange. „Hey Jacky! Haaallo! Verdammt noch mal – mach die Augen auf!"

Sosehr Hakim sich auch bemühte, das Mädchen rührte sich nicht und schien jetzt auch nicht mehr zu atmen.

Verzweifelt schüttelte er Jacky und schrie. „Mach jetzt bitte keinen Scheiß! Atme!"

Dann schleppte Hakim das leblos anmutende Mädchen die letzten Meter im Achselgriff zum Boot, hievte sie an Bord, beugte sich über sie und hielt ihr die Nase zu, um Luft in ihren Mund zu blasen.

Da schlug Jacky mit einem Mal dornröschengleich die Augen auf und schlang ihre Arme um Hakims Hals. „Eine echte Prinzessin wacht immer erst dann wieder auf, wenn ihr Prinz sie küsst."

Sie öffnete ihren Mund, zog Hakim näher an sich heran und presste ihre Lippen auf die seinen. Hakim wusste erst gar nicht, wie ihm geschah, und realisierte nur langsam, dass die ganze Ohnmachtsnummer nur vorgetäuscht und Teil eines perfiden Verführungsplans gewesen war. Oder war das ihre angekündigte Rache?

Fassungslos stieß er Jacky von sich und bebte am ganzen Körper vor Wut. „Wie krank ist das denn!" Hakim versuchte sich zu beruhigen.

„Okay. Dass Mädels sich im Urlaub mal in ihren Tauchlehrer verknallen, ist normal. Aber was ihr hier veranstaltet, ist nicht mehr normal. Ihr seid geistesgestört und ich sollte euch einweisen lassen!" Hakim sah Sammy und Jacky eindringlich an. „Hört E-N-D-L-I-C-H auf damit. Ihr seid beide so blöd wie die Nacht finster. Ich stehe aber nicht auf dämliche Gören, sondern auf intelligente Frauen. Außerdem habe ich meine Traumfrau längst gefunden."

Hakim hielt kurz inne, als müsste er überlegen, dann fiel sein Blick auf mich und es brach unvermittelt aus ihm heraus.

„Doro. Ich liebe Doro!"

Ehe ich Einspruch erheben konnte, verschloss Hakim meinen Mund mit einem Kuss.

9

Von der Situation völlig überfordert sah ich Hakim perplex an und rannte davon. „Doro ... ich erklär es dir ...", rief er mir hinterher. Ohne Hakims Erklärung abzuwarten, flüchtete ich an den Bug, um meine Gedanken zu sortieren. Weshalb hatte Hakim mich eben geküsst? Hatte er sich wirklich in mich verliebt? Der Kuss hatte sich jedenfalls echt angefühlt und ich würde niemals so küssen, wenn ich nicht wirklich verliebt wäre. Aber wir hatten uns doch in letzter Zeit so gut verstanden. Wir waren im wahrsten Sinne des Wortes best Buddys geworden und Hakim hatte mich immer zum Lachen gebracht. Hatte er seine wahren Gefühle hinter der Maske des Spaßvogels versteckt? Nein. Das konnte ich mir nicht vorstellen und außerdem hätte ich das doch gemerkt.

Hätte ich das wirklich gemerkt? Ich konnte mich doch schon gar nicht mehr daran erinnern, wie es war und wie es sich anfühlte, wenn sich ein Mann für mich interessierte oder in mich verliebt war. Das lag Jahre zurück.

Würde es mir daher nicht auch ein klein wenig gefallen, von einem gutaussehenden, wesentlich jüngeren Mann begehrt zu werden? Im tiefsten Inneren meines Herzens musste ich gestehen: Ja, das wäre schon ein prickelndes Gefühl, aber mehr auch nicht. Er war achtundzwanzig, ich neununddreißig Jahre alt, also elf Jahre älter. Im Gegensatz zu Heidi Klum und vielen anderen Frauen wäre mir ein solcher Altersunterschied einfach zu groß und ich wäre höchstens verliebt ins Verliebtsein. Ob dieser emotional verwirrenden Ereignisse schwirrte mir der Kopf. Um die Sache schnell aufzuklären, müsste ich einfach nur mit Hakim reden. Direkt nach dem Kuss war ich einem Gespräch aus dem Weg gegangen, weil ich viel zu aufgewühlt war. Eine knappe Stunde später hatte ich mich wieder etwas beruhigt und wäre jetzt dafür bereit, aber dummerweise war Hakim gerade dienstlich beschäftigt. Er besprach mit Andi und Kiki den nächsten Tauchgang, bei dem er sie zwecks Orientierung begleiten sollte, und vertröstete mich auf später. Vermutlich musste ich bis heute Abend warten, worüber ich zugegebenermaßen gar nicht mal so unglücklich war. Vielleicht wollte ich ja doch nicht mehr so schnell Klarheit?

Was Isy wohl dazu sagen würde? Wie schätzte sie Hakims unvermittelten Gefühlsausbruch ein? War es für sie vorstellbar, dass Hakim sich tatsächlich in mich verliebt haben könnte? Leider war Isy heute nicht an Bord, sodass ich auch mit ihr nicht reden konnte.

Um auf andere Gedanken zu kommen, wollte ich erstmal mit der Lektüre eines spannenden Romans beginnen. Das klang gut. Ich kletterte also nach oben aufs Sonnendeck und machte es mir auf einer Matte bequem, als auch schon nach wenigen Sekunden wieder die Bootsglocke zum Mittagessen rief.

Die anderen Taucher, die bis jetzt lethargisch in der Sonne gelegen waren, sprangen im Gegensatz zu mir beim Glockenklang wie elektrisiert auf. Endlich gab es Essen. Ein Tauchgang verbrennt zwar an die 500 Kalorien, macht aber gleichzeitig auch wieder irre hungrig. Ein Teufelskreis für Diätwillige, der aufgrund der Leckereien, die zu Mittag immer im Salon aufgetischt wurden, nur schwer zu durchbrechen war. Von Nudeln, Reis, Hackfleischbällchen, Fisch, lecker gewürzten Hähnchen über Gemüse jedweder Art bis zu Salat war wirklich alles geboten. Es war mir immer ein Rätsel, wie der Koch mit seinen Helfern auf diesem kleinen Boot mit noch kleinerer Kombüse täglich ein derart feudales Menü zaubern konnte.

„Aufstehen Doro, sonst lassen wir dir nichts übrig!", scherzte Kiki von der Düsseldorfer Clique und kitzelte mich am Fuß.

So gut es mir sonst auch immer geschmeckt hatte, würde mein Körper gerade jedwede Nahrungsaufnahme verweigern. Ich hatte einfach keinen Appetit. Da Kiki mit dem Kitzeln nicht aufhörte, strampelte ich protestierend mit den Beinen und bat um Gnade. „Aufhören! Bitte! Ich schenke dir auch meine Portion, weil ich heute nicht zum Essen gehe."

Kiki hielt erstaunt inne. „Na, das ist ja mal ganz was Neues. Doro isst nichts. Was ist los? Montezumas Rache?"

„Hey, so verfressen bin ich nun auch wieder nicht und um meine Verdauung brauchst du dir auch keine Sorgen machen. Ich will gerade einfach nur hier liegen bleiben und mich von dem Tauchgang erholen."

Kiki lachte ungläubig auf. „Erholen von Tobia Arba? Der ganze Tauchgang war doch schon Erholung pur. Easy Riff, tolle Sicht, wenig Leute – ein Traum."

„Mit Sammy und Jacky eher ein Alptraum. Es gab ein wenig Ärger, aber no comment!"

Auf meine Bitte hakten Kiki und die anderen Düsseldorfer nicht weiter nach, nickten nur verständnisvoll und dachten sich ihren Teil.

„Lasst es euch schmecken, aber könnt ihr mir dann bitte eine Flasche Wasser mit hochbringen und auf der Getränkeliste einen Strich bei Doro machen? Merci!"

Ich hatte heute viel zu wenig getrunken und merkte, dass ich aufgrund dessen bereits leichte Kopfschmerzen bekommen hatte. Normalerweise trank ich pro Tauchgang einen Liter Wasser, um nicht zu dehydrieren. Viel Flüssigkeit verhindert beim Tauchen eine Austrocknung des Körpers und die damit in Zusammenhang stehende Dekompressionskrankheit. Von unten waren Essgeräusche und leises Gemurmel zu hören, einige bereiteten ihre Flaschen für den nächsten Tauchgang vor, was am unverkennbaren Zischen ausströmender Luft zu erkennen war und dazu klatschten kontinuierlich leichte Wellen gegen unser Boot. Exakt so musste Urlaub klingen. Ich streckte mich behaglich aus und suchte in meinem Rucksack nach meiner Urlaubslektüre. Lächelnd strich ich über das Cover. Den Krimi *Eine Frau für alle Fälle* hatte meine Freundin und ehemalige Kollegin Laura geschrieben, nachdem auch für sie die Lichter beim Fernsehen ausgegangen waren.

Sollte ich vielleicht auch mal versuchen einen Roman zu schreiben? Ich beantwortete mir diese Frage selbst mit einem entschiedenen Vielleicht.

Während die *Sea Angel* den Motor startete, um den nächsten Tauchplatz anzufahren, vertiefte ich mich in mein Buch.

„Duuuu, Doro?"

SAMMY!

Gleich geschieht der erste Mord und ich kenne auch schon Opfer und Täterin!

Unwillig knurrte ich ohne aufzusehen. „Ja. Was ist?"

„Glaubst du, dass du viel intelligenter bist als Jacky und ich?"

„Das will ich doch mal stark hoffen."

Sammy ließ sich von meiner bissigen Antwort leider nicht abschrecken und plapperte weiter.

„Das is aber auch ganz logisch, weil du ja viel älter bist als wir. Die Klugheit kommt nämlich mit dem Alter. Das hat meine Oma gesagt und die wird echt jedes Jahr immer klüger."

Jacky riss entsetzt die Augen auf. „Aber Hakim würd sich doch nie in ne runzlige Oma verknallen, nur weil die so intelligent is."

„Spinnst du? Hakim steht nur auf junge, sexy Frauen, die aber trotzdem schon intelligent sind", brachte Sammy den komplizierten Zusammenhang auf einen Nenner, woraufhin ein kleiner Funke von Erkenntnis in Jackys Augen aufblitzte. „Ach deswegen hat er sich in Doro verknallt. Die ist intelligent und na ja ... so mittelalt. Aber weil sie noch nicht so viele Falten hat, geht das für Hakim gerade noch so klar."

Angestrengt massierte ich meine Schläfen. Mein Kopf schmerzte, aber aktuell lag dies nicht nur an mangelnder Flüssigkeitszufuhr. So viel Dummheit tat einfach nur weh, doch Sammy kannte keine Gnade.

„Aber du hast Hakim ja abblitzen lassen. Wenn ich jetzt ganz schnell intelligent werde, verliebt er sich vielleicht doch noch in mich."

„Oder mich!", überlegte Jacky optimistisch. „Kannst du uns vielleicht n paar Tipps geben?" Ich schüttelte bedauernd den Kopf. „Intelligenztraining kann nur dann funktionieren, wenn wenigstens ein kleines bisschen Hirn vorhanden ist. Bei euch sehe ich da aber leider schwarz."

Es hatte dann tatsächlich noch eine Weile gedauert, bis die Mädels meine Aussage verstanden hatten. Dann wurde ich aufs Übelste als arrogante, gemeine Bitch beschimpft, der sie es noch zeigen würden. Um intelligent zu werden, würden sie meine Hilfe jedenfalls nicht brauchen, weil ohnehin alles im Internet stehen würde und ein bisschen Herumsurfen wäre ja wirklich keine große Kunst. „Dolphins!", schrie es plötzlich aufgeregt aus Richtung Heck und beendete die leidige Intelligenzdiskussion auf dynamische Weise. Alle sprangen auf und stürzten aufgeregt auf die Taucherplattform. Da ich bereits ahnte, was nun kommen würde, stand ich lediglich auf, um das weitere Geschehen von oben zu beobachten.

Tatsächlich schwamm eine Gruppe von Delfinen begeistert neben unserem Boot her. Es bereitete ihnen offensichtlich großes Vergnügen, ein wenig mit der fahrenden *Sea Angel* zu spielen und uns dabei ihre Geschwindigkeit, Wendigkeit und Eleganz zu demonstrieren.

Fasziniert sah ich dem fröhlichen Spiel zu, während alle anderen hektisch in ihren Kisten nach Maske, Schnorchel und Flossen suchten, um sich zu den Tieren ins Wasser zu stürzen. Der Kapitän hatte zu diesem Zweck den Motor gestoppt und die Sea Angel lag nun ruhig im Wasser, was die Delfine wiederum zu langweilen schien. Womit sollten sie nun spielen oder sich ein Wettschwimmen liefern? Etwa mit diesen lahmen Kreaturen der Kategorie Mensch, die da so ungelenk ins Wasser plumpsten? Wie öde. Da suchten sie sich doch lieber ein anderes Boot.

Zurück blieben enttäuschte Schnorchler, die bestenfalls noch das letzte Winken einer Delfinflosse zu sehen bekamen.

Ich musste grinsen. Es war immer das Gleiche. Schnorchler sprangen ins Wasser, Delfine schwammen weg. Ich hatte es in meiner ganzen Taucherkarriere noch nie erlebt, dass ein freilebender Delfin an der Wasseroberfläche freiwillig Kontakt zu mir gesucht oder gar fröhlich mit mir gespielt hatte. Unter Wasser würde das Erzählungen zufolge sogar des Öfteren vorkommen, doch die große Ehre, von einem Delfin zur Spielkameradin erwählt zu werden, wurde mir bis jetzt leider noch nie zuteil.

Nach diesem kurzen Intermezzo startete der Kapitän wieder den Motor, nahm Kurs auf das Riff Tobia Hamra und nur wenige Sekunden später waren auch unsere Delfine wieder da. Sie schwammen fröhlich ums Boot herum und stießen dabei helle Töne aus, als freuten sie sich tierisch, die Menschen einmal mehr an der Nase herumgeführt zu haben. An Tobia Hamra angekommen, zogen alle außer Sammy und Jacky, denen Hakim für heute Tauchverbot erteilt hatte, ihre Anzüge wieder an. Ich hatte Andi gebeten, mich bei Hakim für diesen Tauchgang zu entschuldigen, weil Tobia Hamra *mit seinen unübersichtlichen Steinkorallenformationen* nicht zu meinen Lieblingstauchplätzen gehörte und weil ich vor einem gemeinsamen Tauchgang erst mit Hakim reden wollte.

Ich blieb also mit Sammy und Jacky auf dem Sonnendeck, die mich noch immer mit Verachtung straften und keines Blickes würdigten. Stattdessen besprachen sie lautstark ihre neuen Eroberungspläne, starrten dann konzentriert auf ihre Smartphones und murmelten dabei vor sich hin.

Eine Weile beobachtete ich kopfschüttelnd das skurrile Treiben, bis es mir wie Schuppen von den Augen fiel. Hakim hatte geahnt, dass die beiden niemals aufhören würden ihn anzubaggern. Um diese Nymphen dauerhaft loszuwerden, hatte er zu drastischen Maßnahmen greifen müssen. Dafür war ihm dann auch jedes Mittel recht gewesen und er hatte mich geküsst. Nicht aus Liebe, sondern aus purer Verzweiflung. Ich war für ihn nur besagtes Mittel zum Zweck gewesen. Wie hatte ich nur jemals etwas anderes in Betracht ziehen können?

War ich jetzt erleichtert oder enttäuscht, dass Hakim doch nicht in mich verliebt war?

Irgendwie beides.

Nein, erleichtert!

Definitiv!

Es war besser so. Wieder im Divers Village angekommen, reinigte und verstaute ich schnell mein Equipment und suchte dann nach Hakim. Jetzt wäre der ideale Zeitpunkt zu reden, doch er war wie vom Erdboden verschluckt, sodass ich wenigstens Isy die Ereignisse des heutigen Tages erzählen wollte. Obwohl ich den Grund für Hakims Kuss bereits zu kennen glaubte, interessierte mich brennend, ob meine beste Freundin die Sache eventuell anders interpretierte?

„Hey Süße, hast du mal nen Moment? Ich muss dir unbedingt was erzählen!“ Die Dringlichkeit in meiner

Stimme ließ Isy prompt innehalten. „Okay, schieß los.“ In Anbetracht der vielen Leute wäre ein ruhiges Vieraugengespräch an der Taucherbar unmöglich gewesen. „Hier ist mir zu viel los. Kommst du kurz mit zu mir?“ Obwohl ich Isy ansah, dass sie vor Neugierde fast platzte, nahm sie mich ein wenig hoch. „Drama Queen Doro macht es mal wieder spannend. Klar komme ich bei dir vorbei, aber vorher will ich noch schnell in die Apotheke ein Medikament für Chris besorgen, okay?“ Im Abgehen drehte sich Isy dann doch noch einmal um. „Worum geht es denn? Ein kleines Stichwort?“

Mit einem Augenzwinkern schüttelte ich den Kopf. „Je gespannter du bist, desto schneller bist du bei mir! Grüß mal den Chris und wünsch ihm gute Besserung!“

„Mach ich! Bis gleich!“

Bis Isy zu mir kommen würde, blieb mir noch genügend Zeit für eine ausgiebige Dusche und ich duschte so lange, bis meine Haut schon ganz runzelig wurde.

In einem heißen, wasserarmen Land wie Ägypten sollte meine heutige Duscharie allerdings eine absolute Ausnahme gewesen sein. Ich beruhigte mein schlechtes Gewissen ein klein wenig damit, dass die Instandhaltung der vielen Golfanlagen, die mitten in die Wüste gebaut wurden, Tag für Tag wesentlich mehr Wasser verbrauchte. Was tat man nicht alles zum Amüsement der Reichen und Schönen.

Ich rubbelte mich mit einem großen Handtuch ab, wickelte mich darin ein und ließ mich wohlig aufs Bett fallen. Es könnte gerade nicht schöner sein, wenn mich nicht eine Frage beschäftigen würde. Was steckte dahinter, dass Hakim noch nicht mit mir gesprochen hatte?

War ihm etwas dazwischengekommen oder …? Ein leises Türklopfen riss mich aus meinen Gedanken. Das musste Isy sein. Vorfreudig stand ich auf, um meiner Freundin zu öffnen, doch es war nicht Isy.

„Hakim?“

Gespannt wartete ich ab, was er wohl gleich sagen würde. Doch dann ritt mich der Teufel. Ich wollte schnell und unmissverständlich wissen, was Sache war, und fiel ihm überschwänglich um den Hals. „Hakim mein Liebster! Endlich! Warum hast du mich nur so lange warten lassen? Ich liebe dich doch auch!“ Erwartungsvoll sah ich ihn an, doch es kam erstmal nur ein Räuspern aus Hakims Mund. Dann nahm er all seinen Mut zusammen.

„Ähm Doro … ich fürchte, ich muss da was klarstellen. Darf ich kurz reinkommen?“

Okay. Damit war die Sache eindeutig geklärt und machte weitere Klarstellungsbemühungen seitens Hakims hinfällig. Ich switchte also sofort wieder um auf beste Kumpeline. „Reingefallen! Die Liebesnummer hab ich dir nämlich echt nicht abgekauft. Komm rein und mach’s dir gemütlich!“

„Du bist sooo gemein!“, schimpfte Hakim, folgte mir dann aber doch sichtlich erleichtert in meinen Bungalow, wo ich mich betont lässig auf einen Sessel fallen ließ. Dabei bemerkte ich, dass ich lediglich mit einem Handtuch bekleidet war, sprang wie von der Tarantel gestochen wieder auf und huschte ins Bad. In Ermangelung frischer Klamotten zog ich wieder mein nicht mehr ganz fleckenfreies Tauchboot-Kleid an. Frische Unterwäsche war im Bad auch nicht deponiert und mein nasser Badeanzug war definitiv keine Alternative.

Lass dir jetzt bloß nicht anmerken, dass du nichts drunter trägst. Beine geschlossen halten und keine unüberlegten Bewegungen.

„Oh Mann, ich bin echt froh, dass du meine Kuss-Attacke so cool weggesteckt hast", nahm Hakim das Gespräch wieder auf. „Da gab es für mich gar nichts wegzustecken", behauptete ich eine Spur zu souverän, was Hakim zum Glück nicht merkte. „Aber entschuldigen darf ich mich schon bei dir? Also ganz großes Sorry. Ich war heute so dermaßen sauer auf Jacky, dass ich dich einfach geküsst habe."

„Ist ja auch der beste Grund, eine Frau zu küssen", kommentierte ich dann doch leicht süffisant.

Hiervon etwas verunsichert fuhr Hakim fort. „Nochmal sorry, ich meine ... das war mehr so im Affekt. Sammy und Jacky waren bis jetzt ja nur nervig und wir haben dann sogar über ihre Aktionen gelacht. Das war echt alles noch harmlos. Aber als Jacky heute versucht hat mich zu küssen, sind mir einfach die Sicherungen durchgebrannt. Du warst gerade in der Nähe und da habe ich eben ... na ja, da hab ich spontan behauptet, dass du meine Traumfrau bist." Genauso hatte ich mir das alles selbst schon zusammengereimt, wobei es mir mit einem Mal diebisches Vergnügen bereitete, den guten Hakim noch ein klein wenig zu quälen. „Soso. Ich bin also deine Traumfrau, weil ich rein zufällig im richtigen Moment neben dir gestanden bin? Es hätte also auch jede andere Frau sein können?" Hakim hob deeskalierend die Hände.

„Ja, nein, also ich meine JA, aber mal ganz abgesehen davon bist du wirklich eine tolle Frau!"

Er windet sich wie ein Aal. Herrlich!

„Entschuldigung angenommen!“, entschied ich den Ärmsten endlich zu erlösen. „Aber mach das nie wieder, sonst dreh ich dir unter Wasser die Luft ab.“

Versöhnlich streckte ich Hakim meine Hand entgegen, welche dieser dankbar ergriff. „Versprochen! Aber weißt du, was echt zum Verzweifeln ist? Sammy und Jacky glauben nach deiner Abfuhr, wieder im Rennen zu sein, und sind idiotischer als je zuvor.“

„Geht das überhaupt?“

Hakim stöhnte verzweifelt auf. „Hast du eine Ahnung. Seit sie wissen, dass ich auf kluge Frauen stehe, machen sie einen auf gebildet. Sammy hat zum Beispiel versucht, die kleine Nachtmusik zu pfeifen, und zwar so falsch, dass mir die Ohren wehtaten.“ Gequält schlug er die Hände vors Gesicht. „Und dann hat sie auch noch behauptet, dass BACH ihr Lieblingskomponist sei ...“

Trotz allem konnte ich mir ein leichtes Schmunzeln nicht verkneifen. „Da ist Mozart wohl mal den Bach runtergegangen. Kann passieren.“ Hakim stöhnte verächtlich. „Und Dumpfbacke Jacky hat mir dann erst die aktuelle Literatur-Bestsellerliste runtergebetet und anschließend noch in höchsten Tönen von Shakespeares Romeo und Julia geschwärmt. Sie hat irgendwas von Tragödie, Gut und Böse, Schicksal oder freiem Willen gefaselt und dass es am Ende doch das Rotkehlchen war und nicht die Amsel.“

Ich schmiss mich unter Berücksichtigung meiner spärlichen Bekleidung lachend aufs Bett und konnte mich gar nicht wieder einkriegen. „Es war das Rotkehlchen und nicht die Amsel“, prustete ich. „Da war die Hirnspeicherkapazität wohl am Ende.“

Hakims Blick war ein einziges Fragezeichen. „Na ja. Die beiden haben wohl den ganzen Nachmittag Wikipedia-Einträge auswendig gelernt. Intelligenz aus der Konserve, du verstehst?“

„Das ist krank.“

„Liebeskrank“

„Dieser Spuk muss ein Ende haben, und zwar schnell!“ Hakim dachte eine Weile nach, bis seine Augen schelmisch aufblitzten. „Wir könnten die zwei Plagen etwas hinters Licht führen. Machst du mit?“

„Kommt darauf an ...“, antwortete ich vage, weil ich noch keine Ahnung hatte, was Hakim vorhaben könnte. „Hast du die Gesichter der beiden gesehen, als ich dich geküsst habe? Das war Gold wert!“ Das mochte schon sein, aber worauf wollte Hakim hinaus?

„Und weil es dir doch auch großen Spaß macht, die zwei blöd aussehen zu lassen ...“

„Ja?“

„... könnten wir doch so tun, als wären wir wirklich ein Paar!? Dann wäre ich sie nämlich für immer los.“

OH NO! Wie konnte Hakim nur auf so eine abstruse wie gewagte Idee kommen? Und wie stellte er sich das Ganze überhaupt vor? Was müsste ich tun, um glaubhaft als seine Freundin rüberzukommen? Wie weit müsste ich gehen?

Ein Bussi hier und da, Händchen halten, Kuscheln und Umarmungen in der Öffentlichkeit wären sicher das Mindeste. Was würde so viel körperliche Nähe mit mir machen? Auch wenn alles nur gespielt wäre, war ich eine Frau und kein Eisblock und müsste mich für dieses Theater auf emotionales Glatteis begeben.

Ganz abgesehen davon waren wir keine sechzehnjährigen Teenies mehr. Es wäre doch fürwahr albern in unserem Alter noch zu solch pubertären Mitteln zu greifen.

Aber spannend wäre es schon irgendwie ...

„Das ist alles schön und gut – aber auch nur für dich! Du hättest ein für alle Mal deine Ruhe. Mir würde es einen Tag lang sicher auch Spaß machen in blöde Gesichter zu schauen. Das nutzt sich aber schnell ab. Ne Win-win-Situation sieht für mich anders aus", protestierte ich.

„Okay. Wenn dir der Spaß allein nicht reicht, leg ich noch ne Schippe drauf", versprach Hakim großzügig. „Wie wäre es mit Equipment Vollversorgung – ich meine, deine Kiste täglich aufs Boot packen und Flasche vorbereiten."

Ich verzog keine Miene, sodass Hakim schnell nachlegte.

„Okay ... natürlich inklusive Waschen und Aufhängen am Abend."

Das waren notwendige Tätigkeiten, die von den meisten aber als äußerst lästig empfunden wurden. Nach einem Tauch-Tag war man groggy und würde sich am liebsten auf direktem Weg an die Taucherbar begeben. Hakim wusste das ganz genau und hoffte, hoch genug gepokert zu haben.

„Deal?"

10

„Willst du wirklich heute schon wieder tauchen?" Isy sah Chris mit skeptisch-besorgter Miene an und schob ihre Equipment-Kiste unter die Bank am Heck der Sea-Angel. Wie zur Bestätigung begann Chris seine Flasche für den ersten Tauchgang vorzubereiten. „Mein kleiner Floh – Ich will nicht nur, ich werde auch tauchen gehen. Erstens fühle ich mich wieder gesund, zweitens halte ich es nicht länger aus, nur im Büro oder am Empfang herumzusitzen, und drittens kann ich es mir auch nicht leisten noch länger krank zu sein." Isy wirkte nach wie vor wenig überzeugt und ließ die letzten beiden Argumente nicht gelten. „Deinem Körper ist das aber egal und wenn du mich fragst, solltest du dich noch ein paar Tage schonen." Chris verdrehte leicht genervt die Augen. „Ich frag dich aber nicht und außerdem – wie soll das gehen? Morgen kommen die neuen Gäste, wir haben Anmeldungen für Tauchkurse und zusätzlich noch Tauchanfänger, die erfahrungsgemäß immer gerne einen Guide dabeihaben." Eindringlich sah Chris seine Frau an. „Wir sind eine kleine Tauchschule und brauchen wirklich jeden Mann!" Isy musste sich geschlagen geben. „Du hast ja recht." Da sie sonst nichts mehr für ihn tun konnte, begann sie ihren uneinsichtigen Mann von oben bis unten mit Sonnencreme Lichtschutzfaktor fünfzig zu besprühen. Damit war er wenigstens vor einer Verbrennung geschützt. Obwohl ich Isys Sorge teilte, wäre es völlig sinnlos gewesen, mich in diese Diskussion einzumischen. Wenn Chris sich nämlich etwas in den Kopf gesetzt hatte, zog er das auch durch und wenn er sich tatsächlich wieder fit fühlte, war der heutige Tag für einen vorsichtigen Testtauchgang nahezu ideal.

Solange die neuen Gäste noch nicht da waren und alle anderen Taucher, bis auf Sammy und Jacky, alleine klarkamen, hatten sie tatsächlich etwas Luft und konnten mal wieder zu zweit tauchen gehen. Obwohl oder gerade weil

Isy und Chris die Tauchbasis leiteten, war ihnen dieser Luxus fast nie vergönnt.

„Aber sobald du merkst, dass es nicht geht oder du dich nicht gut fühlst, brechen wir den Tauchgang diskussionslos ab, versprochen?" Während Chris dies hoch und heilig versprach, machte ich mich vorsichtig bemerkbar und wünschte einen guten Morgen. In ihrer Sorge um Chris hatte Isy meine Anwesenheit gar nicht wahrgenommen, doch bei meinem Anblick wurde ihr schlagartig bewusst, dass sie mich gestern Abend versetzt hatte.

„Oh mein Gott, Doro! Ich hab's total verschwitzt. Sorry! Das holen wir jetzt nach." Isy ließ alles stehen und liegen, hakte sich bei mir unter und lotste mich energisch Richtung Bug. Sie wollte alles wissen, und zwar augenblicklich. Noch auf dem Weg überhäufte sie mich mit Fragen. „Warum sollte ich gestern so dringend zu dir in den Bungalow kommen? Was wolltest du mir erzählen? Was ist passiert? Was Schlimmes? Was Schönes?" Isys Fragenwasserfall erinnerte mich auf frappierende Weise an Ronja. Was Impulsivität, Ungeduld und Neugierde anging, waren sich die beiden sehr ähnlich und ich wollte meine Freundin nicht länger auf die Folter spannen.

Ich erzählte von Hakims überraschendem Kuss nebst Liebeserklärung. „Am Ende hat sich dann aber herausgestellt, dass er mich nur wegen Sammy und Jacky geküsst hat. Zur Abschreckung, du verstehst? Er ist gar nicht in mich verliebt – genauso wenig wie ich in ihn."

Isy sah mich mit süffisantem Lächeln an. „Soso."

„Nix *soso.* Hakim und ich verstehen uns super, mehr aber auch nicht. Er ist gestern sogar noch bei mir vorbeigekommen und hat sich für den Kuss und alles entschuldigt und gut."

Isy sah mich mit Kennerblick an. „Und gut klingt für mich irgendwie anders." Von freundschaftlichen Röntgenstrahlen grell durchleuchtet, kam ich nicht umhin mit der Wahrheit herauszurücken. „Okay, weil Sammy und Jacky einfach nicht mit ihrer Anbaggerei aufhören, soll ich jetzt seine Freundin sein. Natürlich nur gespielt und auch nur solange die beiden noch da sind. Diese Gören etwas hochzunehmen wäre doch ein Riesenspaß?", lotete ich vorsichtig Isys Meinung zu diesem Vorhaben aus, doch ihre Reaktion war kategorisch.

„Nein!"

„Warum Nein? Wir sind einfach nur best Buddys und ich würde wirklich nur helfen", beteuerte ich inbrünstig, was Isy noch immer nicht überzeugte. „Helfen? Schon klar ... Ich glaube, du hast dich ein wenig in Hakim verknallt, was ja ganz süß ist. Aber wenn du dich auf dieses fragwürdige Experiment einlässt, habe ich etwas Angst um dich."

Isy legte ihre Hand auf meine Schulter und sah mich eindringlich an.

„Schau mal ... andere Frauen könnten vielleicht problemlos mit so einer Nummer klarkommen, aber ich kenne dich viel zu gut und zu lange. Wenn du Hakim so nahekommst, wirst du dich garantiert ernsthaft in ihn verlieben und das wäre nicht gut."

„Weil ich zu alt für ihn bin?"

Isy schüttelte abwehrend den Kopf. „Blödsinn. Ihr passt einfach nicht zusammen. Du bist Deutsche, er ist Ägypter."

„Halbägypter"

„Ob halb oder ganz, ist Erbsenzählerei. Es würden zwei so unterschiedliche Kulturen aufeinanderprallen, die völlig inkompatibel sind. Ich habe es jedenfalls noch nie erlebt, dass eine Deutsche langfristig mit ihrer ägyptischen Urlaubsliebe glücklich geworden ist. Im Gegenteil. Ich könnte den Weg von der Basis bis zum Meer mit gebrochenen Frauenherzen pflastern."

„Ich weiß, ich weiß. Erzähl mir was Neues", forderte ich mit gespieltem Gähnen.

„Dann denk nicht mal darüber nach, mit dem Feuer zu spielen."

„Du hast ja recht. Ist gut."

„Ist besser für dich."

„Ist wohl das Beste."

Isy nahm mich erleichtert in den Arm. „Wenn Hakim von den Mädels genervt ist, ist das sein Problem und nicht deines. Außerdem kann er mir nicht erzählen, dass er als selbstbewusster Mann nicht in der Lage ist, alleine mit zwei lästigen Verehrerinnen fertigzuwerden."

„Kann mir bitte mal jemand kurz helfen? Ich habe ein Problem mit meinem Inflator. Der klemmt irgendwie", rief Britta aus Richtung Heck. Da unser Gespräch ohnehin beendet war, versprach Isy hilfsbereit. „Bin gleich bei dir!" In Sachen Hakim hatte sie alles gesagt und sah mich nur noch einmal warnend an. Wenn Hakim nicht mit Sammy und Jacky klarkam, war das in der Tat nicht mein Problem, überlegte ich. Da hatte Isy sicher recht, aber wäre es andererseits wirklich ein Problem für mich, wenn ich mich auf Hakims Deal einlassen würde? Wenn ich die Sache völlig emotionslos und souverän angehen würde, könnte ich es doch auch ganz entspannt genießen, für eine Weile die Freundin eines attraktiven, elf Jahre jüngeren Mannes zu sein.

Inzwischen war es nicht nur für alternde Stars und Sternchen in den USA, sondern auch für ganz normale deutsche Frauen en vogue, sich für eine Weile mit einem wesentlich jüngeren Mann als Liebes-Accessoire zu schmücken.

Außerdem konnte es mir auch völlig egal sein, was andere taten oder dachten. Hauptsache, mir ginge es gut damit.

Als Singlefrau Ende dreißig war es nämlich gar nicht mehr so einfach, einen Partner zu finden und obwohl ich mir immer einredete, auch ohne Mann glücklich zu sein, fehlte mir manchmal eben doch irgendwer oder irgendwas ... Meine Freundin Sandra hingegen war beruflich ständig in der ganzen Welt unterwegs und hätte gar keine Zeit für eine feste Beziehung. Bedürfnisse erotischer Natur befriedigten gegebenenfalls Callboys im Hotelzimmer der jeweiligen Stadt. Dieses Vergnügen war zwar nicht ganz billig, aber laut Sandra waren die Jungs alle Vollprofis und von daher auch jeden Cent wert gewesen. Verliebt hatte sie sich natürlich in keinen ihrer Galane. Sie hatte von vornherein gewusst, worauf sie sich eingelassen hatte und dass Gefühle bei Damen und Herren des horizontalen Gewerbes im Preis nicht inbegriffen waren.

War ich diesbezüglich vielleicht ein bisschen verklemmt? Entschlossen straffte ich mich. Nein! Wenn Sandra und viele andere Frauen das hinbekamen, sollte ein *Mann to go* auch für mich kein Problem sein. Wir lebten schließlich im 21. Jahrhundert. Man mochte es für unvernünftig, dumm oder naiv halten, dass ich wenig später vor Hakim stand, den ich zum Glück mal alleine antraf. So souverän und tough wie möglich schlang ich meine Arme um seinen Hals – als wäre es für mich die normalste Sache der Welt.

„Deal!"

Gestern Abend hatte ich mich nicht mehr eindeutig zu Hakims Vorschlag geäußert, sondern ihn eine ganze Nacht im Unklaren gelassen. Daher starrte er mich jetzt auch leicht überrumpelt an, was ich geschickt zu meinen Gunsten nutzte.

„Zu deinen vorgeschlagenen Konditionen zuzüglich Dekobier und Pommes an der Taucherbar for free." Hakim seufzte gespielt theatralisch auf. „Schneckchen, du bist mein finanzieller Ruin. Aber ... Deal!"

Bis hierher fühlte ich mich sicher, weil ich meinen Text gelernt und die Situation in Gedanken zig Mal durchgespielt hatte. Doch was jetzt kam, war absolutes Neuland und ich bekam unversehens Angst vor meiner eigenen Courage. Von einer Sekunde auf die andere hatte ich einen Freund, was mich mehr verunsicherte, als mir lieb war. Mein Phantasiegebilde der toughen, modernen Frau, die gleich einer Zirkusartistin souverän mit Gefühlen jonglieren konnte und sich hier und da ohne Netz und doppelten Boden auch mal einen Mann oder Callboy gönnte, fiel wie Staub in sich zusammen.

Fast erleichtert stellte ich fest, dass Isy recht hatte. Eine solche Frau war ich nicht und ich wollte auch nie so werden. Ich wollte mich richtig verlieben, beim Gedanken an ihn Herzklopfen und feuchte Hände bekommen, Schmetterlinge im Bauch haben, an nichts anderes mehr denken können, stundenlang telefonieren, mich vor einem Date hundertmal umziehen, um dann festzustellen, dass ich rein gar nichts zum Anziehen hatte und dringend noch shoppen gehen musste – eben das ganze Programm.

Aber jetzt war es zu spät. Ich hatte mich auf diesen Deal eingelassen. Unsicher tastete ich mich vor. „Und jetzt?"

„Wie und jetzt?"

„Na ja, was müssen wir denn jetzt so machen? Als Liebespaar meine ich." Hakim schien sich darüber noch gar keine Gedanken gemacht zu haben. Er begann erstmal mit seinem Job den nächsten Tauchgang auf die Tafel zu zeichnen. Nachdem er sein Kunstwerk beendet hatte, schrieb er mit verschmitztem Grinsen in die Mitte D+H und zeichnete ein Herz darum. „Ob das schon reicht? Wohl nicht", beantwortete er sich die Frage selbst und befeuchtete sein Handtuch mit Wasser aus seiner Trinkflasche, um sein Liebes-Statement wieder wegzuwischen. „Scherz beiseite. Ich würde vorschlagen, wir halten erstmal Händchen, ich gebe dir ab und zu ein kleines Küsschen und nenne dich Habibi. Das sollte für den Anfang reichen." Erleichtert atmete ich auf. „Ich habe schon gedacht, dass wir wild knutschen müssen. Das könnte ich aber auch!" Hakim entgleisten die Gesichtszüge. „Natürlich nicht echt", versicherte ich eilig. „Ich weiß, wie so ein Bühnenkuss funktioniert. Hat mir mal ein Schauspieler gezeigt." Ich biss mir auf die Zunge. Weshalb hatte ich das jetzt gesagt? Wollte ich etwa mit Hakim Fake-Knutschen? Das stand im Augenblick jedoch gar nicht zur Debatte, da wir uns noch auf dem Händchenhalt-Level bewegten. „Keine Angst. Ich glaube nicht, dass wir so weit gehen müssen, aber …“ Ich dachte kurz nach. „Warum hast du eigentlich keine echte Freundin? Dann könnten wir uns das ganze Theater nämlich sparen.“

Hakim seufzte. „Das ist gar nicht so leicht. Einheimische Frauen passen irgendwie nicht zu mir. Denen bin ich zu deutsch. Deutsche Touristinnen kommen aber auch nicht in Frage, weil die nach zwei oder drei Wochen wieder nach Hause fliegen.“

„Wie man sieht, hättest du bei denen aber viele Chancen.“ Hakim winkte ab. „Das schon, aber ich habe keine Lust auf kurze Affären, ich will eine richtige Beziehung.“

Über Hakims Traum von Monogamie hatten wir noch nie gesprochen, aber ich hätte ihn anders eingeschätzt.

„Da bist du aber wirklich eine große Ausnahme in diesem Land.“ Hakim lächelte gequält. „Ich weiß. In Sachen Liebe und Treue ist unser Ruf nicht gerade der beste – und manchmal leider auch zu Recht. Meine ehemaligen Kollegen in Sharm el Sheikh zum Beispiel waren junge Kerle. Zu Hause hatten die immer nur verhüllte Frauen mit Kopftüchern gesehen. Beim Anblick von hübschen Mädels in knappem Bikini haben ihre Hormone völlig verrücktgespielt. Die haben echt alles mitgenommen, was nicht bei drei auf der Palme war.“

„Und Hormone rechtfertigen mal wieder alles?“, kommentierte ich bissig.

„Natürlich nicht, aber sie hatten trotzdem ständig eine neue Freundin, der sie ewige Liebe und Treue geschworen haben …“

„Um sie möglichst schnell ins Bett zu kriegen.“

„Yep. Wenn die Mädels dann wieder weg waren, mussten die Jungs höllisch aufpassen, ihre Eroberungen nicht zu verwechseln. Deswegen haben sie auch alle *BABY* genannt und ihnen auch immer die gleichen Liebesbotschaften geschickt."

„Zum Beispiel?"

Hakim musste nicht lange überlegen. „Das Übliche. Was Frauen eben so hören wollen.

I miss you so much baby, I think of you baby, I love you baby, I want to CU again baby, when I look to the moon I only see your beautiful face baby und so weiter. Das ist so lange gut gegangen, bis zwei Babys gleichzeitig wieder aufgetaucht sind. Da haben die Jungs dann ihr blaues Wunder erlebt – und wütende Frauen können verdammt grausam sein …", schmunzelte Hakim, während die Sea Angel an unserem heutigen Riff Tobia Soraya ankerte. Auch wenn ich hierzu noch einiges zu sagen gehabt hätte, war für Diskussionen über Schuld und Sühne gerade keine Zeit mehr, denn Hakim rief zum Briefing nach oben.

„Tobia Soraya ist ein vielseitiges Riff mit zwei nebeneinanderliegenden Riffblöcken." Er deutete auf seine Tafel und ich musste in Erinnerung an das Herz versonnen lächeln. „Wenn ihr Richtung Norden weitertaucht, findet ihr eine Kette kleinerer und größerer Korallensäulen. Ein besonderes Highlight ist aber ein Tunnel voll mit Glasfischen. Wenn ihr gut tariert seid, könnt ihr da sogar durchtauchen. Wie immer gut Luft und viel Spaß", beendete Hakim sein Briefing. Da Sammy und Jacky uns auch heute wieder begleiteten, konnten wir die Sache mit dem Tunnel wohl vergessen, aber ich freute mich trotzdem auf diesen Tauchgang.

Nach dem obligatorischen Buddycheck sprangen wir alle ins Wasser, wobei Isy und Chris verständlicherweise etwas aufgeregt waren. Beim Abtauchen warf ich einen besorgten Blick auf Chris, der vorsichtig und langsam, aber völlig problemlos nach unten sank. Zum Glück. Nach einem erleichterten Abschiedsgruß trennten sich unsere Wege und Hakim, Sammy, Jacky und ich tauchten alleine weiter. Nach einem prüfenden Blick stellte ich erfreut fest, dass unsere Tauch-Küken heute erstaunlicherweise ganz gut klarkamen. Waren sie etwa flügge geworden?

Am ersten Block begegnete uns gleich ein hübsches Falterfischpärchen. Diese Fische traten je nach Art im Schwarm oder als Paar auf und blieben dann auch ihr ganzes Leben lang zusammen.

Hakim tauchte vorsichtig an das Fischpärchen heran und ergriff dabei ganz beiläufig meine Hand. Erschrocken zuckte ich zurück, bis mir gerade noch rechtzeitig einfiel: Vor Sammy und Jacky waren wir jetzt ja ein Liebespaar. Hakim hätte mich aber ruhig vorwarnen können, dass meine schauspielerischen Dienste schon bei diesem Tauchgang zum Einsatz kommen sollten. Aber gut –

Under water love, Szene 2 – und bitte!

Ich tauchte ganz nah an Hakim heran, sah ihm Maske an Maske verliebt in die Augen, nahm mein Mundstück heraus und gab ihm ein Küsschen auf die Wange. Dann legte ich meine Hand wieder in die seine und spürte, wie ein warmes Gefühl meinen Körper durchströmte. Das war zwar unprofessionell, fühlte sich aber trotzdem sehr gut an. Sammy und Jackys Köpfe flogen synchron herum und starrten uns entgeistert an. Hakim hatte recht. Diese Blicke waren Gold wert und ich weidete mich genüsslich daran. Mein Liebster tat, als würde er von alldem nichts bemerken, und hielt weiter ungerührt meine Hand. Auf dem Weg zum zweiten Riffblock wurde ich dann aber etwas melancholisch. Wann war ich das letzte Mal Hand in Hand mit einem Mann durchs Riff getaucht? Mit einem Mann, der mich wirklich liebte und ich ihn? Das war Jahre her. Mit Ronja hielt ich beim Tauchen zwar auch manchmal Händchen und mit Tauchfreunden vielleicht auch hier und da mal so zum Spaß, aber der letzte *richtige* Mann war ... Unwillig versuchte ich diesen Gedanken zu verdrängen. Es war Jan. Der Jan, mit dem ich über und unter Wasser immer so glücklich gewesen war, den ich über alles geliebt hatte, dem ich vertraut hatte, mit dem ich wie ein Falterfisch für den Rest meines Lebens zusammenbleiben wollte, der Jan, der mich dann so endlos verletzt und enttäuscht hatte. Ich konnte trotz allem nicht verhindern, dass sich Hakim in meiner Vorstellung in Jan verwandelte, der händchenhaltend mit mir durchs Riff schwebte. Schluss damit! Jan hatte in meinem Leben nichts mehr zu suchen! Unwillkürlich holte ich aus, um dieses Phantombild beiseite zu stoßen, wobei ich lediglich meinem ahnungslosen Buddy einen heftigen Schlag in die Rippen verpasste. Erschrocken über mich selbst sah ich ihn entschuldigend an. Hakim winkte jedoch lässig ab. Er war nur kurz zusammengezuckt, hatte meine Hand aber zum Glück nicht losgelassen ...

Wieder im Hier und Jetzt bemerkte ich, dass wir inzwischen auch den zweiten Korallenblock umrundet hatten. Der war sicherlich auch wunderschön gewesen, aber ich war so in Gedanken, dass ich mich an kein einziges Detail erinnern konnte. Ärgerlich. Wenn ich diesen Block schon nicht richtig gesehen hatte, würde ich jetzt aber noch gerne diesen Tunnel suchen und wenn wir uns etwas beeilen würden, dürfte das auch noch zu schaffen sein. Ich wollte ihn wenigstens von außen sehen, wenn wir schon nicht durchtauchen konnten. Aber wo genau war der nochmal gewesen? Richtung Norden hatte Hakim gesagt? Und wo befanden wir uns gerade? Zugegebenermaßen war ich kein Orientierungswunder, aber an diesem Riff war ich auch sehr lange Zeit nicht mehr gewesen und an diesen Tunnel konnte ich mich schon gar nicht mehr erinnern. Ich hätte zwar Hakim nach der Richtung fragen können, aber ich wollte es alleine herausfinden. Selbst war die Frau! Ich blickte zum Himmel, um mich am Stand der Sonne zu orientieren, doch sicherheitshalber zog ich dann auch noch meinen Kompass zurate. Den Norden nun fest im Blick wollte ich mit Hakim im Schlepptau schon lostauchen, hielt dann aber pflichtbewusst inne, um zu kontrollieren, ob Sammy und Jacky überhaupt noch genügend Luft übrighatten. Auch wenn es mich nicht wirklich wunderte, war ich dann doch etwas enttäuscht, dass deren Flaschen schon wieder größtenteils leergeatmet waren. Vermutlich hatte sie die Beobachtung, dass Hakim und ich Händchen hielten, mindestens 70 Bar gekostet und seither ließen sie uns auch keine Sekunde mehr aus den Augen. Walhaie, weiße Haie, Delfine oder Mantas hätten an uns vorüberziehen können, es hätte sie kein bisschen interessiert. Hakim und ich waren für sie die Hauptattraktion unter den sich im Wasser befindenden Lebewesen, deren Verhaltensweisen es fortan ausgiebig zu studieren galt.

Beim Sicherheitsstopp unter der Sea Angel trafen wir auch Isy und Chris und ich wunderte mich ein wenig, dass sie schon wieder zurück waren. Dann erkannte ich jedoch, dass etwas nicht stimmte, und tauchte besorgt zu ihnen.

Mit schmerzverzerrtem Gesicht hielt Chris sich die Ohren und wirkte auch etwas orientierungslos. Mir hatte ein Taucharzt einmal erzählt, dass während oder nach Erkältungen beim Tauchen immense Probleme auftreten können. Das Abtauchen war meistens kein Problem, doch während des Tauchgangs konnte die Eustachische Röhre zwischen Nasenmuschel und Mittelohr zuschwellen und beim Auftauchen einen Druckausgleich verhindern. Ich war mir sicher, dass auch Chris davon wusste und dass es besser gewesen wäre, heute noch nicht zu tauchen, doch Chris' Leben hatte sich noch nie im Konjunktiv abgespielt.

Isy beobachtete hilflos das Martyrium ihres Mannes und stand ihm so gut wie möglich zur Seite. Ich bat Hakim gestisch, allein mit Sammy und Jacky aufzutauchen, weil ich bei meinen Freunden bleiben wollte. In der Hoffnung, dass die Schwellung wieder zurückgehen würde, blieben wir zu dritt noch so lange auf fünf Metern, bis unsere Flaschen leer waren. Nun half alles nichts, Chris musste auftauchen, und zwar jetzt. Wir hielten uns wegen des großen Auftriebs am Seil unter der Sea Angel fest und bewegten uns langsam nach oben. Die Schmerzen waren offensichtlich kaum auszuhalten, doch Chris biss die Zähne zusammen und ich konnte nur erahnen, was er gerade durchmachte. Fast an der Oberfläche angekommen, zuckte er unvermittelt zusammen und fasste sich ruckartig ans rechte Ohr. Hakim hatte natürlich an Bord erzählt, dass Chris beim Auftauchen Probleme hatte, woraufhin alle ungeduldig auf der Plattform auf ihn warteten. Umso größer waren dann der Jubel und die Erleichterung, als Chris endlich erschien und ein Okay-Zeichen gab.

„Wie geht es dir? Hast du noch Schmerzen?“ Chris gab Isy keine Antwort, sondern kletterte gleich über die Leiter aufs Boot, wo er sich erschöpft und noch etwas benommen auf eine Bank fallen ließ. Hatte Chris Isys Fragen überhaupt gehört?

Nun umringten ihn alle und erkundigten sich nach seinem Befinden, doch Chris hob nur entschuldigend die Hände. „Sorry Leute. Ich fühle mich gerade wie in Watte gepackt und kann euch auch nicht besonders gut verstehen. Beim Auftauchen hat etwas in meinem rechten Ohr geknackt ...“

„Und jetzt hörst du schlecht? Du musst schnellstmöglich zum Arzt!“ Chris versuchte seine aufgeregte Frau und vermutlich auch sich selbst zu beruhigen. „Jetzt mal keine Panik, Isy. Wahrscheinlich ist alles nur halb so wild und ich habe auch keine Schmerzen mehr. Meine Ohren sind nur noch etwas überdehnt, weil beim Auftauchen der Druckausgleich nicht geklappt hat. Ich höre momentan noch etwas schlecht, aber mit etwas Ruhe wird das schon wieder.“

Isy schien wenig überzeugt. „Du solltest deine Ohren aber trotzdem unbedingt von einem Arzt untersuchen lassen.“ Unisono stimmten alle zu und entschieden postwendend zurückzufahren und den zweiten Tauchgang ausfallen zu lassen. Chris musste dringend zum Arzt – auch um keine Langzeitschäden zu riskieren. Nach Ankunft im Hafen sprangen Isy und Chris eilig von Bord. „Wir fahren ins Krankenhaus nach Hurghada. Sobald wir was wissen, sagen wir Bescheid. Drückt mir die Daumen, bis dann.“

Und wie ich Chris die Daumen drücken würde, aber mehr konnte ich im Augenblick nicht für ihn tun. Also half ich den anderen, die Kisten in einer Menschenkette vom Boot an Land zu transportieren und auf die bereitstehenden Rollwagen zu wuchten. Angestrengt wischte ich mir den Schweiß von der Stirn, bis es mir siedend heiß wieder einfiel. Laut Deal musste ich mich momentan gar nicht um das Equipment kümmern. Das war jetzt Hakims Job. „Meine Kiste steht auf dem zweiten Rollwagen unten links. Shukran und bis gleich." Ich hauchte meinem *Habibi* demonstrativ eine Kusshand zu und machte mich auf den Weg zur Bar. So ein Fake-Freund konnte zuweilen auch sehr praktisch sein.

Die Sonne erschien mir an Land heute noch heißer als sonst und meine Kehle war völlig ausgetrocknet. Ich wollte unbedingt erst eine Flasche Wasser trinken, denn wenn ich meinen immensen Durst mit Bier löschen würde, hätte das fatale Folgen. Zum Glück war die Taucherbar teilweise überdacht und bot ein wenig Schatten. Mein ganzer Körper klebte vor Schweiß und ich setzte mich zur Abkühlung direkt vor einen surrenden Ventilator, der seine besten Jahre allerdings schon hinter sich hatte. Lästige Fliegen umschwirrten mich oder setzten sich auf meine Haut und ich hatte bestimmt schon fünf dieser Plagegeister mit der Hand erschlagen, bis die anderen endlich eintrafen. Alle bis auf Sammy und Jacky, die vermutlich auch niemand vermisste. Ich erhob meine Flasche. „Auf Chris und dass seinen Ohren nichts Schlimmes passiert ist!"

„Und dass er bald gesund aus dem Krankenhaus zurückkommt!", prostete es vielstimmig.

Leider warteten wir eine gefühlte Ewigkeit. Alleine der Weg nach Hurghada und zurück dauerte gewiss seine

Zeit, aber jetzt müssten Chris und Isy wirklich langsam zurück sein. Beim langen Warten erschienen Minuten wie Stunden und nach und nach verabschiedeten sich alle. Es tat ihnen zwar leid, aber sie waren kaputt und wollten sich nach einer Dusche zum Abkühlen ins klimatisierte Zimmer legen. Auch wenn das in Anbetracht der Temperaturen sehr verständlich war, kam ich mir vor wie bei den zehn kleinen Negerlein. Lediglich Hakim setzte sich noch kurz zu mir. „Mal abgesehen von Chris lief der heutige Tag wirklich super. Du hast echt Talent, Schneckchen! Ich glaube, Sammy und Jacky haben uns die Nummer abgekauft." Ehe ich etwas erwidern konnte, war Hakim aufgestanden und warf mir zum Abschied noch eine Kusshand zu. „Man sieht sich, Habibi!"

Ich sehnte mich auch nach einer Dusche, nach Kühle, Ruhe und Entspannung, aber solange ich nicht wusste, was mit Chris war, konnte und wollte ich hier nicht weg. Also wartete ich und je länger ich alleine dasaß, desto nervöser wurde ich, bis ich Isy und Chris endlich auf die Bar zulaufen sah. Aufgeregt sprang ich auf und lief ihnen entgegen, doch Isys Gesichtsausdruck verhieß nichts Gutes.

„Was ist?" Chris sank kraftlos auf eine Bank und verkündete tonlos. „Trommelfellruptur. Mein rechtes Trommelfell ist gerissen. Das heißt Tauchverbot für mindestens zwei Monate. Vielleicht kann ich aber auch nie wieder tauchen!"

Geschockt musste auch ich mich setzen. Chris und Isy waren nach Ägypten ausgewandert, um sich mit ihrer kleinen Tauchschule einen Lebenstraum zu erfüllen. Sollte dieser Traum jetzt für immer zu Ende sein? Ohne

Chris stand die Existenz der Tauchschule auf dem Spiel, das war uns allen klar.

Stumm nahm ich meine verzweifelten Freunde in den Arm, bis Chris sich entschuldigend löste. Er wollte erstmal alleine sein.

11

„Klar, dass Chris geschockt war und eine Weile seine Ruhe haben wollte. Jetzt hat er sich aber sicher schon wieder ein bisschen beruhigt", versuchte ich Isy Mut zu machen, die vorsichtig die Wohnungstür aufschloss. Ein Blick ins Innere zeugte jedoch vom Gegenteil. Chris stand im Wohnzimmer und packte in hilfloser Verzweiflung wahllos Kleidungsstücke, Aktenordner und Unterlagen der Tauchschule in Koffer und Reisetaschen und zuckte bei unserem Eintreten ertappt zusammen.

Isy stand kurz wie versteinert da, bis sie realisierte, was hier gerade vor sich ging. Das Szenario ließ keinen Zweifel zu. Chris packte nicht, um mal eben kurz zu verreisen. Er packte, um seine Zelte in Ägypten dauerhaft abzubrechen. Hilflos stand ich daneben und wusste nicht, was ich im Augenblick am besten sagen oder tun sollte und wollte mich diskret zurückziehen, doch Isy hielt mich am T-Shirt fest, sammelte sich kurz und fragte dann mit belegter Stimme, als wollte sie noch hören, was ohnehin offensichtlich war. „Chris, was machst du da?" Mechanisch begann sie wieder auszupacken und die Sachen an ihren ursprünglichen Platz zurückzuräumen. Chris ließ dies widerstandslos geschehen, sank deprimiert aufs Sofa und sah Isy mit leerem Blick an. „Es hat doch alles keinen Sinn mehr. Was soll ich noch hier?"

Energisch setzte Isy sich neben ihren am Boden zerstörten Mann und redete inständig auf ihn ein. „Du darfst jetzt nicht aufgeben! Du bist ein Kämpfer. Wir sind Kämpfer und zusammen schaffen wir das. Was haben wir hier nicht schon alles gemeinsam überstanden?" Sie begann aufzuzählen: „Den Brand in der Tauchschule, den Motorschaden der Sea Angel, die Gästeflaute und jetzt willst du wegen eines gerissenen Trommelfells alles hinschmeißen?"

Je länger sich Isy selbst zuhörte, desto aufgebrachter wirkte sie und ich konnte sie so gut verstehen. Klar, dass Chris für eine Weile als Tauchlehrer ausfallen würde und nur organisatorische Tätigkeiten verrichten könnte, aber da musste er eben mal durch – auch wenn es für das Arbeitstier Chris kaum etwas Schlimmeres gab, als untätig herumzusitzen. Er würde ganz bestimmt wieder gesund werden und bis dahin könnte ein Ersatztauchlehrer die zwei bis drei Monate problemlos überbrücken. War es Chris männlicher Stolz, der die Zügel nicht aus der Hand geben und Hilfe nicht zulassen konnte? Und sollte dieser falsche Stolz rechtfertigen, im Alleingang einen gemeinsamen Lebenstraum zu begraben?

Isy schienen ähnliche Gedanken durch den Kopf gegangen zu sein, bis sie Chris entrüstet anfuhr. „Du wolltest also einfach alles hinschmeißen, abhauen und mich hier alleine zurücklassen oder wie soll ich das verstehen? Die Tauchschule ist unser gemeinsames Ding, schon vergessen? Außerdem haben die Ärzte doch gesagt, dass dein Trommelfell wahrscheinlich wieder vollständig verheilt. Also lass den Quatsch und fahr nicht die Selbstmitleidstour!"

Chris sah schuldbewusst zu Boden. Ihm schien klar geworden zu sein, wie vorschnell, unreflektiert und auch egoistisch sein Handeln gewesen war. „Sorry Floh, war echt ne blöde Idee, aber der Unfall hat mir einfach den Boden unter den Füßen weggezogen. Ein Tauchlehrer, der nicht mehr tauchen darf, ist auch nichts mehr wert. Ich wollte weder für dich noch für die anderen ein unnützer Klotz am Bein sein." Isy zuckte zusammen. Ihr tat es fast körperlich weh, dass Chris so etwas denken konnte. Sie nahm seinen Kopf liebevoll zwischen ihre Hände und redete eindringlich auf ihn ein.

„Du bist für mich doch nie unnütz, weil ich dich brauche und weil ich dich liebe. Du brauchst nur ein bisschen Geduld, dann wird alles wieder gut."

„Du hast wahrscheinlich recht", gestand Chris kleinlaut zu. „Ich habe nur immer den *worst case* vor Augen gehabt und deswegen hat es für mich auch nur eine Lösung gegeben: Flucht. Nennt man, glaube ich, Kurzschlussreaktion." Chris sah seine Frau mit entwaffnender Ehrlichkeit an. „Tut mir wirklich sehr leid! Aber ich mach's wieder gut, versprochen!" Einen kurzen Moment später blitzten seine Augen schelmisch auf. „Bitte alle zurück auf Anfang?"

Während Isy und ich uns fragend ansahen, setzte sich Chris mit konzentrierter Miene an seinen Schreibtisch und tat, als kämen wir eben erst ins Zimmer. „Hi Mädels, schön, dass ihr endlich kommt. Bis ich wieder fit bin, gibt es viel zu tun und zu organisieren. Kann ich auf euch zählen?"

Statt einer Antwort überhäufte Isy ihren Liebsten mit erleichterten Küssen, während ich uns in Ermangelung eines kühlen Sekts drei Gläser Cola zum Anstoßen einschenkte. „Auf euch und die Tauchschule!“ Durstig leerte ich mein Glas in einem Zug, stellte es ab und klatschte engagiert in die Hände. „Also auf in den Kampf. Was kann ich tun?“ Chris sah mich eine Weile nachdenklich an, bis er mit der Sprache herausrückte. „Die Sache ist die ... wir brauchen schnellstens, genauer gesagt ab morgen Ersatz für mich. Doro ... könntest du dir vorstellen, vielleicht einzuspringen, solange du noch da bist?“ Upps. Hatte Chris das etwa ernst gemeint? Chris vertreten? Müsste ich dann etwa seinen Tauchkurs übernehmen? Ich war zwar Tauchlehrerin, aber diese Ausbildung hatte ich kurz nach dem Führerschein absolviert und ich mochte nicht darüber nachdenken, wie lange das schon her war. Ich hatte seither zwar alle 12 Monate stets brav meine *Renew*-Pflicht erfüllt und einen Betrag bezahlt, um die Tauchlehrerlizenz nicht zu verlieren, aber ich hatte in meinem Leben noch niemals einen Kurs gehalten.

Ohne meiner Selbstzweifel gewahr zu werden, klatschte Isy begeistert in die Hände und zerstörte damit meine leise Hoffnung, dass es sich bei Chris spontaner Idee um einen Scherz gehandelt haben könnte. „Würdest du einspringen, bis wir einen Ersatztauchlehrer gefunden haben? Das wird zum Glück nicht allzu schwierig sein, weil wir eine ganze Liste von Tauchlehrern auf Jobsuche haben, von denen einige bestimmt umgehend könnten.“

„Und warum rufst du dann nicht einen an, der ab morgen könnte?“, suchte ich statt einer Antwort Rettung in einer Gegenfrage, die bei Isy leider auf wenig Begeisterung stieß. „Auf die Schnelle einen Tauchlehrer zu finden, der zu uns und unserem Team passt, könnte dann doch etwas schwerer sein. Springst du bis dahin ein?“

Chris bremste seine Isy angesichts der vielen Fragezeichen, die über meinem Kopf schwebten und sich in meiner Miene widerspiegelten, etwas ein. „Jetzt mach mal langsam, mein kleiner Floh. Siehst du nicht, dass Doro schon ganz blass geworden ist?“ Dann wandte er sich beruhigend an mich. „Einen Tauchkurs würde ich dir natürlich nicht zumuten. Es wäre schon super, wenn du als Guide einspringen könntest, dann würden Hakim und Isy die Kurse übernehmen.“ Chris warf noch einen Köder aus. „Und als Guide würdest du beim Tauchen sogar noch was verdienen.“

„Klar, dass du das nicht umsonst machen müsstest!“, nickte Isy bestätigend und versuchte mich weiter von der Genialität dieses Plans zu überzeugen. „Wenn du hier bist, tauchst du doch sowieso jeden Tag und kennst auch seit Jahren alle Tauchplätze wie deine Westentasche. Da wäre es doch ein easy Nebenjob für dich, ein paar Gäste durchs Riff zu führen. Bitte Doro!“

Zwei Augenpaare in Grün und Braun sahen mich erwartungsvoll an, wogegen ich mich einfach nicht mehr erwehren konnte. Ohne noch lange über die Konsequenzen, Risiken und Nebenwirkungen nachzudenken, stimmte ich zu, wurde von Isy überschwänglich umarmt und zum Zeichen meiner Team-Zugehörigkeit umgehend mit einem gelben STAFF-Shirt ausgestattet. Von meiner spontanen Entscheidung noch etwas überrascht, streichelte ich dann aber überzeugt das Richtige getan zu haben über den Stoff, um mich anschließend salutierend zu verabschieden. „Guide Doro meldet sich morgen pünktlich zum Dienst." Wieder in meinem Bungalow, musste ich erstmal alles sacken lassen. Was an diesem einzigen Tag geschehen war, reichte für den Rest des Jahres locker aus und ich zählte gedanklich auf. Ich hatte mich nach langem Hin und Her auf Hakims Pärchen-Deal eingelassen. Chris hatte sich eine Trommelfellruptur zugezogen, wollte alles hinschmeißen und ehe ich mich versah, wurde ich von jetzt auf gleich zum Tauchguide. So einfach und schnell konnte es also gehen, einen neuen Job zu kriegen, wenn man gar nicht danach suchte. Vielleicht sollte ich diese Erkenntnis verinnerlichen und die Suche nicht mehr so krampfhaft angehen – dann würde sich schon wieder irgendwas ergeben.

Auch wenn ich mich über meinen Kurzzeit-Job sehr freute, überkamen mich jetzt doch wieder Zweifel. Hatte ich zu schnell zugesagt? Natürlich wollte ich meinen Freunden helfen. Das stand außer Frage und ich kannte tatsächlich auch alle Riffe hier ganz gut. Aber nicht wie meine Westentasche und wie sich heute an Tobia Soraya herausgestellt hatte, nicht gut genug. Wäre es daher nicht fahrlässig, ohne große Guide-Erfahrung die Verantwortung für fremde, vielleicht unerfahrene Taucher zu übernehmen? Was wäre, wenn unvermutet starke Strömungen auftraten, was an den Außenriffen nicht selten der Fall war. Könnte ich mich in einer solchen Situation angemessen um nervöse oder panische Tauchanfänger kümmern? Was wäre, wenn unter meiner Aufsicht ein Taucher abgetrieben werden würde und verloren ginge? Eine Horrorvorstellung, an die ich gar nicht länger denken mochte.

Da war sie mal wieder, die Drama Queen.

Streng gebot ich meiner Schwarzmalerei Einhalt und musste schmunzeln. Ich hatte offensichtlich zu viele Filme à la *Open Water* gesehen. In der Realität hatte ich in meiner über 25-jährigen Taucherfahrung so etwas noch nie erlebt. Weshalb sollte also ausgerechnet in meiner kurzen Zeit als Tauchguide eine derartige Katastrophe passieren? Die Wahrscheinlichkeit tendierte gegen null. Das konnte ich guten Gewissens behaupten, ohne mich mit Mathematik im Allgemeinen und Wahrscheinlichkeitsrechnung im Besonderen auszukennen.

Beherzt zog ich das gelbe STAFF–Shirt an, erschrak aber beim prüfenden Blick in den Spiegel. Isy hatte anscheinend nur noch ein Exemplar in Größe S vorrätig gehabt oder hatte aus Versehen ein falsches gegeben – S sah bei mir jedenfalls aus wie Size Presswurst. In Schwarz wäre das vielleicht gerade noch so gegangen, aber in Grellgelb war es ein optisches Desaster. Jedes einzelne kleine Speckröllchen wurde damit noch prominenter in Szene gesetzt. Guido Maria Kretschmer würde bei meinem Anblick vermutlich gequält die Hände vors Gesicht schlagen.

Mach es *nicht! Dieses Shirt tut nichts für dich!*

„Sorry Guido, ich hab keine andere Wahl!", sprach ich ins Nichts, zupfte am Shirt herum und versuchte das Teil auf Maximalgröße auszudehnen – leider mit nur mäßigem Erfolg, aber so what. Es half alles nichts, ich musste auf dem Boot als Staff-Mitglied erkennbar sein, das war das Wichtigste. In meinem neuen Job war einfach kein Platz für Eitelkeiten oder private Interessen.

Apropos private Interessen. Wenn ich ab morgen als Tauchguide arbeitete und Hakim einen neuen Tauchkurs betreute, war es vermutlich auch schon wieder vorbei mit gemeinsamen Tauchgängen Hand in Hand. Auch an Land würde wenig Zeit bleiben, Sammy und Jacky unser vermeintliches Liebesglück zu demonstrieren. War es unter diesen Umständen dann überhaupt noch erforderlich Pärchen zu spielen? Für einen kurzen Moment überfiel mich ein kleiner Anflug von Traurigkeit, der rational nicht zu erklären war. Hakim und ich hatten einen klaren Deal. Wir hatten einmal unter Wasser Händchen gehalten, das war's. Auch wenn sich dieser Körperkontakt für mich sehr vertraut und auch etwas prickelnd angefühlt hatte, sollte ich gar nicht erst damit anfangen, romantische Gefühle zu entwickeln. Leider taten Frauen wie ich aber manchmal genau das Gegenteil von dem, was sie eigentlich sollten. Isy hatte mich von Anfang an gewarnt. Sie kannte mich einfach zu gut, um eine derartige Entwicklung nicht von vornherein zu ahnen. Ich würde ihr aber das Gegenteil beweisen, weil ich ab morgen für Romantik ohnehin keine Zeit mehr haben würde.

Aber wie ging es Hakim wohl damit? Würde er Tauchgänge Hand in Hand mit mir vermissen?

Obwohl ich vor wenigen Sekunden noch beschlossen hatte, keine Gefühle mehr an Hakim zu verschwenden, drifteten meine Gedanken unaufhaltsam in Richtung Rosamunde Pilcher ab.

Hakim mutierte in meiner Vorstellung auf einmal zu einem jungen, gutaussehenden Grafen, der sich unsterblich in die charmante, aber wesentlich ältere Gutsherrin Dorothy verliebt hatte. Er musste seine tiefen Gefühle für sie aber aus gesellschaftlichen Gründen lange Zeit geheim halten, weil Lady Dorothy ihm keine Nachkommen mehr schenken konnte. Nach einigen dramaturgischen Pirouetten adoptierte der Graf am Happy End die uneheliche Tochter der Gutsherrin und alle fielen sich glücklich in die Arme.

Einmal mehr musste ich über mich schmunzeln. Selbst wenn meine Story als Roman oder Filmstoff vielleicht gar nicht mal so schlecht gewesen wäre, hatte mein kitschiger Plot mit der Realität rein gar nichts gemein. Hakim und ich waren kein Liebespaar. Wir waren gute Freunde und sollten das auch bleiben, damit ich mich ab jetzt ausschließlich auf meinen neuen Job konzentrieren konnte, statt irgendwelchen Phantasien hinterherzuträumen.

Überzeugt, dass mir das auch gelingen würde, belohnte ich mich mit einem Gläschen Rotwein und dämmerte langsam hinüber in das Land der Träume ...

... um am nächsten Morgen bester Dinge zu meinem ersten Arbeitstag auf der Sea Angel zu erscheinen.

12

Kaum angekommen lief Hakim auch schon winkend und strahlend auf mich zu. „Habibi! Die Sonne geht auf! Gut geschlafen? Gelb steht dir übrigens super! Solltest du öfter tragen."

„Äh ... ja ... danke. Ab jetzt täglich ...", stammelte ich etwas verlegen von Hakims überschwänglicher Begrüßung. Fand er die Farbe Gelb an mir tatsächlich so toll oder hatte er mich mit Kosenamen und Komplimenten überschüttet, weil Sammy und Jacky in der Nähe waren und uns mit Argusaugen beobachteten? Das hieße im Klartext: The show wil go on! Doro & Hakim in Love Tag 2. Wie zur Bestätigung legte Hakim zärtlich seinen Arm um mich.

„Ich habe von Isy schon gehört, dass wir jetzt Kollegen sind. Na dann mal guten Start!“ Er warf mir zum Abschied noch eine Kusshand zu und suchte dann mit einer Namensliste nach seinen Schülern, um sie zu begrüßen. Obwohl ich mich vehement dagegen wehrte, flog dieses Luftküsschen nicht wirkungslos an mir vorbei, sondern landete direkt in meinem …

Schluss damit!

Ab jetzt wollte ich mich doch ausschließlich um meine Schüler kümmern. Während ich kurz mit den Bootsjungs Mahmoud und Ahmed scherzte, tippte mir wie aufs Stichwort jemand von hinten auf die Schulter.

„Entschuldigung, bist du die Doro?“, erkundigte sich eine sehr sympathisch aussehende, zierliche Frau mittleren Alters namens Birgit an. Ich begrüßte sie freundlich und lud Birgit und ihren Begleiter zu einem Begrüßungstee oder -Kaffee in den Salon ein. Ohne das geschäftige Gewusel ankommender Taucher konnte man sich dort wesentlich besser und vor allem in Ruhe kennenlernen. Noch auf dem Weg dorthin plapperte Birgit ohne Punkt und Komma drauflos. „Mein Mann Kurt und ich waren seit zwölf Jahren nicht mehr tauchen, weil immer irgendwas dazwischengekommen ist. Zuerst der Hausbau, dann die Kinder, dann die kranke Oma und dann gab es Probleme in der Firma, aber weil wir uns trotzdem irgendwie sportlich betätigen wollten, waren wir dann öfter mal Fahrradfahren, weil das schneller geht, ich meine nicht so viel Vorbereitungszeit braucht, aber auch nur am Wochenende, weil …“

„Liebes, ich weiß, dass du gerne plauderst, aber ich glaube nicht, dass Doro jedes Detail unseres Privatlebens kennen muss", bremste Kurt seine mitteilungsbedürftige Frau charmant, aber deutlich aus. Um keinen Unmut aufkommen zu lassen, gab er Birgit aber gleich darauf einen liebevollen Kuss und goss dienstbeflissen heißes Wasser über unsere Teebeutel respektive den Nescafé. Dankbar griff Birgit nach einer Tasse und pustete hinein, um die Temperatur möglichst schnell trinkbar zu machen. Dann wandte sie sich wieder an mich. „Entschuldige Doro. Manchmal finde ich einfach kein Ende." Vorsichtig nippte sie an ihrem Tee und fuhr fort. „Aber was ich eigentlich sagen wollte. Wir haben beide den OWD, 37 Tauchgänge, waren aber wie gesagt ewig nicht mehr unter Wasser und du sollst uns heute begleiten. Ich freu mich so!" Kurt wirkte weniger euphorisch denn skeptisch. „Bin gespannt, ob wir überhaupt noch tauchen können, aber Isabelle hat uns beruhigt. Sie hat gesagt, dass du eine sehr erfahrene, geduldige Tauchlehrerin bist, mit der wir uns immer absolut sicher fühlen können."

Isabelle? Wer zum Teufel war Isabelle?

Zum Glück fiel mir schnell wieder ein, dass Isy offiziell Isabelle hieß, die mich mal wieder mit Vorschusslorbeeren überschüttet hatte. Hiervon leicht bis mittelschwer überfordert, lächelte ich Birgit und Kurt zweckoptimistisch an, verriet den beiden aber besser nicht, dass heute mein erster Tag als offizieller Guide war. Das könnte die zwei Süßen dann vielleicht doch etwas verunsichern.

„Das wird schon und keine Sorge, lieber Kurt. Tauchen verlernt man ebenso wenig wie Fahrradfahren. Und falls doch irgendein Problem auftreten sollte, dann bin ich euer ... euer Stützrad!" Kurt stieg amüsiert in den Fahrradvergleich ein. „Und was ist, wenn wir nen Platten haben?"

„Dann habe ich garantiert genügend Luft dabei, um euch wieder aufzupumpen! Es kann also rein gar nichts schiefgehen!" Voll Zuversicht lächelte ich die beiden an und erhob meine Tasse. „Prost! Auf einen wunderschönen Tauch-Tag!" Dankbar griffen die beiden ebenfalls zu ihren Tassen und stießen nun wesentlich entspannter mit mir an. Unser Gespräch hatte ihnen sichtlich gutgetan. „Du bist einfach spitze Doro! Auf dich und auf wunderschöne gemeinsame Tauchgänge!"

Ich atmete auf. Das war schon mal sehr gut gelaufen. Es war mir gelungen Birgit und Kurt ihre Aufregung zu nehmen. Erleichtert und auch etwas stolz trank ich meinen Kaffee aus, räumte die Tasse auf, um mich vorerst zu verabschieden. „War schön, euch kennengelernt zu haben. Ich muss jetzt noch zwei weitere Gäste suchen. Wir sehen uns später." Hakim und Isy, die ebenfalls mit ihren Schülern etwas getrunken hatten, begleiteten mich nach draußen. „Na Schneckchen, so wie du grinst, scheint dir dein neuer Job ja richtig Spaß zu machen?" Isy nickte bestätigend. „Machst du echt super! Birgit und Kurt scheinen von dir begeistert zu sein und wenn du in der Beliebtheitsskala weiter so kometenhaft aufsteigst, muss ich deine Tagesgage wohl bald verdoppeln", prognostizierte Isy mit gespielter Verzweiflung. „Tante Renate, Gott hab sie selig, hätte sicher nichts dagegen. Dann müsste ich meine 200 Riesen nämlich nicht länger in Tauchurlaube oder Neoprengold investieren", konterte ich gut gelaunt und kletterte unter Hakims interessiertem Blick aufs Sonnendeck, um Kevin und Dennis ausfindig zu machen. Ich sah mich um und überlegte. Den Namen nach musste es sich um jüngere Männer handeln, wobei Kevin eigentlich kein Name, sondern eine Diagnose war. Ich musste unweigerlich kichern. In meiner Vorstellung tauchte das Bild eines grauhaarigen Arztes auf, der seine Brille zurechtrückte, noch einmal besorgt in seine Unterlagen sah, um seinem Patienten dann mit ernster Miene und Grabesstimme zu verkünden. *Sie müssen jetzt sehr stark sein und werden es im Leben nicht leicht haben, aber die Untersuchungsergebnisse sind eindeutig. Sie haben KEVIN.*

Ich wurde von einem Lachanfall gebeutelt, mahnte mich aber streng zur Disziplin. Als Tauchguide durfte ich mir derartige Vorurteile nicht erlauben. Außerdem war Kevin seit dem Film *Kevin allein zu Haus* im Jahr 1990 einer der beliebtesten männlichen Vornamen, gegen den sich die frisch geschlüpften kleinen Jungs gar nicht wehren konnten. Vielleicht hofften die Eltern ja, dass ihr Nachwuchs ebenso niedlich, wie der kleine Macaulay Culkin geraten würde. Dass dieser Kinderstar den frühen Ruhm gar nicht gut verkraftet hatte, sogar depressiv und drogenabhängig geworden war, sei an dieser Stelle nur am Rande erwähnt.

Fur den armen Macaulay Culkin tat mir das aber wirklich sehr leid.

„Hey Puppe, was ist denn so lustig? Bitte verrat's mir, damit ich endlich auch mal was zu lachen habe!"

„Oh ja bitte!", fiel ihm ein anderer junger Mann ins Wort. „Sonst kommen wir hier vor Langeweile noch um! Das Abendprogramm im Hotel ist eine Ü40-Rentnerveranstaltung und auf die geführte Quad-Tour durch die Wüste zu einem ollen Beduinenkaff haben wir auch keinen Bock ..."

„Und zum Golfen ist es zu heiß. Das Aufregendste, was mein Kumpel und ich bis jetzt in diesem Urlaub erlebt haben, war Sandkörner zählen und UNO spielen. Wenn du unsere Laune retten willst, muss heute mindestens ein Hai her!"

Kevin! In diesem Fall nicht Kevin allein zu Haus, sondern offensichtlich Kevin aus gut situiertem Haus. Mit Ray Ban Sonnenbrille, von oben bis unten in Label-Klamotten gehüllt, mit perfekt gestylten, blond gesträhnten Haaren und von Beruf vermutlich Sohn. Der junge Mann neben Kevin war das gleiche Modell, nur braunhaarig und konnte demzufolge nur Kumpel Dennis sein. Ich war mir so sicher, dass ich mich gar nicht mehr lange nach Namen erkundigte und die beiden gleich professionell lächelnd begrüßte.

„Hallo Kevin, hallo Dennis, willkommen auf der Sea Angel. Ich bin Doro, euer heutiger Tauchguide."

Kevin nahm theatralisch langsam seine Sonnenbrille ab und sah mich mit Entsetzen an.

„Habe ich mich da eben verhört? Wir sollen hier mit einer Nanny tauchen? No way! Wir haben unseren Tauchschein am Great Barrier Reef gemacht, sind erfahrene Taucher und haben schon 17 Tauchgänge."

Ich wusste nicht, ob ich schallend lachen oder weinen sollte. Noch während ich versuchte, den beiden geduldig klarzumachen, weshalb sie mit einem Anfängertauchkurs und 17 Tauchgängen noch lange keine erfahrenen Taucher sein konnten und keinesfalls alleine tauchen durften, zog Kevin einen Hunderteuroschein aus seiner Hemdtasche und hielt ihn mir vor die Nase. „Meine Argumente sind doch wesentlich überzeugender, oder? Ihr verdient doch hier fast nichts, Kleines. Also nimm, mach dir einen schönen Tag und lass uns in Ruhe."

Ich war nahe vorm Explodieren, doch diese Blöße wollte ich mir nicht geben. Statt auszuflippen, steckte ich den Geldschein souverän zurück in Kevins Hemd, tat so, als hätte ich nichts gehört, und lächelte freundlich. „Schön euch kennengelernt zu haben. Wir sehen uns dann gleich beim Briefing." Damit hatten die beiden wohl nicht gerechnet. Kevin fiel jedenfalls die Klappe runter und er ließ mich ohne ein weiteres Widerwort ziehen.

Oh nein, dachte ich mir. Genau diese zum Glück sehr seltene Kategorie von Tauchern hatte ich schon das ein oder andere Mal kennengelernt. Sie litten alle an gnadenloser Selbstüberschätzung, hatten eine große Klappe und glaubten, mit ein paar Tauchgängen schon Profis zu sein – unter Wasser zappelten sie dann aber meist noch wie hilflose Kaulquappen herum.

Wenn Kevin und Dennis aber tatsächlich schon so gut tauchen konnten, wollte ich nichts gesagt haben. Es gab immer Naturtalente und ich musste mich einfach überraschen lassen – am liebsten natürlich positiv. Vor diesem Überraschungs-Tauchgang wollte ich mich aber zur Entspannung noch einmal kurz in die Sonne legen. Dieser Luxus war mir aber leider nicht vergönnt. Kurz nachdem ich mich hingelegt hatte, erschienen Sammy und Jacky mit Hakim im Schlepptau auf der Bildfläche. Die beiden hatten uns die ganze Zeit intensiv beobachtet und waren zu der Überzeugung gelangt, dass wir definitiv kein Paar sein konnten. Jacky sah Hakim provokant in die Augen und ging auf Konfrontationskurs. „Komm schon, die Händchenhaltnummer mit Doro war doch mal Kindergarten. Du kannst mir echt nicht erzählen, dass du mit der wirklich zusammen bist." Sammy nickte bestätigend.

„Doro pennt ja nich' mal bei dir, sonst müsstest du nämlich nich' nachfragen, wie sie geschlafen hat! Außerdem hätt sie dir doch selbst erzählen können, dass sie jetzt in der Tauchschule jobbt und nicht Isy."

Überraschend aufmerksam beobachtet.

„Okay. Ich könnt ja verstehen, dass man als frisch verknalltes Paar beim Dauerknutschen und -vögeln nich' so viel labert, aber außer Händchenhalten und Luftknutschen scheint bei euch ja nix zu laufen." Damit hatte Jacky das Fass endgültig zum Überlaufen gebracht und Hakim baute sich fast bedrohlich vor ihr auf.

„Das glaubst aber auch nur du. Ich – liebe – Doro!"

Ehe ich etwas sagen konnte, kam Hakim auf mich zu und nahm mich demonstrativ, aber dennoch sehr liebevoll in seine Arme. Was sollte das denn jetzt? So nah waren wir uns noch nie. Das war so nicht abgesprochen. Ich wollte das nicht!?

Hilfe!

Mein Herz begann zu rasen. Ich konnte auch Hakims Herzschlag spüren, seinen Atem und seinen muskulösen Körper, der leicht zu beben schien. Wie ferngesteuert schmiegte ich meinen Kopf an seine Brust. „Mein Schneckchen", flüsterte er zärtlich, hob dann vorsichtig mein Kinn und sah mir tief in die Augen. Weshalb war mir noch nie aufgefallen, dass er fast schwarze Augen mit wunderschöner, brauner Marmorierung hatte? Er trug meistens eine Sonnenbrille und unter Wasser konnte man die Augenfarbe nicht genau erkennen, aber ...

Das Nächste, was ich wahrnahm, waren Hakims etwas raue Lippen auf den meinen. Er begann mich erst vorsichtig, dann immer leidenschaftlicher zu küssen. Ich weiß nicht, wie lange. Vielleicht waren es nur Sekunden, die mir wie eine Ewigkeit vorkamen.

Ich vergaß all meine Vorsätze, die ganze Welt um mich herum und gab mich voll und ganz Hakims Zärtlichkeiten hin, genoss, wie seine Hände sanft über meinen Rücken streichelten, und spürte, wie mich jede seiner Berührungen immer mehr erregte ...

13

„Briefing!"

Ich wusste nicht, ob ich Isy in diesem Moment umbringen oder ihr lieber dankbar sein sollte, und entschied mich schweren Herzens für Zweiteres. Auch wenn meine Hormone gegen diesen ... wie sollte ich sagen ... Interruptus vehement Einspruch erhoben, war es wohl besser so. Wo hätte diese wilde Knutscherei sonst noch enden sollen? Auf einem Tauchboot gab es leider keinen ruhigen Ort oder gar ein Séparée für Schäferstündchen. Außerdem konnten wir unsere Schüler auch schlecht alleine ins Wasser schicken, um uns ungestört an Bord zu vergnügen.

Hakim löste sich behutsam aus der Umarmung und sah mir unglücklich in die Augen. „Verdammt Doro, ich schaff das nicht mehr."

Was hatte Hakim da eben gesagt? Während ich über eine Interpretation seiner Worte nachdachte, traf mich Isys Blick, der Bände sprach und mich beschämt zu Boden blicken ließ. Ich hatte ihr bei der ganzen Aufregung um Chris noch gar nicht beichten können, dass ich mich gegen ihren ausdrücklichen Rat doch auf Hakims Deal eingelassen hatte. Ehe ich aber zu einer Erklärung ansetzen konnte, hatte Isy schon mit dem Briefing begonnen. Angestrengt versuchte ich, ihren Ausführungen zu folgen, was mir allerdings nicht gelingen wollte. Wir ankerten bei Gamul Soraya – das bekam ich noch mit. Dann war es aber auch schon wieder vorbei mit meiner Konzentration, zumal ich im Gegensatz zu Tobia Soraya bei Gamul Soraya schon gefühlte tausend Mal tauchen war. Ich klinkte mich also mit nur halb schlechtem Gewissen vom Briefing aus und begann die letzten Minuten gedanklich zurückzuspulen.

Jacky hatte Hakim erneut so dermaßen provoziert, dass er wie beim letzten Mal keinen anderen Ausweg gesehen hatte, als mich zu küssen. Heute war es aber kein schneller Kuss gewesen, sondern ein leidenschaftlicher mit viel Gefühl – und Zunge. Hakim hatte richtig mit mir geknutscht. Um Jacky abzuschrecken, hätte er das aber gar nicht tun müssen. Da hätte ein kleiner Kuss völlig gereicht. So war auch der Deal. Kurz nach diesem Kuss hatte Hakim aber gesagt, dass er das nicht mehr schaffen würde – nur wofür stand dieses DAS?

Ich überlegte, aber selbst wenn mir tausend mögliche Interpretationen einfielen – ohne zu fragen würde ich es nicht herausfinden.

Wie sagte doch schon der Fuchs in Saint-Exuperys kleinem Prinzen: Die Sprache ist die Quelle der Missverständnisse – und er hatte verdammt recht damit.

In meinem Fall konnte das Missverständnis nur durch ein klärendes Gespräch aus der Welt geschafft werden und ein solches wollte ich auch so bald wie möglich mit Hakim führen.

„Auch bei dir so weit alles klar, Doro?" Ich schreckte hoch und Isy schüttelte über meine geistige Abwesenheit halb amüsiert, halb tadelnd den Kopf. „Wie ein verknallter Teenager. Deine Taucher sind übrigens schon alle unten. Du solltest also auch langsam mal Gas geben." Ich sah mich um und erkannte erschrocken, dass ich tatsächlich mutterseelenalleine auf dem Sonnendeck saß. „Ich hab dich ja von Anfang an gewarnt, dass du dich nicht auf diesen Deal einlassen sollst, und jetzt haben wir den Schlamassel. Eure wilde Knutscherei sah jedenfalls nicht gespielt aus!" Isy applaudierte mit leicht spöttischem Unterton. „Falls doch – Gratulation zu deiner schauspielerischen Meisterleistung." Da ich die Grenze zwischen Spiel und Realität gerade selbst nicht mehr so genau ausmachen konnte, geriet ich heftig in Erklärungsnot.

„Erst mal sorry, dass ich es doch gemacht habe. Du weißt schon. Das mit dem Liebespaarspielen. Gerade haben wir aber echt geknutscht, weil Jacky es sonst nicht gerafft hätte. Das war also sowas wie Notwehr und hat nichts zu bedeuten."

Wahrscheinlich.

Isy nickte ahnungsvoll. „Natürlich nicht."

„Nein! Ich war eben nur ein wenig abwesend, weil ... weil ich die ganze Zeit an Ronja denken musste. Irgendwie vermisse ich sie und habe mich gefragt, ob sie mich auch vermisst und wie es ihr ohne mich so geht und dass sie bestimmt auch gerne hier wäre und ich habe mir überl..."

Isy winkte ab.

„Die Knutscherei war glaubwürdiger." Ohne meine Verspätung zu erklären oder zu rechtfertigen, wandte ich mich an meine Gruppe und schlug einen souveränen

Tauchguide-Tonfall an, der Fragen oder Kommentare zu Hakim und mir von vornherein unterbinden sollte. „Wie ich sehe, seid ihr schon alle fertig. Super. Ich bin auch gleich startklar. Die Buddyteams stehen ja schon. Kevin taucht mit Dennis und Birgit mit Kurt."

Während ich inzwischen ohne größeren Zeit- und Kraftaufwand nahezu elegant in meinen Tauchanzug glitt, entschied ich beim ersten Tauchgang, allen ein Kilo Blei mehr als vielleicht nötig mitzugeben. Sicherheitshalber.

Das würde Hakim bei Tauchanfängern und Leuten, die ewig nicht mehr tauchen waren, bestimmt auch so machen.

Apropos Hakim. Wo war der überhaupt? Logischerweise hatten wir nach dem Kuss noch nicht miteinander sprechen können, sodass mich noch immer dieser fragwürdige Satz quälte. Hatte er damit etwa mit mir Schluss machen wollen? Bei diesem Gedanken zog sich mein Herz kurz zusammen. Ich sah mich um und entdeckte ihn vorne auf der Plattform, umringt von seinen Schülern. Für eine Sekunde trafen sich unsere Blicke und ich warf Hakim lächelnd eine Kusshand zu. Wie würde er wohl darauf reagieren? Würde er sich freuen und mir ein Luftküsschen zurückschicken? Erwartungsvoll sah ich ihn an, doch Hakim würdigte mich keines Blickes. Er drehte sich vielmehr weg, um einer Schülerin die Maske zu richten. Klar war das wahrscheinlich gerade wichtiger, aber einen kurzen Moment seiner Aufmerksamkeit hätte er mir trotzdem schenken können.

Männer tickten eben anders als Frauen. Oder hatte Hakim mich eben gar nicht gesehen? Genau. Das war's. Er hatte mich gar nicht gesehen und es war mir nur so vorgekommen, als hätten sich unsere Blicke kurz getroffen. Das erklärte natürlich alles. Nach dem Tauchgang würde Hakim sicher Zeit für mich haben. Nach erfolgreicher Selbstberuhigung wandte ich mich wieder meiner Gruppe zu.

Kevin beschwerte sich gerade lautstark über das zusätzliche Kilo Blei, was Birgit wiederum kein bisschen interessierte. Sie war jetzt doch wieder so aufgeregt, dass ihre Gesichtsfarbe eine bedenkliche Mischung aus Kalkweiß mit leichter Tendenz zu Grün angenommen hatte. Nervös tippelte sie von einem Bein aufs andere, was mit Flossen an den Füßen sehr witzig aussah. Ich biss mir auf die Lippe, um nicht loszulachen, und reichte ihr zur Beruhigung einen Traubenzucker, den sie gleich einer Henkersmahlzeit entgegennahm und auch ihrem nicht minder aufgeregten Kurt ein Stück davon abgab.

Bevor mir die beiden jetzt noch an Land umkippten, entschied ich, besser gleich ins Wasser zu springen. Eine Ohnmacht verursachte dort nämlich wesentlich weniger blaue Flecken ... Okay, okay – Galgenhumor war gerade so gar nicht angebracht, aber sorry. Ich war vor meinem ersten Tauchgang als Guide eben auch etwas nervös.

Mit aufgeblasenen Jacketts sprangen meine vier Schäfchen also ins Wasser und schwammen an der Oberfläche erwartungsvoll um mich herum, bis ich nach einem letzten Check das Zeichen zum Abtauchen gab.

Obwohl ich das ein oder andere Problem erwartet hatte, verlief der Weg nach unten erstaunlicherweise reibungslos und ohne allzu viel Gezappel ab. Wir trafen uns in einer Tiefe von 12 Metern, ich sah mich um und erschrak. Birgit, Kurt, Dennis und Kevin konnte ich grade noch sehen – viel mehr aber auch nicht. Die Sicht war heute gleich null. Jetzt musste echt ein Wunder geschehen, um diesen Tauchgang im Trüben noch zu einem schönen Erlebnis werden zu lassen und auch meine anspruchsvollen Gäste Dennis und Kevin zufriedenzustellen. Schwierig.

Obwohl ich für die natürlichen Gegebenheiten wirklich nichts konnte, hatte ich doch ein leicht schlechtes Gewissen und hob entschuldigend die Arme. Birgit und Kurt signalisierten mir unverzüglich: *alles okay, kein Problem*, und genossen sichtlich das Unterwassergefühl und die Schwerelosigkeit. Es hatte den Anschein, dass ihnen das für heute sogar genügen würde und sie keine weiteren Ansprüche an diesen Tauchgang hatten. In diesem Punkt waren wir uns also schon mal sehr ähnlich. So ähnlich wie Hakim und ich uns in diesem Punkt waren. Dennis und Kevin hingegen starrten angestrengt ins nicht vorhandene Blauwasser und ich musste zugestehen, dass die beiden trotz ihrer nur 17 Tauchgänge tatsächlich bereits ganz ruhig und gut tariert im Wasser lagen.

Hiervon positiv überrascht, entschied ich erst mal, zu den zwei kleineren Korallenblöcken in der Nähe des Bootes zu tauchen. Diese reichten bis fünf Meter unter die Wasseroberfläche und wurden aufgrund ihres großen Fischreichtums von Tauchern manchmal auch Fischsuppe genannt. Nach einigen zurückgelegten Metern begann Kevin plötzlich aufgeregt und wild herumzufuchteln, deutete nach links und signalisierte einen Hai gesehen zu haben. Ein Hai an Gamul Soraya. Schon klar. Obwohl ich krampfhaft versuchte, ihm seinen Hai auszureden, beharrte Kevin stur auf seinem Standpunkt. Er entfernte sich mit Dennis im Schlepptau unerlaubt und mit

Höchstgeschwindigkeit von der Gruppe und verschwand im großen Grau.

Panik stieg in mir auf. Die beiden waren nur noch schemenhaft zu erkennen und mir blieb nichts anderes übrig, als ihnen mit Birgit und Kurt hinterherzutauchen. Die erkannten auf einen Blick die Brisanz der Situation und gaben Vollgas, so dass wir die Ausreißer zum Glück recht schnell wieder eingeholt hatten.

Zwischen Wut und Erleichterung hin- und hergerissen, setzte ich zu einer eindringlichen, sprich gestenreichen Unterwasser-Moralpredigt an, doch meine Bewegungen erstarrten. In zirka 4 Metern Entfernung schwamm ein Fisch an uns vorbei, welcher tatsächlich enorme Ähnlichkeit mit einem Riffhai aufwies. Zumindest hatte es bei diesen Sichtverhältnissen den Anschein.

War das tatsächlich ein Hai? Birgit griff aufgeregt nach meiner Hand und krallte sich daran fest. Obwohl ich die Spuren ihrer langen Nägel wohl noch einige Tage sehen und auch spüren würde, ließ ich sie gewähren und erinnerte mich an meine erste Haibegegnung.

Ich war damals unglaublich aufgeregt gewesen, hatte Angst und freute mich zugleich, so dass mir ganz warm ums Herz wurde. Warm wurde es zugegebenermaßen auch einige Zentimeter tiefer, aber das sollte jetzt nicht weiter thematisiert werden. So schnell der vermeintliche Hai aufgetaucht war, war er auch wieder verschwunden und ließ uns leicht ungläubig und im Trüben zurück. Na, schönen Dank auch. Ich sah mich um. Aus welcher Richtung waren wir nochmal gekommen? Und wo waren die beiden kleinen Korallenblöcke? Einmal mehr verfluchte ich meinen gering ausgeprägten Orientierungssinn. Ich hatte keine Ahnung und konnte aufgrund der wirklich miserablen Sicht auch rein gar nichts erkennen. Nicht mal den Schatten einer Riffwand in der Ferne.

Haie waren eben doch gefährlich.

Ganz ruhig, dachte ich mir. *Du hast ja noch deinen Kompass.* Ich blickte zuversichtlich auf mein Handgelenk, an dem sich heute leider kein Kompass befand. Ohne dieses Instrument ging ich doch normalerweise nie tauchen!

Hakim!

Okay. Der hatte mich vielleicht durcheinandergebracht, aber mein Hirn hatte ich mir schon selber ausgeknipst. Schuldfrage hin oder her – ich war orientierungslos, was für einen Tauchguide mal so gar nicht ging. Beherzt ermittelte ich den Stand der Sonne und versuchte mich zu erinnern. Waren die kleinen Korallenblöcke nordwestlich oder südwestlich vom Riff? Und wo lag außerdem das Riff? Mist. Ich hätte bei Isys Briefing doch besser aufpassen sollen. Ich tauchte so zielsicher wie möglich in eine Richtung, um meine Taucher nicht zu verunsichern.

Mit jedem zurückgelegten Meter war ich jedoch diejenige, die immer unsicherer wurde. Ich wollte schon fast auftauchen, um unsere Position von oben zu ermitteln, als wie aus dem Nichts ein Napoleon an uns vorüberzog. Ich konnte mein Glück kaum fassen.

Meine Freude war heute aber besonders groß, weil diese Fische nicht im Freiwasser lebten, sondern in einem Riff beheimatet waren. In der Hoffnung, dass Herr Napoleon sich gerade auf dem Nachhauseweg befand, heftete ich mich optimistisch an seine Fersen oder besser gesagt Schwanzflosse.

Würde dieser spontane Richtungswechsel irgendjemandem auffallen? Es hatte nicht den Anschein. Alle waren dermaßen fasziniert von dem imposanten Tier, dass sie ihm überall hin gefolgt wären. Kevin und Dennis zückten auf der Jagd nach einer digitalen Unterwassertrophäe aufgeregt ihre Kameras und lichteten Napoleon mit grellem Blitzlichtgewitter von allen Seiten ab. Zum Glück hatten sie ihre Paparazzi-Ambitionen am Hai nicht ausgelebt. Der wäre darüber nämlich mit Sicherheit not amused gewesen ...

Napoleon hingegen ließ sich davon zum Glück nicht aus der Ruhe bringen, sondern setzte seinen Weg mit stoischer Gelassenheit fort, bis tatsächlich die Umrisse der beiden Korallenblöcke zu erkennen waren.

Napoleon, ich liebe dich!

Hier kannte ich mich wieder aus und es war auch an der Zeit nach Hause zu kommen. Meine Taucher hatten zwar alle noch um die 60 Bar in ihren Flaschen, aber sowohl der Hai als auch Napoleon hatten uns viel Zeit gekostet, so dass wir insgesamt 53 Minuten unterwegs gewesen waren – ohne dabei die attraktiven Korallenblöcke bewundert zu haben. Ich entschied daher, den Sicherheitsstopp dort einzulegen, und kehrte mit vier begeisterten Tauchern zum Boot zurück. Ob Hakim wohl auch schon wieder da war? Für seinen AOWD-Kurs standen heute Orientierungsübungen auf dem Programm und bis alle ihre Aufgaben in der trüben Brühe absolviert hatten, konnte das dauern. Während ich mich aus meinem Anzug pellte, kam ein strahlender Kevin auf mich zu.

„Oh Mann Doro. Echt geiler Tauchgang! Erst der Hai, dann noch ein Napoleon. War doch gut, dass du dabei warst. Wir hätten nämlich voll die Orientierung verloren, aber du bist eben Vollprofi und kennst dich aus!"

Ob dieser ominöse Fisch tatsächlich ein Hai gewesen war oder nur ein dem Hai recht ähnlicher Milchfisch, stand in den Sternen und dass wir die problemlose Rückkehr zum Boot lediglich Napoleon zu verdanken hatten, sollte mein kleines Geheimnis bleiben. Es ging nämlich nichts über zufriedene Gäste.

Vom Sonnendeck hörte ich Hakims Stimme. Er war also doch schon wieder zurück, besprach mit seinem Kurs die Übungen und wertete die einzelnen Ergebnisse aus. Dabei durfte ich ihn natürlich keinesfalls stören, aber irgendwann würde der Unterricht zu Ende sein. Ich kletterte also möglichst unauffällig nach oben, legte mich auf mein Handtuch und gab vor zu lesen. Dass ich mein Buch dabei falsch herum hielt, war lediglich der Tatsache geschuldet, dass auch ich mich seit heute brennend für die Orientierung unter Wasser interessierte.

Zehn Minuten später war der Unterricht zu Ende und Hakim ging in meine Richtung. Erwartungsvoll richtete ich mich auf, doch er ging einfach an mir vorbei.

„Hakim …?", rief ich ihm hinterher, ohne zu wissen, was ich überhaupt sagen sollte. „Ja, was gibt es denn, Doro?" Hatte er mich jetzt allen Ernstes gefragt, was es gab? Es gab Redebedarf und davon jede Menge. Als Hakim dann aber vor mir stand, hatte ich auf einmal große Angst vor einem Gespräch. Vor einem Gespräch, das auch diesen intensiven Kuss als emotional völlig bedeutungslos entlarven könnte. „Ach nichts, hat Zeit", behauptete ich lässig und griff demonstrativ wieder zu meinem Buch.

„Na dann. Man sieht sich."

Enttäuscht sah ich Hakim nach. Es wäre an ihm gewesen, sich zu erklären. Zu erklären, was auf einmal mit ihm los war. Weshalb er sich so komisch verhielt und mich auch nicht mehr Schneckchen oder Habibi nannte. Weshalb tat er so, als wäre nie etwas zwischen uns gewesen. Als hätte es diesen Kuss nie gegeben. Wie konnte er nur so gefühlskalt sein?

Ich spürte, wie Tränen in meine Augen schossen, die ich aber energisch unterdrückte. Hallo? Ich war beim Tauchen in Ägypten, die Sonne schien und mein erster Tauchgang als Guide war alles in allem super gelaufen. Selbst meine schwierigen Gäste Kevin und Dennis waren mit mir zufrieden und Birgit und Kurt schwärmten in höchsten Tönen. Ich könnte also stolz auf mich sein und den Tag genießen, statt mir die Stimmung von einem launischen Mann verderben zu lassen.

Gedacht – getan. Ich startete mein Gute-Laune-Programm, indem ich mit Birgit und Kurt ausführlich den Rifführer studierte und jeden auch noch so winzigen Fisch, den wir eben beim Austauchen noch gesehen hatten, identifizierte. Anschließend alberte ich mit den Bootsjungs herum und ließ mich gefühlte 100 Mal mit lautem Kreischen und Lachen demonstrativ ins Wasser werfen, so dass wirklich jeder an Bord sehen musste, wie gut es mir ging. Nachdem ich mich bis zur körperlichen Erschöpfung amüsiert hatte, kam ich ins Nachdenken und meine ach so gute Laune verwandelte sich unvermittelt in Scham. Ich hatte mich so albern wie Sammy und Jacky aufgeführt, nur um Hakims Aufmerksamkeit zu erregen. Bevor ich mich hier noch völlig zum Affen machte, musste ich dringend mit ihm reden – und zwar noch heute. So konnte es jedenfalls nicht weitergehen. Unter dem Vorwand, etwas müde zu sein, zog ich mich erst mal aufs Sonnendeck zurück, schloss die Augen und musste dann tatsächlich eingeschlafen sein.

Erst ein sanftes Streicheln über mein Haar ließ mich langsam wieder erwachen. Ich räkelte mich wohlig und schlang meine Arme schlaftrunken um Hakims Hals.

„Hey Süße, ich hab dich ja auch lieb, aber …"

Isy! Erschrocken zog ich meine Arme zurück und stammelte. „Sorry, ich … muss wohl geträumt haben. Sind wir etwa schon wieder zu Hause?"

„Ja. Schon lange. Alle Gäste sind bereits von Bord und dich hätten wir beinahe hier vergessen."

„Und Hakim?"

„Der war eben noch unten." Ich sprang wie vom Blitz getroffen auf, stopfte meine Sachen in den Rucksack und stürmte los, doch außer Mahmoud und Ahmed war niemand mehr da. Mahmoud versuchte, mich noch einmal ins Wasser zu werfen, doch für derlei Scherze hatte ich gerade keinen Nerv mehr.

Ich rannte zur Basis, entdeckte Hakim am Empfang und stand außer Atem vor ihm. „Hallo." Obwohl Hakim von meinem Erscheinen wenig begeistert schien, nahm ich all meinen Mut zusammen. „Also, ich wollte dich doch vorhin was fragen." In der Hoffnung auf eine einladende Reaktion sah ich Hakim an, doch der war schon wieder auf dem Sprung. „Du sorry. Hab's furchtbar eilig. Muss in die Stadt. Familienangelegenheiten, du verstehst? Frag morgen, okay?" Ehe ich intervenieren konnte, war Hakim auch schon wieder weg.

OKAY? Nichts war okay! Dieser Kerl sollte nicht so feige sein und endlich mit mir reden. Stattdessen rannte er zur lieben Familie. Blut war eben doch immer dicker als Wasser und mein klärendes Gespräch konnte ich mir für heute wohl abschminken.

Ich brauchte jetzt dringend einen Drink. Mindestens einen. Ich wusste zwar, dass Alkohol auf Dauer keine Lösung war, aber er würde mich zumindest für diesen Abend ablenken und mir eine gewisse Ruhe und Gelassenheit schenken. Wie ein Häufchen Elend saß ich an der Bar und leerte wenig genussvoll ein erstes Glas Aperol Spritz, bis Isy sich zu mir gesellte. Auch wenn sie es mir vielleicht noch ein bisschen übelnahm, dass ich nicht auf sie gehört hatte, überwog dann doch ihre Sorge um mich. „Okay – Ich hatte von Anfang an recht. Du hast dich in Hakim verknallt, und zwar in Rekordgeschwindigkeit. Fast Guinnessbuch-verdächtig. Aber gerade stimmt was nicht mit dir Süße. Hat Hakim dich irgendwie verletzt?" Meine Freundin hatte den Nagel mal wieder auf den Kopf getroffen, welchen ich nun noch tiefer in meine schmerzende Wunde schlug. „Er spricht nicht mehr mit mir. Ich glaube, es ist genauso rekordverdächtig schnell schon wieder Schluss", brachte ich die Situation auf einen traurigen Punkt. Isy riss ungläubig die Augen auf. „Wie jetzt? Was ist passiert?"

Einen Drink lang hatte ich meine Freundin dann noch über Hakims eigenartiges Verhalten auf den neusten Stand gebracht, die verständnislos und aufgebracht den Kopf schüttelte. „Das geht ja mal gar nicht. Bis morgen Abend weißt du Bescheid. Dafür werde ich sorgen." Der folgende Tag an Bord verlief seitens der Arbeit zum Glück ruhig und problemlos. Sowohl über als auch unter Wasser. Mit Birgit und Kurt verstand ich mich weiterhin prima und auch mein Verhältnis zu Kevin und Dennis hatte sich seit gestern gewaltig verbessert. Nur Hakim ging mir noch immer geflissentlich aus dem Weg oder tat, als würde ich gar nicht existieren.

Auch Isy konnte das nicht länger mit ansehen und machte ihr gestriges Versprechen wahr. Sie berief nach dem letzten Tauchgang noch eine außerplanmäßige Teambesprechung ein. Der Tag war so gut wie gelaufen, so dass es kaum etwas zu besprechen gab und dieses Meeting schnell wieder beendet war. Isy zog sich konspirativ zurück, sodass Hakim und ich alleine waren. Die Situation war ihm sichtlich unangenehm. Er wollte ebenfalls schnell das Weite suchen, doch ich versperrte den Weg und stellte ihn ohne Umschweife vorwurfsvoll zur Rede.

„Kannst du mir bitte mal verraten, was mit dir los ist? Erst knutschst du mit mir, dann laberst du irgendwas Kryptisches und lässt mich dann links liegen. Das ist doch nicht normal!"

Hakim starrte unangenehm berührt auf den Horizont, sagte aber noch immer nichts, was mich langsam rasend machte. Dann fand er endlich seine Sprache wieder und bestätigte tonlos. „Du hast recht. Das ist echt nicht normal, aber ich habe es einfach noch nicht geschafft mit dir zu reden und dir die Wahrheit zu sagen. Die Wahrheit musste ich erst für mich selbst herausfinden. Und diese Wahrheit ist schön und traurig zugleich." Ich hatte nur Bahnhof verstanden. Von welcher Wahrheit hatte er da gerade gefaselt und was zur Hölle hatte das alles mit mir zu tun? Wenn er nicht so verzweifelt ausgesehen hätte, hätte ich diese ominöse Wahrheit vermutlich aus ihm herausgeprügelt. Zum Glück war das aber gar nicht mehr nötig, denn Hakim sprach von sich aus weiter. „Seit gestern hat sich für mich alles verändert.“ Ich erschrak. Was war passiert? War Hakim krank? War ein Familienmitglied gestorben?

„Bis gestern haben wir für Sammy und Jacky Liebespaar gespielt. Das war einfach und manchmal sogar auch ganz lustig, weil wir nicht ineinander verliebt waren, aber seit unserem Kuss ist für mich nichts mehr, wie es vorher war.“ Hakim musste sich sammeln, bevor er weitersprechen konnte. „Nach dem Kuss habe ich nämlich gespürt, dass das Ganze kein Spiel mehr für mich ist. Ich empfinde wirklich etwas für dich Doro. Ich glaube, ich habe mich verliebt“, gestand Hakim leise. Ungläubig hin ich an seinen Lippen und sog jedes seiner Worte auf wie ein Schwamm. „Ich muss ständig an dich denken, würde am liebsten dauernd bei dir sein und kann mich kaum mehr konzentrieren.“

Ohnmächtig vor Glück fiel ich Hakim um den Hals. „Das geht mir doch ganz genau so, Habibi!“ Hakim drückte mich sanft, aber bestimmt von sich. „Das darf aber nicht sein, weil es gefährlich ist.“ Ich verstand nicht, was daran gefährlich sein sollte. „Weil du dann Fehler bei der Arbeit machst?“

„Nein. Weil ich mich sonst immer mehr in dich verliebe. Davor muss ich mich schützen. Überleg doch mal. Wie lange bist du noch hier? Drei Tage, eine Woche?“

Langsam glaubte ich zu verstehen, was Hakim meinte und weshalb er mich die ganze Zeit weggebissen hatte. Ich schwieg. „Lass es eine Woche sein. Und dann? Dann fliegst du wieder nach Hause und lässt mich mit einem höllischen Liebeskummer zurück. Das tut verdammt weh und deswegen fange ich besser erst gar nichts mit dir an." Hakims Stimme klang cool und entschieden, doch in seinen Augen lag viel Liebe und noch mehr Traurigkeit.

14

Unruhig lag ich in meinem Bett und wälzte mich hin und her. Natürlich hatte ich Isy umgehend von meinem aufschlussreichen Gespräch mit Hakim berichtet – die Option, die sich für mich daraus ergeben könnte, war mir allerdings erst nach und nach bewusst geworden. Ich hatte das dringende Bedürfnis, mit jemandem darüber zu reden, und sah auf die Uhr. Um 0.08 Uhr konnte ich Isy nicht mehr anrufen oder gar treffen. Auch wenn sie wirklich alles für mich tat – ihr Schlaf war ihr heilig und ein nächtlicher Anruf würde unsere Freundschaft vermutlich an ihre Belastungsgrenze bringen. In Deutschland war es allerdings erst 23.08 Uhr ... „Mami?" Ronja gähnte und sah mich verschlafen an. Augenblicklich bekam ich ein schlechtes Gewissen. Sie war heute offenbar früher ins Bett gegangen und ich hatte sie aus dem Schlaf gerissen. Und nun? Wenn ich das mal so genau wüsste.

Bei unserem letzten Gespräch hatte ich Ronja bereits erzählt, dass Hakim und ich zur Abschreckung von Sammy und Jacky Liebespaar spielten, dass Chris einen Tauchunfall hatte und ich kurzfristig als Guide eingesprungen war. Danach hatten wir nichts mehr voneinander gehört, obwohl sich in dieser kurzen Zeit die Ereignisse nahezu überschlagen hatten.

Wo sollte ich also anfangen? Dass Hakim und ich richtig geknutscht hatten und ich jetzt doch ein wenig in ihn verliebt war. Dass sich auch Hakim in mich verlieben könnte, wenn ich bei ihm in Ägypten bleiben würde. Dass ich aber nicht so genau wusste, ob ich Hakim seine quasi über Nacht erwachten Gefühle abkaufen konnte. Dass ich mir außerdem selbst nicht sicher war, ob meine Gefühle für ihn schon groß genug waren, um für ihn hierzubleiben. Und dass ich auch gar nicht wusste, ob ich dauerhaft in Ägypten leben wollte.

Was würde Ronja davon halten? Und mal ganz abgesehen von allem – wäre eine solche Entscheidung nicht völlig überstürzt und naiv? Mein Kopf schwirrte und mir wurde klar, dass es total blödsinnig gewesen war, Ronja in diesem Zustand anzurufen. Sie war meine Tochter, nicht mein Lebenscoach. Ich hätte erstmal für mich selbst herausfinden müssen, was ich wollte, um ihr dann gegebenenfalls in aller Ruhe meine Entscheidung mitzuteilen. Das wäre vernünftig gewesen, doch leider hatte ich Ronja bereits in der Leitung, die mich leicht ungeduldig ansah. Ich stammelte eine Entschuldigung und wollte dann auch umgehend unser Skype-Telefonat beenden, doch dafür war es bereits zu spät. „Lass gut sein, Mami. Jetzt bin ich sowieso schon wach. Was ist los?"

Diese Suppe hatte ich mir selber eingebrockt, doch das Auslöffeln dürfte heute schwerer werden denn je. Ronja würde jedwedes Ablenkungsmanöver garantiert binnen weniger Worte wieder durchschauen und dann? Mit der gen null tendierenden Chance, dass es vielleicht doch klappen könnte, legte ich los.

„Also ... gestern war ja mein erster Tag als Tauchguide. Wir waren bei Gamul Soraya, was ja unter normalen Umständen ein easy Tauchplatz ist. Die Sicht war aber so schlecht, dass man fast nichts gesehen hat – und das an meinem ersten Tag mit vier fremden Tauchern, von denen mir dann auch noch zwei abgehauen sind, weil sie angeblich einen Hai gesehen haben. Mir ist also nichts anderes übriggeblieben, als ihnen ins graue Nichts hinterherzutauchen, und da ist dann auch tatsächlich ein Tier an uns vorbeigeschwommen, das wie ein Riffhai ausgesehen hat, aber an Gamul Soraya habe ich noch nie einen Riffhai gesehen und ich denke, es war auch gar kein Hai, sondern eher ein Milchfisch.?"

Obwohl ich mir große Mühe gegeben hatte, die Story so theatralisch und spannend wie möglich zu erzählen, gähnte Ronja demonstrativ. „Mami, das ist jetzt nicht dein Ernst. Wegen eines Hais, der vielleicht gar keiner war, schmeißt du mich aus dem Bett?" Ronjas Reaktion war wie erwartet ausgefallen, sodass ich nun versuchte das Ruder durch etwas mehr Dramatik noch einmal herumzureißen. „Der Hai, oder was auch immer das für ein Tier gewesen sein mochte, war dann auch schnell wieder verschwunden, aber das war mir auch egal, weil ... weil ich durch dieses Vieh komplett die Orientierung verloren hatte", presste ich mit verzweifelter Stimme heraus und setzte meinen Bericht in dieser Gefühlslage fort. „Wir waren irgendwo im Freiwasser und es war auch kein Riff mehr zu sehen und, Ronja, ich sage dir, ich hatte keine Ahnung, wo wir gerade waren und dann hatte ich auch noch meinen Kompass vergessen. Zum Glück ist das ja nochmal gut ausgegangen, aber wenn ich mir vorstelle, was alles hätte passieren können, raubt mir das den Schlaf." In der Hoffnung auf Empathie sah ich Ronja gespannt an, doch die wirkte nach wie vor ein wenig gelangweilt. „Bestimmt war das alles sehr aufregend für dich Mami, aber ..."

Ich gab mich geschlagen.

„Aber auch nur für mich", räumte ich ein, um Ronja nun doch mit etwas wirklich Aufregendem zu konfrontieren. Ich atmete noch einmal durch und verkündete dann völlig unvermittelt. „Ich werde erst mal nicht nach Hause kommen. Ich bleibe noch mindestens zwei weitere Monate in Ägypten. Wie findest du das?" Kaum hatte ich zu Ende gesprochen, hinterfragte ich meine Worte auch schon wieder. Was hatte ich da eben gesagt? Wollte ich tatsächlich hierbleiben? Eben hatte ich eine solche Entscheidung doch noch für völlig überstürzt und naiv gehalten? Wenn ich aber nicht nur wegen Hakim bliebe, sondern auch, um Isy und Chris zu helfen, wäre das nicht mehr naiv, sondern vielmehr ein großer Freundschaftsdienst. Die beiden wären sicher dankbar, wenn ich Chris vertreten würde, solange der noch ausfiel. Dann müssten sie auch keinen fremden Tauchlehrer einstellen und das mit den Tauchkursen würde ich sicher auch irgendwie hinbekommen.

In beruflicher Hinsicht sah es in Deutschland nämlich nach wie vor düster für mich aus, weil ich noch immer keine Ahnung hatte, was ich tun oder werden wollte. Da konnte ich doch genauso gut noch zwei Monate hierbleiben, darüber nachdenken und dabei auch noch etwas Geld verdienen.

Wohl wissend, dass ich schon immer eine Weltmeisterin darin war, alles so hinzubiegen, wie es mir am besten gefiel, fand ich meinen Plan dennoch genial.

Ronja hingegen war von meiner überraschenden Ansage erstmal sprachlos – und das wollte bei ihr etwas heißen. Langsam schien sie zu begreifen, was ich da eben gesagt hatte und stotterte etwas ungläubig. „Echt jetzt? Wegen Hakim?"

„Ja ... auch", gestand ich leicht errötend. „Aber hauptsächlich wegen Chris und Isy. Wegen der Tauchschule. Zur Unterstützung", beeilte ich mich zu versichern. Dass unser Gespräch eine solche Wendung nehmen würde, war nicht vorauszusehen gewesen, aber ein wenig war Ronja auch selbst daran schuld. Sie hätte meine Geschichten einfach zur Kenntnis nehmen und dann friedlich weiterschlafen können, aber nein. Sie hatte mich fast dazu gezwungen, das auszusprechen, was ich vorher selbst noch nicht so genau wusste. Ich hatte Ronja und zugegebenermaßen auch mich mit dieser Entscheidung zwar völlig überrumpelt, aber vielleicht war es auch ganz gut, dass es so gekommen war. Einige Stunden Schlaf hätten vermutlich auch nichts mehr geändert, denn unterbewusst hatte ich mich doch längst entschieden. Ich war seit Jahren zum ersten Mal wieder verliebt und hatte einfach nur das Bedürfnis, bei Hakim zu sein. Dass ich mir mal geschworen hatte, mich niemals in eine Urlaubsbekanntschaft zu verlieben, war mit einem Mal hinfällig – zumal meine Erfahrungen mit Männern zu Hause auch nicht viel besser waren. Außerdem war Hakim ohnehin ganz anders.

Was Ronja allerdings von meiner Bauchentscheidung hielt, konnte ich gerade nur schwer einschätzen. War ich etwa eine Rabenmutter, weil ich meine neunzehnjährige Tochter eine Weile alleine lassen wollte? Blödsinn. Andere waren in diesem Alter längst von zuhause ausgezogen und sahen ihre Eltern nur noch ab und an. Sicher würde Ronja mich vermissen genauso wie ich sie, aber ich wäre nicht aus der Welt. Außerdem würde sie nach ihrem Abschluss an der Schauspielschule aus Rücksicht auf mich garantiert nicht nur Engagements in München annehmen. „Ich habe es doch von Anfang an gewusst! Klar bleibst du. Ich freu mich so für dich, Mami!“, jubelte Ronja nicht minder unvermittelt. Sie strahlte mich vielsagend an und formte mit ihren Fingern ein Herz, woraufhin ich sie erleichtert anlächelte. „Danke! Aber weißt du, es ist wirklich besser, wenn ich noch so lange hier bin, bis Chris wieder fit ist. Isy hat zwar die ganze Zeit schon nach einem Ersatz gesucht, aber so leicht, wie man sich das vielleicht vorstellt, ist es eben doch nicht, jemand Passenden zu finden.“

Ronjas Grinsen wurde immer breiter. „Erzähl mir doch nichts, Mami! Klar, arbeitest du an der Tauchbasis und hilfst Isy und Chris, aber der wahre Grund, weshalb du noch bleibst, fängt mit ‚H‘ an!?“

Überführt!

„Klar. ‚H‘ wie Hilfsbereitschaft!“, bestätigte ich in naiv-unschuldigem Tonfall und wir brachen gleichzeitig in schallendes Gelächter aus. Als wir uns wieder einigermaßen beruhigt hatten, wischte sich Ronja eine Lachträne aus dem Auge und konnte ihre Neugierde wie immer kaum zügeln. „Du musst mir unbedingt alles erzählen!“

„Was alles?“

„Na ja, wie eure Lovestory angefangen hat und wie das jetzt alles weiterlaufen soll und so. Wann und wo habt ihr euch zum Beispiel das erste Mal geküsst? Wann hast du gemerkt, dass du verknallt bist? Hast du den ersten Schritt gemacht oder er? Wohnt er bei seinen Eltern, alleine oder in einer WG? Hast du seine Familie schon kennengelernt?“, half Ronja mir etwas auf die Sprünge.

Das waren zugegebenermaßen alles sehr interessante Fragen, von denen ich aber die meisten nicht beantworten konnte, weil Hakim und ich ja noch gar kein Paar waren. Wir könnten aber vielleicht eines werden, wenn ich in Ägypten bleiben würde. Dafür hatte ich mich eben entschieden, aber ich wusste nicht genau, ob Hakim sich überhaupt darüber freuen würde.

Bei dieser Ansammlung von Konjunktiven konnte ja kein Mensch durchblicken und am allerwenigsten Ronja. Morgen würde ich hoffentlich in einigen Punkten klarer sehen, aber bis dahin musste sich meine Tochter eben gedulden – genau wie ich. „Nächstes Mal Liebes. Sorry, aber das würde jetzt alles viel zu lange dauern. Ich muss Schluss machen, weil ich hundemüde bin und morgen sehr früh rausmuss. Du ja auch. Also schlaf gut und bis ganz bald“, beendete ich unser Gespräch entschieden, aber liebevoll. Ich hauchte Ronja zum Abschied noch ein Küsschen zu, drückte auf „Gespräch beenden“ und sank in einem Punkt erleichtert in die Kissen.

Ronja freute sich für mich und hatte mir grünes Licht gegeben. Jetzt war ich mächtig gespannt auf morgen ...

15

Mit dem prickelnden Gefühl der Vorfreude betrat ich das Büro der Tauchschule. Gleich würde ich Isy überraschen. Davor wünschte ich aber erstmal einen guten Morgen und erkundigte mich dann ganz beiläufig. „Welchen Kurs hätte Chris denn eigentlich als Nächstes geben müssen. Anfänger oder Fortgeschrittene?" Isy warf einen kurzen Blick in den Computer. „Anfänger. Wieso fragst du?"

„Anfänger krieg ich hin." Diese vier Worte ließen Isy ihre Tasse umstoßen. Während sie die Rinnsale, die in alle Richtungen über ihren Schreibtisch flossen, mit Servietten eindämmte, fragte sie ungläubig nach.

„Anfänger kriegst du hin? Soll das jetzt etwa heißen, du bleibst hier und springst für Chris ein?" Engagiert baute ich mich vor ihr auf und bestätigte mit Okay-Zeichen. „Wenn ihr mir das zutraut – sehr gerne! Ich hab zwar noch nicht die Wahnsinns-Erfahrung, komme aber mit Schülern gut klar. Ansonsten sag ich nur: learning by doing!"

Isy konnte ihr Glück noch kaum fassen und strahlte mich an.

„Doro. Das wäre der Wahnsinn! Du bist mit sofortiger Wirkung engagiert!" Dann griff sie zu ihrem Handy, scrollte schnell die Kontaktliste durch und rief schließlich eine Nummer an. „Hi Greg, hier ist die Isy von der Tauchschule im Divers Village." Kurze Pause. „Ja, freut mich auch dich zu hören. Aber ... Warum ich anrufe. Du musst morgen doch nicht mehr zum Probearbeiten zu uns kommen, weil ich die Tauchlehrerstelle bereits anderweitig vergeben habe." Kurze Pause. „Tut mir auch leid, aber das hat sich ganz spontan ergeben. Großes Sorry. Wir hören uns." Zufrieden sah Isy mich an. Das hatte sie geklärt und für mich gab es nun kein Zurück mehr. „Auf unsere neue Tauchlehrerin Doro!" Mit süffisantem Grinsen bohrte Isy dann aber doch nochmal nach. „Ein gewisser Hakim ist an dieser Entscheidung vermutlich nicht ganz unschuldig? Ohne ihn wärst du doch nie auf die Idee gekommen, die Ersatztauchlehrerin für uns zu spielen. Herz ist Trumpf und Liebe sticht Nächstenliebe – so sind nun mal die Spielregeln beim Schafkopf des Lebens!" Da Leugnen zwecklos gewesen wäre, hüllte ich mich in Schweigen. Lediglich mein immer röter anlaufendes Gesicht war Zeugnis meiner großen Scham. Um mir mein schlechtes Gewissen zu nehmen, redete Isy einfach weiter. „Mach dir keinen Kopf, Süße. Ich kann das doch so gut verstehen und deswegen darfst du ab jetzt auch bei uns wohnen. Zum Nulltarif – allerdings nur, wenn du morgens zwanzig Minuten früher aufstehst, um schon mal Kaffee für uns zu kochen. Okay?"

Meine Isy war ein Schatz. Über eine Wohnmöglichkeit hatte ich mir nämlich noch keine größeren Gedanken gemacht und das Hotel wäre auf Dauer viel zu teuer geworden. Statt einer Antwort gab ich meiner Freundin ein Küsschen und schenkte ihr in vorauseilendem Gehorsam charmant eine Tasse Kaffee ein. „Mit Milch und ohne Zucker, Madame?" That's what friends are for ...

Gut gelaunt summte ich Dionne Warwicks Song und machte mich auf den Weg zur Sea Angel, während Isy mit ihrem Kurs zwecks Theorieunterrichts heute an Land blieb. Bei den beiden wohnen zu dürfen war wirklich das Beste, was mir passieren konnte. Selbst wenn mit Hakim und mir alles super laufen würde, wollte ich auf keinen Fall gleich mit ihm zusammenziehen, um die flatternden Schmetterlinge in meinem Bauch nicht sofort wieder im Alltagsmief zu ersticken. In einem kurzen Anflug von Narzissmus hielt ich inne.

Die flatternden Schmetterlinge nicht im Alltagsmief ersticken. Das war jetzt aber mal wirklich eine wunderschöne Metapher, die mir eine gewisse Person in München sicher niemals zugetraut hätte.

Bevor ich jedoch zu weiteren sprachlichen Höhenflügen ansetzen konnte, musste ich erst mal herausfinden, ob bei Hakim tatsächlich bereits Schmetterlinge flatterten oder ob er das nur behauptet hatte. Ich spürte, wie meine Hände vor Aufregung feucht wurden und mein Herz etwas schneller schlug als gewöhnlich – ganz im Gegensatz zu meinen Beinen, die immer langsamer wurden, je näher ich der Sea Angel kam. Ich schüttelte über das eigenartige Verhalten meines Körpers den Kopf – auch wenn diese Symptome gerade sogar nachvollziehbar waren. Gleich würde ich wissen, ob Hakim sich über meine Entscheidung, bei ihm zu bleiben, freuen würde oder ob er emotional schon mit mir abgeschlossen hatte.

Wie auch immer– ich musste das jetzt auf der Stelle wissen. Jetzt gleich und nicht erst nach dem ersten Tauchgang oder nach dem Mittagessen oder gar erst am Abend. So lange würde ich das heute nicht mehr aushalten. Das ewige Warten und Bangen der letzten Tage hatten schon viel zu sehr an meinen Nerven gezehrt. Ab jetzt würde ich es nicht mehr dulden, mich ohne ein klärendes Gespräch so lange im Ungewissen schmoren zu lassen. Das hatte ich bei aller Liebe nicht nötig. Mit leicht zittrigen Knien ließ ich mir von Mahmoud an Bord helfen und begrüßte kurz Birgit und Kurt, die fröhlich winkend auf mich zukamen und mich in ein Gespräch verwickeln wollten, doch ich vertröstete sie auf später. Nach Plaudereien über das gestrige Abendprogramm im Hotel stand mir gerade einfach nicht der Sinn. Auch wenn die Feuerschlucker noch so beeindruckend gewesen waren und es einem fast selber schwindelig wurde, wenn man den Bauchtänzerinnen zusah, die sich minutenlang in rasender Geschwindigkeit um die eigene Achse dreht-en. Das alles interessierte mich im Augenblick herzlich wenig. Nervös hielt ich Ausschau nach Hakim, der im Begriff war, einem Schüler beim Zusammenbauen seines Equipments zu helfen. Als er damit fertig war, tippte ich ihm von hinten auf die Schulter und grüßte so lässig wie möglich. „Sabah al-Kheir!“ Hakim drehte sich abrupt um und sah mich verblüfft an. In seiner Sprache hatte ich ihm noch nie guten Morgen gewünscht und meine erste Überraschung war somit schon mal gelungen. Nachdem ich für eine Weile in Ägypten leben wollte, hielt ich es für unerlässlich, meinen sehr spärlichen ägyptischen Wortschatz von *Shukran* und *Afwan* um einige Redewendungen des täglichen Gebrauchs zu erweitern.

Diese Sprache war mir jedoch so fremd, dass ich mir nur mit großer Konzentration und permanenten Wiederholungen einige Worte und Sätze merken konnte, aber aller Anfang war ja bekanntlich schwer. „Shukran!“, antwortete Hakim knapp, sah mich dabei kaum an und wollte sich schon wieder einem Schüler zuwenden, um sich nicht weiter mit mir auseinandersetzen zu müssen. Das tat weh, aber ich wusste ja seit gestern, weshalb er sich mir gegenüber so abweisend verhielt.

„Hast du mal einen Moment? Es ist wichtig.“ Obwohl Hakim wenig begeistert war, lotste ich ihn an einen ungestörten Ort und nahm all meinen Mut zusammen.

„Könntest du heute oder morgen Abend vielleicht mal mit mir in die Stadt zum Shoppen gehen? Ich brauche nämlich dringend neue Klamotten.“ Hakim sah mich an, als hätte ich den Verstand verloren. Meine Bitte mochte im ersten Moment auch wirklich absurd erscheinen, aber meine paar Kleidchen, Shirts und Shorts, die ich in meinen kleinen Trolley gepackt hatte, reichten vielleicht für zwei Urlaubswochen, nicht aber für zwei Monate. Es war nun dringend an der Zeit, die Bombe platzen zu lassen, und ich flüsterte Hakim ins Ohr. „Ich brauche neue Sachen, weil ... ana mosh haseebek abadan, ana hafdal maaky. أشعر بعدم ترك لك. سابقي معك“ Heilfroh, dass ich mir diesen schwierigen Satz trotz meiner Aufregung merken konnte, sah ich Hakim erwartungsvoll an.

Der glaubte sich verhört zu haben und bat mich, den Zungenbrecher noch einmal zu wiederholen. „Ana mosh haseebek abadan, ana hafdal maaky. أشعر بعدم ترك لك. سابقي معك“, stotterte ich und schickte sicherheitshalber auch gleich die deutsche Übersetzung hinterher. „Ich verlasse dich nicht! Ich werde bei dir bleiben!“ In banger Erwartung sah ich ihn an, doch meine Sorge war absolut unbegründet. Hakim begann spontan und aus tiefster Seele zu strahlen. Er wirbelte mich herum und hörte nicht auf zu fragen „Ist das wirklich wahr? Mein Schneckchen bleibt hier?“ Dann sah er mir tief in die Augen und flüsterte „Ana mabsoot geddan. انا سعيد جداً“ Ohne ein Wort verstanden zu haben, fiel ich ihm um den Hals und flüsterte zurück. „Ich bin so glücklich.“

Ungläubig sah Hakim mich an. „Seit wann sprichst du so gut Ägyptisch?“ Was meinte Hakim? Ich sprach oder verstand nach wie vor kaum ein Wort und gestand kleinlaut. „Ich spreche gar kein Ägyptisch. Ich habe nur ein paar Sätze auswendig gelernt. Sorry.“ Hakim schüttelte ungläubig den Kopf. „Dann musst du ein Naturtalent sein. *Ana mabsoot geddan* heißt nämlich auf Deutsch: *Ich bin so glücklich.*"

Gedankenübertragung! Verliebt sah ich Hakim in seine wunderschönen Augen. „Solange wir immer das Gleiche fühlen, ist es mir egal, in welcher Sprache!"

Lange Zeit standen wir einfach nur eng umschlungen am Bug, doch als zwei Schüler an uns vorbeigingen, löste sich Hakim vorsichtig von mir. „Ich würde dich am liebsten nie wieder loslassen, aber das dürfen wir nicht." Wie jetzt? Aus religiösen Gründen oder was? Ich stand völlig auf dem Schlauch, bis mir binnen eines Wimpernschlags klar wurde, woher der Wind wehte. „Klar! Wir sind zum Arbeiten hier und nicht zum Kuscheln." Es war ein ungeschriebenes Gesetz, dass Liebesbeziehungen unter Staff-Mitgliedern an Bord nicht gerne gesehen waren. Wir sollten uns um das Wohl der Gäste kümmern und mit ihnen gemeinsam einen schönen Tag verbringen. Private Interessen mussten im Job definitiv hintenanstehen.

„Das ist kein Problem für mich!", versicherte ich schnell, aber war das wirklich kein Problem? In der Frischverliebtheitsphase würde mir die Pflichtabstinenz sicher schwerfallen. Andererseits hatte diese Wir-wollen-aber-dürfen-nicht-Situation bestimmt auch ihren Reiz.

Hakim war über meine verständnisvolle Reaktion sichtlich erleichtert und versprach, mir dafür nach der Arbeit seine ganze Aufmerksamkeit zu widmen. Er wollte morgen sogar freiwillig mit mir shoppen gehen, obwohl der Klamottenkauf mit Frauen bekanntermaßen langwierig und zuweilen auch anstrengend werden kann. Hakim grinste schief. „Es ist ja für einen guten Zweck und außerdem arbeitet mein Halbbruder Djamal in einem Klamottenladen. Bei ihm zahlst du dann auch keine Touristenpreise, sondern bekommst alles für die Hälfte.“ Zum Abschied gab Hakim mir dann doch noch ein kleines Küsschen auf die Nasenspitze und rief mir im Weggehen noch zu. „Ana mosh aader astanna, nebqa lewehdena we abosek. يمكنك جعل لي مجنون قلبي! Wenn du fleißig lernst, wirst du bald wissen, was das heißt!“ Ich blieb noch einige Minuten stehen und fühlte, wie sich meine große Anspannung in ein noch viel größeres Glücksgefühl verwandelte. Mit einem wohligen Prickeln am ganzen Körper kletterte ich aufs Sonnendeck. Hakim hatte sich gefreut, dass ich bei ihm bleiben wollte. Er hatte sich nicht nur gefreut, er war sogar glücklich. Dann hatte er mir zum Abschied noch irgendeinen ägyptischen Satz hinterhergerufen. Dumm nur, dass ich mich nur noch an den Anfang erinnern konnte. Ana mosha … verflixt. Ich sollte wirklich dringend diese Sprache lernen. Birgit schien bereits auf mich gewartet zu haben und hatte auf dem Sonnendeck sogar einen Platz neben ihr reserviert. Obwohl ich jetzt lieber meinen Gedanken nachhängen und verträumt aufs Meer blicken wollte, legte ich mich zu ihr. Privatinteressen mussten eben hintenanstehen und Birgit mochte ich ja auch wirklich gerne. Sie legte ihre Frauenzeitschrift beiseite und freute sich über meine Gesellschaft, da ihr Kurt gerade ein kleines Nickerchen hielt und leise schnarchend in der Sonne lag.

Im Gegensatz zu heute Vormittag konnte ich jetzt auch völlig problemlos und entspannt über die Feuerschlucker und Bauchtänzerinnen reden. Im Wasserfallmodus plapperte ich also drauflos und schwärmte von der anspruchsvollen und abwechslungsreichen Abendunterhaltung des

Hotels im Allgemeinen und dem vorzüglichen Essen im Besonderen, nicht ohne dabei immer mal wieder möglichst unauffällig zu Hakim rüberzuschielen.

„Bist du glücklich mit deinem Hakim?“, unterbrach Birgit mit wissendem Blick mein Geplapper. Sie hatte bemerkt, dass ich nur aus professioneller Höflichkeit über derart banale Themen geplaudert hatte, aber mit meinen Gedanken ganz woanders war. Dankbar für ihr sensibles Gespür lächelte ich Birgit an und gestand dann auch ohne Umschweife. „Wir sind noch gar nicht lange zusammen … Eigentlich erst seit einer halben Stunde. Aber ja, ich bin glücklich. Sogar sehr glücklich!“ Ein Blick in meine leuchtenden Augen genügte Birgit, um eine eindeutige Diagnose zu stellen. Hoffnungslos verknallt.

„Ich freue mich wirklich für dich, Doro, aber …“

„Aber?“ Birgit fiel es sichtlich schwer weiterzureden „Nun ja … wie soll ich es sagen? Man hört ja von … derartigen Beziehungen nicht gerade nur Gutes“, tastete sie sich vorsichtig heran. „Meine Freundin Uschi zum Beispiel, die hatte sich mal unsterblich in einen Ägypter verliebt und alle Hebel in Bewegung gesetzt, dass er sie auch mal in Deutschland besuchen könnte.“

„Und? Hat es geklappt?“ Birgit nickte verächtlich. „Ja, aber kaum war er da, hat für Uschi ein echter Alptraum angefangen. Von der großen, ewigen Liebe war nämlich keine Rede mehr. Stattdessen wollte der junge Mann andauernd nur Geld von ihr.“

Ich stöhnte auf. „Lass mich raten. Der Klassiker von der kranken Oma?“

„So ähnlich. Er wollte Geld für seinen Cousin, der in Deutschland lebte und unerwartet arbeitslos geworden sei. Er könne seine Miete nicht mehr bezahlen und würde ohne Hilfe bald auf der Straße sitzen. Eine sterbenskranke Tante war dann aber auch noch aufgetaucht. Die Liste war lang, Uschis Konto bald leer und der Kerl nach einer Woche auf Nimmerwiedersehen verschwunden."

Birgit hatte mir da nichts Neues erzählt. „Ich weiß, ich weiß und glaube mir: Ich kenne solche Horrorstorys aus Tausendundeiner Nacht zur Genüge. Deswegen habe ich mich auch gegen meine Gefühle gewehrt, aber ich kann es nicht ändern." Ich begann zu rezitieren. „Es ist leichtsinnig, sagt die Vorsicht. Es ist unmöglich, sagt die Erfahrung ..."

„Es ist, was es ist, sagt die Liebe", vollendete Birgit die Strophe des bekannten Gedichts von Erich Fried und nickte dabei verständnisvoll. Damit war alles gesagt und ich versprach nur noch, immer gut auf mich aufzupassen und mich keinesfalls ausnehmen oder hinters Licht führen zu lassen. Während ich meine Maske vor dem ersten Tauchgang mit Anti-Fog-Gel präparierte, wurde ich wieder etwas nachdenklich. Von den unzähligen negativen Erfahrungsberichten im Internet mal ganz abgesehen, hatte mich erst Isy und jetzt auch noch Birgit vor einer Beziehung mit einem Ägypter gewarnt. Sollte ich vielleicht doch auf die Warnungen meiner Freunde und Bekannten hören und die Finger von Hakim lassen? Oder sollte ich ihre Bedenken ignorieren, die Vernunft außer Acht lassen und nur auf mein Herz hören? Ich hatte mich doch schon längst für mein Herz entschieden. Weshalb fing mein blödes Hirn jetzt also wieder an, diese Entscheidung noch einmal zu hinterfragen? Ich seufzte. Eine Tauchermaske war im Vergleich zu dem Nebel in meinem Kopf easy zu händeln. Ein paar Tropfen Gel auf den Gläsern verteilen und schon sah man unter Wasser völlig klar. Leider gab es für rosarote Brillen kein Zaubermittel, welches der Anwenderin wieder klare Sicht aufs Leben verlieh.

Letzten Endes kam ich dann aber zu dem Schluss, dass ich so etwas gar nicht benötigte, weil ich nämlich gar keine rosarote Brille trug. Erstens wusste ich von vornherein, worauf ich mich eingelassen hatte und was auf mich zukommen könnte. Zweitens kannte ich bereits sämtliche Betrugsmaschen und Tricks, um gegebenenfalls umgehend die Notbremse zu ziehen, und drittens musste ich mir bei Hakim ohnehin keine Sorgen machen. Er war nur Halbägypter und war außerdem bei seiner Mutter in Deutschland aufgewachsen.

16

Aufgeregt stand ich am folgenden Abend in meinem Bungalow vor dem Spiegel, betrachtete mich kritisch von allen Seiten und runzelte missbilligend die Stirn. Weshalb mussten sich meine Falten ausgerechnet heute so dermaßen penetrant in den Vordergrund drängen? Waren es tatsächlich so viele oder kam mir das nur so vor? Hoffentlich. Gleich würde Hakim hier vorbeikommen, um mich zu unserem ersten offiziellen Date abzuholen. Daher konnte es sicher nicht schaden, diese unliebsamen Zeitzeugen zumindest für eine Weile aus meinem Gesicht zu verbannen. Optimistisch griff ich zu der garantiert und auf der Stelle wirksamen, dafür aber immens teuren Gesichtscreme, die ich mir eben noch schnell im Hotelshop besorgt hatte, und hoffte auf ein Wunder – leider vergebens. Die Falten wurden sogar noch tiefer, je länger ich darüber nachdachte, wie viel Geld ich für dieses nutzlose Kosmetikprodukt zum Fenster rausgeworfen hatte.

Das war wirklich sehr dumm von mir gewesen. Hakim kannte mein Alter, hatte mich mit Falten kennengelernt, mich nie anders gesehen und hatte sich trotzdem in mich verliebt. Weshalb sollten ihn meine kleinen Fältchen ausgerechnet heute auf einmal stören?

Nach ehrlicher Selbstreflexion musste ich schließlich eingestehen: Ausschließlich mir war es sehr wichtig, heute makellos schön, begehrenswert, jugendlich und sexy auszusehen. Nicht nur für Hakim. Für ihn natürlich ganz besonders, aber auch für seinen Halbbruder Djamal, seine Freunde und Bekannten, von denen ich heute beim Bummel durch die Stadt sicher einige kennenlernen würde.

Hakim sollte stolz auf die Frau an seiner Seite sein und sich nicht schämen müssen. Im Gegenteil. Seine Freunde sollten ihn sogar um seine attraktive Freundin beneiden. Dieser Wunsch könnte sogar in Erfüllung gehen, weil blonde Frauen bei Ägyptern generell hoch im Kurs standen. Also Kopf hoch. Das wird schon! 48 Minuten später stand ich dezent geschminkt, mit glatt geföhnten, offenen Haaren und in hübschem Sommerkleid ausgehfertig vor dem Spiegel und war mit dem Anblick, der mir da entgegenlächelte, sogar sehr zufrieden. Ob ich Hakim auch gefiel? Und ob er wohl pünktlich war? Ich hoffte es, denn langes Warten war mir verhasst. Gegebenenfalls könnte ich in dieser Zeit auch noch irgendetwas Sinnvolles tun, aber welche Frau suchte schon nach einer sinnvollen Beschäftigung, wenn ihr Liebster jeden Moment vor der Tür stehen konnte?

Zum Glück klopfte es exakt zum vereinbarten Zeitpunkt an meiner Bungalowtür. Ich strich mir noch einmal nervös übers Haar und öffnete. „Hallo Schneckchen!“, begrüßte mich Hakim lieb mit einem Kuss und scannte mich dann von oben bis unten ab. „Sorry, aber das geht ja mal gar nicht!“

Mir entgleisten die Gesichtszüge. Ich hatte mir solche Mühe gegeben und war für meine Verhältnisse auch ewig im Bad gestanden und jetzt gefiel ich Hakim nicht?

Der erkannte seinen Fauxpas zum Glück sehr schnell und hob beschwichtigend die Hände. „Du siehst umwerfend, atemberaubend und zum Niederknien aus, aber mit deinen nackten Schultern und dem kurzen Kleid machst du die Jungs downtown echt verrückt. Und Allah noch dazu!“

Ich schämte mich, dass ich aus purer Eitelkeit die landesüblichen Sitten völlig außer Acht gelassen hatte. Seit ich meine Urlaube in Ägypten verbrachte, wusste ich, dass in dem muslimischen Land Touristinnen mit freien Schultern und nackten Knien außerhalb der Hotelanlagen nicht allzu gerne gesehen waren.

Fieberhaft suchte ich also nach der Strumpfhose, die ich im Flieger getragen hatte, doch die war inzwischen aufgrund einiger Laufmaschen unbrauchbar geworden. Eine langärmelige Bluse hatte ich gar nicht erst eingepackt und mein Winterpulli wäre für hiesige Temperaturen viel zu warm. „Du brauchst wirklich dringend neue Klamotten!“, diagnostizierte Hakim schmunzelnd. „Sag ich doch!“, konterte ich mit frechem Augenzwinkern.

Am Ende lief es darauf hinaus, dass ich zu Hakims großer Belustigung unter meinem hellblauen Sommerkleid eine braune Schlafanzughose mit weißen Punkten trug und das Ganze dann noch mit einer Windjacke in Neonpink kombinierte. Motto der Woche: Kleide dich wie eine Vogelscheuche.

Obwohl ich nicht wusste, ob ich mich in diesem Aufzug überhaupt vor die Tür trauen konnte, versuchte ich dem Textildrama dann doch noch etwas Positives abzugewinnen. In diesem schrillen Outfit waren meine Fältchen mit Sicherheit das Letzte, was ins Auge stechen würde. Hand in Hand liefen wir aus der Hotelanlage zur breiten und viel befahrenen Straße. Normalerweise war ich von dem lauten Hupen, dem Benzingestank, dem Dreck und dem Müll, der da überall herumlag, genervt. Heute war mir das alles egal. Es gab keinen Lärm, keinen Staub und auch keinen Gestank, sondern nur Hakim und mich. Wie die Kinder kickten wir fröhlich eine leere Coladose vor uns her, bis einer der Minibusse anhielt, in dem allerdings bereits sieben Fahrgäste saßen. Mir war das Gefährt eindeutig zu voll und ich wollte lieber einen der anderen Busse nehmen, die hier in großer Zahl vorbeibrausten. Der Fahrer hingegen befand wild gestikulierend, dass bei ihm noch genügend Platz wäre, und forderte uns mit einem ungeduldigen „Jalla, Jalla!“ auf, endlich einzusteigen. Ich hatte also keine Chance. Sein Copilot, ein etwa fünfzehnjähriger, sehr schlanker Junge, der beim Aussteigen stets aufmerksam das Geld kassierte, schob mit einem lauten Knall die Tür hinter uns zu – und los ging die Fahrt.

Drinnen roch es streng nach Schweiß, Knoblauch und Tabak und wir waren wie die Sardinen eingequetscht, sodass ein enger Körperkontakt zu den Mitreisenden unvermeidlich war. Ich machte mich so schmal wie möglich und bereute zutiefst, nicht doch auf den nächsten Bus gewartet zu haben. Nase zu und durch!

Wir waren noch nicht lange unterwegs, da rief Hakim dem Fahrer auch schon wieder etwas zu, was sich mit viel Phantasie wie *bitte anhalten* anhörte. Wir drückten dem Beifahrer zwei Geldscheine in die Hand und stiegen rasch aus. Heilfroh, dem Gestank entkommen zu sein, atmete ich tief durch und sah mich um. Wie eine Stadt sah das hier definitiv nicht aus. Um uns herum war nur Sand, Sand und nochmal Sand. Lediglich ein schmaler, asphaltierter Pfad führte zu einer kleinen Ansammlung von winzigen Häuschen.

War das jetzt etwa eine Shopping Mall oder ein Outlet Store mitten in der Wüste? Das konnte ich mir zwar kaum vorstellen, aber in Ägypten gab es zuweilen Dinge, die eben etwas seltsam waren. Neugierig folgte ich Hakim, der zielsicher auf eines der Häuschen zulief und mich dort angekommen mit großer Geste begrüßte. „Herzlich willkommen in meinem Zuhause!" Er schloss die Tür auf und entschuldigte sich. „Sorry für den spontanen Zwischenstopp, aber die Siedlung lag auf dem Weg und da wollte ich dir unbedingt noch schnell zeigen, wo ich wohne."

Ich betrat den Raum und sah mich um. Von der Decke des zirka achtzehn Quadratmeter großen Apartments baumelte eine Glühbirne ohne Lampenschirm und strahlte mit grellem Licht auf die völlig kahlen Wände. Die Küchenzeile an der linken Wand gestaltete sich ebenfalls sehr puristisch. Keine Regale, keine Schränke. Es gab lediglich einen Mini-Kühlschrank, zwei alte Herdplatten, einen Wasserkocher aus dem letzten Jahrtausend und eine Kaffeemaschine.

Das einzige Möbelstück, das sehr präsent mitten im Raum stand, war ein riesengroßes Bett.

Warum hatte Hakim mich nur hierhergebracht? War er auf dieses wenig einladende Loch etwa stolz? Ich sah mich ein weiteres Mal um und mein Blick blieb auf dem riesigen Bett haften. Mir wurde heiß und kalt. Völlig klar. Hier waren wir das erste Mal allein und ungestört und es lag auf der Hand, was Hakim vorhatte.

Bei unserer wilden Knutscherei auf dem Boot wurde ich zugegebenermaßen ziemlich scharf, aber nur weil ich wusste, dass es in diesem Moment bei der Knutscherei bleiben würde und auf gar keinen Fall weitergehen konnte. Klang vielleicht etwas eigenartig, war aber so.

Wie lange hatte ich schon nicht mehr mit einem Mann geschlafen? Ich wusste schon gar nicht mehr, wie das überhaupt ging, weil ich nach Jan vielleicht alle Schaltjahre mal Sex gehabt hatte. Das mochte vielleicht ebenfalls eigenartig wirken, aber wenn ich nicht wirklich in einen Mann verliebt war, konnte ich auch nicht mit ihm schlafen.

Hakim kam langsam auf mich zu. Hilfe! Gleich würde er seine Arme um mich schlingen, mich küssen und dabei Richtung Bett lotsen, um dann in der Horizontalen zur Sache zu kommen.

Ich wollte zwar auf keinen Fall wie eine prüde Jungfer rüberkommen, aber diese Beschleunigung von null auf hundert in so kurzer Zeit ging mir einfach viel zu schnell. Ich war wirklich in Hakim verknallt und würde sicher auch bald mit ihm schlafen, aber nicht hier und heute, sondern irgendwo und irgendwann.

Genau so wollte ich ihm das jetzt auch sagen. Ich traute mich aber nicht, ihm dabei direkt in die Augen zu sehen, starrte stattdessen auf die rostigen Herdplatten und setzte etwas zaghaft an. „Du ... Hakim ...“

„Ja Schneckchen?“

„Ich finde, es ist ...“ Hakim schien sich etwas zu schämen.

„Ja sorry, ich weiß ... es ist noch ziemlich ungemütlich hier, aber ich bin erst vor Kurzem eingezogen und bin noch nicht dazu gekommen, die Bude hübsch einzurichten.“ Er sah mich mit treuem Hundeblick an.

„Hast du vielleicht Lust, mir ein wenig beim Renovieren und Einrichten zu helfen? Frauen haben dafür doch meistens ein besseres Händchen und außerdem sollst du dich auch bei mir wohlfühlen.“

Deshalb hatte Hakim mich also hergebracht! Vor Erleichterung kicherte ich etwas albern und versprach natürlich sehr gerne als Einrichtungsberaterin zur Verfügung zu stehen. Meine blühende Phantasie war mal wieder mit mir durchgegangen, aber so abwegig waren meine Verführungsspekulationen dann auch wieder nicht gewesen.

„Super! Bin gespannt, was dir so alles einfällt.“ Nach einem skeptischen Blick auf meine Windjacke schränkte Hakim meine Kreativität aber dann doch etwas ein. „Solange du mir die Wände nicht pink streichst oder überall rosa Diddl-Mäuse drapierst, bin ich für alles offen.“ Meine Augen weiteten sich vor Entsetzen. „Diddl-Mäuse??? Ich hasse diese Viecher und außerdem sind die zum Glück längst ausgestorben. Ich werde schon was Hübsches für dich finden.“ Hakim stöhnte theatralisch auf. „Hübsch ist gleich teuer. Du wärst die erste Frau, bei der das anders ist.“

„Für dich ist das Beste eben gerade gut genug, mein Teuerster!“, kokettierte ich unschuldig. Gemeinsam alberten wir noch eine Weile herum, welche Designerlampe am besten aussehen würde und ob an der Wand ein original Picasso oder nur eine Kopie hängen sollte, bis Hakim sicherheitshalber die Reißleine zog. „Mal Scherz beiseite und nichts gegen deinen guten Geschmack, aber allzu teuer sollten Möbel und Deko dann doch nicht werden." Er rechnete mir vor. „Ich verdiene ungefähr 800 Euro im Monat. Das ist für Ägypten echt viel. Jedenfalls verdiene ich als Tauchlehrer wesentlich mehr als die meisten hier. Das reicht auch locker für Miete, Nahrungsmittel, Klamotten und so weiter, aber ..."

Hakim schien folgendes Geständnis etwas unangenehm zu sein. „Aber den Großteil meines Geldes gebe ich meinem Vater und seiner Familie. Die kommen nämlich finanziell kaum über die Runden." Verwundert fragte ich nach. „Ist dein Vater nicht auch Tauchlehrer?"

„Das schon", bestätigte Hakim. „Aber er hatte einen schweren Tauchunfall und kann seitdem nicht mehr arbeiten. Deswegen sind auch für mich größere Sonderausgaben einfach nicht drin." Ich nickte gerührt. Auch wenn Hakim für hiesige Verhältnisse echt gut verdiente und sich so einiges leisten könnte, verzichtete er auf Luxus, um seinen Vater zu unterstützen. „Kein Problem! Ich bin es gewohnt, mit sehr wenig Geld auszukommen und zu improvisieren, weil ich selbst nicht viel habe!" Hakim sah mich erstaunt an. „Hast du nicht mal was von irgendeiner Tante erzählt, die dir eine Menge vererbt hat?" Hatte ich das? Ich erinnerte mich, dass mein Erbe beim Herumalbern mit Isy mal Thema gewesen war. Hatte Hakim das etwa mitbekommen? Interessierte er sich etwa für mein Geld? Darüber wollte ich weder nachdenken noch reden und wiegelte ab. „Das schon, aber Tante Renate hat in ihr Testament geschrieben, dass ich das Erbe nur für etwas Sinnvolles ausgeben darf. Für meine Zukunft. Aber ich will mein Leben erstmal ohne das Geld meiner Tante auf die Reihe kriegen."

Ohne eine Sekunde nachzudenken, pflichtete Hakim mir bei. „Das würde ich ganz genauso machen! Ich würde mir auch lieber irgendeinen Job suchen, als mir auf Kosten anderer ein schönes Leben zu machen. Dafür bin ich nämlich viel zu stolz", beteuerte er schnell. Eine Spur zu schnell? Unwillig schüttelte ich den Kopf. Die ganzen Warnungen und Unkenrufe hatten mich schon ganz verrückt gemacht und ließen mich gleich das Schlimmste fürchten. Hakim hingegen schloss völlig arglos die Tür seines Apartments ab und nahm zärtlich meine Hand. „Los geht's Habibi." Hakim war so lieb zu mir und was tat ich? Auf dem Weg zur Straße schämte ich mich für meine schlechten Gedanken, für die es nicht den geringsten Anlass gab. Ab jetzt würde ich unser erstes Date genießen, mit Hakim shoppen gehen, Hand in Hand durch die Stadt bummeln und einfach nur glücklich sein. Wieder bester Dinge stieg ich in einen zum Glück leeren Minibus Richtung Innenstadt. Es hatte dann allerdings doch noch eine ganze Weile gedauert, bis wir im Laden von Hakims Halbbruder Djamal angekommen waren. Obwohl ich mir als Erstes neue Klamotten kaufen wollte, um endlich mein Vogelscheuchen-Outfit loszuwerden, lehrte mich der ägyptische Alltag die Utopie von Plänen. Unterwegs durch die touristische, quirlige und nach allen Gerüchen des Orients duftende Hauptstraße mit ihren vielen Geschäften und Einkehrmöglichkeiten hatten unzählige Freunde und Bekannte von Hakim unseren Weg gekreuzt und keine dieser Begegnungen war ohne eine kurze Konversation vonstattengegangen. Ein Mann namens Aaliv hatte uns dann sogar noch zu Tee und Shisha in seine kleine Bar in einer Seitengasse eingeladen. Der letzte freie Tisch stand jedoch direkt neben toten Hühnern und aufgeschlitzten Rinderhälften, die mit Schmeißfliegen übersät waren und von der angrenzenden Metzgerei ohne jedweden Skrupel trotzdem noch zum Kauf angeboten wurden. Auch wenn das hierzulande vielleicht normal sein mochte. Mir wurde von diesem Anblick und dem Geruch von totem Tier, der sich mit Tee und Shisha-Dampf vermischte, sehr übel. Höflichkeitshalber biss ich jedoch die Zähne zusammen und lächelte unseren wirklich sehr freundlichen Gastgeber etwas bemüht, aber nicht minder freundlich an.

Inzwischen hatte sich auch Aalivs Frau Daria zu uns gesellt. Wir unterhielten uns auf Englisch oder mit Händen und Füßen, was sehr lustig gewesen war und anfängliche Sprachbarrieren oder Berührungsängste schnell vergessen machte. In ausgelassener Stimmung wurde ich herzlich willkommen geheißen und trotz meines schrägen Outfits mit Komplimenten überschüttet, dass ich am Ende fast geglaubt hätte, schöner zu sein als die schöne Nofretete. Selbst wenn nur die Hälfte davon ernst gemeint war, tat die verbleibende Hälfte einfach nur richtig gut.

Endlich bei Djamal angekommen, hatte der uns nach einer euphorischen Begrüßung natürlich auch gleich wieder einen Tee angeboten. Nicht schon wieder Tee!!! Da meine Blase lieber geleert denn weiter gefüllt werden wollte und Tee zudem nicht gerade mein Lieblingsgetränk war, lehnte ich dankend ab und widmete mich lieber den zahlreichen Kleiderständern.

Während Hakim mit Djamal abwartete und Tee trank, zog ich unzählige Klamotten an und wieder aus und wurde für meine Begriffe auch sehr schnell fündig. „Schneckchen? Machst du deinem Namen mal wieder alle Ehre?“, rief Hakim nach einer gefühlten Viertelstunde bereits leicht ungeduldig und führte mein subjektives Zeitempfinden damit ad absurdum. „Bin gleich fertig!“, versprach ich eilig und hatte dieses Versprechen dann auch wirklich gehalten.

Zwei Jacken, drei Jeans, drei Blusen und einige Shirts und Longsleeves waren die Ausbeute meines ausgiebigen Shoppingtrips und Djamal verkaufte mir die Sachen wirklich zum halben Preis. Hakim probierte nun auch noch ein Shirt an, währenddessen Djamal mir ein weiteres Highlight seines Ladens präsentierte. „Hey Doro, look! I have something really beautiful for you!“ Er deutete stolz auf einen wirklich wunderschönen Armreif in mattiertem Gold. „It's real gold! For other people 150 euro, for you my friend only 80 euro! A real good price.“

Hakim kam aus der Umkleide, streifte mir den Armreif über und raunte begeistert. „Der ist wie für dich gemacht! Ich würde ihn dir so gerne ...“ Sanft legte ich meinen Finger auf seinen Mund. So schön der Armreif auch sein mochte und so gut der Freundschaftspreis von achtzig Euro sicher auch war – so ein Schmuckstück wäre purer Luxus, den weder ich noch Hakim sich momentan leisten konnten. Obwohl meine neuen Klamotten insgesamt sehr günstig gewesen waren, hatte ich mein Konto heute schon genug strapaziert. Mit einem freundlichen „Ma'as-salama“ verabschiedeten wir uns von Djamal, versprachen natürlich bald wiederzukommen und gingen mit vielen Tüten bepackt nach draußen.

Nach einigen Metern blieb Hakim abrupt stehen, durchsuchte hektisch seine Hosentaschen und fluchte. „Shit! Ich habe mein Handy bei Djamal liegen lassen! Warte kurz, ich bin gleich wieder da!“

Mit Teetrinken, Shisha-Rauchen und Klamottenkaufen war die Zeit wie im Flug vergangen und es war inzwischen recht spät geworden. Da wir morgen wieder früh rausmussten, entschieden wir ohne Abstecher zu Hakims Lieblings-Bar auf direktem Weg nach Hause zu fahren. Viel Raum für romantische Zweisamkeit war bei unserem ersten gemeinsamen Ausflug zwar nicht geblieben, dafür hatte ich aber einen kurzen, sehr interessanten Einblick in Hakims Leben außerhalb der Tauchschule gewonnen und war von meiner neuen Wahlheimat sehr positiv überrascht. Gentlemanlike brachte Hakim mich bis zur Tür meines Bungalows und machte auch keine Anstalten, noch kurz mit reinkommen zu wollen. Stattdessen steckte er mir nur rasch ein Päckchen zu. „Eine kleine Erinnerung an diesen wunderschönen Abend für meine wunderschöne Frau.“

Ehe ich etwas erwidern konnte, war Hakim schon wieder verschwunden.

Sehnsüchtig sah ich ihm noch eine Weile hinterher, dann ging ich nach drinnen, um das Päckchen zu öffnen. Ich weinte vor Rührung.

Hakim hatte mir den goldenen Armreif geschenkt.

17

Leicht ungeduldig saß ich wie jeden Morgen in der Küche von Isy und Chris, in deren Gästezimmer ich nun schon seit über sieben Wochen residierte, und wartete darauf, dass die Kaffeemaschine endlich ihren Brühvorgang mit lautem Gurgeln beenden würde. Das konnte erfahrungsgemäß noch eine Weile dauern, denn das gute Stück hatte seine besten Jahre hinter sich, so dass ich mich auch heute wieder in Geduld üben musste – und mit mir Isy und Chris, denen ich vertragsgemäß jeden Morgen frischen Kaffee kochte.

Weshalb konnte das blöde Ding nicht ausnahmsweise mal einen Zahn zulegen? Ich war nämlich superspät dran, weil ich in exakt fünfzehn Minuten mit Hakim in seinem Apartment zum Streichen verabredet war. Um pünktlich zu sein, hätte ich entweder eine neue Kaffeemaschine anschaffen oder früher aufstehen müssen – eine selbstkritische Erkenntnis am Morgen, die mir im Augenblick leider wenig brachte. Schicksalsergeben starrte ich also auf die langsam vor sich hin tröpfelnde Maschine und ließ meine Gedanken schweifen. Zweieinhalb Monate lang lebte und arbeitete ich nun schon in Ägypten. Monate, die wie im Flug vergangen waren, und ich hatte meine Entscheidung hierzubleiben noch keine Sekunde bereut. Ich war superglücklich mit meinem Hakim und auch den Job als Tauchlehrerin meisterte ich problemlos. Schülern das Tauchen beizubringen machte mir sogar großen Spaß – vor allem nachdem Sammy und Jacky endlich abgereist waren. Sie hatten es natürlich nicht lassen können, beim Abschied noch einige verbale Giftpfeile in Hakims und meine Richtung abzufeuern, waren dann aber sang- und klanglos und hoffentlich auf Nimmerwiedersehen von der Bildfläche verschwunden.

Einen kurzen Moment hatte ich dann aber allen Ernstes überlegt, ob diese Gören vielleicht doch für etwas gut gewesen waren, ob ich ihnen vielleicht sogar dankbar sein sollte. Wenn die beiden meinen Hakim nämlich nicht so penetrant angebaggert hätten, wären wir vielleicht gar nicht zusammengekommen. Unverzüglich jagte ich diesen hässlichen Gedanken durch den Realitätsweichspüler, der nach dieser Behandlung gleich viel besser klang: Hakim und ich waren von Anfang an füreinander bestimmt gewesen und Sammy und Jacky hatten lediglich dafür gesorgt, dass wir etwas schneller zueinandergefunden hatten. Auch wenn diese Interpretation mal wieder einem Kitschroman entsprungen sein könnte, gefiel sie mir doch ausnehmend gut – zumal ich nicht wahrhaben wollte, dass ausgerechnet zwei solche Dumpfbacken für mein großes Liebesglück verantwortlich sein sollten. **A**nziehungskraft, **C**harme, **E**infühlungsvermögen, **H**umor, **R**omantik, **V**ertrauen und **Z**ärtlichkeit waren wichtige Buchstaben unseres ganz privaten Liebesalphabets – nur mit dem berühmten „**S**“ wie Sex hatten wir noch so unsere Schwierigkeiten. Das hieß im Klartext: Obwohl ich sehr verliebt in Hakim war, hatten wir noch kein einziges Mal miteinander geschlafen. Es war nicht so, dass ich keine Lust auf Hakim hatte, aber irgendetwas in mir bremste mich aus. Ich verkrampfte alleine schon, wenn Hakims Hand beim Knutschen unter mein Shirt wandern wollte. Sosehr ich es auch wollte – es gelang mir einfach nicht, mich fallen zu lassen.

Wovor hatte ich nur solche Angst? Schämte ich mich etwa, weil Hakims Körper im Gegensatz zu meinem so perfekt war? Oder fürchtete ich, den Ansprüchen eines elf Jahre jüngeren Mannes im Bett nicht mehr gerecht zu werden? Oder hatte ich nur Angst vor dem ersten Mal nach Jahren unfreiwilliger Enthaltsamkeit? Okay. Diese Befürchtungen hatten mich vielleicht am Anfang gequält. Heute wusste ich, dass Hakim mich wirklich liebte. Er fand meine weiblichen Kurven sexy und wollte im Bett sicher nicht das Kamasutra abarbeiten. Außerdem musste ich keine Angst vor dem berühmten ersten Mal haben, weil Hakim der einfühlsamste Mann der Welt war. Diese Gewissheit ließ meine Sex-Blockade allerdings auch nicht verschwinden. Ich wollte, konnte aber nicht! Je mehr ich mich diesbezüglich unter Druck gesetzt hatte, desto verständnisvoller war Hakim mit mir umgegangen. Es wäre für ihn überhaupt kein Problem, noch so lange zu warten, bis ich so weit wäre, damit unser erstes Mal ein unvergessliches Erlebnis für uns beide werden würde. Hakim musste mich wirklich sehr lieben. Selbst Isy hatte im Laufe der Zeit ihre Zweifel beiseite gelegt, kommentierte unser Liebesglück aber noch immer mit ungläubigem Kopfschütteln. „You are really one in a million!"

Ich hatte es aber auch wirklich mal verdient *one in a million* zu sein und nach all den männlichen Nieten der letzten Jahre, nein Jahrzehnte, endlich den Hauptgewinn gezogen zu haben. Und Hakim war ein absoluter Hauptgewinn. Welcher andere Mann war so geduldig und verständnisvoll, welcher konnte mich so zum Lachen bringen? Mit welchem wurde es nie langweilig? Mit welchem konnte ich albern, aber auch ernst sein? Mit welchem

Mann war jeder Tag aufregend, spannend und irgendwie verrückt zugleich? Welcher andere Mann würde mitten in der Nacht heimlich mit mir tauchen gehen?

Keiner, außer ... Hakim. Verliebt streichelte ich über meinen goldenen Armreif, den er mir geschenkt hatte und den ich seither fast immer trug. Für dieses Geschenk hatte er seine Ersparnisse, die eigentlich für die Wohnungsrenovierung vorgesehen gewesen waren, ausgegeben. „Man muss Prioritäten setzen", hatte er mir lieb ins Ohr geflüstert. Mein Angebot, ihm das Geld für die Renovierung zu leihen, hatte er allerdings kategorisch abgelehnt. Er wollte lieber noch etwas warten und sparen, als seiner Freundin etwas schuldig zu sein.

Ähnliches musste ich kurze Zeit später erleben.

Hakims dreijähriger Neffe Malek war von einem Auto angefahren und sehr schwer verletzt worden. Die Versicherung hatte die hohen Behandlungskosten nicht komplett übernommen, so dass Malek auf finanzielle Unterstützung angewiesen war.

Selbstverständlich hatte ich helfen und etwas beisteuern wollen, was Hakim auch in diesem Fall strikt abgelehnt hatte. Ich sollte mein Geld laut Tante Renate in meine Zukunft investieren und nicht in das Leben eines fremden Jungen. Dem Kleinen zu helfen sei ausschließlich Aufgabe der Familie.

Auch wenn Hakim es sicher nur gut gemeint hatte, hatte mir diese Absage einen schmerzhaften Stich versetzt. Gehörte ich für ihn nicht mal ein kleines bisschen zur Familie? Offenbar nicht.

Was war ich dann für ihn? War ich seine große Liebe oder war ich letzten Endes doch nur eine längere, aber unbedeutende Affäre, die es nicht mal lohnte, der Familie vorzustellen?

Ich hatte zwar schon des Öfteren subtil durchblicken lassen, wie sehr ich mich darüber freuen würde, wurde aber jedes Mal mit einem kryptischen *sometime, somehow, somewhere* vertröstet. Bis jetzt hatte Hakim mir nur so viel erzählt: Nachdem seine Eltern sich getrennt hatten und seine Mutter mit dem damals sechsjährigen Hakim nach Deutschland zurückgekehrt war, hatte sein Vater Acram noch im selben Jahr eine Ägypterin namens Aischa geheiratet und mit ihr die Zwillinge Djamal und Sara bekommen. Sie alle lebten hier in Safaga, doch außer Djamal kannte ich keinen. Vielleicht war ich dem einen oder anderen sogar schon mal zufällig in der Stadt begegnet, ohne es zu wissen? Ein sehr eigenartiges Gefühl.

Auch wenn das der einzige Punkt war, der mich sehr störte, und auch wenn ich mich vielleicht zu sehr in diese Sache hineinsteigerte – das „V" wie Vertrauen hatte leichte Risse bekommen …

Mein Handy signalisierte durch ein Piepen den Eingang einer Nachricht und riss mich aus meinen etwas düsteren Gedanken. Ronja! Sie wünschte mir einen schönen Tag und beneidete mich um die warme Sonne, weil es in München inzwischen winterlich kalt und nass geworden war. Einmal mehr wurde mir bewusst, wie schnell die Zeit doch vergangen war. Chris ging es von Tag zu Tag besser, sein gerissenes Trommelfell war fast wieder vollständig verheilt und aus medizinischer Sicht sprach nichts dagegen, dass er schon bald wieder als Tauchlehrer arbeiten konnte. Natürlich hatte ich mich riesig für ihn gefreut, aber Isy und Chris bräuchten mich dann auch nicht mehr als Mitarbeiterin an ihrer Tauchschule. Ich könnte also wieder nach Hause fliegen, aber was würde dann aus Hakim und mir? Eine Fernbeziehung hatte ich mir schon mit Jan nicht vorstellen können und ich wusste, dass auch für Hakim eine Liebe auf Distanz inakzeptabel wäre. Daher ging er vermutlich fest davon aus, dass ich für immer bei ihm in Ägypten bleiben würde. Dass ich meinen Aufenthalt erstmal nur für zwei Monate verlängern wollte, hatte ich ihm sicherheitshalber verschwiegen. Vielleicht würde Hakim auch mit mir nach München kommen? Bevor ich länger über diese Option nachdenken konnte, führte mein Kopf bereits reflexartig verneinende Bewegungen aus. Mein Unterbewusstsein wusste längst, dass Hakim nach Ägypten gehörte, aber wohin gehörte ich? Wenn ich wollte, würden Isy und Chris mich sicher irgendwie weiter beschäftigen und ich könnte einfach hierbleiben, aber wollte ich das? Bisher waren die Tage gekommen und wieder vergangen und hatten sich wie Perlen einer wunderschönen Kette aneinandergereiht, ohne dass ich länger über meine berufliche wie private Zukunft nachgedacht hatte. Ich war einfach nur glücklich gewesen.

Mit einem Mal prasselten all diese Fragen auf mich ein, als hätten sie bereits lange auf einen günstigen Moment gewartet, mich aus dem Hinterhalt zu überfallen. Ich war an einem Punkt angelangt, der mich gnadenlos und unerbittlich zum Nachdenken zwang – und daran war unter anderem auch diese blöde Kaffeemaschine schuld!

Während die letzten Tropfen durch den Filter liefen, versuchte ich meine Situation einmal völlig rational zu betrachten und Hakim bei meinen Überlegungen außen vor zu lassen. Ich sollte alleine und völlig unabhängig von einem Mann entscheiden, wie und wo ich mein Leben verbringen wollte, und begann mit einer nüchternen Situationsanalyse.

Sosehr mir Ägypten und mein Job als Tauchlehrerin auch gefielen – wollte ich dauerhaft in einem Land leben, in dem Frauen weniger Rechte hatten, verhüllt waren oder zumindest Kopftücher trugen? Würde ich der Sprache irgendwann so weit mächtig sein, dass ich mich ohne Hilfe überall problemlos verständigen könnte? Von alldem mal ganz abgesehen – würde ich Deutschland, die Natur, die Jahreszeiten, den Duft von ersten Frühlingsblumen oder frisch gefälltem Holz, Theater, Konzerte, Biergärten, Stadtbummel in kurzem Rock und sexy Tops, ausgedehnte Kneipentouren, meine Freunde und vor allem Ronja nicht heftig vermissen? Ja, das würde ich!

Aber ...

In Deutschland hatte ich keinen Job und die Chancen, gleich wieder eine Arbeit zu finden, mit der ich Wohnung und Leben in München finanzieren konnte, tendierten momentan gegen null. Das Gehalt einer Tauchlehrerin würde in dieser Stadt jedenfalls nicht ausreichen. Was hätte ich dann also noch von tausend Biergärten, Shoppingmalls und Theatern vor der Nase, wenn ich mir so einen Luxus ohnehin nicht mehr leisten könnte? Vermutlich müsste ich sogar in ein Dorf im Umland ziehen, wo man mit weniger Geld noch halbwegs über die Runden kam, wo aber im Vergleich zur Großstadt kulturelle Eiszeit herrschte. Ich säße dann alleine und frustriert in einer kleinen Wohnung in einem noch kleineren Dorf. Nicht gerade prickelnd.

In Ägypten konnte ich von meinem Verdienst gut leben, meine Freunde Isy und Chris waren immer für mich da, es schien immer die Sonne, statt im Biergarten saß ich in der Taucherbar und lernte ständig neue, interessante Leute kennen. Somit hatte ich auch ohne Theater immer gute und abwechslungsreiche Unterhaltung. Da Isy und Chris fast im Zentrum wohnten, kannte ich inzwischen so viele Leute in der Stadt, dass ich mich gar nicht mehr als Touristin, sondern schon fast wie eine Einheimische fühlte.

Und dann gab es da ja noch Hakim. Auch wenn er bei meiner Entscheidung nicht die Hauptrolle spielen sollte, war klar, dass ich ohne ihn gar nicht auf die Idee gekommen wäre in Ägypten zu bleiben. Von daher würde er in meiner Deutschland-Ägypten-Waagschale letzten Endes auch das ausschlaggebende Gewicht sein.

Tief in Gedanken hatte ich gar nicht bemerkt, dass Chris inzwischen in die Küche gekommen war. „Morgen Doro!" Ich schreckte auf, was Chris frech kommentierte. „Lass mich raten. Du hast von deinem jugendlichen Liebhaber geträumt und überlegt, was du heute alles mit ihm anstellen willst."

Das war mal wieder typisch Chris!

Ja. Ich hatte an Hakim gedacht und ja, das hatte mich sehr abgelenkt, aber es ging nicht um die Planung eines einzigen Tages, sondern um die Planung meines künftigen Lebens. Ich wollte meinen noch koffeinfreien Freund am frühen Morgen jedoch nicht mit diesen Gedanken überfordern. Stattdessen schenkte ich Chris lieber eine Tasse Kaffee ein und flüsterte ihm ins Ohr.

„Du hast recht und ich verrate dir nur so viel – unser freier Tag wird verdammt heiß und schmutzig werden ..." Chris hielt sich die Ohren zu. „Stopp! Zu viel Information!“ Mit naivem Augenaufschlag protestierte ich empört. „Was du schon wieder denkst? Hakim und ich fangen heute endlich mit der Renovierung an. Wände streichen und so … magst du vielleicht helfen?“ Chris hob abwehrend die Hände, trank seinen Kaffee auf ex und wandte sich zum Gehen. „Na dann treibt's mal nicht zu bunt und so …!“

Chris! Einen schnellen Kaffee durfte ich mir noch genehmigen, dann sollte auch ich mich schleunigst auf den Weg machen. Ich war bereits über zwanzig Minuten zu spät und hatte die Geduld meines Liebsten schon genügend strapaziert.

Daher räumte ich nur noch rasch das Geschirr in die Maschine, schnappte meine Malerklamotten, zog die Wohnungstür hinter mir zu und biss beherzt in eine Aprikose, die ich mir noch auf die Schnelle als kleines Frühstück mitgenommen hatte. Nach einigen Metern hielt ich kurz inne und betrachtete die Frucht mit versonnenem Lächeln. Pink war für Hakim ein absolutes No-Go gewesen, aber ein bisschen Farbe hatte er mir dann doch erlaubt. Seine Wände würden schon bald in zartem Apricot erstrahlen. Zufälle gab's … Hakim hatte bei meinem Eintreffen bereits Malerklamotten an und alle notwendigen Vorbereitungen getroffen. Die Böden waren mit Folie abgeklebt und Farbeimer, Farbroller und Pinsel in verschiedenen Größen lagen bereit.

„Sorry. Ich bin zu spät …“, entschuldigte ich mich und schlüpfte schnell in ein altes T-Shirt nebst meiner braunen Schlafanzughose mit weißen Punkten. Bei diesem Kleidungsstück würde es gar nicht groß auffallen, wenn es beim Streichen vielleicht noch ein paar Punkte mehr in Apricot dazu bekäme. Hakim winkte meine Entschuldigung großzügig ab, setzte mir mit charmantem Lächeln noch ein Käppi auf und fragte dann so beiläufig wie möglich. „Kein Problem, aber sag mal ... hast du morgen Abend schon was vor?“

Was sollte diese Frage? Was sollte ich schon groß vorhaben? Die Abende verbrachte ich meistens mit ihm, Isy, Chris, mit Gästen oder auch mal alleine mit einem Buch in meinem Zimmer. „Nee“, antwortete ich knapp, öffnete vorsichtig einen Farbeimer und verrührte den Inhalt mit einem Holzstöckchen. „Wieso?“ Neugierig geworden richtete ich mich auf. Da Hakim um meinen sehnlichen Wunsch wusste, kostete er die Situation noch eine Weile aus, bis er endlich mit der Sprache herausrückte. „Dann könnten wir morgen Abend zusammen essen gehen. Wir sind bei meinem Vater und seiner Familie eingeladen. Hast du Lust?“

Als würden alle Fesseln, die mein Herz gefangen gehalten hatten, mit einem Mal aufspringen, begann es in meinem Brustkorb Purzelbäume zu schlagen. Statt einer Antwort gab ich Hakim einen leidenschaftlichen, nicht enden-wollenden Kuss, bis der mich liebevoll einbremste und sicherheitshalber noch einmal nachfragte. „Ich deute das jetzt mal als *Ja*?“ Ich nickte selig. Das kryptische *sometime, somehow, somewhere* hatte sich in *tomorrow, hand in hand, in his father's home* verwandelt. „Super – mein Dad freut sich nämlich schon sehr, dich endlich kennenzulernen!“ Damit war das Thema, das mich so gequält hatte, mit einem einzigen Satz vom Tisch und ich schämte mich. Wie hatte ich nur an Hakims Liebe zweifeln können. Ich überhäufte Hakim mit Küsschen, um meine Schuldgefühle in Liebe zu verwandeln, bis der mich mit besorgtem Kopfschütteln erneut einbremsen musste. „Schneckchen, Schneckchen, verschwende doch nicht deine ganze Energie, sonst machst du mir noch beim Streichen schlapp!“ Diese Energieverschwendung tat mir aber gerade so gut, dass ich nicht gewillt war, schon wieder damit aufzuhören, und mich daher noch enger an ihn kuschelte.

Hakim sah in seiner knapp sitzenden, zerrissenen Jeans und dem schief sitzenden Cape einfach nur hammermäßig sexy aus. Die Luft flirrte – und zwar nicht nur vor Hitze ...

Nach einem weiteren leidenschaftlichen Kuss konnte ich meine Finger fast nicht mehr von Hakim lassen und mein Körper gab eine ganz eindeutige Regieanweisung vor:

Ich wollte diesen Mann – und zwar jetzt und hier! *Ob* die Wände erst in ein paar Stunden gestrichen werden würden, war mir gerade völlig egal.

Los Doro! Mach!

Mit dem Mut der Leidenschaft wollte ich schon mein Shirt ausziehen, hatte dann aber doch wieder Angst vor meiner eigenen Courage und tauchte stattdessen gleich einer Übersprunghandlung den Farbroller stoßartig und bis zum Schaft in den Farbeimer, und zwar so heftig, dass links und rechts Farbe herausspritzte. Upps.

Hakim hatte meinen kleinen Fauxpas gar nicht bemerkt, da er mit dem Rücken zu mir stand und bereits mit dem Streichen begonnen hatte, so dass auch ich meinen ersten Pinselstrich wagte.

Der Farbton sah super aus, machte den Raum wesentlich gemütlicher und ließ ihn sogar etwas größer wirken. Ich kam erstaunlich schnell voran und das Streichen machte mir wider Erwarten sogar Spaß – und lenkte mich vor allem ab …

… bis mich von hinten zwei Arme umschlangen und ich Hakims Lippen auf meinem Hals spürte. „Du bist viel zu schnell! Zeit für Energieverschwendung …!“ Das klang nicht nach einer Frage, sondern nach einer Einladung oder Aufforderung, die keinen Widerspruch duldete.

Willenlos ließ ich meinen Farbroller zu Boden fallen und genoss Hakims zärtliche Küsse und Hände, die mich überall zu berühren schienen und mir dabei ganz unauffällig das T-Shirt über den Kopf streiften. Ebenso öffnete sich der Verschluss meines BHs fast wie von allein und Hakim streichelte ganz vorsichtig und zärtlich meine Brüste. Jede seiner Berührungen ließ mich vor Lust erzittern, dass ich mich mit beiden Händen an der Wand abstützen musste.

Hakim presste sich ganz fest von hinten an mich, als wollte er mich spüren lassen, wie hart und heiß sein Schwanz schon geworden war, der sich erwartungsvoll pulsierend gleich einem mutigen Krieger endlich in die Schlacht stürzen wollte …

Ich stöhnte auf und konnte nicht mehr an mich halten. Unter wilden, heißen Küssen wälzten wir uns die Wand entlang und rissen uns dabei die Kleider vom Leib, bis Hakim mich schließlich zum Bett trug, wo sich unsere Leidenschaft in einem Feuerwerk der Lust entlud – und auf dem Laken Spuren von zartem Apricot hinterließ …

18

Verschlafen rieb ich mir die Augen und blickte auf die frisch gestrichene Wand, die eine, wie sollte ich sagen, wilde Musterung aufwies und ein bisschen an moderne Kunst erinnerte. Welcher Stilrichtung könnte man dieses Werk wohl zuordnen? Pop-Art? Mit einem Schmunzeln kuschelte ich mich wieder in die Federn und träumte mit verliebtem Blick auf den noch schlafenden Hakim von unserer ersten gemeinsamen Nacht ...

„Guten Morgen Schneckchen, bist du radioaktiv oder warum strahlst du mich so an?" Hakim war wach? Wie lange schon, beziehungsweise wie lange hatte er mich schon beobachtet? Etwas verlegen suchte ich nach einer jugendfreien Erklärung für die optische Strahlenbelastung. „Ich ... ähm ... ich habe nur kurz überlegt, ob ich vielleicht schon mal duschen oder Kaffee kochen soll, aber davon wärst du sicher aufgewacht und deswegen wollte ich ..." Hakim grinste breit. „Mit so einem verklärten Blick denkt keine Frau ans Kaffeekochen. Gib's zu. Du hast von mir geträumt und dass ich ein noch besserer Liebhaber bin als der berühmte Casanova?" Okay. Hakim hatte ins Schwarze getroffen, aber musste ich ihm das jetzt auch noch auf die Nase binden? „Ich bin zwar etwas älter als du, aber mit Casanova hatte ich leider doch nicht mehr das Vergnügen. Ich kann dich aber beruhigen – du warst nicht schlecht." Mit dieser frechen Retourkutsche hatte Hakim nicht gerechnet und sann auf grausame Rache. Er bewaffnete sich mit einem Kopfkissen und kam mir gefährlich nahe. „Nicht schlecht? Weißt du, was gerade nicht schlecht für dich wäre? Du nimmst das sofort zurück, sonst ..." Herausfordernd sah ich Hakim an. „Sonst was?"

„Sonst erschlage ich dich mit diesen Federn!"

„Jetzt hab ich aber Angst!" Hakim hielt das Kissen mit bedrohlicher Geste über meinen Kopf. „Winselst du jetzt um Gnade, du freches Stück?"

„Winsel du lieber um Gnade!" Ich versetzte Hakim einen kleinen Stoß, so dass er auf den Rücken fiel, und kniete mich über ihn. „Ich reiß mir sonst ne Wimper aus und steche dich damit tot!" Während ich mich noch ein wenig für diesen Uralt-Spruch aus den 80ern schämte, zog Hakim mich sanft zu sich und flüsterte mit verführerischem Timbre. „Statt uns gegenseitig umzubringen, sollten wir lieber gemeinsam kleine Tode sterben ..."

Halbherzig versuchte ich mich noch gegen Hakims eindeutige Absichten zu wehren, doch wozu sollte ich länger gegen Windmühlen kämpfen? Es gab kein Halten mehr und der Morgen begann so, wie die Nacht endete. Erschöpft sank ich auf Hakims Brust, der mich liebevoll streichelte. „Ich könnte für den Rest meines Lebens mit dir hier liegen bleiben", schwärmte er verliebt und gab mir ein kleines Küsschen auf die Stirn. Steckte in dieser flapsigen Bemerkung eine Spur Ernsthaftigkeit? Wollte Hakim den Rest seines Lebens mit mir verbringen? Ein Heiratsantrag war das jetzt aber nicht gewesen? Oder etwa doch? Ich bekam jedenfalls eine Gänsehaut und versprach verheißungsvoll. „Ich würde auch am liebsten bei dir bleiben. Für immer!"

Ein kurzer Blick auf die Uhr reduzierte die versprochene Ewigkeit allerdings auf wenige Sekunden. Oh no. Wir sollten seit elf Minuten an der Tauchbasis sein. Um die Verspätung noch halbwegs entschuldbar zu machen, sprangen wir in unsere Klamotten und rannten ohne Kaffee und ungeduscht mit Salz auf unserer Haut zur Straße, um in den ersten Minibus Richtung Arbeitsplatz zu kommen – wo Isy bereits leicht ungeduldig auf uns wartete.

„Guten Morgen, auch schon da?“ Ohne eine Entschuldigung abzuwarten, gab sie Dienstanweisungen für den heutigen Tag. „Doro, du fährst heute nicht mit raus, sondern hilfst mir unsere neuen Flaschen zu nummerieren.“ An Tauchschulen wurde jede einzelne Flasche mit einer Nummer versehen, die vor einem Tauchgang in eine Liste eingetragen wurde. So konnte man nachvollziehen, welcher Taucher mit welcher Flasche unterwegs war oder welche eventuell defekt war. Das mochte vielleicht sinnvoll sein, aber es war der langweiligste Job der Welt.

„Und Hakim, du schwimmst am besten gleich los. Die Sea Angel hat eben erst abgelegt und ist sicher nur zwei- bis dreihundert Meter vom Steg entfernt. Wenn du ordentlich Gas gibst und Glück hast, nehmen sie dich vielleicht noch mit. Ansonsten ist die Strecke zu Tobia Arba für einen sportlichen Kerl wie dich doch sicher kein Problem, oder?“ So schnell hatte Hakim sich noch nicht mal gestern Abend seiner Klamotten entledigt. Er ließ einen chaotischen Textilhaufen vor mir zurück und sprintete zum Bootssteg – wo die Sea Angel noch seelenruhig ankerte und Isy über beide Ohren grinste. Es wäre völlig sinnlos gewesen, ohne Tauchlehrer an Bord loszufahren, doch eine kleine Strafe hatte eben sein müssen. Ich sah der ablegenden Sea Angel noch so lange nach, bis sie am Horizont verschwunden war, und fühlte, dass ich Hakim schon nach diesen wenigen Minuten schmerzlich vermisste. Versonnen roch ich an meinen Fingern, die noch etwas nach seinen Haaren dufteten, bis Isy mir mit wissendem Grinsen die ersten Flaschen vor die Nase stellte.

„War's schön?" Noch immer etwas gedankenverloren schreckte ich auf. „Ähm. Was?" Ich ahnte zwar, worauf Isy hinauswollte, antwortete aber erst mal so unbedarft wie möglich. „Ja, das Streichen hat echt Spaß gemacht und die Farbe sieht wirklich super aus. Musst du dir unbedingt mal anschauen." Isy winkte ab. Die Wandfarbe interessierte sie vermutlich nicht mal peripher. „Schon klar, Herzelein. Ihr habt die ganze Nacht nichts anderes gemacht, als zu streichen, und die Renovierungsarbeiten waren dann auch so anstrengend, dass du am Morgen vor Erschöpfung dein T-Shirt links herum angezogen hast."

Erschrocken blickte ich an mir herunter. Auf meinem gelben Shirt war tatsächlich *ffatS* statt *Staff* zu lesen. Zum Glück hatte mir Isy inzwischen Shirts in meiner Größe besorgt, sonst wäre die ganze Angelegenheit noch peinlicher gewesen.

„Ihr habt's getan!?", diagnostizierte Isy mit Kennerblick. War das so offensichtlich? Bevor ich darauf irgendwie reagieren konnte, überführte mich Isy mit einer Indizienkette, die jedwedes Leugnen zwecklos machte. „Du bist nach der Nacht bei Hakim total verpeilt, hast ein entspanntes Dauergrinsen im Gesicht und bist das erste Mal zu spät zur Arbeit gekommen."

„Ja ... du hast recht."

„Erzähl!" Isy, die natürlich von meinen Ängsten, Zweifeln und den daraus resultierenden Blockaden wusste, freute sich riesig für mich und wollte logischerweise alles wissen. Weshalb ES dann überraschenderweise doch geklappt hatte, wie und wo es dazu gekommen war und ob Hakim als Halbägypter ebenso gut bestückt wäre, wie Frau es gemeinhin von ägyptischen Liebhabern berichtete.

Himmel! Will sie jetzt etwa Zentimeterangaben?

Obwohl ich sonst keine Geheimnisse vor Isy hatte, erachtete ich es in diesem Fall als unangemessen, Hakims Chefin derart intime Details über sein bestes Stück zu verraten, die sich in Badehose ohnehin erahnen ließen, und blieb daher sehr vage. „It always depends how to handle it – and it was great!"

Isy dachte sich ihren Teil und damit war dieses Thema auch vom Tisch.

Beim gepflegten Mädels-Talk hatten wir fast vergessen, weshalb wir ursprünglich an Land geblieben waren. Die Nummerierung der neuen Alu-Tanks stand auf der To-do-Liste, was ich im Nachhinein auch gar nicht mehr als Strafe empfand. Ohne Gäste war es an der Tauchbasis sehr ruhig und auch Chris hatte anderweitig zu tun, sodass Isy und ich die seltene Gelegenheit hatten, mal ungestört zu plaudern. Ich versah Flasche für Flasche mit einer Nummer und arbeitete dabei Isys Fragenkatalog von *weshalb* über *wo bis wie* so detailliert wie möglich ab. „Und auf der frisch gestrichenen Wand haben unsere … Aktivitäten dann auch recht eindeutige Spuren hinterlassen …", beendete ich mit leuchtenden Augen und roten Wangen meine Erzählung, die Isy leicht spöttelnd kommentierte. „Doro, 16: mein erstes Mal. So war's bei mir. BRAVO lässt grüßen. Jetzt will ich dieses berühmte Wandkunstwerk *Schweinerei in Apricot* aber auch mal besichtigen!"

Obwohl ich keine Jungfrau und auch kein Teenie mehr gewesen war, hatte sich mit Hakim tatsächlich alles genauso aufregend und spannend angefühlt, als wäre ich wieder 16.

Ein jüngerer Mann konnte wahre Wunder bewirken.

„Scherz beiseite, Süße. Im Bett läuft es super, du bist endlich bei Hakims Familie eingeladen und er will sogar den Rest seines Lebens mit dir zusammen sein." Isy schlug mit dem Fingerknöchel gegen eine Taucherflasche. „Dingelingeling – höre ich da etwa Hochzeitsglocken läuten?" Ich hob abwehrend die Hände und bremste meine überschwängliche Freundin etwas aus. „Mach mal langsam! Mir reicht es erst mal völlig, dass Hakim mich liebt, dass wir uns lieben und ..." Ich traute mich nicht, den Satz zu Ende zu sprechen. „Und was?"

„Und ... und dass ich jetzt für immer bei Hakim in Ägypten bleiben will. Und deswegen auch einen Job bräuchte. Bei euch?" Jetzt war es raus. Isy schnappte erst mal nach Luft, stand dann aber spontan auf, holte uns zwei Bier und prostete mir strahlend zu. „Welcome home, Süße! Dann muss ich wohl noch ein paar STAFF-Shirts mehr für dich bestellen!" Ausgesprochen glücklich und dankbar über dieses unausgesprochene Ja stieß ich mit meiner besten Freundin an. Obwohl ich tagsüber in der Hitze normalerweise nie Alkohol trank, war ein *Stella* im Augenblick genau das Richtige. Besondere Ereignisse erforderten eben besondere Maßnahmen. Isy sah mich etwas ungläubig an. „Wahnsinn, dass du jetzt wirklich in Ägypten bleiben willst. Ich freu mich so!"

Bereits etwas bierselig prostete ich Isy erneut zu und umarmte sie euphorisch. „Auf uns, das Leben und die Liebe!" Isy betrachtete skeptisch den Inhalt ihrer Flasche, in der sich nur noch ein winziger Schluck befand, und kicherte. „Auf uns! Für das Leben und die Liebe reicht's leider nicht mehr! Noch eines!?" So gerne ich auch mit Isy weiter getrunken hätte, lehnte ich ab. „Besser nicht. Ich glaube, eine Alkoholfahne würde heute Abend nicht so gut ankommen." Isy schlug sich gegen die Stirn. „Ach ja. Du bist ja noch bei Hakims Familie eingeladen. Bei deinem künftigen Schwiegervater darfst du auf keinen Fall angetrunken erscheinen, sonst bist du sofort unten durch."

Allein bei diesem Gedanken zuckte ich unwillkürlich zusammen. Ich war schon jetzt extrem aufgeregt und fürchtete mich auch ein wenig vor diesem Kennenlernen, obwohl ich es mir doch schon so lange gewünscht hatte. „Und was ist, wenn Hakims Vater mich auch nüchtern furchtbar findet und mich nicht leiden kann? Oder wenn er durchblicken lässt, dass ich viel zu alt für seinen Sohn bin?" Je länger ich über das heutige Familientreffen nachdachte, desto aufgeregter, vielmehr unsicherer wurde ich. „Hakim ist die Meinung seines Vaters verdammt wichtig. Wenn Acram mich nicht mag, kann das mit Hakim und mir auf Dauer auch nicht gut gehen. Ich könnte dann genauso gut gleich wieder nach Hause fliegen."

Angesichts meiner immer größer werdenden Selbstzweifel erachtete Isy es als unerlässlich, meinem angeknacksten Ego erste Hilfe zu leisten. „Du hast Angst, dass Hakims Vater dich nicht mögen könnte? Jetzt pass mal auf. Du bist eine unglaublich tolle, liebe und charmante Frau. Außerdem bist du verdammt attraktiv und siehst wesentlich jünger aus, als du bist. Hakims Vater wird seinen Sohn sogar um dich beneiden. So sieht's nämlich aus!" Nach dieser verbalen Infusion Selbstbewusstsein legte ich meinen Arm dankbar auf Isys Schulter. „Du solltest im Nebenjob Psychologin werden. Von depri auf happy in Sekunden ohne Pillen.“ Isy grinste schief. „Ich fürchte, das klappt leider auch nur bei dir. Sicherheitshalber gebe ich dir jetzt noch ein paar allgemeingültige Tipps für Besuche bei ägyptischen Familien: Wenn du ein Gastgeschenk mitbringen willst …“

Obwohl Isy mich bestmöglich vorbereitet hatte und auch mein Outfit schwiegerelterntauglich war, stieg meine Nervosität von Minute zu Minute. Bis es endlich so weit war, musste ich mich dringend ablenken und griff zu Geschenkpapier. Beim Verpacken der Süßigkeiten für Saras Kinder Malek und Lamisse wiederholte ich zum gefühlt einhundertsten Mal Isys Verhaltensknigge und erlangte durch diese gebetsmühlenartige Wiederholung tatsächlich etwas Ruhe.

Gastgeschenk: am besten Süßigkeiten für die Kinder.

Habe den Supermarkt fast leer gekauft!

Kleidung: Knie und Ellenbogen bedecken.

Erfüllt!

Begrüßung: Männer begrüßen Männer mit Umarmung und Küsschen, Frauen gegenüber sind solche Begrüßungen verpönt.

Gut zu wissen.

Vor dem Betreten der Wohnung Schuhe ausziehen.

Wie auf dem Tauchboot!

Hakim weder küssen, noch Händchen halten.

Sehr schwierig …

Immer einen Rest auf dem Teller zurücklassen, da sonst der Eindruck entstehen würde, ich wäre noch hungrig.

Werde vor Aufregung sowieso fast nichts runterbringen.

Beim Essen nicht die Nase putzen.

Kein Problem, ich bin nicht erkältet.

Nie die linke Hand reichen oder mit der linken Hand Essen berühren, weil die linke Hand als unrein angesehen wird.

Mach ich mit links, weil ich Rechtshänderin bin!

Nie die Fußsohlen zeigen, weil die ebenfalls als unrein gelten.

Ich habe nicht vor einen Kopfstand zu machen.

Alles easy, na ja sagen wir mal fast alles ... Hakim hatte mich pünktlich abgeholt und wir saßen nun in einem Minibus Richtung Abenteuer Familie. Mir war schlecht. Schlecht vor Aufregung und glaubte deshalb auch schon schrecklich blass geworden zu sein, wohingegen Hakim diese Befürchtung mit einem Kompliment beantwortete. „Schneckchen, du siehst immer toll aus, aber heute bist du einfach nur atemberaubend schön." Interessant. Noble Blässe schien gut anzukommen, aber wenn mir immer schlecht sein musste, um atemberaubend auszusehen, konnte ich gerne darauf verzichten. Ob atemberaubend schönen Models auch immer schlecht war? Vielleicht vor Hunger. Über diese Vorstellung musste ich lächeln und fühlte mich gleich darauf schon ein wenig besser. Erkenntnis des Tages:

Lachen ist gesund.

Den Weg von Isys Wohnung zur Tauchbasis und zurück kannte ich inzwischen auswendig, doch heute bewegten wir uns auf mir noch völlig unbekanntem Terrain außerhalb des Stadtzentrums. Neugierig blickte ich aus dem Fenster. Der Straßenbelag wandelte sich von Teer zu Schotter und die Wohnhäuser wirkten auf den ersten Blick wie etwas heruntergekommene Hütten. Schließlich hielt der Bus auf Hakims Zuruf an und wir stiegen aus. Hier sollte Hakims Vater mit seiner Familie wohnen? Ich konnte nur schwer mein Erstaunen, vielmehr Entsetzen verbergen und Hakim schien meine Gedanken zu erraten. „Ich weiß. Ist nicht gerade schick hier, aber seitdem mein Vater nicht mehr als Tauchlehrer arbeiten kann, ist was Besseres leider nicht drin." Ich lächelte mein Entsetzen weg. „Schon klar." Irgendwann hatte ich mal gelesen, dass für Ägypter, die arbeitsunfähig oder krank wurden, der soziale Absturz vorprogrammiert war. Diese Menschen erwartete ein Leben in völliger Armut am Existenzminimum. Was in der Zeitung vielleicht nur als Randnotiz Erwähnung fand, wirkte bei den täglichen Horrormeldungen von Kriegen, Selbstmordattentaten, Anschlägen, hungernden Kindern und sonstigen Katastrophen fast harmlos und hatte sich daher auch immer leicht verdrängen lassen. Wenn diese harmlosen Buchstaben in Schwarz-Weiß allerdings zum Leben erwachten und farbige Realität wurden, war Schluss mit Verdrängung. Ich musste dieser Realität jetzt ins Auge sehen und mit ihr umgehen und das am besten so normal wie möglich. „Kein Problem. Wo genau wohnt deine Familie denn?" Hakim deutete auf ein zirka 50 Meter entferntes Häuschen am Ende einer kleinen Seitengasse, das hell erleuchtet war, und nahm meine Hand. „Komm mit. Wir werden sicher schon erwartet."

Wir gingen den staubigen Weg entlang und ich konnte die neugierigen Blicke spüren, die aus allen Fenstern auf mich gerichtet waren. Hakims Vater hatte meinen Besuch in der Siedlung wahrscheinlich angekündigt, so dass nun alle die blonde Frau aus Deutschland sehen wollten. Hakim gab mir ein kleines Küsschen. „Wie du siehst, bist du nicht nur für mich die Hauptattraktion!“ Obwohl ich immer in freundliche, offene Gesichter blickte und so manches Kind mir schüchtern zuwinkte, fühlte ich mich wie ein seltenes Tier im Zoo und schämte mich auch ein wenig. Ich war doch wirklich nichts Besonderes und hatte auch nichts geleistet, wofür man mich bewundern könnte. Diese 50 Meter kamen mir daher vor wie ein endloser Catwalk wider Willen, den ich auch ohne High Heels etwas unsicher entlangstolperte. Ich war heilfroh, als wir endlich bei dem hell erleuchteten Haus angekommen waren – wo mich weitere zwanzig Augenpaare erwartungsvoll ansahen. Die ganze Familie hatte sich vor dem Haus versammelt und auf uns gewartet. Hakims Vater Acram, seine Frau Aischa, Hakims Halbgeschwister Dschamal und Sara, Saras Ehemann Omar, deren gemeinsame Kinder Malek und Lamisse und Großmutter Malika. Diese Menschen waren mir bereits vertraut, da mir Hakim Fotos seiner nächsten Verwandtschaft gezeigt hatte. Deren Namen und Gesichter zu kennen hatte lange genug gedauert. Dass heute aber noch zwölf weitere wildfremde Männer, Frauen und Kinder vor mir stehen würden, hatte ich nicht ahnen können und brachte mich ein wenig aus dem Konzept. Waren das alles Verwandte oder auch Freunde und Nachbarn?

Bevor das allgemeine Begrüßungsritual begann, nuschelte mir Hakim, der meine Unsicherheit bemerkt hatte, noch schnell ins Ohr. „Okay ... On...l Ah...d Ta...e S...a., Co...in Sh...i und H...s...n“ Waaas?

Na super. Ich hatte kein Wort verstanden und selbst wenn, hätte diese Aktion wenig gebracht. Mein Namensgedächtnis war nämlich ... wie sollte ich sagen ... ausbaufähig.

Als Erste kam Aischa freundlich lächelnd auf mich zu. „Hi, I am Aischa. Welcome in our home. So sorry. I forgot your name!“ Mir fiel ein kleiner Stein vom Herzen. Ich war mit meinem Problem nicht alleine, das Eis war gebrochen und Aischa war mir vom ersten Moment an sehr sympathisch.

„No problem. My name is Doro.“

Die nächste halbe Stunde verging mit fröhlichem Begrüßen, Händeschütteln und Süßigkeiten-Auspacken der Kinder – natürlich nicht ohne dabei ein paar freundliche Worte in dem bekannten Mischmasch aus Deutsch, Englisch und Gebärdensprache gewechselt zu haben.

Von diesen Menschen ging eine solche Herzlichkeit und Gastfreundschaft aus, dass Sprache einmal mehr zur Nebensache wurde und ich mich in ihrer Gesellschaft in kürzester Zeit sehr wohl und anstandslos integriert fühlte.

In diesem bunten Durcheinander nahm Acram Hakim und mich kurz beiseite und gratulierte seinem Sohn zu seiner tollen Frau und befand, dass Hakim keine Bessere hätte finden können. Dann umarmte er entgegen allen Regeln auch mich und hieß mich in seiner Familie herzlich willkommen. Die ganze Aufregung im Vorfeld hätte ich mir also getrost sparen können. Mich durchströmte ein warmes Glücksgefühl. Mir war nach Singen, Tanzen und Champagnertrinken, doch in Ermangelung desselben nippte ich glücklich an meinem Tee, der heute mindestens genauso prickelnd schmeckte.

Was wäre das Leben doch nur ohne Phantasie ...

19

Acram bat nun alle ins Haus, wohin Aischa und Großmutter Malika bereits vor geraumer Zeit zum Kochen verschwunden waren. Ich zog meine Schuhe aus und warf neugierig einen ersten Blick ins Innere. Links neben der Eingangstür befand sich eine Toilette, die allerdings nur mit einer Bretterwand abgetrennt war. Davor stand eine Blechschüssel mit Wasser vermutlich zum Spülen und Händewaschen?

Hoffentlich muss ich nicht!

Geradeaus befand sich eine winzige Küche, die nicht größer war als die Kombüse der Sea Angel, in der Aischa und Malika problemlos in den Töpfen und Pfannen rührten, ohne sich dabei auf die Füße zu treten. Ansonsten bestand das Erdgeschoss aus nur einem einzigen, zirka 5 x 6 Meter großen, spärlich möblierten Raum mit Holzboden, der aus verschiedenfarbigen Brettern zusammengestückelt war. Das sah schon wieder so speziell aus, dass dieser Bodenbelag in Deutschland glatt als irre teures Patchwork-Designerparkett verkauft werden könnte. In einer Ecke standen zwei Feldbetten mit Decken und Kissen – für wen auch immer oder gab es im ersten Stock nicht genügend Platz für alle?

Ich fächerte mir mit der Hand Luft zu, da es trotz der geöffneten Fenster hier drinnen sehr warm und stickig war. Die Luft schien zu stehen und ich sehnte eine Klimaanlage oder zumindest einen Ventilator herbei. Fehlanzeige. Mir wurde etwas schwindelig, so dass ich mich auf Hakim stützen musste, der mich unter Saras besorgtem Blick behutsam zu einem etwas klapprig wirkenden Stuhl führte. Mit weichen Knien setzte ich mich in der Hoffnung, dass dieser nicht unter meinem Gewicht zusammenbrechen möge. „Geht's wieder?" Ich nickte nur. „Bleib einfach ein wenig sitzen, ich pass auf dich auf." Dankbar lächelte ich Hakim an und sah mich weiter um.

Stühle gab es entlang der Wände noch weitere acht, aber einen Tisch suchte man hier vergebens. Dafür lag in der Mitte des Zimmers ein großer, allerdings schon etwas verschlissener Perserteppich, der vermutlich auch als Tisch fungierte. Sonst war der Raum leer. Fast leer, denn an der Wand hing noch ein überdimensional großes Foto eines alten, streng blickenden Mannes mit dichtem Bart. Es musste sich hierbei um Hakims verstorbenen Großvater handeln, der noch aus dem Jenseits stets ein wachsames Auge auf seine Familie zu haben schien.

Dröhnende Geräusche kündigten die Ankunft eines zirka sechzehnjährigen Jungen unter Hormoneinfluss an. Betont lässigen Schrittes betrat der Teenager mit seinem tragbaren CD-Player den Raum und beschallte diesen mit den neuesten ägyptischen Hits. Er hatte die Lautstärke allerdings bis zum Anschlag aufgedreht, so dass die Boxen schepperten und ein Songtitel selbst für Kenner der ägyptischen Musikszene lediglich zu erahnen gewesen wäre. Der Junge, den mir Hakim noch schnell als Hassan vorstellte, wollte wohl besonders cool rüberkommen, hatte dabei aber um einige Dezibel übertrieben. Selbst der Großvater an der Wand schien ob dieser Lärmbelästigung missbilligend die Stirn zu runzeln.

Irgendwie spooky.

Hatte Hassan das etwa auch gesehen? Er drehte jedenfalls die Lautstärke herunter und in kürzester Zeit verwandelte sich das Zimmer in eine bunte Tanzfläche. Sara kam mit fragendem Lächeln auf mich zu. „Better now?“ Ich wusste zwar nicht, ob sie die Lautstärke, meine Befindlichkeit oder beides zusammen meinte, aber ich freute mich in jedem Fall über ihre liebe Nachfrage. „Yes. Much better!“, lächelte ich zurück, woraufhin sie mich aufforderte mitzutanzen. Ich fühlte mich zwar noch etwas wackelig auf den Beinen, wollte jedoch bei meinem ersten Besuch keinen schlechten Eindruck machen und kam Saras Aufforderung nach. Hakim hingegen hatte keine Lust zu tanzen, schnappte sich stattdessen meinen Stuhl und setzte sich zu Acram.

Dschamal, Sara, Omar und alle anderen bewegten sich hüftschwingend im Rhythmus der Musik durch den Raum und bildeten tanzend einen Kreis um mich, was sich so anfühlte, als würden auch sie mich in ihrer Familie willkommen heißen – obwohl sie mich noch gar nicht richtig kannten. Diese uneingeschränkte Herzlichkeit machte mich etwas verlegen, doch gleichzeitig war ich auch glücklich und gerührt, als Fremde trotz kultureller Unterschiede und bestehender Sprachbarrieren ganz selbstverständlich akzeptiert und integriert worden zu sein.

Der Raum hatte durch die vielen tanzenden Menschen inzwischen saunaartige Temperaturen angenommen. Den anderen schien diese Hitze nichts auszumachen, doch ich hatte nach wie vor mit meinem Kreislauf zu kämpfen, tupfte mir den Schweiß von der Stirn und war sehr dankbar, dass Sara und ein älterer Mann mir mit verständnisvollem Lächeln Luft zufächerten. Etwas unangenehm war es mir allerdings schon, dass mein mühsam aufgetragenes

Make-up inzwischen davon geflossen sein dürfte und wie meine ursprünglich geglätteten Haare jetzt aussahen, wollte ich lieber gar nicht erst wissen …

Egal. Die inneren Werte zählten!

Nach einer Weile distanzierten sich Dschamal, Omar und der ältere Mann nach und nach von der Tanzfläche und gesellten sich zu Acram und Hakim. Sie schienen sich sehr angeregt zu unterhalten und an ihren Mienen und Gesten glaubte ich zu erkennen, dass es sich bei dem Gespräch um etwas sehr Erfreuliches handeln musste. Hier und da sahen die Männer auch mal verstohlen zu mir herüber und ich hätte zu gerne gewusst, worüber sie sprachen, beziehungsweise was es über mich zu erzählen gab.

Mit einem „Sorry" löste auch ich mich aus dem Tanzkreis, um mich diskret zu den Männern zu gesellen, doch der kleine Malek verhinderte meinen subtilen Lauschangriff. Er kam mit strahlendem Lächeln auf mich zu, nahm meine Hand und forderte mich zum Tanzen auf. Dem umwerfenden Charme dieses kleinen Mannes konnte ich mich natürlich nicht erwehren und schmolz im wahrsten Sinne des Wortes dahin. Malek bewegte sich mit seinen drei Jahren schon so gekonnt und professionell auf der Tanzfläche, als hätte er nie etwas anderes getan, und ich freute mich mit leichter Verwunderung, dass er sich so schnell von seinen schweren Verletzungen erholt hatte. In wild gestikulierendem Englisch versuchte ich auch seiner Mutter Sara meine Freude über Maleks schnelle Genesung zu vermitteln. „It's nearly a miracle!", beendete ich meine überschwänglichen Ausführungen, doch Sara sah mich nur völlig verständnislos an, nickte dann aber bestätigend. „Yes, yes …"

Ob Sara mich allerdings verstanden hatte, sollte ihr Geheimnis bleiben.

Mit einer galanten Verbeugung bedankte ich mich bei Malek für den Tanz und mit einem Mal verstummte die Musik. Aischa und Malika brachten liebevoll angerichtete Platten mit Vorspeisen herein und wie von Geisterhand verließen nun fast alle Gäste nach und nach den Raum, bis am Ende nur Acram, Hakim, Dschamal, Omar, Sara, Lamisse, Malek, der ältere Mann und ich übriggeblieben waren. Vom Tanzen etwas erschöpft setzte ich mich und beobachtete gespannt das weitere Geschehen, bis Hakim auf mich zukam und mir heimlich ein kleines Küsschen gab. „Naaa Schneckchen, hast du mich gar nicht vermisst?" Mit Blick auf Malek runzelte er missbilligend die Stirn. „Du flirtest sogar schon mit fremden Männern! Muss ich eifersüchtig sein?" Mit frechem Augenzwinkern konterte ich.

„Wenn der junge Mann ein paar Jährchen älter wäre, vielleicht."

„Untersteh dich!", erhob Hakim drohend den Zeigefinger. „Du bist nämlich mein Schneckchen und gehörst zu mir! Für immer!" Ich gab Hakim unauffällig ein Küsschen zurück, das wie ein Versprechen war. Malek und Lamisse hatten bereits zu Abend gegessen und mussten jetzt ins Bett. Sie verabschiedeten sich brav und ließen sich dann ohne Murren und Quengeln widerstandslos von Sara nach oben bringen. Beeindruckt verfolgte ich das Geschehen. Bei Freunden in Deutschland war das Zubettgehen oft ein riesengroßes Theater und es dauerte manchmal Stunden, bis die lieben Kleinen nach Protestgebrüll, Wutanfällen und Heulattacken endlich Ruhe gaben – oder im schlimmsten Fall von der Supernanny auf die stille Treppe verfrachtet wurden.

„Ich verstehe, dass Malek und Lamisse jetzt schlafen müssen, aber warum sind alle anderen auch so schnell verschwunden? Ich hatte noch gar nicht alle kennengelernt.“ Hakim schien mein Interesse an seiner Familie sehr zu gefallen und er versprach. „Nächstes Mal. Heute war von Anfang an klar, dass nur die engsten Familienmitglieder zum Essen bleiben. Es wäre nämlich viel zu teuer gewesen, alle einzuladen.“ Das leuchtete mir ein, dann blickte ich verstohlen zu dem älteren Mann, der offenbar auch zur engeren Familie gehörte. „Die anderen hast du mir schon vorgestellt, aber wer ist das? Aischas Vater, Großvater, Großonkel oder sowas in der Art?“ Hakim schüttelte geheimnisvoll den Kopf und winkte den Mann herbei. „Darf ich vorstellen: Doro – Rashidy, Rashidy – Doro. Rashidy gehört nicht direkt zur Familie, aber für uns ist er ein Engel.“ Rashidy und ich gaben uns freundlich die Hand, wobei meine Gedanken abschweiften. Dieser kleine, runzlige, etwas ungepflegte, fast zahnlose alte Mann namens Rashidy sollte ein Engel sein? Vermutlich qualmte er auch noch eine Zigarette nach der anderen, denn seine Finger waren schon ganz gelb und er stank aus allen Poren – und zwar nicht nach Weihrauch. Meine naive Vorstellung einer Engelsfigur wurde durch die Begegnung mit Rashidy ganz schön ins Wanken gebracht und ich ärgerte mich im gleichen Moment auch schon wieder darüber.

Weshalb kam mir als erste Assoziation beim Begriff *Engel* immer ein pausbäckiges Etwas in weißem Gewand mit Goldflügeln in den Sinn? Aber wer hatte schon einmal einen Engel gesehen? Woher sollte man wissen, wie so ein Engel überhaupt aussah?

Zweite Erkenntnis des Tages: Engel können auch hässlich sein.

Nach der Begrüßung hatte Rashidy dann kein weiteres Wort mehr mit mir gewechselt, sondern hatte sich eilig nach draußen verabschiedet, um vor dem Essen schnell noch eine zu rauchen.

In Ermangelung einer Waschmöglichkeit reinigte ich die Rashidy-Hand notdürftig und unauffällig an meinem Kleid und wandte mich mit vorsichtiger Skepsis an Hakim. „Jetzt weiß ich, dass der Mann Rashidy heißt, aber warum ist er ein Engel?" Statt einer Antwort sah mir Hakim nur liebevoll in die Augen. „Du bist die Frau meines Lebens. Ich will mir mit dir eine gemeinsame Zukunft aufbauen – und Rashidy wird uns dabei helfen. Uns und unserer Familie!"

Frau meines Lebens. Gemeinsame Zukunft aufbauen. Unsere Familie.

Hakim hatte mir heute schon zum wiederholten Mal versichert, dass wir für immer zusammengehörten. Ein Schauer des Glücks ließ mich trotz großer Hitze kurz erzittern. Anstandshalber unterdrückte ich jedoch mein dringendes Bedürfnis, Hakim zu umarmen und leidenschaftlich zu küssen, sah stattdessen nur in seine wunderschönen Augen und erträumte mir den Rest …

„Aufwachen Schneckchen! Essen! Danach erzähle ich dir, warum Rashidy ein Engel ist – aber das könnte etwas länger dauern …", fügte Hakim kryptisch hinzu.

Obwohl meine Neugierde kaum auszuhalten war, würde ich mich zwangsläufig noch eine Weile gedulden müssen. Das Essen war bereits serviert worden und es wäre sehr unhöflich gewesen, die anderen warten zu lassen.

Wir setzten uns im Kreis auf den Teppich und in diesem Moment fiel mir die anfangs sinnlos erscheinende Knigge-Regel ein. *Nie die Fußsohlen zeigen!* Wenn man zum Essen auf dem Boden saß, machte das auf einmal Sinn und ich war heilfroh so gelenkig zu sein, dass nicht mal im Schneidersitz ein Quadratmillimeter meiner *unreinen* Fußsohlen herausspitzte.

Hakim beobachtete meine akrobatischen Verrenkungskünste, pfiff anerkennend und reichte mir die Vorspeisen. Marinierte Auberginen, gefüllte Paprika, Sesam-Mus und Kichererbsen. Ich nahm mir von allem nur eine kleine Portion und reichte die Platten dann mit einem freundlichen „Shokran" weiter. Ob jetzt noch gebetet werden würde? Abwartend sah ich in die Runde, doch alle begannen hungrig und ohne Allahs Segen die Leckereien zu verspeisen, sodass auch ich mir eine erste Gabel in den Mund schob.

Laut Internetrecherche konnte ein Muslim auch nach einer Mahlzeit noch beten, aber vielleicht nahm Hakims Familie die Sache mit der Religion nicht so genau und ich würde die Letzte sein, die diese Gretchenfrage stellen würde.

Die Vorspeisen schmeckten so vorzüglich, dass ich schon nach dem ersten Bissen bereut hatte, nur eine so kleine Portion genommen zu haben, aber noch einmal nachzufassen wäre sicher unhöflich gewesen. Dem guten alten Knigge zuliebe ließ ich sogar noch einen kleinen Rest auf meinem Teller zurück und sah meinen Kichererbsen mit leicht melancholischem Blick hinterher, als sie von Malika in eine ungewisse Zukunft abgeräumt wurden.

Als Nächstes servierte uns Aischa bereits vorportionierte Teller mit knusprigem Hähnchenbrustfilet und verschiedenen Gemüsen. Der Duft von orientalischen Gewürzen breitete sich in kürzester Zeit im ganzen Raum aus, dass mir das Wasser im Mund zusammenlief – zu Recht! Zum Dessert gab es dann noch einen selbst gemachten Vanillepudding und Schokoladenkekse.

Das Menü war so unbeschreiblich lecker gewesen, dass ich trotz der riesigen Portionen immer nur einen winzigen Rest auf meinem Teller zurückgelassen hatte. Bewegungsunfähig sehnte ich mich nach einem Verdauungsschnaps, doch es gab mal wieder nur ... Tee.

Hypnotisch starrte ich meine frisch gefüllte Tasse an und redete auf das noch dampfende Getränk ein:

Du bist jetzt ein Schnaps, ein Schnaps, ein Schnaps.

Wie zu erwarten, blieb die wundersame Metamorphose aus. Von Wasser zu Wein mochte das schon mal funktioniert haben, aber bei Hochprozentigem war vermutlich Schluss. Außerdem war ich nicht Jesus, sondern brauchte ein weiteres Mal an diesem Tag sehr viel Phantasie ... Acram, Dschamal, Omar und Rashidy rauchten nach dem Essen eine Shisha, Aischa und Sara waren mit Malika in der Küche beschäftigt, so dass Hakim mich unauffällig beiseitenehmen konnte. Wir setzten uns etwas abseits auf zwei Stühle und ich sah ihn in gespannter Erwartung auf Rashidys Geheimnis an. Zu meiner Verwunderung stand Hakim jedoch gleich wieder auf, ging zu Rashidy, um sich dessen Handy zu holen, öffnete die Fotogalerie und hielt mir strahlend ein Bild unter die Nase. „Das ist die Amira.

Hübsch, oder?" Die Amira war offensichtlich ein größeres Tauchboot oder ein kleines Safariboot, nur wusste ich leider so gar nichts damit anzufangen. „Sehr hübsch sogar ...?" Hakim nickte bestätigend, räusperte sich und holte sehr weit aus.

„Die Sache ist die ... momentan ist unser Job als Tauchlehrer noch easy und macht auch großen Spaß ..." Es folgte eine längere, bedeutungsschwangere Pause.

„Aber?"

„Aber diesen Job können wir vermutlich nicht machen, bis wir 70 sind. Mit dem Tauchen kann es auch von heute auf morgen vorbei sein und was dann? Wie mein Vater will ich jedenfalls nicht enden." Daran wollte ich zwar gerade nicht denken, aber Hakim hatte recht. Ich nickte nur, woraufhin Hakim fortfuhr. „Und deswegen sollten wir vorsorgen und uns ein zweites Standbein aufbauen."

So weit vorausplanend hatte ich meinen Hakim noch nie erlebt, doch es schien ihm wirklich wichtig zu sein. Gerührt sah ich ihn an.

„Da hast du sicher recht, aber was hat Rashidy damit zu tun?"

„Rashidy gehört die Amira zu siebzig Prozent. Jetzt will er seine Anteile aber verkaufen." Langsam dämmerte mir, woher der Wind wehte, doch Hakim redete ohne Punkt und Komma weiter. „Die Amira ist 25 Meter lang, hat fünf hübsch eingerichtete Doppelkabinen, zwei Einzelkabinen, einen schönen Salon und eine große Sonnenterrasse. Das Boot ist 27 Jahre alt, aber noch top in Schuss, weil jährlich eine Grundsanierung im Trockendock durchgeführt worden ist. Wir könnten die Amira zu einem absoluten Freundschaftspreis kaufen – wenn wir wollen."

Die Nummer hatte sich wie eine Werbeverkaufsveranstaltung angehört und musste von langer Hand geplant gewesen sein. Die Einzige, die von diesem Plan nichts gewusst hatte, war höchstwahrscheinlich ich. Vorwurfsvoll wandte ich mich an Hakim. „Und warum hast du mir nie etwas davon erzählt? Ich meine von der Amira, dem Verkauf und dass ihr euch für dieses Boot interessiert? Das wisst ihr doch nicht erst seit gestern."

Hakim wirkte etwas angestrengt. „Jaaa, dass Rashidy seine Anteile verkaufen will, wussten wir schon länger, aber ... aber na ja ..." Krampfhaft suchte er nach einer passenden Erklärung. „Alle zusammen sehen wir uns echt nicht so oft und heute war eben eine super Gelegenheit in Ruhe mit Acram, Djamal, Omar und Rashidy über die Amira zu sprechen. Ob sich ein Kauf für uns lohnen würde, welche Summe wir aufbringen könnten oder ob wir uns das Safariboot besser gleich aus dem Kopf schlagen sollten."

Das klang sogar nachvollziehbar. Ich wusste um Hakims Stolz und hatte bereits des Öfteren erlebt, dass er nie Geld von mir annehmen wollte. Ich konnte daher nur ahnen, wie schwer es ihm jetzt fallen musste, mich eventuell um Geld für dieses Boot bitten zu müssen – auch wenn es für unsere gemeinsame Zukunft wäre.

Euphorisch fuhr Hakim fort: „Rashidy hat seine Anteile auch im Internet angeboten, aber er würde viel lieber an uns verkaufen. Die Amira ist über die Jahre nämlich sowas wie eine gute Freundin für ihn geworden. Er hängt sehr an diesem Boot und wenn wir die Amira kaufen, könnte er sie wenigstens ab und zu noch sehen." Hakims Augen strahlten, als er mich erwartungsvoll ansah. „Was sagst du?“ Er war von der Safariboot-Idee so begeistert, dass ich ihn nicht enttäuschen wollte. Andererseits hatte er mich damit so dermaßen überrumpelt, dass ich gerade außerstande war irgendetwas zu sagen, geschweige denn zu entscheiden.

Hakim wollte also ein Safariboot kaufen, um für uns und seine Familie eine Zukunft aufzubauen. Wie stellte er sich das vor? Er hatte doch gar kein Geld und seine Familie ebenfalls nicht. Das müsste doch auch Rashidy wissen? Weshalb wollte er seine Bootsanteile dann trotzdem an Hakim verkaufen? Alle Beteiligten mussten demnach von Anfang an mit meiner finanziellen Unterstützung gerechnet haben. Über nichts anderes hatten die Männer vermutlich auch gesprochen, als sie mich vorhin auf der Tanzfläche so interessiert gemustert hatten.

Ursprünglich sollte ich heute Hakims Familie kennenlernen und jetzt das. Ich hasste es, so dermaßen unter Druck gesetzt zu werden, was Hakim aber gar nicht zu bemerken schien. Obwohl ich noch keinen einzigen Ton dazu gesagt hatte, kam er immer mehr ins Schwärmen.

„Von so einem Familienprojekt haben wir schon lange geträumt und deswegen würden auch alle etwas beisteuern.“

Jetzt bin ich gespannt.

„Dschamal will sein geliebtes Auto verkaufen, Omar seinen Motorroller und Acram sein komplettes Tauchequipment.“ Hakim gestand beschämt. „Nur ich habe gerade leider gar nichts, was ich zu Geld machen könnte.“

Diese Opferbereitschaft war sicher sehr rührend, aber … ich überschlug rasch den Wert dieser Gegenstände und kam zu einem niederschmetternden Ergebnis. „Dieses

Boot kostet doch sicher viel mehr. Also viel mehr, als ihr zusammenbekommen könntet?“

„Du müsstest natürlich auch etwas beisteuern. Okay … vielleicht etwas mehr“, räumte Hakim kleinlaut ein.

Etwas mehr hieß im Klartext: Ich müsste den Großteil des Kaufpreises alleine aufbringen, wenn dieser Traum wahr werden sollte.

Die Fragen in meinem Kopf überschlugen sich. Wie viel war dieses alte Boot überhaupt noch wert? Würde sich so eine Investition wirklich lohnen? Was würde ein Safariboot monatlich an Gewinn abwerfen?

Unvermittelt fragte ich nach. „Wie viel würdet ihr denn von mir brauchen?“

Hakim biss sich nervös auf die Unterlippe, suchte in seiner Hemdtasche nach Notizblock und Stift und rechnete mir vor. „Also … insgesamt ist die Amira noch 180.000 Euro wert und 70% wären dann … 126.000. Im Internet hat Rashidy seine Anteile auch für genau 126.000 Euro angeboten. Uns würde er die Amira aber für 120.000 verkaufen, also 6000 Euro weniger.“ Ich wurde blass. „120.000 Euro!?“

Das war mehr als die Hälfte meines Erbes. Vielleicht würden es auch drei- bis viertausend Euro weniger sein – mehr konnte Hakims Familie aber sicher nicht beisteuern.

Zum zweiten Mal an diesem Tag hätte ich dringend einen Schnaps gebraucht und Hakim sah mich verunsichert an. „Ich weiß, das ist sehr viel Geld, aber es wäre ja für uns, für unsere Zukunft und für unsere Familie.“ Da ich noch immer keine Regung zeigte und wie versteinert auf meinem Stuhl saß, reichte mir Hakim die Hand und brachte mich zu Acram, Dschamal, Omar und Rashidy.

Im Gegensatz zu mir hatten sie alle von der Safaribootidee gewusst und schienen nun gespannt auf meine Reaktion zu warten. Jedenfalls sahen sie mich mit großen, dunklen Augen erwartungsvoll an, was ich nur sehr schwer ertragen konnte.

Erst hatte ich Angst gehabt, dass Hakims Familie mich nicht mögen könnte, dann war ich von allen so liebevoll und herzlich als neues Familienmitglied aufgenommen worden, dass ich jetzt Angst oder vielmehr ein schlechtes Gewissen hatte, meine neue Familie vielleicht gleich wieder zu enttäuschen. Oder war es sogar meine Pflicht, in das Boot zu investieren, wenn ich weiter dazugehören wollte? Und Hakim? Wie würde er reagieren, wenn ich mich nicht an dem Safariboot beteiligen wollte? Würde er glauben, dass ich ihn gar nicht wirklich liebte? Dass ich ihm nicht vertraute? Dass ich mir gar keine gemeinsame Zukunft mit ihm aufbauen wollte? Ich musste so unschlüssig ausgesehen haben, dass nun alle gleichzeitig auf mich einredeten.

Als Quintessenz dieser fünfstimmigen Symphonie mit vielen Sätzen verstand ich: Ich müsste mir absolut keine Sorgen machen. Rashidys Boot würde unter der Flagge eines renommierten Tauchreiseveranstalters fahren, hätte einen tollen Ruf und wäre über das ganze Jahr fast immer ausgebucht. Monatliche Einnahmen wären garantiert und das Boot würde sich über die Jahre selbst bezahlen und ich würde sogar noch viel Geld damit verdienen.

Mir schwirrte von den vielen Informationen und Zahlen der Kopf, aber insgesamt hatte sich das alles gut angehört. Sehr gut sogar. Wenn ich 120.000 Euro in dieses Safariboot investieren würde und wenn ich im Laufe der

Zeit sogar noch Gewinn machen würde, wäre Tante Renates Erbe viel besser aufgehoben als auf der Bank, wo es momentan sowieso keine Zinsen gab. Und es wäre zudem eine von Tante Renate geforderte Investition in meine Zukunft. In meine gemeinsame Zukunft mit Hakim.

Ich liebte ihn wirklich sehr, aber mein Bauchgefühl meldete auf einmal immer größer werdende Bedenken und Zweifel an.

Sollte ich wirklich so viel Geld in die Zukunft mit einem Mann investieren, mit dem ich erst so kurz zusammen war? Mit Hakim alleine könnte ich mir das sogar vorstellen, aber es hatte sich so angehört, als würden die Bootsanteile der ganzen Familie gehören – obwohl ich einen Großteil davon bezahlen müsste. Dann würde ich sozusagen das Leben von Hakims kompletter Familie mitfinanzieren, die ich im Übrigen erst heute kennengelernt hatte. Auch wenn mir alle sehr sympathisch waren und auch wenn Familien generell zusammenhielten, wäre das bei aller Liebe etwas zu viel verlangt.

Obwohl mir gerade alles in rosaroten Farben ausgemalt worden war, gab es bei einem Bootskauf sicher auch Risiken, die ich gar nicht abschätzen konnte, weil ich mich einfach nicht auskannte. Die Amira war bereits 27 Jahre alt. Ein Auto dieses Alters hätte man vermutlich längst verschrottet, aber wie verhielt es sich bei Booten? Wie viele Jahre auf See hatte die *Amira* überhaupt noch vor sich? Zehn, zwanzig oder mehr? Und würden die Renovierungskosten im Laufe der Jahre nicht höher sein als die Einnahmen? Wahrscheinlich war das alles gar nicht so genau vorhersehbar und genau das machte dieses Projekt als Altersvorsorge schon wieder sehr unsicher.

Je länger ich darüber nachdachte, desto größer erschienen mir die Nachteile beziehungsweise die Unsicherheitsfaktoren.

Hakim hatte die ganze Zeit geduldig gewartet, doch jetzt konnte er die Ungewissheit nicht länger ertragen, und hakte vorsichtig nach. „Wie sieht's aus Schneckchen – bist du dabei?“

Es zerriss mir fast das Herz, als ich in die hoffnungsvollen Gesichter von Hakim, Acram, Dschamal und Omar blickte und ich schaffte es auch nicht sie anzusehen, als ich kaum hörbar flüsterte.

„Sorry ... ich kann das nicht.“

20

Schweigend liefen Hakim und ich nebeneinander durch die Nacht. Ich hatte die enttäuschten, fragenden Blicke der Familie nicht länger ausgehalten und war ohne weitere Erklärung oder Rechtfertigung nach draußen gerannt. Hakim, der mir gefolgt war, schlug wortlos und mit undurchsichtiger Miene den Heimweg an. Die staubige Straße kam mir jetzt noch trostloser und dunkler vor und die stehende Hitze lähmte meinen Gang. Kein Licht drang durch die Fenster der kleinen Häuser mehr nach draußen, niemand winkte uns mehr schüchtern zu und nur das heisere Bellen eines Hundes von irgendwo durchbrach die bedrückende Stille der Nacht. Dies mochte der vorgerückten Abendstunde geschuldet sein, doch auf mich wirkte diese Ruhe geradezu gespenstisch.

Weshalb sagte Hakim nichts? Weshalb sah er mich nicht einmal an, sondern starrte immer nur geradeaus? Vermutlich war er sauer und enttäuscht. Sicher hatte er sich ein schöneres Ende für diesen so hoffnungsvoll beginnenden Familienabend gewünscht, aber hätte ich all meine Bedenken bezüglich dieses Safariboots über Bord werfen sollen, um diesem Wunsch gerecht zu werden? Entschieden verneinte ich. Hakim mochte vielleicht sauer und enttäuscht sein, aber es war letzten Endes immer noch meine Entscheidung, was ich mit meinem Geld tat, beziehungsweise wie ich es investieren wollte. Ich liebte ihn zwar sehr und wollte auch mit ihm zusammenbleiben, aber es gab sicher noch andere Möglichkeiten, um uns oder auch die Familie für die Zukunft abzusichern. Wenn er mich wirklich liebte, würde er unser Glück nicht von diesem Boot abhängig machen und auch seine Familie würde das sicher verstehen. Falls sie mich wegen meiner Entscheidung gegen den Kauf dieses Bootes jetzt nicht mehr mögen oder einladen sollten, konnte es mit der ganzen Herzlichkeit auch gar nicht so weit her gewesen sein. Ich setzte an mit Hakim zu reden, hatte aber irgendwie auch Angst vor seiner Reaktion. So undurchsichtig, kalt und abweisend hatte ich ihn selbst in unserer schwierigen Anfangsphase nicht erlebt und rechnete daher mit dem Schlimmsten.

So gerne würde ich vor diesem Gespräch noch mit Isy Kriegsrat halten, doch im Augenblick stand ich im wahrsten Sinne des Wortes in der Wüste und war auf mich allein gestellt. Beherzt zog ich also am Zügel, um den apokalyptischen Reiter in meinem Kopf auszubremsen und eine Kehrtwende in Richtung Optimismus in die Wege zu leiten.

Vielleicht war auch alles gar nicht so schlimm und ich interpretierte Hakims Schweigen völlig falsch? Vielleicht wollte er nach dem ganzen Familientrubel einfach nur mal seine Ruhe? Solange ich das aber nicht wusste, wurde die Stille trotz positiver Gedanken immer quälender, so dass ich nach weiteren fünf Metern, die mir wie Kilometer vorgekommen waren, das unerträgliche Schweigen brach.

„Hakim? Was denkst du gerade?“ Oh nein! Ich biss mir auf die Zunge. Das war die dümmste und von Männern meistgehasste Frage, die Frau nur stellen konnte. Dennoch war mir dieser Fauxpas herausgerutscht, so dass ich mich eilig um Schadensbegrenzung bemühte. „Ähm ... ich meine, was denkst du darüber, dass ich ... wie soll ich sagen ... dass ich bei dieser Safaribootgeschichte nicht mitmachen wollte?“ Hakim legte ungehalten seine Stirn in Falten. „Ich ärgere mich wahnsinnig!“

„Das verstehe ich ja!“, versuchte ich zu beschwichtigen. „Aber du musst auch verstehen, dass ich ...“ Hakim brachte mich energisch zum Schweigen. „Vergiss es! Ich ärgere mich über mich selbst! Ich habe dich mit allem völlig überfordert. Erst schleppe ich dich zu meiner Familie, von denen du bis auf Dschamal noch niemanden gesehen hast, und dann sollst du auch noch zusammen mit diesen wildfremden Menschen ein Safariboot kaufen, von dem du noch nie etwas gehört hast.“

Hatte ich das richtig verstanden? Hakim war sauer auf sich und nicht wie befürchtet auf mich? Erleichtert versicherte ich, dass Hakims Familie sehr nett gewesen sei und dass ich mich keinesfalls überfordert gefühlt hätte und dass ich ...

Wieder bremste Hakim mich aus. „Wie gesagt, vergiss es! Die *Amira* wäre sicher ein super Schnäppchen gewesen, aber irgendwann wird es bestimmt wieder ein günstiges

Angebot geben. Dann hast du auch länger Zeit, über so eine Idee nachzudenken."

Gerührt sah ich Hakim an. Obwohl ich eine gewisse Enttäuschung in seiner Stimme zu hören glaubte, ließ er mich diese nicht spüren, sondern stellte seine Interessen und die seiner Familie mir zuliebe hinten an.

Mich beschlich ein schlechtes Gewissen. Wenn Hakim so rücksichtsvoll war und mir so entgegenkam, müsste ich dann nicht auch einen Schritt auf ihn zugehen? Indem ich vielleicht doch in dieses Safariboot investierte? Aber so große Ausgaben wollten doch gut und langfristig überlegt sein, zumindest länger als nur einen Abend.

Andererseits hatte Hakim sicher bereits alle Vorteile, Nachteile oder Risiken eines solchen Kaufs genauestens analysiert. Wenn er irgendetwas Negatives herausgefunden hätte, würde er sicher unverzüglich die Finger von der Amira lassen, weil schließlich auch seine komplette Familie mit all ihren Besitztümern in dieses Boot investieren wollte. Inzwischen waren wir wieder in Hakims Apartment angekommen. In Ermangelung anderer Möbel setzte ich mich etwas müde aufs Bett, doch im Gegensatz zu meinen Gliedmaßen wollten meine Gedanken einfach keine Ruhe geben.

Ich hatte mich gegen den Kauf des Safariboots entschieden. Würde mir nun ein einmaliges Schnäppchen und zugleich auch eine lukrative Investition in unsere Zukunft durch die Lappen gehen, weil mir Vertrauen, Spontaneität und auch ein klein wenig Mut zum Risiko fehlten?

Mit diesen Eigenschaften hätte ich an der Börse sicher nichts verloren, aber ich wollte beweisen, dass ich zumindest im Privatleben durchaus spontan und mutig sein konnte. „Wie viel Gewinn würde dieses Boot im Monat denn eigentlich so abwerfen?“, platzte es auf einmal aus mir heraus, so dass Hakim die uneingeschränkte Funktionsfähigkeit seines Gehörs in Frage stellte und ungläubig stammelte. „Wie jetzt? Willst du etwa doch ...?“

Oh nein! Weshalb war meine Zunge mal wieder schneller als mein Kopf gewesen. Ich bereute meinen Mut und meine Spontaneität nämlich schon wieder zutiefst. Ich wollte den Abend in ruhigem Fahrwasser beenden und mich nicht durch Safaribootgespräche jedweder Art in emotionale Seenot begeben.

Um aus dieser Nummer wieder rauszukommen, musste ich Hakim irgendwie ablenken. Mein Blick fiel auf die frisch gestrichene Wand, deren wilde Musterung flashbackartige Erinnerungen an deren Entstehung hervorrief. Machte die Aussicht auf Sex nicht alle Männer willenlos?

„Vielleicht ... lass dich überraschen!“, hauchte ich verführerisch und zog Hakim aufs Bett, um ihm zärtlich über den Po zu streicheln. Die Stimulation dieser erogenen Zone hatte Hakims Gehirn gestern umgehend lahmgelegt, doch heute schien ihn das leider völlig kaltzulassen. Er richtete sich nach einem flüchtigen Küsschen auf und zückte wieder seinen Notizblock. „Du wolltest doch wissen, wie viel wir mit der Amira so verdienen könnten. Warte ... Rashidy hat das schon mal für uns aufgeschrieben ...“

Verdammt, so war das jetzt aber nicht geplant. Statt mich leidenschaftlich zu küssen, war Hakim bereits wieder voll im Safariboot-Thema. Mit der Erkenntnis, dass Männer doch nicht alle gleich ticken, musste ich mich leider geschlagen geben.

„Also pass auf … die Amira hat fünf Doppelkabinen und zwei Einzelkabinen, also Platz für 12 Gäste. Eine siebentägige Tauchsafari kostet je nach Saison ungefähr 950 Euro pro Person, das macht bei einer Vollbelegung 11.400 Euro. 15 Prozent gehen an den Reiseveranstalter. Dann musst du noch Kapitän, Crew und Tauch-Guides bezahlen, aber die sind echt nicht so teuer. Außerdem fallen noch Kosten für Essen, Wasser, Benzin, Hafen- und Marineparkgebühren an, dann bist du bei 6890 Euro und 70 Prozent davon sind …" Hakim ließ sich die Summe auf der Zunge zergehen. „Ganze 4.823 Euro Gewinn! Nicht im Monat, nein – pro Woche! Schneckchen – wir sind reich."

Hakims Gesicht glühte. Er hatte sich so dermaßen in euphorische Zukunftsvisionen hineingeredet, dass er darüber wohl völlig vergessen oder verdrängt hatte, dass ich mich erst mal nur erkundigen und nicht gleich investieren wollte. 4.823 Euro in der Woche? Noch immer etwas ungläubig starrte ich auf Rashidys Aufzeichnungen, aber diese Zahlen waren nicht frei erfunden. Sie basierten auf Fakten, die Rashidy für Hakim aufgeschrieben hatte und wenn das alles wirklich stimmte, dann käme so ein Safariboot einer Gelddruckmaschine gleich. Diese Zahlen beruhten zwar auf einer Vollbelegung des Bootes, doch selbst wenn die Amira mal nur mit sieben Gästen fahren würde oder auch mal ein bis zwei Wochen gar nicht – es wäre immer noch irre viel Geld. Das wäre fast zu schön, um wahr zu sein. Wo war der Haken?

„Diese 4.823 Euro müssten wir uns dann aber mit deiner ganzen Familie teilen?" Hakim verneinte mit theatralischem Entsetzen. „Bist du verrückt? Das wäre total ungerecht! Du würdest am meisten Kohle investieren, also würdest du auch am meisten verdienen.“

Wenn das alles so stimmte, hätte ich nie wieder finanzielle Sorgen. Ich könnte sogar noch einiges sparen und obendrein Ronja unterstützen. Die Mauer meiner Ablehnung bekam erste feine Risse …

Nachdenklich wuschelte ich Hakim durchs Haar. „Ich glaube ja, dass so ein Safariboot eine gute Sache wäre.“ Entschuldigend fuhr ich fort. „Aber ich kann das trotzdem nicht so schnell und auch nicht alleine entscheiden. Ich will unbedingt noch mit Ronja reden. Wir sind eine Familie und es geht ja schließlich um viel Geld. Und mit Isy und Chris“, fügte ich schnell noch hinzu. Ronja wollte ich noch heute Abend anrufen. Sie entschied immer sehr spontan und verließ sich auf ihr untrügliches Bauchgefühl, während mir Isy und Chris hoffentlich alle sachlichen Fragen beantworten konnten. Ob sie wussten, wie alt so ein Boot werden konnte, ob man mit einem eigenen Boot tatsächlich so viel Geld verdienen konnte, vielmehr ob Rashidys Zahlen der Realität entsprachen und welche Risiken es eventuell geben könnte.

Hakim entschuldigte seinen leicht genervten Gesichtsausdruck mit einer Fliege, die sich permanent auf seine Nase setzte und sich einfach nicht vertreiben ließ. Er erschlug das lästige Tier schließlich mit einem lauten Knall und nickte dann bestätigend. „Klar, dass du mit deiner Tochter und deinen Freunden reden willst. Das würde ich ganz genauso machen.“ Dann reichte er mir seinen Notizblock. „Es wäre super, wenn Isy und Chris auch noch mal einen Blick auf diese Rechnung werfen könnten. Ich vertraue Rashidy zwar voll und ganz, aber es wäre mir trotzdem lieber." Hakim wollte bei diesem Kauf auf Nummer sicher gehen und jedwedes Risiko ausschließen. Dankbar steckte ich den Block in meine Tasche und lächelte ihn an.

„Super Idee! Danke." „Guten Morgen Süße! Wie ich sehe, hast du den Familienabend gut überstanden!!", begrüßte mich Isy am folgenden Tag im Büro der Tauchschule. Sie arbeitete konzentriert an irgendwelchen Listen, sodass ich mich kaum traute, sie zu stören. „Überstanden schon, aber ..." Isy, die mich bestmöglich auf das Zusammentreffen mit der Familie vorbereitet hatte, legte stehenden Fußes ihre Unterlagen beiseite und sah mich prüfend an. „Der Kram hier kann warten. Dein ABER gefällt mir nicht. Wo drückt die Flosse?"

So knapp wie möglich brachte ich meine Freundin auf den neusten Stand. Ich erzählte, wie herzlich Acram mich in der Familie willkommen geheißen hatte und wie gut ich mich mit Aischa und Sara verstand und dass das Essen sehr, sehr lecker gewesen war. „Das Haus ist allerdings eine echte Bruchbude, da bin ich schon erschrocken. Acht Personen müssen auf engstem Raum zusammenleben, Möbel gibt es so gut wie keine, die Stühle sind klapprig oder besser gesagt kurz vorm Zusammenbrechen, gegessen haben wir auf einem abgeranzten Teppich und schlafen müssen manche sogar im Wohnzimmer. Auf Feldbetten. Insgesamt ist das echt ein Leben auf unterstem Niveau", brachte ich die traurige Lage der Familie auf den Punkt. „Und deswegen soll ich jetzt ein Safariboot kaufen." Isy sah mich an, als hätte ich den Verstand verloren, was ich ihr nicht mal übelnehmen konnte. Mein Text entbehrte wirklich jedweder Logik, sodass ich sie schnell über die

Zusammenhänge Familie – Safariboot – Familiensafariboot aufklärte.

Mit einer ratlosen Geste legte ich Hakims Notizblock auf den Schreibtisch. „Auch wenn die Amira vielleicht ein Schnäppchen ist und auch wenn ich mit dem Boot viel Geld verdienen könnte – ich weiß echt nicht, was ich machen soll." Ratlos ließ ich mich auf einen Stuhl sinken. „Was hältst du denn davon und was würdest du an meiner Stelle machen?" Isy sah verblüfft auf die Zahlen, konnte mir aber keinen Rat geben. Sie kannte sich mit realistischen Gewinnmargen von Safaribootbesitzern leider ebenso wenig aus wie ich und rief daher Chris zu Hilfe, der für die Finanzfragen der Tauchschule zuständig war. Der warf einen kurzen Blick auf Rashidys Aufzeichnungen und erstellte im Nu eine Erstdiagnose. „Ob diese Zahlen stimmen, kann ich dir leider auch nicht sagen. Wenn ich aber mal überlege, was wir dem Eigentümer für die Sea Angel monatlich zahlen müssen, könnte das sogar hinkommen ..." Chris las weiter. „Okay ... wie ich sehe, ist das Boot schon siebenundzwanzig Jahre alt, aber das dürfte kein Problem sein. Die Sea Angel hat auch schon dreiundzwanzig Jahre auf dem Buckel. So ein Boot kann einen ein Leben lang begleiten, wenn es gut gepflegt und regelmäßig im Trockendock gewartet wird. Das scheint bei der Amira ja der Fall zu sein. Aber mir fällt auf, dass weder Steuern noch Kosten für Reparatur- und Wartungsarbeiten bei den Gewinnangaben abgezogen worden sind."

„Ist das viel?"

„Na ja ... man darf eben nicht vergessen, dass auch bei einem noch so gut gepflegten Boot in diesem Alter schon mal der Motor oder andere Verschleißteile kaputtgehen können." Erschrocken sah ich Chris an. „Dann sollte ich wohl doch besser die Finger davon lassen?" Chris legte mir beruhigend seine Hand auf die Schulter. „Das habe ich gar nicht gesagt. Ich meine nur, dass solche größeren Kosten unter Umständen auf dich zukommen könnten."

KÖNNTEN = Konjunktiv = unwahrscheinlich!

„Okay, aber wenn man jetzt alles, ich meine Steuern, Reparaturen und so abzieht ... bleibt dann immer noch genügend Geld für uns übrig?" Chris wog zweifelnd seinen Kopf hin und her. „Das kommt ganz darauf an ..."

Gespannt hing ich an seinen Lippen, was der sichtlich auskostete.

„Nun ... auf ihre Ansprüche, Madame. Wenn Madame und ihrem jugendlichen Gespielen eine bescheidene 180-Quadratmeter-Villa mit Pool, Meerblick, Ankleidezimmer und drei Bädern genügen würde, kann ich Madame beruhigen. Das gäbe ihr Budget locker noch her."

CHRIS! Ich wollte keine Villa, sondern eine realistische Antwort. Er konnte es einfach nicht lassen, mich immer wieder damit aufzuziehen, dass ich mit einem wesentlich jüngeren Mann zusammen war. Normalerweise hätte ich ihn jetzt dafür gekitzelt oder geboxt, doch heute war mir nicht nach Scherzen, woraufhin Chris einen Gang runterschaltete. „Jetzt mal im Ernst: Es würde sicher noch mehr als genug übrigbleiben. Ich habe mal gehört, dass man mit einem eigenen Boot echt richtig Kohle machen kann." Chris hatte wohl erkannt, dass es mir mit der Sache wirklich ernst war und versprach: „Bis ihr von eurem Ganztagestrip zurück seid, schaue ich mir das alles nochmal in Ruhe an und telefoniere mit ein paar Bekannten, die ein eigenes Boot haben. Von denen bekomme ich dann

Infos aus erster Hand. Über Kosten, Unkosten, Gewinne und worauf man sonst noch achten sollte. Peace?“ Informationen aus erster Hand seien wirklich Gold wert.

„Bist ja doch für was zu gebrauchen!“, neckte ich frech, was übersetzt so viel wie tausend Dank heißen sollte. „Und wenn deine Bekannten grünes Licht geben, schauen Hakim und ich uns das Boot gleich morgen mal an.“ Überschwänglich gab ich Chris ein Küsschen auf die Wange. „Peace – und tausend Gemeinheiten for free!“ Mein Stimmungsbarometer stieg noch weiter, als Isy mir unser heutiges Tagesziel verkündete: Panorama Reef. An diesem Außenriff konnte einem mit etwas Glück wirklich alles begegnen, was das Rote Meer an Flora und Fauna so zu bieten hatte und auch ein Blick ins Blauwasser war in Sachen Großfisch immer lohnenswert. Schildkröten, Adlerrochen und auch kleine Haie nannten dieses Riff ihr Zuhause und ich hoffte insbesondere für unsere Gäste, dass wir heute zumindest einem davon begegnen würden. Diese eindrucksvollen Tiere sorgten nämlich für unvergessliche Erinnerungen. Ein Highlight dieses Riffs war für mich aber die berühmte und auch bei Unterwasserfotografen sehr beliebte *Annemone City,* die sich ab einer Tiefe von zirka 18 Metern bis fast an die Oberfläche erstreckte. Dieser Riffbereich schien ausschließlich aus Anemonen zu bestehen, worin sich Hunderte von Clownfischen in allen Größen ein Stelldichein gaben. Dieses bunte Treiben zu beobachten und mich nach einer Weile fast wie ein Teil desselben zu fühlen war für mich jedes Mal ein zauberhaftes Erlebnis. Am Panorama Reef angekommen, ankerten dort auch zwei Safariboote. Früher hätte ich das vermutlich nur ganz en passant wahrgenommen, doch heute stachen sie mir unmittelbar ins Auge und ich dachte mir: typisch. Alles, womit man sich gerade intensiver beschäftigte, tauchte plötzlich in nahezu inflationärer Häufigkeit im realen Leben auf. Oder kam mir das nur so vor? Jedenfalls war das ganz sicher so gewesen, als ich im zarten Alter von siebzehn Jahren einmal befürchtet hatte schwanger zu sein. Wann immer ich damals auf die Straße gegangen war, waren mir gefühlt fünf Schwangere oder Mütter mit Kinderwagen über den Weg gelaufen und im Fernsehen wurden nur noch Werbespots mit glücklich glucksenden Babys ausgestrahlt, die selig strahlend irgendeinen Bio-Brei verspeist hatten.

Nach diesem gedanklichen Exkurs wanderte mein Blick wieder zu den majestätisch anmutenden Safaribooten. So eines könnte schon bald mir gehören.

Ich schloss die Augen und träumte mich in eine Szenerie, in der ich in schickem Kostümchen und mit charmantem Lächeln meine Gäste an Bord begrüßte, wie stets Hostess Beatrice auf dem Traumschiff – bis Hakim mich mit einem zärtlichen Kuss in den Nacken aufweckte und mit wissendem Lächeln versprach: „Träume können auch wahr werden ..."

Ich wurde rot und war daher heilfroh, dass jetzt das Briefing und der erste Tauchgang auf der Tagesordnung standen.

Wir tauchten an der Südseite des Riffs, weil es für den Norden wie so oft zu windig war. Meine heutige Gruppe bestand aus zwei Jungs und zwei Mädels Mitte zwanzig, die mit über einhundert Tauchgängen schon recht erfahren waren. Sie hätten eigentlich auch ohne Guide tauchen können, aber weil es ihr erster Tauchgang am Panorama

Reef war, hatten sie sich eine Begleitung gewünscht. In Sachen Tarieren, Blei oder Luft musste ich mich also vermutlich nicht um sie kümmern. Wir hatten abgesprochen, den Tauchgang am Südplateau gleich in 34 Metern Tiefe zu beginnen, um dann in Stufen langsam nach oben zu tauchen und für den Sicherheitsstopp bei Anemone-City anzukommen. Wie immer genoss ich das aufregende Gefühl immer weiter und weiter nach unten zu sinken, verlor meine Gruppe währenddessen aber nicht aus den Augen, um gegebenenfalls helfend einzugreifen. Bei den Jungs und Mädels lief aber alles so reibungslos, entspannt und selbständig, dass ich mir als Guide ein bisschen überflüssig vorkam. Auch in Sachen Fischerkennung waren die vier schon echte Profis. Wild gestikulierend teilten sie sich mit, welchen Fisch sie gerade gesehen hatten, und entdeckten in einer der zahlreichen Fächergorgonien einen kleinen Lanabüba sogar schneller als ich.

Da meine Hilfe augenscheinlich nicht benötigt wurde, schweiften meine Gedanken ab und ich hörte immer wieder Chris' Worte von heute Morgen. *Man kann mit einem eigenen Boot richtig Kohle machen ... So ein Boot kann einen das ganze Leben lang begleiten ... Man kann mit einem eigenen Boot richtig Kohle machen ... So ein Boot kann einen das ganze Leben lang begleiten ...* Vielleicht telefonierte Chris gerade mit seinen Bekannten, die ihm das alles bestätigen würden. Und was, wenn nicht? Wenn sie sogar vom Kauf abraten würden? Wäre ich dann sehr enttäuscht oder hoffte mein Unterbewusstsein sogar auf ein *Nein*, das mir die Entscheidung abnehmen würde? Ich war so abgelenkt, dass ich fast einen sauer dreinblickenden Picasso-Drücker gerammt hätte. Gerade noch rechtzeitig bremste ich ab und tauchte mit gehörigem Sicherheitsabstand an diesem Tier vorbei. So ein Drücker konnte für Taucher nämlich richtig gefährlich werden – besonders wenn er sich bei der Brutpflege gestört fühlte. Mit seinen messerscharfen Zähnen war es für ihn ein Leichtes, Flossen und Anzüge zu durchlöchern und sogar ganze Finger oder Zehen abzubeißen. Erzählungen zufolge soll das sogar schon des Öfteren vorgekommen sein.

Der restliche Tauchgang war zum Glück drückerfrei und weiterhin völlig problemlos verlaufen – bis wir zum Austauchen bei *Anemone City angekommen waren.* Ich sah mich um und erschrak. Diese ehemals dicht an dicht von Anemonen besiedelte Riffwand hatte sich seit meinem letzten Besuch stark verändert. Ich mochte mich hoffentlich täuschen, aber es machte den Anschein, als hätte sich die Anzahl der Anemonen nahezu halbiert. Hierfür mitverantwortlich dürften auch ignorante, rücksichtslose Taucher sein und wie zum Beweis strampelte ein solches Exemplar gerade vor meinen Augen in einem Anemonenfeld herum. Ausschließlich auf seine Kamera und ein preisverdächtiges Foto fixiert, bemerkte dieser Taucher gar nicht, dass er mit seinen Flossen bereits 5 Anemonen geköpft hatte und viele Clownfische panisch aus ihrem zerstörten Zuhause flohen. Diesem Trauerspiel musste schnellstens ein Ende bereitet werden. Ich fühlte mich wie die Jeanne d'Arc der Meere, als ich wild entschlossen zu diesem Typen rübertauchte, um ihm die Flasche zuzudrehen und die Anemonen zu retten. Auch wenn unter Wasser keine Gefahr bestand auf einem Scheiterhaufen verbrannt zu werden, besann ich mich dann doch eines Besseren. Zum einen, weil ich in Ägypten nicht wegen gefährlicher Körperverletzung angezeigt werden wollte, und zum anderen hatte ich auch eine Vorbildfunktion gegenüber meiner Gruppe – auch wenn diese Aktion durchaus gerechtfertigt gewesen wäre! Stattdessen klopfte ich mit meiner Faust kräftig gegen seine Flasche und meine Gruppe signalisierte mit acht Stinkefingern und weiteren Zeichen des Missfallens, dass sein Verhalten absolut daneben war. Ob er am Ende etwas daraus gelernt hatte, sei dahingestellt – jedenfalls verschwand er, ohne sich noch einmal umzudrehen, auf hoffentlich Nimmerwiedersehen.

Während der Heimfahrt wünschte ich mir einerseits, sie möge noch ewig dauern, andererseits wollte ich am liebsten schon jetzt im Heimathafen angekommen sein. Der Sea Angel war das allerdings völlig egal. Sie tuckerte in gleichmäßigem Tempo vor sich hin und würde wie immer in ungefähr 45 Minuten zu Hause ankommen.

Je näher unsere Tauchbasis am Horizont rückte, desto nervöser wurde ich und mein Herz zog sich vor Aufregung zusammen. Hakim wirkte nicht minder angespannt. In wenigen Minuten würden wir wissen, was Chris in Erfahrung bringen konnte und ob ich vielleicht schon bald Bootseigentümerin werden würde. Wie aufregend war das denn? An Land ging dann alles sehr schnell. Chris empfing uns schon auf dem Jetty mit einem *alles okay* Zeichen und fasste auf dem Weg zur Tauchschule kurz zusammen. Seine Bekannten wollten erst nicht so recht mit der Sprache herausrücken, hätten etwas herumgedruckst und wollten auch keine konkreten Zahlen nennen. Ausnahmslos hätten dann aber alle bestätigt, dass ein eigenes Boot eine sehr lukrative Sache wäre und dass sie sich jederzeit wieder eines kaufen würden. Die Amira wäre ein wirkliches Schnäppchen, bei dem sie, ohne länger nachzudenken, sofort zuschlagen würden.

Hakim wirbelte mich nach diesen tollen Nachrichten glücklich herum. „Jetzt musst du doch nur noch deine Tochter fragen?“ Ich nickte stumm. Von meiner Seite sprach jetzt nichts mehr gegen einen Kauf. „Und deswegen mache ich das auch – und zwar jetzt gleich!“

Mit zittrigen Fingern wählte ich Ronjas Nummer. Das Freizeichen ertönte, doch gleichzeitig hörte ich einen Klingelton ganz in meiner Nähe ...

21

War das jetzt Zufall? Ich ging dem Klingelton nach, der immer lauter wurde, und näherte mich einer hübschen jungen Frau in schwarzem Neckholderkleid, das ich noch nie gesehen hatte, aber das musste ja nichts heißen. War das Ronja oder sah diese Frau ihr in der Dämmerung nur sehr ähnlich? Ich sah mich nach Hakim um, der mich einmal kneifen sollte, doch der war vermutlich schon mit Isy und Chris an die Taucherbar gegangen, um mich bei meinem Telefonat nicht zu stören.

Seine Hilfe war aber gar nicht mehr vonnöten, weil die Unbekannte nun auf mich zurannte und mir überschwänglich um den Hals fiel. „Ronja ... wo kommst du denn auf einmal her?“, stammelte ich perplex. „Warum ... warum hast du mir nicht Bescheid gesagt? Ich hätte dich doch vom Flughafen abgeholt ... Und warum hast du mir nicht mal erzählt, dass du mich besuchen kommst?“ Das war untypisch für sie. Normalerweise konnte Ronja nämlich kein Geheimnis länger als einen Tag für sich behalten. Wir telefonierten zwar häufig, aber über ihren Besuch hatte Ronja kein Wort verloren. Sie wollte mich offenbar überraschen und das war ihr zweifelsohne auch gelungen.

Als wäre ihre Anwesenheit die normalste Sache der Welt, ignorierte Ronja meine Fragen geflissentlich und erkundigte sich stattdessen ganz beiläufig.

„Du hattest doch eben versucht, mich anzurufen. Was gibt's?" Ich hätte Ronja zwar gleich von dem Safariboot erzählen können, doch ich winkte ab.

„Vergiss es. Ich wollte dich eigentlich was fragen, aber ... das hat noch Zeit." Ronja nickte vielsagend. „Und ich muss dir eigentlich was sagen, aber das ... hat auch noch Zeit. Jetzt brauche ich erst mal was zu trinken. Ich bin nämlich am Verdursten."

Obwohl ich natürlich gespannt war wie ein Flitzebogen, was Ronja mir wohl zu sagen hatte, stimmte ich zu. Ich wollte erstmal mit ihr anstoßen und unser überraschendes Wiedersehen feiern und genießen, bevor irgendetwas diese Freude eventuell trüben könnte.

Ronja schnappte sich ihren Koffer und wir machten uns auf den Weg zur Taucherbar. Der führte durch eine kurze Palmenallee, deren Stämme von oben bis unten mit hübschen Lichterketten umwickelt waren, was am Abend für ein zauberhaftes Ambiente sorgte. Leise arabische Musik tönte uns entgegen. Gleich waren wir da. Gleich würden sich auch Ronja und Hakim das erste Mal begegnen. Ich war gespannt. Meine Tochter entschied nämlich schon nach den ersten Sekunden oder Minuten, ob sie eine Person mochte oder nicht. Hakim war aber so witzig und charmant, dass es für Ronja gar keine andere Möglichkeit geben konnte, als ihn zu mögen. Davon war ich fast überzeugt. Aber was, wenn nicht? Wenn Ronja meinen Liebsten nicht leiden konnte und unsere Beziehung deswegen nicht akzeptierte? Wie würde ich damit umgehen? Mich machte dieser Mann glücklich. Würde ich dieses Glück von Ronjas Meinung abhängig machen? Ich schüttelte für mich selbst den Kopf. Obwohl ich meine Tochter sehr liebte und fast alles für sie tun würde, hatte sie nicht das Recht, über mein Privatleben zu entscheiden – zumal sie inzwischen erwachsen war. Sie würde bald ganz eigene Wege gehen und unabhängig von mir entscheiden, wer oder was gut für sie war. Ronja ahnte nichts von meinen tiefgreifenden Überlegungen. Sie freute sich riesig, Isy und Chris wiederzusehen. „Und dann bin ich natürlich auch noch irre gespannt auf deinen Hakim. Heute am Flughafen habe ich auch schon. Ja … ähm ich meine, ich bin ja schon so gespannt auf ihn, seit ich heute gelandet bin."

Gespannt bin ich auch …

An der Taucherbar angekommen, kamen uns Isy und Hakim schon freudig entgegen und Ronja steuerte direkt auf ihn zu. „Überraschung! Dreimal darfst du raten, wer ich bin?" Obwohl ich Hakim bereits unzählige Fotos von Ronja gezeigt hatte, schien er angestrengt zu überlegen und scannte Ronja und mich von oben bis unten ab.

„Hmmm … braune Haare – blonde Haare, blaue Augen – braune Augen, groß und schlank – kleiner und … weiblich. Bei dieser Ähnlichkeit kannst du nur Doros Tochter sein. Hi Ronja!" Ronja runzelte missbilligend die Stirn.

Dann nahm sie die Haltung einer strengen Oberstudienrätin ein und urteilte gnadenlos. „Du scheinst nicht gerade der Hellste zu sein. In Bio bekommst du jedenfalls eine glatte Sechs und bist bei mir durchgefallen." Ronja wandte sich mit eisiger Miene ab und zeigte dem verdutzten Hakim die kalte Schulter, bis sie sich vor Lachen kaum wieder einkriegen konnte. „Reingefallen!" Mit breitem Grinsen streckte sie Hakim ihre Hand entgegen. „Scheiß auf Bio! Hast bestanden, weil du echt witzig bist! Dekobier?"

Erleichtert begann ich damit, die Steine, die mir eben vom Herzen gefallen waren, wegzuräumen. Ronja schien Hakim zu mögen, was Vieles leichter machen würde. Nachdem sie auch Isy stürmisch begrüßt hatte, setzten wir uns alle an einen freien Tisch.

„Ronja, Ronja! Du bist echt immer für eine Überraschung gut!", freute sich Isy kopfschüttelnd über den Spontanbesuch, woraufhin Ronja keck konterte. „Ist ja auch bald Weihnachten und da gibt's bekanntlich Überraschungen – und Geschenke!" Sie kramte in den Untiefen ihres Koffers herum. „Und deswegen hab ich euch allen auch was Schönes mitgebracht." Suchend sah Ronja sich um. „Wo ist denn eigentlich der Chris?"

„Der muss noch schnell irgendwas beim Leihequipment regeln, kommt aber gleich", versprach Isy, woraufhin Ronja unter unseren gespannten Blicken eine Plastiktüte aus ihrem Koffer zog. Skeptisch prüfte sie den Inhalt, um dann laut loszulachen. „I proudly present: Flüssigschokolade an Alufolie rot-gold." Wir starrten auf die undefinierbare Masse in der Tüte und Hakim identifizierte treffsicher. „Das waren vermutlich mal Weihnachtsmänner?"

Dann sah er Ronja, Isy und mich an und stellte mit verruchtem Timbre fest. „In der Nähe von derart heißen Ladys schmilzt MANN eben zwangsläufig dahin ..."

Obwohl Hakim sicher nur charmant sein wollte, konnten wir uns nicht mehr zurückhalten und begannen schallend zu lachen. Dieser Text war einfach nur eins drüber und außerdem wäre uns leckere Schokolade lieber gewesen. Prüfend kniff ich meinem Charmeur in den Po und konstatierte noch immer kichernd. „Du bist zum Glück noch ganz knusprig, aber bevor du mir jetzt auch noch zerfließt, darfst du den heißen Ladys noch schnell nen kühlen Drink organisieren."

Hakim fühlte sich als einziger Mann zwischen drei albernen Wesen der Spezies XX-Chromosom sichtlich unwohl und war daher fast dankbar der Situation kurz entfliehen zu können. „Bin schon unterwegs!", sprang er dienstbeflissen auf, doch Ronja hielt ihn am T-Shirt fest. Sie schien ein wenig Mitleid mit Hakim zu haben und zwinkerte ihm versöhnlich zu. „Warte, ich helf dir tragen und die Runde geht natürlich auf mich!"

„Die nächste dann aber auf mich!"

„Okay aber nur, wenn du …"

Die beiden waren nun nicht mehr in Hörweite und Isy diagnostizierte mit Kennerblick. „Die zwei scheinen sich ja auf Anhieb super zu verstehen."

„Ja Gott, Allah oder wem auch immer sei Dank! Aber wäre es trotzdem okay, wenn Ronja und ich wieder bei euch wohnen, solange sie da ist? So aus … Platzgründen."

Obwohl es in seinem Apartment noch immer kaum Möbel gab und auch die Renovierungsarbeiten nicht abgeschlossen waren, übernachtete ich dann doch meistens bei Hakim. Er hätte sicher kein Problem damit gehabt, auch Ronja bei sich zu beherbergen, aber die Konstellation

Tochter-Mutter und ihr Liebhaber gemeinsam in einem Bett ging für mich gar nicht.

„Logo. In deinem Zimmer steht ja noch ne ausziehbare Schlafcouch.", nickte Isy meine Bitte ab, bestand aber augenzwinkernd darauf, dann am Morgen wieder ihren frischen Kaffee gebrüht zu kriegen.

Statt eines heißen Kaffees servierten uns Ronja und Hakim jetzt erst mal ein kühles Bier. Inzwischen war auch Chris zu uns gestoßen und Ronja prostete ihm fröhlich zu. „Auf uns! Cool mal wieder hier zu sein! Und morgen gehen wir alle zusammen tauchen, okay?" Chris wirkte leicht irritiert. „Ich dachte, ihr schaut euch morgen die Amira an?"

Chris!!!

Ich hatte Ronja doch noch gar nichts von dem Boot erzählt. Das konnte Chris zwar nicht wissen, aber weshalb konnte er nicht einfach mal seine Klappe halten? Ich war schon im Begriff, mich über ihn zu ärgern, pfiff meinen Körper dann aber schnell wieder zurück. Die Erhöhung von Blutdruck und Puls wäre in diesem Fall völlig sinnlose Energieverschwendung gewesen, weil ich heute sowieso noch mit Ronja über die Amira sprechen musste. Irgendwann. Weshalb also nicht gleich?

Meine noch völlig ahnungslose Ronja erkundigte sich jedoch wenig begeistert. „Wie jetzt? Amira anschauen? Ist das irgendeine olle Mumie, die sie mal wieder ausgebuddelt haben oder sowas in der Art? No way! Wenn ihr mich hier auch nur einen einzigen Tag vom Tauchen abhalten wollt, muss das schon was Spannenderes sein!"

Jetzt oder nie!

„Die Amira ist ein olles Safariboot, das ich mir zusammen mit Hakim kaufen will. Spannend genug?" Ronja hatte grade einen großen Schluck aus ihrem Glas genommen, der ihr im Hals stecken blieb. Nach gefühlten 30 Sekunden heftigem Husten krächzte sie ungläubig. „Echt jetzt? Wie kommst du denn auf einmal auf die Idee? Ist so ein Boot nicht irre teuer? Und müsstest du dann auch bei den Tauchsafaris mitfahren? Du wirst doch so leicht seekrank!“

Zu meinem großen Erstaunen und auch Bedauern klang Ronja wenig begeistert. Im Gegenteil.

Ich war diesem Projekt anfangs ja auch sehr skeptisch gegenübergestanden, aber dass meine sonst so mutige, spontane und abenteuerlustige Tochter so ähnlich wie ich reagieren würde, hatte ich nicht erwartet. Eilig bemühte ich mich, ihre dringendsten Fragen zu beantworten. „Also ... so teuer ist dieses Boot gar nicht mehr und ich habe doch noch das Geld von Tante Renate, das ich in meine Zukunft investieren soll. Und so ein eigenes Boot wäre eine super Investition, weil ...“ Ich sortierte im Kopf rasch die Argumente, die für Ronja interessant sein könnten. „Weil ich damit sehr viel Geld verdienen könnte. Außerdem müsste ich auch nicht immer in Ägypten sein und bei den Safaris mitfahren. Ich könnte wohnen und arbeiten, wo ich will, weil die Amira mit fester Crew für einen Tauchreiseveranstalter fährt. Ich würde also nur Miete kassieren und ich kann dir sagen – das ist echt eine Menge Geld.“

Ronja wirkte nun schon wesentlich entspannter.

„Ach so. Das Boot soll nur so eine Art Geldanlage sein. So ähnlich wie eine Eigentumswohnung. In München kann man mit sowas echt richtig reich werden!“

Ich nickte bestätigend. „Jedenfalls würde ich so viel verdienen, dass wir nie wieder Geldsorgen haben müssten.“

Ronja sah mich mit verschmitztem Grinsen an. „Also Mami, wenn ich immer für eine Überraschung gut sein soll, dann habe ich das definitiv von dir geerbt! Noch eine Runde für alle!"

Es blieb nicht bei einem Drink. Es hatte dann doch einige mehr gebraucht, bis ich Ronja sämtliche Details des geplanten Bootskaufs noch einmal in aller Ausführlichkeit erläutert hatte. Hakim präsentierte ihr dann auch noch unzählige Fotos, bis Ronja irgendwann überfordert abwinkte. „Gnade! Ich habe jetzt so viel von dieser Amira gesehen, dass ich mich schon blind zurechtfinden würde, und hab's kapiert: So ein eigenes Boot ist das Beste, was einem im Leben passieren kann – und die Erde ist eine ..." Bevor Ronja ihre Aussage vielleicht gleich wieder ad absurdum führen konnte, fiel ich ihr schnell ins Wort. „Rund!"

Eilig begann ich unter Ronjas fragendem Blick ein kleines Papierschiffchen zu falten und ließ es auf der Schaumkrone ihres Glases schwimmen. „Die Erde ist eine runde Kugel! Schiff ahoi?"

22

Ronja knallte ihren Koffer in die Ecke und ließ sich amüsiert und leicht beschwipst aufs Bett fallen. „Hihi – kaum bin ich mal kurz nicht da, hat Mami nen neuen Freund und will sich ein eigenes Safariboot kaufen. Wenn ich das Jan erzähle, flippt er aus!" Mit einer fahrigen Bewegung drehte ich mich um und stieß dabei mit dem Ellenbogen heftig gegen den Schrank. Wie kam Ronja jetzt so unvermittelt auf Jan? Und warum sollte er deswegen ausflippen? Wir hatten eine halbe Ewigkeit so gut wie keinen Kontakt, also konnte es ihm doch auch sonst wo vorbeigehen, was ich mit wem tat. Meine ganze Verwunderung spiegelte sich in dem Blick wider, mit dem ich Ronja nun ansah. „Warum sollte er das? Er interessiert sich doch einen Scheiß für mich!"

„Das glaubst aber auch nur du", verneinte sie entschieden. „Jedes Mal, wenn Jan sich bei mir meldet, fragt er auch nach dir. Was du so machst und wie es dir geht und so und heute hat er mich …" Ronja wurde mitten im Satz von einem heftigen Hustenanfall gebeutelt, dessen physische Ursache ich allerdings stark in Frage stellte. Sie klopfte sich jedoch mit leidender Miene auf die Brust. „Sorry Mami … aber hast du vielleicht mal ein Wasser oder sowas in der Art?" Wortlos stellte ich ihr eine Flasche vor die Nase und sah sie mit dem Röntgenblick einer Mutter an. Ronja wollte mir doch vorhin etwas sagen. Hatte ihr überraschendes Auftauchen etwa irgendwas mit Jan zu tun? „Was – hat – Jan – heute?" Ronja hielt meinem Blick nicht stand, griff nach der Wasserflasche und löste äußerst umständlich die Plastikversiegelung, bevor sie endlich mit der Sprache rausrückte.

„Okay. Irgendwann muss ich es dir ja sagen. Jan hat mich heute vom Flughafen abgeholt."

Waaas?

Mein Schlüsselbund fiel scheppernd zu Boden. Jan war in Ägypten? Und die beiden hatten sich gesehen? Auch wenn ich beschlossen hatte, entspannter damit umzugehen, dass Jan und Ronja sich kannten – diese Information brachte mich dann doch ein wenig aus der Fassung. Ich verfiel in leichte Schnappatmung, woraufhin Ronja mich besorgt ansah. „Bitte kipp jetzt nicht um, Mami, mein letzter Erste-Hilfe-Kurs ist Jahre her.“ Die Gefahr einer Ohnmacht bestand zwar nicht, aber setzen musste ich mich trotzdem und Ronja beeilte sich die Situation aufzuklären. „Na ja … Jan hatte mir doch vor ner Weile versprochen, mich mal zu so einem Hai-Seminar in Ägypten mitzunehmen. Du erinnerst dich?“

Richtig. Da war mal was.

Ich nickte schwach und Ronja fuhr fort. „Und dieses Seminar findet eben jetzt hier in Ägypten an den Brother-Islands statt.“ Mit einem Mal setzten sich die kleinen Ungereimtheiten des heutigen Tages gleich einem Puzzle zu einer desillusionierenden Wahrheit zusammen. Ronja war gar nicht hergekommen, um MICH zu besuchen, weil sie vielleicht Sehnsucht nach mir hatte. Nein. Sie war wegen Jan nach Ägypten geflogen. Ich hätte nie damit gerechnet, dass mein Ex sein Versprechen jemals wahrmachen würde, aber wenn ich ehrlich war, interessierte mich dieses Seminar im Augenblick nicht einmal peripher. Jan war hier in der Nähe und Ronja hatte ihren Vater zum ersten Mal gesehen. Wie war das Zusammentreffen der beiden wohl verlaufen? Hatte sie sich mit Jan nach den ersten Minuten genauso super verstanden wie mit Hakim? Oder sogar besser? Mochte Ronja ihren Vater auf den ersten Blick wie ich damals? Ich zügelte meine Neugierde und erkundigte mich in möglichst neutralem Tonfall.

„Und? Wie war’s mit Jan?“

„Ich war aufgeregt wie vor ner Theaterpremiere. Na ja, eigentlich war es ja auch ne Premiere. Wir hatten am Flughafen nen Treffpunkt ausgemacht und zum Glück wusste ich, wie Jan aussieht. Wir haben nämlich in letzter Zeit viel geskypt und dann hat er mir auch noch jede Menge Fotos von sich geschickt."

Wie Jan jetzt wohl aussieht? Nein! Ich will diese Fotos nicht sehen!

„Dann waren wir noch was essen und haben über alles Mögliche gequatscht und es war echt verrückt. Wir haben uns vom ersten Moment an super verstanden, als würden wir uns schon ewig kennen. Muss wohl doch irgendwie an den Genen liegen ..." Ronja fragte vorsichtig nach. „Ist das jetzt schlimm für dich?"

Ich musste schlucken. Ronja verstand sich also blendend mit ihrem Vater. Mit dem Mann, den ich seit einer halben Ewigkeit nicht mehr gesehen und den ich einmal so sehr geliebt hatte. Die beiden hatten während meiner Abwesenheit ihren Kontakt anscheinend noch intensiviert und sich inzwischen auch richtig gut kennengelernt. Obwohl ich mich für meine Tochter freuen sollte und obwohl mir auch Isy in verschiedenen Tonlagen immer wieder vorgebetet hatte, dass Ronja ein Recht auf ihren Vater hätte und dass sich dadurch auch garantiert nichts an unserem super Verhältnis ändern würde – das alles versetzte mir dann doch einen Stich.

Aufgrund meines langen Schweigens taxierte mich Ronja mit wachsender Besorgnis.

„Nein, das ist ganz und gar nicht schlimm für mich!", beeilte ich mich daher so glaubwürdig wie möglich zu versichern, woraufhin Ronja mich dankbar umarmte. Sie wusste, dass diese Situation für mich sicher nicht ganz einfach war. „Du bist echt die beste und coolste Mami der Welt! Ich hab dich ja soooooo lieb und dich mindestens doppelt so sehr vermisst!"

„Ich dich doch auch, meine kleine Kröte!“ Ich umarmte sie, zuckte dann aber kurz zurück. Heute hatte Ronja ihren Vater Jan gesehen und ihn vermutlich auch umarmt. Hatten Jan und ich uns dadurch nicht auch irgendwie umarmt? Nur irgendwie und auch nur sehr indirekt. Ich bekam bei dieser Vorstellung eine Gänsehaut. Diese unvermutete und greifbare Nähe rief gemischte Gefühle in mir hervor. Reflexartig strich ich über mein Kleid, als könnte ich dadurch diese Nähe streichen.

„Ach Mami ... weißt du, was Jan noch gesagt hat, als er mich zu dir gefahren hat?“

Interessiert mich nicht!?

„Er findet es super, dass du jetzt hier in Safaga als Tauchlehrerin arbeitest! Und weil er bis zum Beginn des Seminars bei einem alten Kumpel gleich hier um die Ecke wohnt, würde er dich gerne mal wiedersehen. Aber nur, wenn du auch willst? Ich würde das jedenfalls super finden.“ Meine Knie wurden weich und alles um mich begann sich zu drehen. Jan wollte mich wiedersehen? Das war gerade alles etwas zu viel für mich. Ich musste jetzt erstmal alleine sein. Überfordert floh ich die Situation und stolperte aus unserem Zimmer. „Sorry, ich muss noch mal kurz raus.“ Im Flur atmete ich tief durch und bewegte mich Richtung Ausgang. Ich brauchte dringend frische Luft. Beim Öffnen der Wohnungstür lief ich allerdings Isy in die Arme, die sich besorgt erkundigte. „Süße, wo willst du denn jetzt noch hin mitten in der Nacht? Du siehst aus, als wärst du dem Teufel selbst begegnet.“

„Dem Teufel nicht, aber vielleicht bald Jann.“

„Jan? Ist der hier?“, wunderte sich Isy.

„Ja. Er hält so ein Hai-Seminar an den Brothers. Aber bis das losgeht, wohnt er hier in Safaga und will sich mal mit mir treffen. Hat Ronja mir gerade erzählt."

„Und? Machst du's?"

Ich verschränkte abwehrend die Arme und presste unangemessen aggressiv heraus. „Das kann er vergessen! Mit dem bin ich durch." Angesichts meines aufgewühlten Zustands versuchte Isy mich zu beschwichtigen. „Jetzt komm erst mal wieder runter!" Behutsam lotste sie mich ins Wohnzimmer, platzierte mich auf einem Sessel und erkundigte sich einfühlsam. „Warum wäre ein Wiedersehen mit Jan denn so schlimm für dich?" Sie räumte ein. „Okay. Er hat dich damals sehr verletzt, aber darüber bis du doch längst weg. Hast du jedenfalls behauptet." Ich nickte überzeugt. „Jan ist mir total egal und deswegen will ich ihn auch nicht sehen. Punkt." Mit diesem klaren Statement wollte ich das Thema unmissverständlich beenden, aber meine beste Freundin gab sich damit nicht zufrieden und bohrte weiter nach. „Aber wenn Jan dir wirklich so egal ist, kannst du ein Treffen doch auch ganz cool über die Bühne bringen, nen Kaffee mit ihm trinken und gut." Mit seherischer Ahnung fühlte sie mir auf den Zahn. „Da steckt doch noch was anderes dahinter." „Okay. Du weißt ja, dass es ewig gedauert hat, bis ich nicht mehr jeden Tag mindestens einmal an Jan denken musste, weil mich noch so viele Fragen gequält hatten", begann ich mit belegter Stimme. „Und du weißt auch, dass das in den letzten Jahren nicht mehr so war. Jan hat endlich keine große Rolle mehr in meinem Leben gespielt." Isy nickte bestätigend. „Und das hat mich auch sehr für dich gefreut." Nach einer kurzen Pause fuhr ich fort. „Dass Jan und Ronja sich jetzt kennen und sogar einen Urlaub miteinander verbringen werden, hab ich dank dir akzeptiert. Aber ich will meinen Ex einfach nicht wiedersehen. Davor hab ich sogar Angst", gestand ich leise.

„Warum das?"

„Na ja, wenn ich mich mit Jan treffe, könnte alles wieder hochkommen. Alles, was ich aus meinem Leben verbannt oder erfolgreich verdrängt habe. Meine Wut, Trauer, Verletzung und Enttäuschung oder auch schöne Erinnerungen ..." Isy strich mir lieb über den Arm, um mich dann leicht zu rütteln.

„Das kann ich ja verstehen. Aber wenn du diese Angst loswerden willst, darfst du nichts mehr verdrängen. Du musst Jan treffen und einmal laut aussprechen, wie schlimm das damals für dich war. Du musst ihn mit deinem ganzen Schmerz konfrontieren. Das kann sehr befreiend sein."

„Das sagst du so leicht", seufzte ich, obwohl ich im Grunde meines Herzens wusste, dass Isy recht hatte – und die war nun nicht mehr zu bremsen.

„Aber nicht nur für dich, sondern auch für Ronja solltest du dich mit Jan aussprechen und deinen Frieden mit ihm machen. Er ist ihr Vater und weil sich die beiden jetzt kennen, wird er ganz automatisch auch wieder Teil deines Lebens. Es darf dich also nicht mehr aufwühlen, wenn Ronja von Jan erzählt, er am Telefon ist oder ihr euch zufällig mal begegnen solltet."

Damit hatte Isy natürlich auch wieder recht, doch sie war noch nicht am Ende, sprach aber erst nach kurzem Zögern weiter. „Oder ... Oder hast du vielleicht auch ein wenig Angst davor, dass die ... wie soll ich sagen ... die magische Anziehungskraft zwischen Jan und dir sofort wieder da ist, wenn du ihn siehst? Vielleicht ist da noch immer was zwischen euch?“

„Hast du sie noch alle?“, schleuderte ich meiner Freundin entrüstet entgegen. „Ich liebe Hakim! Sonst keinen!“

Die ruderte umgehend zurück. „Vergiss es. Vielleicht hast du für meinen Geschmack auch nur viel zu oft beteuert, wie egal Jan dir ist. Das könnte auch das Gegenteil bedeuten.“ Was redete Isy da für einen küchenpsychologischen Blödsinn? Ihre ersten Argumente leuchteten mir ein – über ihre letzte Vermutung lohnte es sich aber nicht mal nachzudenken, geschweige denn zu sprechen. Daher würgte ich das Gespräch an dieser Stelle auch abrupt ab. „Ich werde über ein Treffen nachdenken, okay? Aber jetzt bin ich hundemüde.“ Ich stand eilig auf, gab meiner leicht überrumpelten Freundin noch ein Küsschen auf die Wange und verschwand. „Bis morgen. Schlaf gut.“ Ich dachte dann doch noch einmal über das Gespräch nach. Obwohl ich Isys Spekulation als Blödsinn deklariert hatte, hatte sie aufgrund meiner großen Angst Jan wiederzusehen schon mal auf falsche Gedanken kommen können. Aber musste ich mich wirklich mit Jan treffen, um die Vergangenheit endgültig zu verarbeiten und mit der Gegenwart besser klarzukommen? Ich würde mein Versprechen einhalten und darüber nachdenken – morgen. Beim Klingeln des Weckers rieb Ronja sich verschlafen die Augen, war dann aber in kürzester Zeit hellwach. „Guten Morgen Mami. Wo warst du denn gestern noch so lange? Ich wollte zwar auf dich warten, bin dann aber doch eingeschlafen.“ Ohne Kaffee war ich am Morgen noch nicht so munter und redselig wie meine Tochter. Daher beschränkte ich mich auf das Nötigste. „Ich hab noch ne Weile mit Isy gequatscht."

„Und? Hast du ihr auch von Jan erzählt? Dass er dich treffen will, meine ich. Was hat sie dazu gesagt? Findet sie das gut oder eher nicht so? Und was würde sie …?"

Ronjas Fragen überschlugen sich mal wieder, sodass ich sie leicht genervt mundtot machte. „Ja, ja und nochmal ja. Isy findet auch, dass ich mich mit Jan treffen soll."

„Und? Machst du's?"

Während ich schlief, war es mir logischerweise unmöglich gewesen darüber nachzudenken und im Traum war mir auch keine Entscheidung erschienen. Daher blieb ich auch Ronja eine Antwort schuldig und vertröstete sie auf später. „Jetzt wird erstmal gefrühstückt. Anschließend schauen wir uns die Amira an und dann sehen wir weiter." Endlich waren Hakim, Ronja und ich im Hafen von Hurghada angekommen und stiegen aus dem Minibus. Neugierig sah ich mich um und kuschelte mich verliebt und aufgeregt an meinen Liebsten. Nur noch ein paar Meter, dann würden wir sie endlich sehen – die Amira. Aus den wenigen Metern wurden allerdings gefühlte Kilometer und hunderte andere Boote, die wir passieren mussten. „Jetzt haben wir es aber gleich geschafft", versprach Hakim aufmunternd, doch der gewöhnliche Liegeplatz des Bootes war leer. Höchst nervös, fast panisch sah Hakim sich um und eilte, ohne auf uns zu warten, im Stechschritt weiter den Hafen entlang, bis er uns erleichtert zuwinkte. „Kommt her! Hier ist sie!"

Beeindruckt sahen Ronja und ich zu dem friedlich auf den Wellen schaukelnden Boot, das separat von allen anderen ankerte und nur auf uns zu warten schien. In goldenen Lettern auf schwarzem Untergrund funkelte uns von Sonnenstrahlen noch mehrfach reflektiert der Name AMIRA entgegen und ich war schon jetzt völlig verzaubert. „Vermutlich haben sie das Boot schon mal umgeparkt, weil es zur jährlichen Generalsanierung ins Trockendock kommt", erklärte Hakim sich selbst und uns den veränderten Liegeplatz. Mir hingegen war es relativ egal, warum die Amira hier und nicht woanders ankerte. Ich wollte das Boot jetzt unbedingt auch von innen sehen und ging Richtung Heck. Mit einem großen Schritt und in theatralischer Pose setzte ich dazu an mich das erste Mal an Bord zu begeben und bat Ronja, diesen denkwürdigen Augenblick fotografisch für die Ewigkeit festzuhalten.

Es fühlte sich gut an, die warmen Holzbohlen unter meinen Füßen zu spüren. Ich war wie elektrisiert und drängte Hakim die Tür des Salons aufzuschließen, doch stattdessen holte der zu meiner und Ronjas Verwunderung spitzbübisch grinsend einen Schal aus seinem Rucksack. „Ronja, kommst du bitte mal?" Ehe die sich versah, hatte Hakim ihr die Augen verbunden. „Hattest du gestern nicht gesagt, dass du dich blind auf der Amira zurechtfinden könntest?" Ich wusste, dass Ronja derartige Aktionen eigentlich liebte, aber jetzt wirkte sie dann doch etwas unsicher. Sie hatte sich mit dieser Behauptung ziemlich weit aus dem Fenster gelehnt. Zu weit?

Um vor Hakim jedoch nicht das Gesicht zu verlieren, gab es für sie jetzt nur einen Weg: Augen zu und durch – und zwar im wahrsten Sinne des Wortes. „Und das beweise ich dir jetzt auch!", straffte sie sich und lief forschen Schrittes los. „Meine Damen und Herren, darf ich Sie bitten, mir zu folgen.“ Hakim bremste Ronja, die zielsicher aufs Wasser zusteuerte gerade noch rechtzeitig aus und nahm ihr die Augenbinde ab. „Wollten wir nicht erst das Boot ansehen, bevor wir baden gehen, junge Frau?“ Ronja blinzelte erschrocken und konterte nach einem kurzen Upps-Moment. „Wenn Sie das vorschlagen, dürfte ich Sie dann auch bitten, diesen Teil zu übernehmen, junger Mann?“

„Mit dem allergrößten Vergnügen.“

Nach diesem witzigen verbalen Schlagabtausch schloss Hakim den Salon auf, den wir aufgeregt und in gespannter Erwartung betraten. Alles sah noch viel größer, heller und freundlicher als auf den Fotos aus. Im Aufenthalts- und Speiseraum des Bootes stach links neben dem Eingang eine große, moderne Couchlandschaft ins Auge, wo man nach anstrengenden Tauchgängen sicher gut entspannen konnte. Im Gegensatz zur makellosen Couch wiesen die Esstische und Stühle aus Holz bereits einige Verschleißspuren auf, was mich aber nicht im Geringsten störte, weil diese kleinen Schönheitsfehler die Stabilität und Funktionalität dieser Möbelstücke nicht im Geringsten beeinträchtigten.

In der ebenerdig anschließenden Kombüse wollte Ronja neugierig einen Blick in einen Hängeschrank werfen, der sich aber nicht öffnen ließ. „Hakim, kannst du mir bitte mal kurz helfen? Da klemmt was.“ Mit breitem Grinsen legte der einen seitlichen Hebel um und wie von Zauberhand sprang die Tür auf. „Lange nicht tauchen gewesen, was?“ Ronja hatte wohl tatsächlich vergessen, dass auf Tauchbooten alle Schränke und Schubladen gesichert waren, damit sie bei hohem Seegang nicht von alleine aufgehen konnten. „Tauchen war ich wohl. Für Geschirr und Besteck waren aber stets Bedienstete zuständig“, überspielte Ronja ganz ladylike ihre kleine Wissenslücke. Gegenüber der Couchlandschaft führte eine recht schmale Holztreppe mit zwei Handläufen nach unten zu den Kabinen. Diese Zimmerchen mit winzigem Kleiderschrank, schmalen Betten und Bezügen mit Karomuster hatten die Anmutung einer Puppenstube. Die absolute Krönung war jedoch das gefühlt nur 1 Quadratmeter kleine Bad, in dem tatsächlich eine Toilette, Waschbecken und Dusche untergebracht waren. Meiner Safariboot-Erfahrung nach tat man jedoch gut daran, das WC Papier vor dem Duschen in trockene Tücher oder besser gesagt in Sicherheit zu bringen.

Die Besichtigungstour war nun zu Ende.

Vor Begeisterung hin und weg tanzte ich aufgedreht um Ronja und Hakim herum, der mir einen liebevollen Klaps auf den Po gab. „Etwas Wichtiges will ich euch jetzt aber noch zeigen – das Herz der Amira.“ Unter unseren fragenden Blicken lotste er uns noch eine Etage tiefer. „Willkommen im Motor- und Technikraum.“

Schwungvoll versuchte Hakim die Tür zu öffnen, doch die blieb zu. Er zog etwas stärker, doch auch der erhöhte Kraftaufwand änderte nichts an diesem Zustand. Die Tür war und blieb geschlossen. „Kein Problem ... wartet. Das haben wir gleich!“ Hakim zog den Schlüsselbund, den Rashidy ihm für die Besichtigung gegeben hatte, aus der Hosentasche und probierte einen Schlüssel nach dem anderen durch, doch keiner passte. Genervt griff er zum Handy, um Rashidy anzurufen. „Salam Rashidy ...“ Dann folgte ein langer Wortschwall auf Ägyptisch. Ohne das

Ende des Telefonats abzuwarten, nahm ich Hakim das Handy aus der Hand, drückte auf Anruf beenden und gab ihm einen Kuss. „Ich glaube, wir haben genug gesehen. Lass uns nach oben gehen …"

Entschlossen setzte ich mich hinters Steuer und köpfte eine Flasche Sekt, die ich schon vor längerer Zeit mal für besondere Gelegenheiten organisiert hatte – und heute war so eine ganz besondere Gelegenheit. Ich schenkte uns ein und kippte auch einen kleinen Schluck über das Steuerrad. „Amira – Willkommen in der Familie!" Hakim verstand auf Anhieb, was das zu bedeuten hatte. Er nahm mich strahlend in den Arm und küsste mich zärtlich. „Auf unser Traumschiff und auf meine Traumfrau!" Ich lächelte verliebt, zog aus meinem Geldbeutel ein Foto von Hakim und mir und heftete es mit einem Magneten stolz an die Pinnwand.

„Unseres!"

Mein Herz hatte entschieden. „Auf uns und die Amira!" Glücklich stieß ich noch einmal mit meinen Liebsten an und leerte mein Glas auf ex.

Mit dieser Zukunft vor Augen konnte ich mich der Vergangenheit stellen und raunte Ronja vielsagend zu.

„Wenn ICH das Jan erzähle, flippt er aus!"

23

„Soll ich den schwarzen Rock mit dem engen Top anziehen? Oder würde die weite Bluse besser aussehen? Oder doch lieber das schwarze Kleid mit den Spitzenvolants oder wäre das zu overdressed?" Überfordert sah ich Isy an. Ich hatte mich bereits gefühlte einhundert Mal umgezogen und nahezu alle Kombinationsmöglichkeiten meines eher begrenzten Kleiderfundus ausprobiert, um das perfekte Outfit zusammenzustellen. Am Ende verhielt sich das Urteilsvermögen meiner Augen jedoch genauso wie meine Nase beim Parfümkauf. Spätestens nach der fünften Geruchsprobe konnte ich nicht mehr riechen, ob mir ein Duft gefiel oder nicht.

Isy war mir zwar lange und sehr geduldig beratend zur Seite gestanden, doch jetzt reichte es ihr. Entschieden griff sie zu meinem Lieblingssommerkleid und entschied pragmatisch. „Darin fühlst du dich am wohlsten, es steht dir supergut und deswegen ziehst du auch genau das an!" Ich lächelte erleichtert. „Genau dafür hatte ich mich eigentlich auch schon von Anfang an entschieden!"

Nachdem die Klamottenfrage geklärt war, verabschiedete sich Isy. Sie hatte noch etwas in der Stadt zu tun und gab mir zum Abschied zwei Küsschen auf die Wange. „Das wird schon Süße und – ich bin echt stolz auf dich!"

Nach diesen aufmunternden Worten hörte ich nur noch die Wohnungstür ins Schloss fallen und ich war allein. Ein letztes Mal betrachtete ich mich prüfend im Spiegel, nickte von meiner Wahl überzeugt, zog mich wieder um und legte mein Date-Outfit für den nächsten Tag bereit.

Auch wenn ich nicht mehr an Jan interessiert war, wollte ich bei unserem morgigen Wiedersehen einfach umwerfend aussehen. Die Aura einer begehrenswerten, souveränen, aber für ihn unerreichbaren Frau sollte mich umgeben. Einer Frau, bei deren Anblick Jan bitter bereuen sollte, sie jemals verlassen zu haben. Bekanntermaßen konnten Lieblingskleider auf magische Weise genau diese Ausstrahlung verleihen, doch sicherheitshalber versah ich mein Kleid dann noch mit einem dezenten Hauch meines Lieblingsparfüms. Seit ich mich mehr aus Vernunftgründen denn aus großem Bedürfnis für ein Treffen mit Jan entschieden hatte, konnte ich an fast nichts anderes mehr denken. Gegenüber meinem Liebsten hatte ich deswegen schon fast ein schlechtes Gewissen, erteilte mir aber selbst die Absolution. Das hatte rein gar nichts mit Hakim oder meinen Gefühlen für ihn zu tun. Dass ich ihn nicht mehr liebte oder so. Es war vielmehr eine völlig natürliche Reaktion des Körpers, nervös und aufgeregt zu sein, wenn man jemanden nach fast zwanzig Jahren das erste Mal wiedersah. Wie bei einem Klassentreffen. Okay ... nicht ganz.

Obwohl es also nicht besorgniserregend war, ärgerte ich mich trotzdem über Jans permanente Präsenz. Selbst wenn sie nur gedanklich war, fühlte mein Gehirn sich irgendwie gestalkt. Ab morgen würde dieser Spuk aber ein Ende haben! Nach dem Treffen würde Jan, so schnell wie er aufgetaucht war, auch wieder aus meinem Leben verschwinden. Nein. Ich musste diese Aussage ein Stück weit relativieren. Ronja zuliebe dürfte Jan im Drehbuch meines Lebens natürlich noch die Rolle eines Komparsen einnehmen. Wenn er mal auf der Bildfläche erschien, störte er nicht, für die weitere Handlung war er aber absolut irrelevant und bedeutungslos.

Bis es aber so weit war, musste ich erst noch dieses Treffen hinter mich bringen – vor dem allerdings noch eine ganze lange Nacht und ein Arbeitstag lagen.

Zur Beruhigung und um müde zu werden, hatte ich mit Ronja dann noch einen kleinen Abendspaziergang gemacht. Dieser Ausflug an den Strand war zwar sehr schön gewesen, hatte bei mir aber leider nicht für die ersehnte Nachtruhe gesorgt. Während Ronja neben mir selig schlummerte, wälzte ich mich unruhig hin und her und fand einfach keinen Schlaf. Ich hatte noch keine Ahnung, wie dieses Wiedersehen mit Jan vonstattengehen könnte und versuchte einen Ablaufplan zu entwerfen. Daran konnte ich mich dann orientieren, falls ich den roten Gesprächsfaden mal verlieren sollte.

Zuerst würden wir uns sicher begrüßen. Nur verbal oder sollten wir uns die Hand geben? Eine Umarmung oder Küsschen links und rechts schloss ich kategorisch aus und entschied mich für ein cooles, abgeklärtes „Hi Jan".

Und dann?

In einem Wachtraum fiel Jan nach der Begrüßung auf die Knie und flehte mich an, ihm noch eine zweite Chance zu geben, weil er ohne mich nicht mehr leben könnte. Ich hingegen blieb hart und wies ihn eiskalt zurück. Jan hätte seine einmalige Chance gehabt – und vertan. Jetzt liebte ich einen anderen. Hakim.

Leicht amüsiert schüttelte ich den Kopf. Was hatte ich mir da nur wieder zusammengesponnen? Ich war doch keine sechzehn mehr und mein Leben keine Soap.

Zurück auf Anfang.

Nach der Begrüßung wäre doch der ideale Zeitpunkt das Wort zu ergreifen. Ich wollte Isys Rat befolgen und Jan mit meinem Schmerz konfrontieren. Nur wie oder womit sollte ich anfangen? Unkontrolliert schossen zahllose Gedanken blitzartig und fast gleichzeitig in mein Gehirn und ich hatte Mühe, diesem Kopfgewitter Herr zu werden. So ging das mal gar nicht. Wenn ich souverän und abgeklärt rüberkommen wollte, durften meine

Worte auf keinen Fall so impulsiv aus mir herausplatzen wie meine Gedanken. Der Text musste gut durchdacht und strukturiert sein, sollte aber gleichzeitig auch spontan und natürlich wirken. Na dann mal los. Engagiert begann ich zu formulieren … „Guten Morgen Doro“, begrüßte mich Isy in der Küche und musterte mich leicht besorgt. „Schlecht geschlafen?“

Sieht man mir das etwa an? Habe ich Augenringe? Wie krieg ich die schnellstmöglich weg?

Ich nickte nur stumm und Ronja schenkte mir eine Tasse Kaffee ein. „Extrastark! Können wir beide gebrauchen. Gut geschlafen habe ich nämlich auch nicht, weil du dich dauernd so laut hin und her gewälzt hast.“ Isy strich mir verständnisvoll über die Schulter. „Ich wäre auch aufgeregt, wenn ich meinen Ex nach so langer Zeit wiedersehen würde.“ Nun klinkte sich auch Chris gespielt vorwurfsvoll ein. „Und ich wäre aufgeregt, wenn du deswegen so aufgeregt wärst!“

Auch wenn Chris das in seiner typisch flapsigen Art so herausgerutscht war, lag in dieser Äußerung sicher auch ein Körnchen Wahrheit. Ich beschloss jedenfalls Hakim meine Aufregung bei unserem heutigen Arbeitstag auf der Sea Angel nicht spüren zu lassen, weil er sonst vielleicht doch noch misstrauisch werden könnte – wofür es nicht die geringste Veranlassung gab!

Natürlich hatte ich Hakim längst von Ronjas Vater Jan erzählt und was er mir angetan hatte. Er war nicht wirklich begeistert gewesen, dass ich mich trotzdem noch einmal mit Jan treffen wollte, und hatte dieses Vorhaben dann auch leicht süffisant kommentiert. „Soso, mein Schneckchen hat also eine leicht masochistische Ader.“

Mehr hatte er dazu aber nicht zu sagen, weil er mir hundertprozentig vertraute und sich meiner Liebe sicher war. Andere Männer hätten das sicher nicht so locker weggesteckt, aber mein Hakim war eben ganz anders und ich würde sein Vertrauen auch niemals missbrauchen! Den Tag an Bord hatte ich dann so gut gelaunt und mit bester Stimmung über die Bühne gebracht, dass meine Unbeschwertheit bei genauerem Hinsehen schon wieder auffällig gewesen war.

Zum Glück hatte Hakim aber nicht genauer hingesehen, sodass wir am Abend verliebt und Hand in Hand von Bord gingen und uns gleich ans Waschen unseres Equipments machten. „Erster!" Mein Süßer hängte seinen gewaschenen Taucheranzug auf und gab mir einen kurzen Kuss.

„Bis gleich in der Taucherbar? Rashidy hat eben angerufen. Er kommt gleich noch vorbei und bringt uns den Kaufvertrag." Hakim hatte offenbar völlig vergessen, dass ich mich heute in genau 31 Minuten und 27, 26, 25 ... Sekunden mit Jan treffen würde. Obwohl meine Anspannung von Sekunde zu Sekunde stieg, gab ich mich weiterhin ruhig.

Sprachmodulation: belangloser Tonfall – und bitte!

„Sorry ... aber das geht leider nicht. Ich treffe mich doch gleich mit Jan. Du weißt schon. Ronjas Vater. Wir haben uns in der Strandbar am Taucherhotel verabredet, aber das wird sicher nicht lange dauern."

Hoffentlich!

Hakim schlug sich mit der Hand gegen die Stirn. „Ja richtig, da war doch was." Auf mich wirkte seine Reaktion etwas geactet. Oder hatte er wirklich vergessen, dass ich mich heute mit meinem Ex treffen würde? Bei mir hätte sich so ein Termin gleich einem lästigen Fremdkörper im Gehirn verankert, würde leichte Kopfschmerzen verursachen und sich erst wieder lösen, wenn die potentielle Gefahr vorüber wäre. Hakim hingegen wirkte ganz cool und behauptete, dass dieses Treffen kein Problem für ihn wäre. War er wirklich kein bisschen eifersüchtig? Tickten Männer und Frauen wirklich so unterschiedlich oder war er nur deshalb nicht eifersüchtig, weil er mich gar nicht wirklich liebte?

Dramaqueen!

Hakim strafte meine negativen Gedanken jedoch Lügen, gab mir einen lieben Kuss und flüsterte mir ins Ohr. „Geh ruhig, aber komm bald wieder. Ich will nämlich auch noch ein Bier mit dir trinken." Ich lächelte glücklich und versprach dies ganz bestimmt zu tun. Dank des genialen Wörterbuchs Mann-Frau, Frau-Mann konnte ich Hakims Aussage problemlos übersetzen und in Frau-Deutsch klang das Ganze dann so: *Ich komme fast um vor Eifersucht, kann es kaum erwarten, bis du wieder bei mir bist, weil ich dich vermisse und unendlich liebe!*

Gerührt vergrub ich meine Nase tief in Hakims Halsfalte, atmete seinen Duft ein und gab ihm dann einen langen Kuss. Ich wollte ihn noch einmal riechen, seinen Körper spüren und mit allen Sinnen fühlen, wie sehr ich ihn liebte, bevor ich Jan wiedersah. Es war nie verkehrt, eine Portion Gegengift dabeizuhaben, falls Amor mal einen schlechten Tag haben sollte und sein Pfeil aus Versehen die Falschen traf ... Bevor ich losging, huschte ich noch heimlich ins Bad der Tauchschule, zog mich schnell um, sprühte einen Hauch Parfüm hinters Ohr, flocht meine Haare zu einem lockeren Zopf, steckte meine Lieblingskreolen ins Ohrläppchen und trug abschließend noch Mascara und etwas Lipgloss auf.

Ronja begleitete mich zur Hotelbar und sah mich aufmunternd an. „Du siehst super aus Mami und du schaffst das!“ Nach einer letzten innigen Umarmung verabschiedete sie sich, winkte mir noch einmal zu und verschwand dann aus meinem Blickfeld.

Nervös setzte ich mich an einen freien Tisch mit Meerblick, schlug die Beine so grazil wie möglich übereinander und zupfte noch einmal mein Kleid zurecht. Ob ich mir zur Beruhigung einen Aperol Spritz gönnen durfte? Oder sollte ich doch besser bei Wasser bleiben, um einen klaren Kopf zu bewahren.

In Erinnerung an meinen Vater, der mit mir am Abend vor meiner ersten schriftlichen Abiturprüfung eine ganze Flasche Wein geleert hatte, gelangte ich zu dir Überzeugung, dass mir diese spezielle Medizin auch heute nicht schaden würde.

Danke Papa!

Ich bestellte bei einem der vielen Mohameds ein Glas und sah auf die Uhr. Ich war fast eine Viertelstunde zu früh am Ort des Geschehens, aber das war ich fast immer. Ob Kino, Theater oder Bahn – ich war lieber zu früh vor Ort und wartete, als völlig abgehetzt anzukommen, mich im Dunkeln durch Zuschauerreihen zu quetschen oder gerade noch auf einen abfahrenden Zug aufzuspringen. Heute wollte ich die Wartezeit sinnvoll nutzen und begann noch einmal meinen Text durchzugehen. Aufmacher: *eisige, abweisende Miene, coole Stimme, Hi Jan ...*

„Hallo Doro!“ Ich riss die Augen auf, zuckte zusammen und stieß dabei fast mein Glas um. Vor mir stand ER und lächelte mich an. Jan lächelte wie früher, bewegte sich wie früher und verströmte auch noch den mir so vertrauten Duft. Mit einer lässigen Bewegung steckte er die Sonnenbrille in seine noch immer sehr widerspenstigen, inzwischen aber leicht grau melierten Locken, setzte sich und sah mich einfach nur an. Diese stumme Musterung machte mich etwas nervös. Nervosität hin oder her – ich hatte zum Glück einen Ablaufplan und setzte an, doch im entscheidenden Moment wurde der Alptraum eines jeden Schauspielers grausame Realität. Ich hatte meinen Text komplett vergessen. Nach einigen Sekunden unangenehmen Schweigens brachte ich dann doch noch mein „Hi Jan“ über die Lippen. Meine Stimme klang allerdings nicht so cool wie vorgesehen, sondern mehr wie das heisere Krächzen eines Raben.

Jan lächelte. Sein Lächeln war noch immer umwerfend und die kleinen Lachfältchen, die seine strahlend blauen Augen umspielten, machten ihn sogar noch eine Spur attraktiver.

Warum musste Jan noch immer so über die Maßen gut aussehen? Und riechen? Ich empfand die Natur einmal mehr als verdammt ungerecht, weil ich mich von Jans Äußerem so dermaßen blenden ließ, dass ich mein Ziel fast aus den Augen verlor. Obwohl ich mich immer vehement gegen derart oberflächliche, naive Verhaltensmuster gewehrt hatte, wurde ich nun doch ein wehrloses Opfer derselben.

Ursprünglich war es ja mein Plan gewesen, Jan mit seinem sträflichen Verhalten zu konfrontieren und zur

Rede zu stellen, doch nun fühlte ich mich ihm trotz meines Lieblingskleids optisch so dermaßen unterlegen, dass ich mich einfach nicht mehr traute, gegen diesen Adonis in den Ring zu steigen.

Um das immer unerträglicher werdende Schweigen zu durchbrechen, kramte Jan in der Hosentasche seiner Shorts und reichte mir ein Bonbon. „Hilft gegen Heiserkeit … gut siehst du aus!"

Du auch, aber das werde ich dir niemals sagen!

Ich biss mir auf die Zunge und wickelte mit zittrigen Fingern Jans Bonbon, das von seinem Körper ganz warm war, aus. Auf dem Weg zum Mund glitt es mir jedoch aus den Fingern und landete … in meinem Aperol.

Ich spürte, wie sich rote Flecken inflationär in meinem Gesicht ausbreiteten, und sah beschämt zu Boden, wohingegen Jans Lächeln immer breiter wurde. „Niedlich! Du hast dich kein bisschen verändert!"

Ich bin NICHT niedlich!!!

Mein Adrenalinspiegel stieg und ich funkelte Jan wütend an. „Du hast echt keine Ahnung! Und außerdem habe ich noch nie ein Bonbon in meinem Drink versenkt!" Jan hob deeskalierend die Hände. „Ich meine doch auch gar nicht das Bonbon, sondern wie niedlich du aussiehst, wenn du verlegen bist." Er hielt kurz inne. „Ach vergiss es! Was ich eigentlich sagen will, ist – Doro, ich war so ein verdammter Egoist, dass ich dich damals schwanger sitzengelassen habe und dass ich mich die ganze Zeit einen Sch… schmutzigen Dreck um dich und um unser Kind gekümmert habe. Ich hab dir immer nur Kohle überwiesen und Ronja zum Geburtstag oder zu Weihnachten mal ein Kärtchen geschrieben – das war's."

Dieser Seelenstriptease fiel Jan sichtlich schwer, doch es schien ihm auch ein großes Bedürfnis zu sein, alles, was ihm noch auf dem Herzen lag, auszusprechen. „Mit dem Unterhalt hab ich versucht, mich von der Verantwortung freizukaufen. Ich hätte aber bei dir sein müssen, dich unterstützen und für Ronja ein guter Vater sein sollen und …“ Jan brach ab. „Ich könnte noch tausend Dinge aufzählen, die ich alle zutiefst bereue, aber ich will dich heute nur um eines bitten.“

Ich soll ihm verzeihen?

„Glaubst du, du kannst mir irgendwann verzeihen?“

Na toll. Alles, was ich Jan in meiner mühsam vorbereiteten Anklagerede vorwerfen wollte, hatte er bereits selbst erkannt und ausgesprochen und mich um Verzeihung gebeten. Und jetzt? Wie stellte er sich das vor? Sollten fünf Minuten Selbstkasteiung die vielen Jahre Ignoranz und Egoismus vergessen machen?

„Diese Erkenntnis kommt reichlich spät“, konstatierte ich bitter.

Andererseits schien Jan wirklich zu bereuen, was er getan beziehungsweise nicht getan hatte, und wollte es auch ein stückweit wiedergutmachen. Sonst hätte er nicht nach Ronja gesucht, um sie kennenzulernen und sie sogar zu einem gemeinsamen Urlaub einzuladen. Wie ein Häufchen Elend saß Jan vor mir und sah mich so schuldbewusst an, dass er mir fast schon ein bisschen leidtat.

„Ich weiß, dass die Erkenntnis spät kommt und wenn ich die Zeit noch einmal zurückdrehen könnte, würde ich …“

Würde er was? Alles anders machen? Würde er bei mir und Ronja bleiben?

Ich wollte mir das weder vorstellen noch anhören und fiel Jan scharf ins Wort. „Zum Glück kannst du die Zeit aber nicht zurückdrehen!"

Ich versuchte an irgendeiner Regung in Jans Gesicht auszumachen, wie meine eindeutige Botschaft wohl bei ihm angekommen sein mochte, und glaubte einen winzigen Anflug von Traurigkeit zu erkennen. Entgegen meiner Gesichtsinterpretation winkte Jan jedoch lässig ab. „Ist wahrscheinlich auch besser so. Ronja hat mir erzählt, dass du dich hier sehr wohl fühlst und dass du auch wieder glücklich verliebt bist. Ich freu mich für dich. Ehrlich!"

Nach einem kurzen Moment der Irritation nickte ich bestätigend. „Stimmt! Ich bin superglücklich mit Hakim." Ich atmete durch und schleuderte Jan mit dem Brustton der Überzeugung entgegen. „So glücklich wie noch nie zuvor in meinem Leben!" Das hatte gesessen!

Vorsichtig erkundigte ich mich. „Und du? Also, ich meine, wie geht's dir so?" Jan beeilte sich zu versichern. „Mir könnte es auch nicht bessergehen. Mein Job bei der Hai-Akademie ist ein Traum. Ich komme viel in der Welt herum, halte Seminare, tauche mit Haien und schau nachts in den Sternenhimmel."

Schön. Und sonst?

„Von Winfried Hansen hab ich echt noch so viel Neues über Haie gelernt und die Tauchgänge mit ihm und diesen wundervollen Tieren sind einfach der Wahnsinn. Manche kenne ich sogar schon beim Namen." Die Worte sprudelten nur so aus Jan heraus und seine Augen funkelten. Gab es für ihn wirklich kein anderes Thema? Jedenfalls hatte er bis jetzt über nichts anderes gesprochen.

Wie ging es ihm privat? War er Single oder hatte er eine Freundin oder Frau? Falls ja, weshalb erzählte er mir nicht von ihr? Vielleicht hatte Jan auch pro Seminar eine andere Freundin, weil ihm eine feste Beziehung in seinem Job zu umständlich wäre.

Im Grunde konnte mir das alles egal sein, aber es interessierte mich dann doch so brennend, dass ich Jans Beziehungsstatus irgendwie in Erfahrung bringen musste.

„Du hast dich auch kein bisschen verändert. Dein Leben besteht noch immer nur aus Haien und nachts kuschelt sich wahrscheinlich ne heiße Shark-Lady zu dir ins Bett und sorgt für schlüpfrige Momente." Jan wusste sofort, worauf ich hinauswollte. Ich hatte wohl zielsicher seinen wunden Punkt getroffen und er wirkte auf einmal sehr traurig. „Du hast schon recht. Obwohl ich meinen Job liebe, bin ich manchmal auch sehr einsam. Ich bekomme zwar hier und da eindeutige Angebote und hatte nach dir auch noch einige Freundinnen, aber das hat nie lange funktioniert", gestand Jan resigniert.

„Warum?"

„Na ja, One-Night-Stands interessieren mich nicht und ansonsten war ich halt ständig in Sachen Hai-Akademie unterwegs und fast nie zu Hause. Das hat auf Dauer keine mitgemacht."

„Kann ich verstehen. Ich wollte damals ja auch keine Fernbeziehung!" Jan nickte kleinlaut. „Ich weiß ja, dass mein Job sowas wie ein Beziehungs-Killer ist. Deswegen war ich auch mal mit einer Kollegin zusammen. Die war meistens mit an Bord, aber ich habe mich trotzdem von ihr getrennt. Nach einer Weile habe ich nämlich gemerkt, dass diese Beziehung nur praktisch war. Geliebt habe ich diese Frau nie."

Jan hielt einen Moment inne und sah mir tief in die Augen. „Wenn ich so drüber nachdenke, warst du die Einzige, die ich wirklich geliebt habe, Doro!"

GEGENGIFT!!!

Warum musste Jan jetzt sowas sagen? Nach fast zwanzig Jahren und einigen gescheiterten Beziehungen fiel es ihm in melancholischer Stimmung auf einmal ein, dass ich die Richtige für ihn gewesen wäre? Da hätte er echt mal früher draufkommen können. Er hätte mich mal anrufen oder um mich kämpfen können, doch nichts dergleichen hatte er jemals getan.

Mein Verstand hatte wieder die Oberhand gewonnen und verbannte energisch die Anzeichen einer emotionalen Entgleisung. Ich war glücklich mit Hakim und entschied instinktiv Jans Worte unkommentiert zu lassen. Jan schien meine Gedanken gelesen zu haben, denn er sah mich mit einem verständnisvollen *Dumusstdazujetztnichtssagen-Blick* an, woraufhin ich ein vielsagendes *werdichauchnicht* zurücklächelte.

Ich ignorierte Jans Äußerung also geflissentlich und leitete rhetorisch wenig elegant, dafür aber umso effektiver einen Themenwechsel ein. „Hakim und ich kaufen uns zusammen ein Safariboot!"

Jan zog eine Augenbraue nach oben, was er schon früher immer getan hatte, wenn er sehr überrascht, skeptisch oder entsetzt war. Welche dieser drei Optionen gerade zutraf, konnte ich im Augenblick noch nicht so genau ausmachen und tastete mich vor. „Also ... die Sache ist die. Ein neues Boot könnten wir uns natürlich nicht leisten, aber Rashidy, ein guter Freund von Hakims Familie, verkauft uns sein gebrauchtes zu einem super Freundschaftspreis." Jan zog erneut die Augenbraue nach oben. „Soso. Ein Freund der Familie."

Deine Ironie kannst du dir sparen!

In dem festen Bestreben, Jans nunmehr eindeutig skeptisch zuckende Augenbraue ruhigzustellen, fuhr ich fort. „Weil das Boot schon 27 Jahre alt ist, ist es auch nicht mehr so teuer. Dafür ist die Amira aber noch top in Schuss und sieht aus wie neu!" Jan schwieg. Er schien noch immer nicht überzeugt zu sein und ich legte nach. „Das wäre eine super Investitionsmöglichkeit für mich, weil ich nämlich gerade etwas Geld übrighabe."

„Jaaa ...", reagierte Jan umständlich. „So ein Boot kann tatsächlich eine gute Investitionsmöglichkeit sein. Dein Freund will sich beteiligen?"

„Logo. Er und seine ganze Familie. So viel sie eben auftreiben können." Es folgte erneut eine konspirative Pause. „Wie lange seid ihr eigentlich schon zusammen?"

Was sollte das denn jetzt? Das ging Jan mal sowas von gar nichts an! „Ich weiß, das geht mich nichts an, aber ..."

„Aber was?"

„Aber so ein Boot bekommt man ja trotz Freundschaftspreis sicher nicht geschenkt und du solltest dir schon hundertpro sicher sein, dass dein Hakon ..."

„Hakim!!!"

„... dass er es wirklich ernst mit dir meint. Wenn du schon so viel Geld investieren willst. Du zahlst vermutlich das Meiste?" Da ich nicht widersprach, schwante Jan offenbar Übles. Er versteckte seine Augen jedenfalls wieder hinter der blickdichten Sonnenbrille, bevor er sich traute weiterzusprechen. „Versteh mich jetzt bitte nicht falsch. Ich freu mich wirklich für dich, dass du mit deinem Ägypter so glücklich bist, aber ich habe da schon Geschichten gehört … sei bitte vorsichtig!!“

Daher wehte also der Wind. Jan glaubte auch, dass unsere Beziehung von vornherein zum Scheitern verurteilt war, weil Hakim es gar nicht ernst mit mir meinen konnte, sondern mich nur abzocken und ausnehmen wollte. Ich war es leid, ständig gegen diese Vorurteile ankämpfen zu müssen. „Ich bin mir sogar zweihundert Prozent sicher!“, brach es ein wenig trotzig aus mir heraus. „Ich weiß, dass es schlimme Geschichten gibt, aber wenn du Hakim kennen würdest, würdest du sehen, dass er wirklich ganz anders ist!“ Jan blickte mit gespielter Verzweiflung gen Himmel und sein Tonfall klang leicht überheblich, ja fast spöttisch. „**A**ber – **m**einer – **i**st – **g**anz – **a**nders! Das berühmte und weit verbreitete Amiga Syndrom, an dem hoffnungslos verliebte Frauen leiden und das in den meisten Fällen tödlich endet …“

Ich sah rot. Was nahm sich Jan da heraus? Er verurteilte Hakim aufgrund irgendwelcher Geschichten, Berichte und Statistiken, ohne ihn jemals gesehen oder kennengelernt zu haben. Wie arrogant und rassistisch war das denn? Weshalb konnte er sich nicht einfach aus meinem Privatleben raushalten und mir mein Glück gönnen. Weshalb machte sich ausgerechnet der Mann, der mich im Leben am meisten verletzt hatte, plötzlich so große Sorgen, dass mich ein anderer vielleicht ebenfalls verletzen könnte. Half ihm das bei der Kompensation seiner Schuldgefühle? Das musste ich mir nicht länger geben. Wutentbrannt stand ich auf und knallte Jan einige

Geldscheine auf den Tisch. „Kannst du das erledigen? Mir reicht's! Schönes Leben noch!"

Ich stürmte los, doch Jan stellte sich mir in den Weg, nahm die Sonnenbrille wieder ab und sah mich entwaffnend an. „Warte! Das war jetzt echt nicht okay. Das war total unfair von mir! Ich kenne deinen Ha... "

„...kim!"

„... nicht mal und überschütte ihn schon mit Vorurteilen, weil ... weil ich mir irgendwie Sorgen um dich mache. Ganz großes Sorry!"

„Wie oft soll ich dir heute eigentlich noch verzeihen?", wollte ich etwas milder gestimmt wissen.

Jan hatte aber auch nicht anders reagiert als Birgit und viele andere, denen ich von meiner Beziehung erzählt hatte. Bei den meisten waren die Ressentiments fast unüberwindbar groß gewesen, bis sie Hakim kennengelernt hatten. Auch wenn es mir wirklich nicht wichtig war, was Komparse Jan von meinem neuen Freund hielt, weil ich ihn so schnell nicht wiedersehen würde – ich konnte es einfach nicht ertragen, wenn jemand an dessen Loyalität und Liebe zu mir zweifelte! Halb überzeugt das Richtige zu tun, halb zweifelnd, ob das nicht doch eine Schnapsidee wäre, schlug ich es trotzdem vor. „Okay. Ich verzeihe dir ein letztes Mal und wenn du noch kurz mit zur Tauchbasis kommst, kannst du meinen Hakim gleich mal kennenlernen."

Herrje. Hatte ich das jetzt wirklich angeboten?

Vielleicht hatte Jan ja auch gar kein Interesse daran. Auch wenn wir kein Paar mehr waren, würde es sich für ihn vielleicht etwas seltsam anfühlen, dem neuen Mann an meiner Seite gegenüberzustehen. Ich versuchte mir die umgekehrte Situation vorzustellen. Wie wäre es für mich, Jan Arm in Arm mit einer anderen zu sehen?

Schon irgendwie komisch.

Jan wirkte tatsächlich noch etwas unschlüssig, ob er das wollte oder nicht, bis er schließlich behauptete: „Sehr gerne!“ Dennoch glaubte ich herauszuhören, dass ihn noch etwas beschäftigte. „Sehr gerne, aber?“ Jan gab sich einen Ruck. „Aber noch lieber würde ich eure Amira kennenlernen oder besser gesagt anschauen. Ich liebe Boote und kenne mich inzwischen auch ziemlich gut damit aus. Na ja ... ich erkenne zumindest sehr schnell, ob ein Boot was taugt oder ob ihr doch besser die Finger davon lassen solltet.“

Ich überlegte. Dieses Angebot hätte zwangsläufig ein zweites Treffen zufolge. Unser Wiedersehen war zwar nicht so schlimm verlaufen wie befürchtet, aber in so naher Zukunft wollte ich Jan eigentlich nicht wiedersehen. In Sachen Amira wäre es aber nicht schlecht. Jan wollte sich das gemeinsame Boot von Hakim und mir anschauen und auf eventuelle Mängel hinweisen. Von daher wäre es doch sogar fast dumm, sein Angebot nicht anzunehmen. Hakim hätte bestimmt auch nichts dagegen und deswegen entschied ich einfach für ihn mit. „Wenn du magst, kannst du dir die Amira gerne anschauen. Am besten gleich morgen, weil Rashidy den Kaufvertrag schon fertig gemacht hat.“ Schon von Weitem sah ich Hakim, der mit Chris an der Equipment-Ausgabe stand. Jan wirkte etwas nervös und auch ich war mir jetzt nicht mehr so sicher, ob es für Hakim okay war, dass ich so ganz ohne Vorwarnung mit meinem Ex im Schlepptau an der Basis erschien. Ich hatte ihm versprochen, dass ich Jan nur ein einziges Mal und auch nur kurz treffen wollte. Von einem Kennenlernen der beiden Männer war nie die Rede gewesen. Ich musste Jans Erscheinen also geschickt verkaufen. Verkaufen war der falsche Begriff, denn Jan war mitgekommen, weil er Hakim und mir einen Gefallen tun wollte. Das musste ich nur schnell erklären, dann war mein Liebster sicher nicht sauer, sondern im besten Fall sogar dankbar.

Während Jan sich noch dezent im Hintergrund hielt, schlich ich mich voll Optimismus von hinten an Hakim heran, umschlang seinen Körper und überhäufte seinen Hals mit unzähligen Küssen. „Mein Schneckchen ist wieder da. Schau mal, was ich hier Schönes für dich habe ...!“ Er griff in seinen Rucksack und wedelte dann freudestrahlend mit Rashidys Kaufvertrag vor meiner Nase herum. „Ich habe schon unterschrieben. Am besten du unterschreibst auch gleich, dann gehört die Amira uns.“ Ehe ich dazu noch etwas fragen oder sagen konnte, gab Hakim mir einen leidenschaftlichen Kuss, den ich nach einem kurzen Blick auf Jan zu Demonstrationszwecken noch intensivierte. Ich wich auch keinen Zentimeter von Hakims Seite, als ich ihm vorsichtig Jan vorstellte. Der musterte seinen vermeintlichen Rivalen mit einer Mischung aus Skepsis und spontaner Aversion und war zu keiner Begrüßung im Stande. Auch Jan brachte nur ein kurzes „Hi“ über die Lippen und ich spürte, dass sich die beiden Männer vom ersten Moment an auch ohne große Worte nicht leiden konnten. Eine explosive Spannung lag in der Luft und ich bereute schon jetzt zutiefst, Jan überhaupt mitgebracht zu haben. Ich hätte ahnen müssen, dass das nicht gutgehen konnte und daher war diese Idee auch ziemlich naiv und dumm von mir gewesen.

„Mami? Jan?“ Ronja rannte begeistert auf uns zu und legte links und rechts einen Arm um unsere Schultern. Sie freute sich riesig, dass das Wiedersehen ihrer Eltern offensichtlich kein Desaster gewesen war, und strahlte außer Atem. „Cool, dass wir uns jetzt noch alle zusammen sehen! Können wir gerne öfter machen?“ Sie hatte in ihrer Euphorie nicht gemerkt, dass ihr Kommentar nicht gerade zur Entspannung der Situation beigetragen hatte. Mit nervösem Blick auf Hakim beeilte ich mich mit Samthandschuhen der Kategorie extrasoft, den Grund für Jans Anwesenheit zu erklären.

„Jan ist nur mitgekommen, weil er sich mit Booten ziemlich gut auskennt. Er würde sich die Amira gerne mal ansehen und wenn alles in Ordnung ist, unterschreibe ich auch gleich den Vertrag, okay?“, versprach ich und sah Hakim erwartungsvoll an.

Der verlor jedoch die Contenance und bebte vor Wut. „No way! Was soll das bringen, wenn dieser Typ sich das Boot nochmal anschaut? Bei der Amira ist alles okay! Vertraust du deinem Ex etwa mehr als mir oder Rashidy? Der soll sich mal ganz schnell wieder verpissen!“ Hakims Mundwinkel zuckten gefährlich und die Adern an seinen Schläfen schienen zu pulsieren. Ronja versuchte beruhigend auf ihn einzureden, dass Jan es doch nur gut meinen würde und dass es doch kein Schaden wäre, wenn er sich die Amira noch einmal ansehen würde – es half alles nichts.

Welchen Eindruck musste Jan jetzt gewonnen haben? Ich wollte ihm doch beweisen, dass Hakim ein liebevoller, toleranter und verständnisvoller Mann war und jetzt das.

War er mit einem Mal doch rasend eifersüchtig geworden? Oder wollte er nur demonstrieren, wer in unserer Beziehung das Sagen hatte?

Das durfte ich mir auf keinen Fall bieten lassen und verkündete entschlossen: „Die Amira ist hauptsächlich mein Boot und deswegen werde ich sie mir auch nochmal mit Jan anschauen!“

Hakims Miene nahm bedrohliche Züge an und ich erkannte ihn fast nicht wieder. Es schien, als würde ein völlig anderer, fremder Mann vor mir stehen und ich bekam fast Angst, als er bedrohlich nah an mich herantrat.

„Das – tust – du – nicht!“

24

„Hakim ...!“, meine Stimme versagte und ich starrte auf die Person, die da vor mir stand. Optisch war es zwar eindeutig der Mann, den ich zu lieben glaubte, aber es schien nur noch die äußere Hülle desselben übriggeblieben zu sein. Hakim hatte sich von jetzt auf gleich in einen völlig anderen Mann verwandelt. In einen Mann, den ich so noch nie erlebt hatte und der mir Angst machte – aggressiv, bedrohlich und mit unkontrollierbarer Wut.

Das – tust – du – nicht! Auch wenn es nur diese vier Worte gewesen waren, die Hakim mir eben entgegengeschleudert hatte – so waren diese vier Worte so einschneidend gewesen, dass sie meinen Glauben an eine respektvolle, gleichberechtigte Partnerschaft binnen weniger Sekunden ad absurdum geführt hatten. In Zeitschriften rieten Paarpsychologen in solchen Fällen meistens zur Trennung, aber sollte ich diesem Rat wirklich Folge leisten? Sollte ich mich von einem Mann trennen, mit dem ich bis jetzt sehr glücklich gewesen war, nur weil er ein einziges Mal die Contenance verloren hatte? Vielleicht hatte er heute aber auch sein wahres Gesicht gezeigt und sich die ganze Zeit nur zusammengerissen. Da ich das logischerweise nicht wissen konnte, erachtete ich eine unverzügliche Trennung für vorschnell und unangemessen. Jetzt musste ich Hakim erst mal unmissverständlich klarmachen, dass er so nicht mit mir umgehen durfte – alles Weitere würde sich im Lauf der Zeit herausstellen.

Obwohl ich im Freien stand, hatte ich das Gefühl, keine Luft mehr zu bekommen, und mein Hals war wie zugeschnürt.

„Vergiss es!", waren die zwei Worte, die mir gerade noch mühsam über die Lippen kamen, welche Hakim jedoch erneut zu provozieren schienen. Einen kurzen Moment fürchtete ich sogar, dass er mich schütteln oder gar schlagen würde, doch er besann sich zum Glück eines Besseren und rauschte ohne ein weiteres Wort ab.

In Schockstarre setzte ich mich mit zittrigen Knien auf eine Bank und wollte nicht wahrhaben, was sich da eben abgespielt hatte. Das konnte doch nicht mein Hakim gewesen sein. Mein liebevoller, verständnisvoller Hakim, mit dem ich immer über alles reden konnte, der mich immer auf Händen getragen hatte und mit dem ich mir eine gemeinsame Zukunft aufbauen wollte. Genau dieser Mann hatte sich eben vor meinen Augen in ein aggressives Monster verwandelt und damit meinen kompletten Lebensplan gewaltig ins Wanken gebracht. Weshalb war es eigentlich so weit gekommen? War Hakim sauer, weil ich Jan spontan mitgebracht hatte? Weil Jan sich die Amira ansehen wollte und ich ihn dabei begleiten wollte? War er wirklich rasend eifersüchtig oder hätte er genauso reagiert, wenn Jan sich das Boot alleine anschauen wollte? Egal was sein Missfallen erregt haben mochte – nichts rechtfertigte ein derart aggressives Verhalten. Hatte Ronja das alles mitbekommen? Wo war sie überhaupt? Und Jan? War der noch da oder war ihm das alles zu viel geworden.

Ich ließ meinen Blick schweifen und entdeckte die beiden an der Bar. Jan war geblieben. Langsam bewegte ich mich mit noch immer zittrigen Beinen in ihre Richtung. Ich schämte mich in Grund und Boden und wusste nicht, wie ich Jan jetzt gegenübertreten sollte, doch statt eines überheblichen habichsdochgleichgewusst-Kommentars erreichte mich nur ein einfühlsamer Blick, wofür ich ihm sehr dankbar war. Ich wollte gerade weder reden noch erklären oder rechtfertigen, was ich selbst nicht verstand. Ronja hingegen war völlig außer sich. „Ich fasse es einfach nicht, wie Hakim sich gerade aufgeführt hat und wie er dich behandelt hat – das geht ja mal gar nicht! Hat der ne Überdosis Stickstoff abbekommen oder warum spinnt der plötzlich so rum? Das darfst du dir auf keinen Fall gefallen lassen, Mami! Wenn du dich jetzt nicht wehrst, verbietet dir dieser Macho bald noch alleine aufs Klo zu gehen! Mal im Ernst ...“ Meine Tochter hatte in weiten Teilen das ausgesprochen, was ich mir selbst schon gedacht hatte. Aber wie sollte ich nun mit Hakim umgehen?

Der war nämlich überraschenderweise zurückgekommen und saß alleine und den Kopf in die Hände gestützt an einem Tisch und wirkte sehr nachdenklich. Hatte er erkannt, dass er sich völlig danebenbenommen hatte? Manchmal sah er vorsichtig zu mir rüber, doch sobald sich unsere Blicke trafen, auch blitzschnell wieder weg. Weshalb war er wieder hier? Wollte er mit mir reden? Ich wusste, dass auch ich dringend mit Hakim reden musste, aber nicht jetzt. Ich war noch viel zu aufgewühlt und durcheinander und musste diesen in vielerlei Hinsicht aufregenden Tag erst mal verdauen.

Außerdem fürchtete ich, dass mich ein Gespräch noch weiter von Hakim entfernen könnte. Ronja wollte uns zur Beruhigung der erhitzten Gemüter einen kühlen Drink bestellen, doch ich winkte ab. „Sorry, aber ich würde jetzt am liebsten nach Hause gehen." Kurz entschlossen sprang sie auf. „Ich komm natürlich mit! Du auch Jan?"

NEIN!

Mein Ex und ich hatten uns heute nach zwei Jahrzehnten das erste Mal wiedergesehen und miteinander geredet. Das hatte mir zwar wirklich gutgetan, aber von einem freundschaftlichen Vertrauensverhältnis waren wir noch weit entfernt. Dass nun ausgerechnet Jan mir in dieser prekären Situation zur Seite stehen sollte, wäre in meinen Augen absurd.

Glücklicherweise bewies Jan auch hier wieder Feingefühl. Er lehnte Ronjas Frage unter einem fadenscheinigen Vorwand ab und bemühte sich, die etwas verkrampfte Situation aufzulockern. „Es war aber trotz allem sehr, sehr schön, dich mal wiedergesehen zu haben Doro! Danke! Und ..." Jan überlegte kurz. „Und was die Sache mit dem Boot angeht ... wir hören uns?" Ich nickte schwach und strich Jan zum Abschied kurz über den Arm. „Wir hören uns!" Ronja und ich machten uns heute zu Fuß auf den Heimweg, weil ich gerade etwas Bewegung brauchte. Wir waren noch nicht weit gegangen, da spürte ich einen zaghaften Griff an meinem Oberarm. „Doro! Doro, Schneckchen, bitte warte! Hör mir zu. Sorry, ich hab das doch nicht so gemeint", hörte ich Hakim fast flehen.

Wie dann?

Hakim wirkte wie ausgewechselt, als hätte man ihm den Teufel, von dem er besessen gewesen sein musste, ausgetrieben. Mit seinen großen dunklen Augen sah er mich liebevoll-schuldbewusst an. „Bitte entschuldige, aber was da eben passiert ist ... Das war alles ein bisschen viel für mich."

Für dich???

„Ich meine ... du bist meine Traumfrau und ich liebe dich!" *Schön. Und weiter?*

„Aber als du da so unerwartet mit deinem Ex hier aufgetaucht bist und Ronja den Kerl auch noch umarmt hat ... das sah so nach *happy family* aus. Und dann hattest du dich für ihn auch noch so aufgebrezelt. Mit schönem Kleid, Ohrringen und Schminke und so. Da hab ich einfach rotgesehen, weil ... na ja, weil ich solche Angst habe, dich zu verlieren. Mir sind einfach die Sicherungen durchgebrannt, aber das kommt nie wieder vor. Ich schwöre!"

Fast erleichtert atmete ich auf. Es war wirklich nur die Eifersucht gewesen, die Hakim so dermaßen in Rage gebracht hatte.

Ich ließ besagte Szene vor meinem geistigen Auge noch einmal Revue passieren und musste einräumen, dass man die Situation wirklich falsch verstehen konnte. Statt jedoch gleich so auszurasten, hätte Hakim mit mir reden können, nein, müssen. Andererseits wusste ich, dass Eifersucht ein quälendes und zerstörendes Gefühl war, das Menschen im schlimmsten Fall zu Mördern werden ließ und auch Thema vieler Romane und Filme war. Hakim hatte zum Glück niemanden umgebracht, lediglich mein Vertrauen zu ihm war lebensgefährlich verletzt. In der Hoffnung, diese wichtige Komponente einer Beziehung irgendwann wiederbeleben zu können, sprang ich über den Schatten meiner Angst. „Entschuldigung angenommen. Ich gebe dir noch eine Chance!“ Hakim war ein einziges Strahlen und umarmte mich glücklich, doch ich spürte, wie mein Körper bei seiner Berührung stockstarr wurde und ich nicht in der Lage war, seine Umarmung zu erwidern.

Noch nicht?

Hakim schien meine Befangenheit jedoch gar nicht bemerkt zu haben. „Du machst mich zum glücklichsten Mann der Welt!“ Dann sah er mich treuherzig an. „Um eines möchte ich dich aber trotzdem noch bitten.“

Er druckste herum.

„Morgen ist doch dein freier Tag.“

„Ja ... und?“

Leidenschaftlich braches aus Hakim heraus. „Schwöre mir, dass du dich nicht nochmal mit deinem Ex triffst und mit ihm zur Amira fährst. Ich könnte es nämlich nicht ertragen, wenn ihr nochmal zusammen unterwegs wärt. Wie der dich immer anschaut ... Der will doch noch was von dir!“

Blödsinn!

Obwohl Hakim vermutlich Gespenster sah, konnte ich nicht leugnen, dass ich von dieser Vorstellung leicht elektrisiert war. Bevor mein Kopf aber vor zu viel Elektrizität noch anfing zu glühen, zog ich eilig den Stecker. „Wenn es dir hilft – ich verspreche es!“ Weshalb hatte ich das jetzt gesagt? Ich wollte mir doch von Hakim nichts vorschreiben oder verbieten lassen. Vermutlich um des lieben Friedens willen und weil es vielleicht auch besser war, wenn ich mich kein weiteres Mal mit Jan traf und last but not least, weil es mir auch gar nicht so wahnsinnig wichtig war. „Schwöre es!" Himmel! Hatte Hakim in seiner Kindheit zu viele Karl-May-Filme gesehen? Damit er aber Ruhe gab, hob ich meine Hand zum Schwur ...

Sichtlich erleichtert wirbelte Hakim mich herum. Ihn schien das Thema Jan wirklich belastet zu haben. „Genieße deinen freien Tag liebstes Schneckchen. Ich werde jede Sekunde an dich denken und dich schmerzhaft vermissen, bis wir uns am Abend endlich wiedersehen." Nach diesen pathetischen Abschiedsworten gab Hakim mir noch einen innigen Kuss, bevor er in einen Minibus Richtung Apartment stieg. „Bitte Mami ... denk nochmal drüber nach!" Ronja stolperte in die Wohnung und strich sich ungehalten eine widerspenstige Locke aus dem Gesicht.

Wie Jan!

Den ganzen Weg nach Hause hatte sie ohne Punkt und Komma auf mich eingeredet, dass sie Hakim diese rührselige Eifersuchtsnummer nicht abgekauft hatte, dass irgendwas anderes hinter seinem Verhalten stecken müsse und dass ich morgen auf jeden Fall mit Jan zur Amira fahren solle. „Mami, du kannst mir echt glauben. Ich bin Schauspielerin und sehe auf einem Blick, ob etwas echt oder nur gespielt ist und die Nummer eben war gespielt – und das auch noch sehr schlecht!"

Hakim soll mir etwas vorspielen?

Ronja nahm eine theatralische Pose ein und begann Hakim zu imitieren. „Du bist meine Traumfrau, ich liebe dich und habe Angst, dich zu verlieren!"

Dann warf sie sich mit schmerzverzerrtem Gesicht vor mir auf den Boden. „Ich könnte es nicht ertragen, wenn du noch einmal mit Jan unterwegs wärst! SCHWÖRE mir, dass du dich nicht nochmal mit ihm triffst und dir die Amira anschaust!" Ronja stand wieder auf, klopfte sich den Staub vom Kleid und sah mich an. „Mal ehrlich Mami. Der Typ hat doch ne Meise! Ruf Jan an und frag, wann und wo ihr euch morgen treffen könnt!"

Soll ich wirklich?

„Vielleicht hast du recht, aber ich habe Hakim doch geschworen, dass ich das nicht mache!"

„Und dabei die Finger hinter dem Rücken gekreuzt!"

Ertappt

Weshalb hatte ich bei meinem Schwur geschummelt? Weil ich mir noch ein Hintertürchen offen halten wollte. Weil ich Jan doch noch einmal sehen wollte oder weil auch mir die ganze Sache etwas eigenartig vorkam.

Ronja lenkte ein. „Wir können ja auch gleich noch mal Isy und Chris fragen, was sie von der ganzen Sache halten und was du ihrer Meinung nach tun sollst." Ich stöhnte überfordert. Isy und Chris hatten bis jetzt noch gar nichts von der ganzen Geschichte mitbekommen, weil sie heute mal früher nach Hause gegangen waren. Klar wollte ich ihnen alles erzählen und mich auch mit meinen Freunden beraten, aber gerade wollte ich am liebsten erst mal alleine sein, in mich hineinfühlen, nachdenken und mir ein eigenes Bild von der Situation machen. Zu viele Meinungen und Ratschläge würden mich im Augenblick nur verwirren. „Später Süße, später", vertröstete ich meine hiervon wenig begeisterte Tochter, doch mit einer Attitüde, die keinen Widerspruch duldete, verschwand ich ohne ein weiteres Wort der Erklärung hinter unserer Zimmertür. Obwohl zwei Räume zwischen uns lagen, hörte ich Ronjas Stimme, die Isy und Chris in der Küche aufgeregt und in grellem Subjektiv berichtete, was sich heute zwischen Jan, Hakim und mir abgespielt hatte. Ronja war überzeugt, dass mit Hakim irgendwas nicht stimmte, und suchte nun überall nach Bestätigung.

Ich hielt mir die Ohren zu, weil ich es nicht mehr hören und auch nicht wahrhaben wollte, dass Ronja vielleicht recht haben könnte. Jede Faser meines Körpers sehnte sich nach emotionalem Frieden und Harmonie. Alles sollte so bleiben, wie es vorher gewesen war und daher bastelte ich mir meine eigene Wahrheit zusammen. Hakim war EINMAL aus Eifersucht aggressiv geworden. Welchen anderen Grund sollte es sonst auch geben? Die Vorstellung, dass er ein falsches Spiel mit mir treiben könnte und seine Gefühle gar nicht echt waren, verursachte einen stechenden Schmerz in der Herzgegend und durfte allein schon aus gesundheitlichen Gründen nicht wahr sein!

Hakim liebte mich von ganzem Herzen so wie ich ihn, aber in jeder Beziehung gab es eben auch mal Streit. Wenn man dann aber wieder aufeinander zuging und Fehler eingestand, konnte eine Beziehung an einem Streit sogar wachsen und noch fester und inniger werden. Hakim war auf mich zugegangen, hatte sich für sein Verhalten entschuldigt und ich hatte ihm verziehen. Damit war diese unschöne Angelegenheit für mich jetzt auch erledigt. Wir hatten unsere erste Krise überwunden und konnten gestärkt in eine glückliche gemeinsame Zukunft starten!

Nach dieser Überdosis Schönmalerei hatte ich meinen Seelenfrieden endlich wiedergefunden und legte mich erleichtert aufs Bett. Ich schloss die Augen und erträumte mir ein Leben mit Hakim in zartem Rosarot …

… bis in meiner heilen Welt auf einmal flashbackartig immer und immer wieder das gleiche Bild auftauchte. Hakim, der mit diabolischer Fratze immer näherkam und mir drohte. „Das – tust – du – nicht! Das – tust – du – nicht! Das – tust – du – nicht! Das – tust – du – nicht …"

Mein Puls raste, mein Atem wurde schneller, ich schreckte hoch und schrie panisch auf.

„NEIIIN!!! Hau ab!"

Mein Unterbewusstsein hatte sich doch nicht so leicht einlullen lassen. So sehr ich es auch gewollt und versucht hatte – ich konnte doch nicht so schnell verzeihen, vergessen und zur Tagesordnung übergehen, als wäre nichts gewesen.

Zu groß war die Angst, dass Hakim erneut ausrasten könnte, und noch größer die Angst, dass sein Jähzorn tatsächlich andere Ursachen haben könnte.

Ronja und Isy stürmten ins Zimmer, Chris kam vorsichtig nach. „Mami! Mami, was ist? Alles okay bei dir?" Ich winkte beruhigend ab. „Alles gut. Ich habe nur schlecht geträumt, aber …" Ich überlegte kurz. „Kannst du mir bitte mal die Nummer von Jan geben?"

Diese simple Frage hatte eine sehr große Tragweite, derer sich Ronja binnen einer Zehntelsekunde bewusst war. Nach einem vielsagenden Blick suchte sie den Kontakt heraus und reichte mir ihr Handy, welches ich so vorsichtig entgegennahm, als stünde es unter Strom.

Gleich würde ich Hakim hintergehen, sein Vertrauen missbrauchen, mein Versprechen brechen und Jan wiedersehen.

Das Freizeichen ertönte und ich wusste nicht, was ich mir gerade wünschen sollte. Dass Jan abnahm und wir direkt einen Termin vereinbaren konnten oder wäre mir die Mailbox lieber. Dann könnte ich es mir doch noch mal anders über ... „Hi Ronja, was gibt's?" Jan!

Ich schluckte, aber einfach wieder aufzulegen wäre unter Ronjas aufforderndem Blick ein Ding der Unmöglichkeit.

„Hi, ähm sorry, ich bin's ... Doro. Ich wollte dich fragen ..."

Wenige, aber entscheidende Momente später legte ich mit einer Mischung aus schlechtem Gewissen, Angst und auch ein bisschen Vorfreude auf und gab Ronja ihr Handy zurück. Ich hatte es wirklich getan.

Morgen um 9.30 Uhr wollte Jan mit dem Auto seines Freundes vorbeikommen, um mich abzuholen. „Hakim wird davon nichts erfahren. Wir halten dicht, oder Isy? Chris?" Meine Freunde nickten einvernehmlich und Ronja hob zusätzlich noch etwas spöttisch die Hand. „Ich schwöre!"

Was sollte jetzt noch schiefgehen? Um 9.30 Uhr hatte die Sea Angel längst abgelegt und bis Hakim zurückkam, war ich längst wieder zu Hause.

Und wenn doch irgendetwas dazwischenkam? „Ich würde das ganz genauso machen. Schließlich geht es ja um sehr viel Geld!", machte Isy meine wieder aufkommenden Zweifel mundtot. „Außerdem soll Hakim sich nicht so anstellen. Du hast kein Date mit Jan, sondern ..." Rigoros fiel ich ihr ins Wort. „Definitiv kein Date! Jan soll sich nur noch mal die Amira anschauen – ansonsten ist dieser Mann für mich Vergangenheit!"

Das hatte ich wohl eine Spur zu heftig beteuert, denn Chris sah mich mit leicht süffisantem Grinsen an. „Ich glaube, diese Aussage hat ne typisch weibliche Halbwertszeit ..."

25

Nervös saß ich im Auto neben Jan, der auch nicht ganz entspannt wirkte. Er schwieg. Es war ein schönes Schweigen. Kein Schweigen der Kategorie *jetzt muss ich aber bald mal was sagen oder sag du doch endlich was.* Es war eine Stille, in der ich mich sehr wohl fühlte und ich musste an einen alten Spruch denken, der sich in meinem Leben bis jetzt immer bewahrheitet hatte:

A friend is someone you can be silent with. Noch fünf Kilometer bis zum Trockendock, wo die Amira laut Hakim inzwischen zur jährlichen Wartung liegen sollte. Meine Nervosität stieg und ich ertappte mich bei einer Unart, auf die ich als Teenie zur Bewältigung von Stresssituationen zurückgegriffen, mir aber zum Glück längst abgewöhnt hatte. Ich kaute an meinen Fingernägeln und hatte fast unbemerkt bereits drei davon getötet. Dieser Rückfall ärgerte mich maßlos, da er die Ästhetik meiner sonst sehr hübschen Hände stark in Mitleidenschaft zog.

Als ob das gerade eine Rolle spielte.

Wir waren angekommen und Jan manövrierte den Wagen in die letzte freie, aber winzig kleine, enge Parklücke.

Hoffentlich komm ich da raus, ohne ein anderes Auto zu beschädigen!

Nach erfolgreicher Bewältigung dieses Problems lief ich mit zittrigen Beinen los, übersah eine Bodenunebenheit, stolperte und drohte hinzufallen. Jan bot mir charmant seinen Arm. „Darf ich bitten? Sicherheitshalber", beteuerte er eilig. „Wenn du mir jetzt nämlich schwer stürzt und ich dich erst noch ins Krankenhaus bringen muss, könnte die Zeit knapp werden." Traute Jan mir etwa nicht zu, 50 Meter alleine zu gehen. Oder kam ihm mein Stolpern sogar entgegen, weil er mir auf diese Weise etwas näherkommen konnte. Von beiden Optionen irritiert, lehnte ich ab. „Danke, aber das schaffe ich locker alleine." Am Schalter des Trockendocks begrüßte uns ein sehr freundlicher Rezeptionist in erstaunlich gutem Englisch, was unsere weitere Kommunikation sehr erleichterte. Ich bat den Mann namens Ahmed, Jan und mich zur Amira zu bringen, weil ich mir das Boot als künftige Eigentümerin noch einmal mit einem Fachmann ansehen wollte. Ahmed wirkte etwas ratlos, versuchte dann aber ganz dienstbeflissen seinem vorsintflutlich anmutenden Computer Informationen zu entlocken. Mir war unerklärlich, weshalb das so lange dauerte. Lag es am Alter des Rechners oder hatte mich Ahmed nicht richtig verstanden, weil sein Englisch doch nicht so gut war?

Nach sorgfältiger und angestrengter Suche sah uns der freundliche Mann schließlich bedauernd an. „Sorry. There is no safari boat named Amira in our drydock at the moment."

Er zeigte uns ein Foto, worauf eindeutig die Amira zu erkennen war. „This picture was taken 7 years ago after the last regular maintenance in our drydock." Das konnte doch alles nicht wahr sein. Die Amira war nicht im Trockendock und sollte vor sieben Jahren auch das letzte Mal hier gewesen sein. Hakim hatte mir mehrfach versichert, dass das Boot jährlich gewartet wurde und allein deshalb noch so gut in Schuss sei. Hatte Hakim mich angelogen oder war es Rashidy, der uns beiden einen Bären aufgebunden hatte? Oder lag das Boot vielleicht in einem anderen Trockendock. Sicher gab es hier mehrere und die Amira war vor sieben Jahren das letzte Mal in diesem gewesen.

Ein weiterer Mitarbeiter namens Mohamed, der, was weiß ich wievielte, hatte anscheinend den Namen Amira aufgeschnappt. Er gesellte sich daraufhin zu uns und begann wild gestikulierend und in aufgeregtem Ägyptisch auf Ahmed einzureden und deutete dabei immer wieder aufs Meer.

Nachdem Mohamed seinen Monolog beendet hatte, traute Ahmed sich kaum mich anzusehen. Nach einer Weile begann er dann aber sichtlich schweren Herzens, den Wortschwall seines Kollegen zu übersetzen.

Mohamed hatte mitgeholfen, Motor, Küche und Mobiliar bei einem Boot namens Amira auszubauen. Diese Teile wären noch voll funktionsfähig und gut erhalten gewesen und sollten verkauft werden. Der Rest des Bootes hingegen war Schrott und hätte im offenen Meer versenkt werden sollen. Weil der Boden aber schon so morsch gewesen war, wäre die Amira beim Transport auseinandergebrochen und nicht weit von hier gesunken.

Angesichts meines blanken Entsetzens versuchte Ahmed die Sache etwas zu relativieren.

Den Bootsnamen Amira gäbe es in Ägypten recht häufig und daher könne es durchaus sein, dass eine andere Amira versenkt worden war. „Jan. Organisiere uns Tauchequipment! Bitte.“

Ich wollte mich nicht länger mit Eventualitäten aufhalten – Ich brauchte Gewissheit. Dank Ahmeds Hilfe hatten wir in kürzester Zeit alles Notwendige zusammen, woraufhin Mohamed uns mit dem Zodiak zu besagter Stelle brachte.

Noch nie hatte ich so große Angst vor einem Tauchgang gehabt wie vor diesem. Ich zog die Gurte meines etwas zu großen Leih-Jacketts fest und richtete meine Maske. Mohamed zeigte uns vom Zodiak aus noch einmal den Umkreis, in dessen Radius das Boot seiner Erinnerung nach gesunken sein müsste, dann tauchten wir ab. Ich war so aufgeregt, dass ich meine Flasche, die ohnehin nur mit 170 Bar gefüllt war, binnen 30 Minuten leergeatmet haben dürfte. Egal – für diese Aktion musste es reichen.

In einer Tiefe von 27,8 Metern scannte ich die Umgebung ab, doch außer sandigem Grund war nichts zu sehen. Kein Boot weit und breit. War die Sicht so schlecht oder hatte sich Mohamed nicht richtig erinnert und uns zu einer falschen Stelle gebracht? Nach einer Weile angespanntem, aber erfolglosem Suchen wollten wir schon fast wieder auftauchen, bis Jan aufgeregt in eine Richtung deutete. In zirka zwanzig Metern Entfernung war ein dunkler Schatten am Boden zu erkennen. Das konnte ebenso gut eine Felsformation oder eine Ansammlung von losen Steinen sein, doch beim Herantauchen wurden die Konturen eines Bootes sichtbar.

War das meine Amira? Ich hatte sie wesentlich kleiner in Erinnerung. Nach Sekunden euphorischer Erleichterung fiel mir jedoch wieder ein, dass unter Wasser durch die Tauchermaske alles ungefähr ein Drittel größer aussah. Heute trug ich aber eine fremde Maske. Die Gläser könnten mit Dioptrien für Kurzsichtige eingeschliffen sein. Dann würden sie doch gar nicht mehr so stark vergrößern? Mit diesem letzten Funken naiver Hoffnung schloss ich die Augen und tauchte im Blindflug auf das Boot zu.

Nach zehn Flossenschlägen wagte ich einen vorsichtigen Blick und sah mich einer Seitenwand gegenüber, auf der deutlich der Name AMIRA zu erkennen war. Von den ehemals golden funkelnden Buchstaben, die mich einst so verzaubert hatten, war hier unten nichts mehr zu sehen. Die Tiefe schluckte jedweden Glanz und hüllte alles in tristes Grau. Demnach konnte ich noch immer nicht eindeutig sagen, ob dieses Boot, welches da zerbrochen und hilflos vor mir im Sand lag, das meine war. Entschlossen und ängstlich zugleich tauchte ich auf die Brücke, wo meine Befürchtungen zur traurigen Gewissheit wurden. An der Pinnwand hing unser bereits leicht verblasstes Foto, auf dem Hakim mich so lieb anlächelte.

Dieses Lächeln wirkte jetzt aber wie blanker Hohn. Wieder am Trockendock angekommen, löste ich mechanisch mein Jackett von der Flasche, den Regulator vom Jackett und zog Füßlinge und Taucheranzug aus. Jan warf einen besorgten Blick auf mich. „Kann ich dich kurz alleine lassen? Ich bring nur schnell das Equipment zurück." Jans Stimme klang, als käme sie aus weiter Ferne, und ich nickte nur schwach. „Klar."

Ich setzte mich ans Ufer und starte mit versteinerter Miene aufs Meer. Nicht weit von hier lag die gemeinsame Zukunft von Hakim und mir 30 Meter unter der Wasseroberfläche begraben.

Hatte Hakim gewusst, dass die Amira schrottreif gewesen war? Vielleicht hatte Rashidy ihn ja auch … ich brach den Gedanken mitten im Satz ab, weil jedweder Versuch mir die Sache schönzureden der Superlativ von naiv gewesen wäre. Die Fakten lagen klar auf der Hand beziehungsweise am Meeresgrund und Hakim musste das gewusst haben. Das Boot war vermutlich gleich, nachdem wir es besichtigt hatten, verschrottet worden, weil jeder weitere Tag im Hafen Geld gekostet hätte. Weshalb sonst hatte es Hakim mit der Unterschrift des Kaufvertrags nicht schnell genug gehen können? Ich hätte unterschreiben und überweisen sollen – dann wäre er vermutlich mit der Kohle auf Nimmerwiedersehen verschwunden. Das Auftauchen von Jan hatte diesen perfiden Plan allerdings zunichtegemacht und deshalb war Hakim auch so ausgerastet. Von wegen Eifersucht. Ronja hatte von Anfang an recht. Dieser Mann war nie eifersüchtig gewesen. Er hatte nur eine riesen Panik aufzufliegen, weil es die Amira schon gar nicht mehr gegeben hatte.

Damit gab es auch keine gemeinsame Zukunft mehr für Hakim und mich.

Es hatte nie eine gegeben.

Während ich wie gelähmt dasaß, tropften ohnmächtige Tränen in den Sand, die geradewegs wieder verdunsteten, wohingegen mein Schmerz blieb.

Hakim war kein bisschen anders. Er hatte es von Anfang an nur auf mein Geld abgesehen.

Es war, als hätte ein bösartiger Virus sukzessive all meine Lebensdateien okkupiert, um sie mit einem Mal irreversibel zu zerstören.

Ein Virus namens Amiga-Syndrom. Als wollte ich mein vermeintliches Glück dennoch festhalten, krallte ich meine Finger in den heißen Sand. Das durfte alles nicht wahr sein. Hakim liebte mich doch.

Ich ließ unsere gemeinsame Zeit Revue passieren, wobei der letzte Funke Hoffnung so unaufhaltsam erlosch, wie die Sandkörner durch meine Finger rieselten.

Die Ereignisse zogen wie ein Film an mir vorbei und jede einzelne Szene wurde zum Baustein eines riesengroßen Lügengebäudes, dessen Wände mit einem Mal durchsichtig geworden waren – und klar sehen konnte so unendlich wehtun. Hakim hatte von meinem großen Misstrauen gegenüber Liebschaften mit ägyptischen Männern gewusst und wusste daher auch, dass es bei einer Frau wie mir nicht von heute auf morgen gelingen würde, dieses Misstrauen zu entkräften. Er hatte viel Zeit und Geduld gebraucht, um mein Vertrauen zu gewinnen, aber vor allem brauchte Hakim einen strategisch äußerst geschickten Plan – und den hatte er.

Um mir zu beweisen, dass er nicht an meinem Geld interessiert war, hatte er es immer strikt abgelehnt, auch nur einen Cent von mir anzunehmen. Weder für die Renovierung seiner Wohnung noch für Maleks OP. Ob der Kleine überhaupt operiert werden musste, wagte ich zu bezweifeln. Hakim könnte diesen schweren Unfall auch nur erfunden haben.

Das wäre ein äußerst geschickter Schachzug eines kleinen Bauern gewesen, um an die Schatzkammer der Königin zu gelangen.

Wie eine Königin hatte Hakim mich tatsächlich immer behandelt. Er hatte mich zu nichts gedrängt und mir das Gefühl gegeben, die großartigste Frau zu sein, mit der er jemals zusammen gewesen war.

Er hatte es sogar wochenlang ausgehalten eine Beziehung zu führen, ohne ein einziges Mal mit mir zu schlafen. Welcher andere frisch verliebte, attraktive Mann seines Alters hätte freiwillig so lange auf körperliche Vereinigung verzichtet?

Ich schluckte schwer bei der Erkenntnis, dass Hakim in Sachen Sex gar keine Geduld gebraucht hatte. Er war wahrscheinlich sogar heilfroh gewesen, dass dieser Kelch so lange an ihm vorübergegangen war. Wie hatte er es dann aber geschafft, sein bestes Stück für Dienstleistungen erotischer Natur zu motivieren, als ich ES dann gewollt hatte? Hatte er eine Großpackung kleiner blauer Pillen irgendwo in der Gefahrenzone deponiert?

Ich entzog diesem Gedanken allerdings stehenden ... Fußes seine Existenzberechtigung.

Ägypter waren laut Erfahrungsberichten im Allgemeinen sehr potent und bei hormonellem Notstand auch nicht mehr allzu wählerisch. Von daher dürfte es auch für Hakim kein allzu großes Problem gewesen sein, mit mir in die Kiste zu springen.

Wie auch immer er es dann angestellt haben mochte – der Sex mit ihm war gut, sogar der beste – nein, zweitbeste meines Lebens. Sarkastisch stellte ich fest, dass sich unsere Beziehung zumindest in dieser Hinsicht für mich gelohnt hatte. Hakim war mein Callboy for free.

Die Flutwelle vernichtender Fakten hatte mich erfasst und in die Tiefe gezogen, so dass am Ende nur eine traurige Wahrheit diese emotionale Naturkatastrophe überlebte:

Hakim hatte mich nie geliebt.

So schmerzvoll diese Erkenntnis auch war, so ärgerte ich mich gleichzeitig auch maßlos über mich selbst. Ausgerechnet ich, die jede Horrorstory und alle gängigen Tricks von Betrügern zu kennen glaubte, sollte nun auch ein Opfer geworden sein?

Wie konnte mich die Liebe zu diesem Mann nur so blind machen? Was hatte ich immer über andere Frauen gespottet, so blöd zu sein – dieser Hochmut kam vor dem Fall. Ich unterschied mich kein bisschen mehr von ihnen. Liebeskummer, Enttäuschung, Wut und Verzweiflung brachen sich heftig Bahn, sodass ich schluchzend und am ganzen Körper bebend kraftlos zur Seite fiel und nun wie ein hilfloser Embryo zusammengekauert im Sand lag.

Nach einer Weile spürte ich eine Hand, die mich vorsichtig am Rücken berührte. Jan. Da mein Anblick vermutlich ein Bild des Grauens bot, schlug ich reflexartig die Hände vors Gesicht. Jan sollte mich auf keinen Fall so sehen, geschweige denn mich tröstend in den Arm nehmen. Diese Geste der Nähe hätte ich nur von vertrauten Personen wie Ronja, Isy oder Chris zulassen können, aber die waren gerade nicht hier. Meine Tränen einen Augenblick unterdrückend, bat ich leise. „Geh schon mal vor zum Auto, ich komm gleich nach." Ich wollte noch schnell ein paar notdürftige Restaurierungsmaßnahmen vornehmen, doch Jan ignorierte meine Bitte und setzte sich einfach neben mich. Etwas Besseres hätte er im Nachhinein auch nicht tun können. Jan saß nur da und legte mir immer wieder ein frisches Taschentuch in greifbare Nähe. Mehr nicht. Nach zirka einem Päckchen nahm mein krampfartiges Schluchzen langsam ab. Ich fühlte mich jetzt nur unfassbar leer und erschöpft, schnäuzte mich noch einmal heftig und richtete mich auf. „Danke!"

Wofür hatte ich mich gerade eigentlich bedankt? Dafür, dass Jan mir Taschentücher gereicht hatte? Dass er einfach nur da war? Dass mir seine Nähe irgendwie guttat oder für alles zusammen.

Ich starrte wieder aufs Meer und konstatierte tonlos. „Und Ronja hat es geahnt." Jan stand etwas auf dem Schlauch. „Ronja hat geahnt, dass die Amira Schrott war? Sie war doch dabei, als ihr euch das Boot angeschaut habt?"

„Das schon. Bis dahin war auch noch alles gut. Ronja ist erst misstrauisch geworden, als Hakim gestern so ausgerastet ist." Jan zog eine Augenbraue nach oben. „Ist euch bei der Besichtigung nicht aufgefallen, dass der Boden völlig morsch und brüchig war?"

Angespannt biss ich mir auf die Lippe. Den Motorraum und damit auch den Boden hatten wir am Ende gar nicht mehr gesehen, weil Hakim den passenden Schlüssel vermeintlich nicht dabeigehabt hatte. Er hatte hoch gepokert und gehofft, dass wir zwei naiven Gänse uns ohnehin nicht für die Technik interessierten, weil der Rest des Bootes super ausgesehen hatte – und so war es dann auch gewesen. Musste ich Jan meine Blödheit gestehen oder durfte ich mich in eine Notlüge flüchten. Weil ich hierfür gerade keine Kraft aufbringen konnte, legte ich die Karten auf den Tisch. „Wir haben alles gesehen – bis auf den Maschinenraum."

Nach diesem Geständnis hatte ich zumindest mit einem verzweifelten Augenrollen gerechnet, stattdessen sah Jan mich nur mit Kennerblick an. „Doro – du musst hier dringend mal weg." Einer spontanen Eingebung folgend, schlug er unvermittelt vor. „Komm doch einfach mit zu meinem Seminar. Da würdest du auf andere Gedanken kommen und Ronja würde sich bestimmt riesig freuen!" Nach einer kurzen Pause fügte er leise hinzu. „Ich mich übrigens auch."

Sagt er das jetzt aus Mitleid?

Völlig perplex starrte ich Jan an.

Eben hatte ich herausgefunden, dass mich mein aktueller Freund nur abzocken wollte, und sollte nun zur Ablenkung mit meinem Ex in Urlaub fahren.

Typisch Jan. In Sachen Achterbahnfahren hatte er echt nichts verlernt. „Sorry, war nur so ne spontane Idee. Denk einfach mal drüber nach und sag mir Bescheid, okay? Aber wie gesagt – ich würde mich freuen!"

Das meint er wirklich ernst.

Auch wenn das sicher alles sehr lieb gemeint war und es ganz bestimmt aufregend wäre mit ... Haien zu tauchen – ich wollte im Augenblick nicht mal darüber nachdenken und sah stattdessen auf die Uhr. Bald würde die Sea Angel von ihrem Tagestrip zurückkommen und es war höchste Zeit aufzubrechen.

Da ich gerade noch wackeliger auf den Beinen war als heute Vormittag, nahm ich Jans Arm unter diesen Umständen gerne an, der mich umsichtig zum Wagen führte und losfuhr.

Bald würde ich Hakim begegnen. Wie sollte ich ihm gegenübertreten? Was tun? Was sagen? Erfahrungsgemäß konnte ich problematische Gespräche ohnehin nicht planen, nur eines wollte ich auf gar keinen Fall: Schwäche zeigen oder gar vor Hakim heulen!

Trotz meiner unbändigen Wut war mein Liebeskummer nicht minder groß, so dass dieses Zusammentreffen zu einer emotionalen Gratwanderung werden würde.

Ob Hakim mich bedrohen oder gar handgreiflich werden würde, wenn ich ihn gleich als Betrüger entlarvte?

Vielleicht würde er aber auch versuchen, sich irgendwie rauszureden, alles runterzuspielen oder mir die ganze Nummer als großes Missverständnis zu verkaufen. Welche der vielen Optionen auch immer eintreten würde – mir war mulmig.

An der Tauchschule angekommen, stieg ich aus dem Wagen und lächelte Jans besorgten Blick zweckoptimistisch weg. „Brauchst echt nicht mitkommen. Ich meld mich bei dir, okay?"

Diese anfangs verführerisch sußschmeckende Hakim-Suppe, die jetzt einen bitterätzenden Abgang entwickelt hatte, hatte ich mir selbst eingebrockt und musste sie deshalb auch selbst auslöffeln.

Entschlossenen Schrittes ging ich zum Anlegesteg, zog einen Umschlag aus meinem Rucksack und hielt Ausschau nach der Sea Angel. Angestrengt kniff ich die Augen zusammen und glaubte am Horizont einen kleinen Punkt zu erkennen. War sie das? Nervös nestelte ich an dem Umschlag herum. Nach einigen Minuten wurde aus dem Punkt klar erkennbar ein Schiff, welches sich kontinuierlich näherte und einen starken Fluchtreflex in mir auslöste. Eine SMS von Ronja veranlasste mich zu bleiben. Sie hatte wieder Empfang, kam vor Neugierde fast um und wollte jetzt alles wissen. Ich fasste mich kurz. *Du hattest recht. Ist noch schlimmer als gedacht. Sag Isy & Chris nichts & lass dir vor Hakim nichts anmerken! Will erst mit ihm reden. Kuss Mami.*

Meinen Freunden hätte ich es nicht zugemutet ruhig zu bleiben, aber Ronja war zum Glück Profi. Ihr dürfte es nicht allzu schwerfallen, noch kurz die Rolle der Unbedarften und Ahnungslosen zu spielen. Spielen konnte ich aber auch ... Als hätten wir uns ewig nicht gesehen, rannte ich auf Hakim zu und fiel ihm überschwänglich um den Hals. „Ich habe eine Überraschung für dich, Habibi!" Mit großer Geste zog ich ein Papier aus dem Umschlag und verkündete feierlich. „Ich habe den Kaufvertrag unterschrieben!"

Ich wusste nicht genau, weshalb ich das tat. Wahrscheinlich weil mein Glaube an das prinzipiell Gute in Hakim trotz allem noch nicht ganz gestorben war. Ich wollte ihm noch diese letzte Chance geben, zurückzurudern und mir alles zu gestehen. Erwartungsvoll sah ich ihn an, doch ein Geständnis blieb aus. Irgendeine Reaktion oder Äußerung allerdings auch.

Daher zerriss ich nun mit eiskaltem Blick den Kaufvertrag in kleine Schnipsel, ließ diese vom Wind in alle Richtungen verwehen und schleuderte Hakim entgegen. „Aber ich kaufe kein Boot, das als Schrott auf dem Meeresgrund liegt!" Dann brach es aufgewühlt aus mir heraus. „Von wegen Liebe und gemeinsame Zukunft. Du hast mich die ganze Zeit nur verarscht!" Ohnmächtig vor Wut und Enttäuschung presste ich nur noch heraus. „Ich hasse dich!!!"

Schuldbewusst sah Hakim mich an. „Das kann ich verstehen." Ich glaubte mich verhört zu haben. Ich hatte mit Drohungen, Ausrastern, Ausreden und dergleichen mehr gerechnet und war darauf vorbereitet gewesen, aber Hakim wirkte irgendwie fast erleichtert und setzte nun doch zu einem Geständnis an. „Geliebt habe ich dich tatsächlich nicht. Aber gemocht. Von Tag zu Tag immer mehr. Und weil ich dich so mag, ist es mir auch immer schwerer gefallen dich zu belügen. Aber ich war so hin- und hergerissen."

Hakim hatte in Rätseln gesprochen, sodass er nun nicht mehr umhinkam mit der ganzen Wahrheit herauszurücken. „Du hast ja selbst gesehen, wie schlecht es meiner Familie geht", begann er stockend. „Und da ist Rashidy vor einer Weile auf die Idee mit der Amira gekommen ... Er wollte versuchen sein schrottreifes Boot teuer zu verkaufen, um uns dann den Erlös zu schenken."

Engel Rashidy

Langsam dämmerten mir die Zusammenhänge. „Rashidy wollte also Samariter spielen. Weil dieses marode Boot aber niemals jemand mit Ahnung gekauft hätte, musste eben eine dumme Touristin eingelullt und ausgenommen werden", konstatierte ich sarkastisch. So schonungslos mit der Wahrheit konfrontiert, kam Hakim nun nicht umhin kleinlaut zu bestätigen. „Das war der Plan. Rashidy hatte es auch schon ein paar Mal versucht, aber weil er ein hässlicher alter Sack ist, hatte er bei Touristinnen null Chancen."

„Ganz im Gegensatz zu dir."

Ich schnappte nach Luft. „Und warum hast du da mitgemacht? Warum hast du nicht nein gesagt?" Hakim beteuerte unglücklich. „Das wollte ich ja, aber als ich dann zufällig mitbekommen habe, wie viel Kohle du geerbt hast, habe ich wieder an meine Familie gedacht. Und weil wir sowieso schon Liebespaar gespielt haben, war der Rest dann nicht mehr allzu schwer."

„Du widerst mich an!" Ich konnte Hakims Anblick nicht länger ertragen, spuckte voll Abscheu in den Sand und stürmte davon – Hakim mir hinterher. „Doro ... Doro bitte warte!" Seine Stimme klang so flehend, dass ich tatsächlich noch einmal stehen blieb. „Doro ... Bevor du jetzt gehst, musst du eins noch wissen. Ich fühle mich wirklich total mies. Meine Familie ist arm und Rashidy und ich wollten helfen. Prinzipiell gut. Dass ich dich dafür belogen und verletzt habe, ist widerlich. Ich hasse mich dafür! Ich hasse mich, dass ich mich auf so eine hinterhältige Betrugsnummer eingelassen habe."

„Woher kommt dieser plötzliche Sinneswandel?", hinterfragte ich abfällig. „Gestern hattest du noch panische Angst aufzufliegen. Und wenn du nicht aufgeflogen wärst, hättest du die Kohle auch hundertpro abgezockt."

„Nein. Hätte ich nicht!", widersprach Hakim heftig. „An Bord hatte ich heute nämlich sehr viel Zeit nachzudenken und hatte mich auch entschieden auszusteigen. Mit so hinterhältig erschlichenem Geld wäre meine Familie vielleicht reich, aber ganz bestimmt nicht glücklich geworden!" Resigniert ließ er die Schultern hängen. „Aber mir ist schon klar, dass du mir das jetzt nicht glauben kannst. Ich könnte auch noch tausend Mal wiederholen, wie sehr ich das alles bereue – du würdest mir vermutlich auch das nicht glauben. Das versteh ich sogar."

Er sah mir noch einmal tief in die Augen. „Ich kann nicht erwarten, dass du mir jemals verzeihen kannst, was ich dir angetan habe. Aber bitte glaube mir. Das tut mir alles so wahnsinnig leid."

26

Die Tragweite dieses Geständnisses drohte mir den Boden unter den Füßen wegzuziehen. Mit leerem Blick sah ich Hakim noch kurz an, wandte mich dann benommen ab, um ohne ein einziges Wort den Heimweg anzutreten. Ich hätte ihn zwar wütend beschimpfen und verfluchen können, doch dafür fehlte mir gerade die Energie. Selbst für Tränen reichte es nicht mehr. Ich stolperte Richtung Straße, um schnellstmöglich nach Hause zu fahren, was Hakim zum Glück nicht zu verhindern suchte. Es war alles gesagt und jedes weitere Wort wäre verschwendete Zeit gewesen. Kraftlos betrat ich die Wohnung, wo Ronja Isy und Chris in der Küche bereits gespannt auf mich warteten. „Mami! Endlich! Erzähl, was ist noch schlimmer als gedacht?“, stürmte mir Ronja ungeduldig entgegen. Bevor ich aber reden konnte, musste ich dringend erstmal etwas trinken und schenkte mir ein Glas Wasser ein. Es würde mir nicht leichtfallen von Hakims falschem Spiel und den Ereignissen des heutigen Tages zu berichten. Hatte er meine Freunde doch in gewisser Weise ebenfalls belogen und betrogen. Da ich sie aber nicht länger warten lassen wollte, begann ich stockend meinen Alptraum aus Tausend und einer Nacht zu erzählen.

„Die Amira ... die gibt es schon gar nicht mehr. Die war Schrott und liegt am Meeresgrund. Haben Jan und ich mit eigenen Augen gesehen“, brachte ich sie erstmal in Sachen Boot auf Stand. „Und Hakim hat mir die große Liebe und den Traum von der gemeinsamen Zukunft die ganze Zeit nur vorgespielt. Er ... er hat irgendwie mitgekriegt, dass ich recht viel geerbt habe und seitdem hatte er es dann auf dieses Geld abgesehen", schluchzte ich und schnaufte einmal durch. „Jetzt tut ihm zwar alles ganz furchtbar leid, aber davon kann ich mir auch nichts kaufen." Chris, Ronja und Isy waren gleichermaßen geschockt und konnten noch gar nicht so recht glauben, was sie da eben gehört hatten. Statt großer Worte nahm Isy mich erstmal nur stumm in den Arm. Ronja hingegen schnaubte wütend auf und ihre Augen mutierten zu gefährlich engen Schlitzen. „Auch wenn es diesem … diesem verfluchten Wichser angeblich leidtut – Er wird noch bitter bereuen, was er dir angetan hat. Wenn ich mit dem Drecksack fertig bin …" Ronja überlegte einen Moment, dann sprudelte es mehr leidenschaftlich denn reflektiert aus ihr heraus. „Dann … werd ich dafür sorgen, dass er in ganz Ägypten – nein, auf der ganzen Welt keinen Job und auch keine Frau mehr kriegt! Ich werde Flugblätter verteilen, in allen sozialen Netzwerken vor Hakim warnen und ihn auf die schwarze Liste setzen." Auch wenn Ronja im Eifer übertrieben hatte und ihre Sanktionspläne sicher nicht ganz realistisch waren, musste ich wider Erwarten lächeln. Alleine die Vorstellung, Hakim das Leben fortan sehr unangenehm zu machen, tat gut und half ein wenig über den Schmerz hinweg.

Weniger empathisch, dafür wesentlich effektiver war die Sofortmaßnahme von Isy. „In unserer Tauchschule braucht sich Hakim jedenfalls nicht mehr blicken lassen!" Chris nickte bestätigend. „Der ist fristlos gefeuert und seinen laufenden AOWD-Kurs übernehme ich!"

Vermutlich wäre Hakim ohnehin nicht mehr in der Tauchschule aufgetaucht, aber sicher war sicher. Isy legte ihren Arm um meine Schulter. „Ach Süße. Das muss alles so furchtbar für dich sein. Schrei, wenn du schreien willst, weine, wenn du weinen musst und rede, wenn du reden willst – Ich mach alles mit, ich meine, ich bin immer für dich da." Sie sah in die Runde. „Natürlich wir alle. Wir sind alle für dich da und wenn du trotzdem noch bei uns in Ägypten bleiben willst, um weiter als Tauchlehrerin zu arbeiten, würde ich mich riesig freuen!"

Auch wenn Isy das sicher lieb gemeint hatte, war ich von diesem Angebot im Augenblick mehr als überfordert. Wollte ich bleiben? Würde ich unter diesen Umständen überhaupt noch bleiben können? Hakim würde jetzt zwar nicht mehr in der Tauchschule arbeiten, aber er lebte hier. Wie würde ich damit umgehen, wenn ich ihm oder irgendeinem Familienmitglied oder Hakims Freunden in der Stadt begegnen würde? Hatte Hakim allen von seinem Plan erzählt? Hatten Aischa und Sara auch davon gewusst? Vermutlich nicht, weil ägyptische Männer ihre Frauen gerne aus Geschäften raushielten. Aber würden alle anderen jetzt über die naive Deutsche lachen oder hätten sie Mitleid mit mir? Beides könnte ich nur sehr schwer ertragen. Irgendwann würde ich sicher auch damit umgehen können, aber wollte ich überhaupt noch in diesem Land bleiben? Ich hatte mich ja letztlich nur wegen Hakim entschieden in Ägypten zu leben, aber Hakim gab es jetzt nicht mehr. Was hielt mich dann noch hier?

Meine Gedanken überschlugen sich und ein unsortiertes Für und Wider verursachte ein so großes Chaos in meinem Kopf, dass ich dazu gerade nichts Verbindliches sagen konnte. Überfordert starrte ich ins Leere. Ich wusste noch nicht einmal, wie ich den nächsten Tag überleben sollte. Mit ratloser Verzweiflung schlug ich die Hände vors Gesicht. „Ich weiß es einfach nicht!"

„Aber ich weiß es, Mami!" Ich traute Ronja vieles zu, aber hellseherische Fähigkeiten besaß sie meinem Wissen nach nicht. „Ich weiß, dass du so schnell gar nichts entscheiden sollst! Du musst dich erst mal beruhigen und das alles verarbeiten und so … und deswegen …"

Therapie???

„Und deswegen kommst du mit Jan und mir zum Hai-Seminar! So ein Locationwechsel würde dir hundertpro guttun!"

Haben die zwei sich etwa abgesprochen?

Jedenfalls hatte Jan mir das heute auch schon mal vorgeschlagen. Ich war ihm aber eine Antwort schuldig geblieben, weil ich es als nahezu unmöglich erachtet hatte, ausgerechnet in seiner Nähe zur Ruhe zu kommen. Des Weiteren beunruhigten mich die Haie. Das waren zwar objektiv betrachtet wunderschöne, elegante Tiere, doch meine Begeisterung hatte sich trotzdem immer in Grenzen gehalten. Vielleicht, weil sie für Jan damals reizvoller gewesen waren als ich? Von daher war es doch auch nachvollziehbar, dass ich bis heute kein größeres Interesse entwickelt hatte, meine Nebenbuhler näher kennenzulernen oder gar Kontakt zu ihnen aufzunehmen. Wenn mir beim Tauchen mal zufällig ein Hai begegnete, betrachtete ich das Tier mit angemessenem Abstand und gehörigem Respekt, statt es zum Bleiben zu animieren. Im Gegenteil. Ich war immer heilfroh gewesen, wenn der Hai mich völlig ignoriert hatte und seine Majestät möglichst schnell wieder seiner Wege gezogen war, ohne mir dabei zu nahe zu kommen.

Das hatte ich aber niemals laut ausgesprochen. Zum einen, weil eine Haibegegnung unter Tauchern gemeinhin als erstrebenswertes Ereignis eingestuft wurde, welches einen Tauchgang erst zu einem wirklichen Hai-light machte. Zum anderen wäre es wenig vertrauenerweckend, wenn ausgerechnet die Tauchlehrerin Angst vor Haien hätte. Obwohl ich wusste, dass der Mensch letzten Endes wesentlich gefährlicher für den Hai war als umgekehrt – eine Haibegegnung war und blieb für mich ein aufregendes Erlebnis mit Gänsehautfaktor. Würde mir so ein Seminar unter diesen Umständen dann wirklich guttun oder wäre dieses Unterfangen in vielerlei Hinsicht sogar kontraproduktiv? Ich wäre gezwungen sowohl mit Haien als auch mit Jan zu interagieren und mit beiden vielleicht intensiver, als mir lieb war.

Die Stimme der Vernunft meldete sich lautstark zu Wort: *Tu es nicht!!!* Der kleine Feuerteufel in mir verspürte aber die unerklärliche Lust, ein klein wenig zu zündeln, woraufhin sich die Vernunft noch einmal aufbäumte und die züngelnden Flammen zu ersticken suchte. „Wie stellst du dir das vor, Ronja? Ich kann hier nicht so einfach weg. Ich muss doch arbeiten und werde an der Tauchschule dringend gebraucht – gerade jetzt, wo Hakim weg ist." Die Vernunft hatte mit diesem unschlagbaren Argument ihren letzten Joker gezogen. Wie würden Isy und Chris darauf reagieren? Hatten meine Freunde mitbekommen, dass ich auf Ronjas Vorschlag nicht auf Anhieb mit einem begeisterten *JA* reagiert hatte? Unsicher wandte ich mich an die beiden. „Was sagt ihr denn dazu? – Ja oder Nein?" Isy wirkte noch unentschieden. Sollte sie meine Anwesenheit an der Tauchschule einfordern oder der Teilnahme am Seminar zustimmen und ja sagen? Von *Ja* zu *Jan* war es auch in sprachlicher Hinsicht nicht weit. Dieser so harmlos erscheinende Partikel konnte sich mit Hilfe eines einzigen Konsonanten binnen eines Wimpernschlages in eine reale Person verwandeln.

Isy war unsicher, ob und wie ich mit dieser Metamorphose umgehen könnte, und wollte daher nichts Falsches sagen. Während sie noch umständlich herumstotterte, bereitete Chris auf typisch pragmatische Weise diesem verbalen Eiertanz ein jähes Ende. „Kein Problem Doro! Du weißt ja selbst, dass wir in der Vorweihnachtszeit kaum Gäste und auch keine neuen Kurse mehr haben. Das kriegen Isy und ich easy alleine hin. Von mir hast du ein klares GO! "*Alea iacta est?*

27

Die Würfel waren gefallen. Welche Möglichkeit wäre mir sonst geblieben? In Ermangelung eines schlagkräftigen Gegenarguments hatte ich es letzten Endes als Schicksal erachtet, an diesem Seminar teilzunehmen. Oder hätte ich etwa doch coram publico gestehen sollen, dass ich Angst vor Haien hatte? Noch viel größer war jedoch die Angst, die in meinem Unterbewusstsein lauerte, die ich weder mir selbst eingestehen noch mit jemand anderem besprechen wollte.

Meine Freunde und meine Tochter wussten zwar fast alles von mir, doch mussten sie nicht jeden Quadratmillimeter meiner Seele kennen, deren Emotions-Areale aktuell Tango tanzten und ich selbst noch keine Ahnung hatte, wohin mich dieser Tanz aus Aggression und Leidenschaft führen würde …

Mithilfe meiner Finger zählte ich die Tage ab, die mir bis zum Beginn dieses Seminars noch blieben, und war erschrocken und erleichtert zugleich. Übermorgen ging es schon los und danach würde ich hoffentlich mehr wissen. Am frühen Nachmittag waren wir pünktlich zur Anreisezeit in Port Ghalib angekommen, wo alle ägyptischen Tauchsafaris in der Regel starteten. Nach zirka zweistündiger Fahrt wuchtete ich mein Gepäck aus dem Minibus und sah mich um. Ronja konnte es fast nicht mehr erwarten, dass es endlich losging, und hüpfte vorfreudig von einem Bein aufs andere, während ich mit gemischten Gefühlen zu dem Safariboot im Hafen blickte, welches für die kommenden Tage mein Zuhause sein würde. Jan war die Ruhe selbst, setzte sein Käppi auf und rückte die Sonnenbrille zurecht.

„Na dann wollen wir mal, *my ladies*." Ganz Gentleman schnappte er sich Ronjas und mein Gepäck und lief engagiert-dynamisch los. Nach den ersten Metern ließ er die Taschen jedoch mit einem Stöhnen zu Boden fallen. „Habt ihr euren kompletten Kleiderschrank dabei oder was?" Alleine das Tauchgepäck für zwei Personen war schon sehr schwer und Jan hatte sich mit seinem Vorhaben völlig übernommen, was er vermutlich niemals zugegeben hätte. Ronja versuchte, die für Jan etwas unangenehme Situation ins Komische zu retten, und fragte mit naivem Blinzeln. „Hätten Mami und ich etwa doch nicht unser eigenes Blei mitbringen sollen? Wir haben gedacht, dass es auf dem Boot vielleicht keines gibt?" Jan konnte ein kleines Schmunzeln nicht unterdrücken, verdrehte dann aber mit gespielter Verzweiflung die Augen.

„Hilfe! Worauf hab ich mich da nur eingelassen." Es war so weit. Gleich würden wir an Bord gehen. Nur noch zwei Schritte trennten mich von Festland und Schiff, dann würde ich für eine Woche den festen Boden unter den Füßen verlieren. Wie würde es mir in dieser Zeit ergehen? Bei Tagesausflügen mit der Sea Angel hatte ich meine leichte Seekrankheit super im Griff, aber bei Tauchsafaris hatte ich das tagelange Geschaukel bisher noch nie problemlos überstanden. Sicherheitshalber hatte ich mir zwei Packungen der ägyptischen Geheimwaffe gegen Seekrankheit namens Stukaron eingepackt. Diese Tabletten machten mich zwar sehr müde, aber besser schlafen, als Fische füttern.

Dieses Problem war also schon mal mit ein paar Pillen handelbar – gegen alle weiteren Gefahren gab es leider keine wirksame Medizin.

„Mami, was is? Kommst du endlich!", drängelte Ronja. Ich hob mein Bein an und kam mir ein bisschen vor wie Neil Armstrong. Ein kleiner Schritt für mich – aber ein völlig bedeutungsloser für die Menschheit. „Hallo Jan, da seid ihr ja endlich. Ihr zwei seid bestimmt Ronja und Doro? Willkommen an Bord!", begrüßte uns Winfried Hansen mit freundlichem Lächeln. Der in Taucherkreisen sehr bekannte Haiforscher, von dem mir Jan so vorgeschwärmt hatte, stand in Shorts, witzigem Statement-Shirt und cooler Sonnenbrille vor uns. Obwohl er bereits Mitte sechzig sein dürfte, wirkte er dank seiner lockeren Art gepaart mit jugendlichem Outfit trotz seiner fast weißen, im Nacken zusammengebundenen Haare wesentlich jünger.

„Freut mich, dass ihr dabei seid. Regel Nummer eins: Unter Tauchern gibt es kein SIE. Ich bin der Winfried", streckte er uns zur Begrüßung die Hand entgegen. Überwältigt von der Offenheit und der Ausstrahlung dieses Mannes antwortete ich entgegen meiner inneren Befindlichkeit wie ferngesteuert. „Danke ... ich freu mich auch! Sehr sogar!“ Winfried schüttelte mit Kennerblick meine eiskalte, schweißnasse Hand, welche meine Worte Lügen strafte, und quittierte meine Nervosität mit einem aufmunternden Lächeln. Vermutlich hatte er es vor seinen Seminaren des Öfteren mit Kandidatinnen zu tun, die plötzlich Angst vor der eigenen Courage hatten. Ronja hingegen strahlte Winfried ehrlich begeistert und erwartungsvoll an. „Ich bin so gespannt! Wann geht's mit der ersten Theoriestunde los?“ Ihr Tatendrang wurde amüsiert eingebremst. „Laaangsam, junge Frau. Wie wäre es, wenn du erst mal dein Gepäck verstaust und deine Kabine beziehst?“ Ronja biss sich auf die Lippe. „Ja klar. Sorry. Wo wohnen Mami und ich denn?“ Winfried sah auf seine Liste. „Warte ... da haben wir sie ja, die Ronja. Du wohnst in Kabine 5 zusammen mit ... Sina.“ Synchroner hätten unsere Unterkiefer nicht von der Schwerkraft nach unten gezogen werden können. Ronja und ich hatten keine gemeinsame Kabine? Ob unseres offensichtlichen Erstaunens bemühte sich Winfried eilig um eine Erklärung. „Du bist sehr spontan noch dazugekommen, Doro. Da war das Seminar schon vollkommen ausgebucht, aber für dich habe ich gerne mal eine Ausnahme gemacht.“ Weshalb ausgerechnet für mich? Weil Jan ihn darum gebeten hatte? Was hatte Jan ihm erzählt? Konnte er Jan keine Bitte abschlagen? Was auch immer Winfried dazu bewogen haben mochte – diese privilegierte Behandlung brachte mich in Verlegenheit.

„Ich kann gerne in der Besenkammer schlafen", kicherte ich etwas albern, woraufhin Winfried amüsiert den Kopf schüttelte. „So weit kommt es noch! Du wirst dir die Crew-Kabine mit Jan teilen. Die ist richtig groß und von daher dürfte das auch kein Problem sein?" Völlig perplex starrte ich Winfried an, woraufhin Ronja sich besorgt erkundigte. „Ist das okay für dich Mami?" War das okay? Wie sollte ich nun reagieren? Was sollte ich Winfried antworten? Während ich fieberhaft nach den richtigen Worten suchte, raunte Jan mir zu. „Das passt schon. Wir regeln das später, okay?" Wie auch immer Jan das regeln wollte – er schien die Sache sehr gelassen zu nehmen. Wollte er eine private Diskussion vor seinem Chef vermeiden? Oder hatte Jan sogar von vornherein gewusst, dass es für mich keine eigene Kabine mehr gab? Hatte er die Sache mit der gemeinsamen Kabine vielleicht sogar ganz bewusst eingefädelt? Oder hatte gar Ronja ihre Finger im Spiel, weil sie Jan und mich wieder verkuppeln wollte? Oder hatte es das Schicksal so GEWOLLT?

Das würde sich alles gleich klären. Daher lächelte ich Winfried freundlich an und beteuerte so glaubwürdig wie möglich. „Nein, nein. Das ist gar kein Problem."

Auf dem Weg zur Kabine meldete sich erneut die Stimme der Vernunft.

Noch habt ihr nicht abgelegt. Noch ist Zeit wieder von Bord zu gehen.

Der Feuerteufel hielt jedoch vehement dagegen.

Mach das nicht! Du findest es doch spannend, dir mit Jan eine Kabine zu teilen.

„So, da wären wir!" Schwungvoll öffnete Jan die Tür. Ich sah mich neugierig um und Jan pfiff anerkennend durch die Zähne. „Schick hier.“ Die Kabine sah wirklich super aus, aber …

Alle Safaribootkabinen, die ich bis jetzt gesehen hatte, waren mit zwei Einzelbetten oder einem Stockbett ausgestattet gewesen, doch hier stand in der Mitte des Raums ein großes Doppelbett der Kategorie Honeymoon-Suite. Das war Vorsehung, gegen die ich mich nur halbherzig zu wehren suchte.

„Ähm … kann man die Betten vielleicht auseinanderziehen, also trennen meine ich?“ Jan winkte ab.

„Das würde sicher irgendwie gehen. Wäre aber sinnlose Zeitverschwendung.“

Jetzt will er es aber wissen.

Ich spielte meine Reaktionsoptionen durch. Rot werden und naiv kichernd nachfragen, wie das denn zu verstehen wäre. Vehement die Betten auseinanderziehen und dabei empört und brüskiert zugleich erklären, dass ich so billig nicht zu haben wäre oder ganz cool zustimmen, dass Jan damit wohl recht hätte. Ganz Mädchen hatte ich mich für Variante eins entschieden und brachte mich in Position. Nach dem ersten Kichern bereitete Jan meiner Inszenierung allerdings ein jähes Ende.

„Es wäre sinnlose Zeitverschwendung, weil ich dir die Kabine natürlich alleine überlasse. Ich schlafe im Salon oder auf dem Sonnendeck. Das braucht Winfried aber gar nicht wissen. Ich war schon froh, dass du überhaupt noch mitkommen durftest.“

Deshalb war Jan gerade so gelassen geblieben. Er hatte von Anfang an diesen Plan, der allerdings keinesfalls romantischer, sondern sehr pragmatischer Natur war.

„Ich wollte dir das mit der Kabine schon viel früher sagen, hab's aber verschwitzt. Sorry. Hast aber echt cool reagiert! Danke!" Mein romantisches Gedankenschloss war in sich zusammengefallen wie ein Kartenhaus und bevor ich irgendwelche verbalen Restaurierungsmaßnahmen starten konnte, redete Jan schon weiter. „Ich parke hier nur mein Gepäck und komme zum Duschen vorbei, okay?"

„Ja klar, aber ..."

Du kannst auch gerne hier schlafen.

„Jetzt muss ich auch schon wieder los. Will vor dem Abendessen noch was mit Winfried besprechen und vorbereiten. Wir sehen uns oben." Jan hielt noch einmal kurz inne. „Mach's dir gemütlich und ... es ist wirklich kein Problem für mich draußen zu schlafen. Das mach ich manchmal ganz gerne – aber besonders gerne für dich!" Er stellte seinen Koffer in eine Ecke und ehe ich etwas erwidern konnte, fiel die Tür ins Schloss.

Versonnen sah ich Jan nach und fand es in diesem Moment sehr schade, dass wir uns jetzt doch keine Kabine teilen würden. Dann ärgerte ich mich aber auch schon wieder darüber diesen Gedanken überhaupt gehabt zu haben. Wie hatte ich nur eine einzige Sekunde glauben können, dass Jan die Nummer mit dem gemeinsamen Schlafplatz eingefädelt haben könnte? Er hatte bei unserem Wiedersehen nur gesagt, dass er beim Vergleich all seiner Beziehungen mit mir am glücklichsten gewesen sei. Streng rief ich mich zur Raison.

Gewesen sei.

Das war Konjunktiv 1 und kein Indikativ Präsens!

Nachdem Jan und ich uns nach einer halben Ewigkeit einmal wiedergesehen hatten, war Jan zufällig hinter Hakims falsches Spiel gekommen und hatte mich zu seinem Hai-Seminar eingeladen. Ich sollte meinen gewohnten Alltag hinter mir lassen, um auf andere Gedanken zu kommen. Das war sicher eine gute Idee und auch sehr nett von ihm gewesen – mehr aber auch nicht. Außerdem könnte es doch auch gar nicht gut gehen, wenn ich mich nach einer sehr schmerzhaften Erfahrung ohne Pause wieder ins nächste Liebesabenteuer stürzen würde. Es würde sicher noch eine ganze Zeit dauern, bis ich meine Enttäuschung verarbeitet hatte und diese Zeit sollte ich mir auch nehmen. Ich beschloss daher, meine kurze hormonelle Entgleisung ersten Grades zu ignorieren und Jan fortan völlig neutral und mit emotionalem Desinteresse zu begegnen. Zum Glück hatte er von meinen romantischen Gedanken nichts mitbekommen, sonst wäre ich in große Erklärungsnot gekommen ...

Nachdem ich meine Sachen eingeräumt hatte, zog ich die Tür der Kabine hinter mir zu. Gleich würde ich die anderen Teilnehmer kennenlernen, auf die ich schon sehr gespannt war.

„Mami! Hier bin ich“, winkte mir Ronja auf dem Gang zu. „Unsere Kabine ist klasse, das Bett bequem und mit Sina verstehe ich mich super!“ Vielsagend erkundigte sie sich. „Und bei dir? Alles gut?“ Ich nickte bestätigend. „Ja klar, alles bestens und falls du die Sache mit Jan meinst. Der schläft gar nicht bei mir, sondern irgendwo auf dem Boot und das ist auch gut so!“

Ob diese Behauptung einem Lügendetektor standhalten könnte?

Ronja ließ das im Augenblick jedenfalls mal so stehen.

„Na dann.“

28

Wir waren im Salon angekommen, der mit Unmengen kitschiger Weihnachtsdekoration vollgestopft war. Vom künstlichen Mini-Tannenbaum über bunte Lichterketten bis hin zu einem überdimensional großen Plastikweihnachtsmann zum Aufblasen war alles vertreten. Zwischen Amüsement und Entsetzen hin- und hergerissen sahen wir uns um und stellten einhellig fest, dass diese Deko-Flut echt eins drüber war. Die Ägypter wollten vermutlich, dass sich ihre deutschen Gäste in der Vorweihnachtszeit heimisch fühlten und hatten es dabei etwas zu gut gemeint. Einen guten Zweck hatte der ganze Weihnachtswahnsinn dann aber doch erfüllt. Wir waren schnell miteinander ins Gespräch gekommen. Nach der allgemeinen Vorstellungsrunde, vielen Hallos und ebenso vielen neuen Gesichtern, Namen und geschüttelten Händen setzten Ronja und ich uns zusammen mit den Leuten, die uns spontan am sympathischsten waren, an einen Tisch. Bei meinen bisherigen Tauchsafaris war es nämlich ein ungeschriebenes Gesetz gewesen, dass sich die Sitzordnung nach der ersten Mahlzeit nicht mehr geändert hatte. Jan saß noch nirgendwo, sondern stand mit Winfried an der Theke. Außer Ronja und mir saßen noch Sina und zwei etwa 35-jährige glatzköpfige Männer aus Castrop-Rauxel im Ruhrpott an unserem Tisch. Die beiden versuchten vielleicht ihre fehlende Kopfbehaarung mit wild wuchernden Vollbärten zu kompensieren, hinter denen sich vermutlich zwei ganz attraktive Kerle verbargen.

Jungs – rasiert euch!!!

Die zwei hießen Dirk und Mario und machten durch Schlagfertigkeit und trockenen Pott-Humor den haarigen

Fauxpas fast vergessen – zumal Mario BART schon fast wieder witzig war!

Last but not least saß noch eine kleine, quirlige Frau meines Alters mit roten Haaren, wilder Kurzhaarfrisur und frecher Berliner Schnauze bei uns, die sich als Ilse vorgestellt hatte und ihr Herz auf der Zunge trug. Nach dem Essen stupste sie mich an und deutete verstohlen in eine Richtung.

„Den Winfried kenn ick bereits vom Sehen, aber dieser Jan, det is ja mal ne Sahneschnitte, wa?"

Cool bleiben!

„Yep. Das hab ich vor langer Zeit auch mal gedacht. Jan ist übrigens Ronjas Vater. Wenn er dir gefällt – feel free!"

Habe ich das jetzt wirklich gesagt?

Ich erschrak. Mit diesem Zugeständnis hatte ich mich ganz schön weit aus dem Fenster gelehnt! Die Tatsache, dass ich mich gegenüber Jan neutral verhalten wollte, hieß noch lange nicht, dass eine andere vor meinen Augen auf Baggerkurs gehen durfte. Da ich diese Einladung jetzt aber nicht mehr unauffällig zurücknehmen konnte, musste ich irgendwie versuchen, Ilse die Sache gleich wieder madig zu machen.

„Könnte allerdings schwierig werden. Jan hat nämlich keinen Bock mehr auf Beziehungen und würde außerdem auch nie was mit einer Teilnehmerin anfangen", behauptete ich mit dem Brustton der Überzeugung – ohne zu wissen, ob dem überhaupt so war. Ilse nahm's sportlich und zuckte lässig mit den Schultern.

„Na denn. Ick bin ja och wegen der Haie hier und det wird sicher schon uffrechend jenuch, wa!" Dann merkte sie mit Blick auf Ronja aber noch keck an.

„Hast aber nen juten Geschmack und der Typ hat jute Gene!“

Uns blieb zum Glück keine Zeit mehr Jans genetische Vorzüge näher zu besprechen, da Winfried uns alle zum Einführungs-Vortrag nach oben aufs Sonnendeck bat. Nachdem wir es uns mit einem Drink gemütlich gemacht hatten, begrüßte er uns noch einmal ganz herzlich und ließ seinen Blick über die Gruppe schweifen.

„Wenn ich in eure Gesichter schaue, seht ihr alle unglaublich gespannt aus, was euch bei unserem Seminar so alles erwarten wird. Ihr seid vielleicht auch ein bisschen aufgeregt oder habt sogar etwas Angst.“ Nachdem niemand widersprach, versuchte Winfried uns zu beruhigen. „Das geht am Anfang vielen so und es ist auch nicht die normalste Sache der Welt, freiwillig mit Haien tauchen zu gehen.“

Er spricht ein wahres Wort gelassen aus.

„Unser Seminar soll aber kein Abenteuerurlaub mit Adrenalin-Kick sein. Ihr werdet Haie beobachten und dabei ihr Verhalten kennenlernen, mit ihnen interagieren und dabei mehr und mehr eure Angst verlieren.

Außerdem müsst ihr euch immer bewusstmachen, dass nur fünf Menschen im Jahr durch Haiunfälle sterben. Das ist sicher schlimm, aber im Straßenverkehr oder durch andere, vermeintlich harmlosere Tiere kommen viel mehr Leute ums Leben. Sogar Kühe oder Ameisen können für Menschen gefährlicher sein als ein Hai.“

Ein Klangteppich von ungläubigem Gemurmel breitete sich aus – bis Winfried wieder das Wort ergriff.

„Dagegen werden im Verlauf unserer Kurswoche weltweit drei Millionen Haie auf grausamste Weise von Menschen umgebracht.“

„Zum Beispiel für Haiflossensuppe! Soll für manche ne Delikatesse sein", merkte eine dunkelhaarige Frau mit Brille, deren Namen ich gerade nicht mehr wusste, an.

„Und ein paar impotente Vollpfosten glauben sogar, dass sie mit der Suppe wieder einen hochkriegen!", spottete Sina abfällig.

Winfried nickte.

„Das ist traurig, aber wahr. Haien werden aus reiner Profitgier bei lebendigem Leib die Flossen abgeschnitten. Dann werden sie wieder ins Meer geworfen, wo sie erst nach einem tagelangen, qualvollen Todeskampf sterben."

Winfried zeigte uns ein Video, dessen Grausamkeit uns fast die Tränen in die Augen trieb.

„Für die Haie ist es bereits fünf nach zwölf und wenn wir so weitermachen, werden sie bald ausgestorben sein. Dann wird es aber auch kritisch für uns Menschen."

„Warum das denn?", wunderte sich Mario.

„Weil uns dann die Luft ausgeht. Die planktonfressenden Meerestiere haben dann keine natürlichen Feinde mehr. Dieses Plankton hat aber auf die Sauerstoffproduktion unserer Welt größeren Einfluss als der Regenwald im Amazonas ..."

Ich hatte mir bis jetzt wenig Gedanken über die große Bedeutung von Haien für die Welt gemacht. Sie waren mir ziemlich egal oder riefen sogar negative Assoziationen hervor – und damit war ich sicher nicht allein.

„Leider haben Haie bei vielen Menschen einen sehr schlechten Ruf. Sie gelten gemeinhin als böse und aggressiv, was unter anderem auf einschlägige Filme zurückzuführen sein dürfte", sprach Winfried meine Gedanken aus.

„Stellt euch mal folgende Situation vor. Ihr wandert alleine durch die afrikanische Savanne. Auf einmal begegnet euch ein Löwe. Was passiert?“

Ilse musste nicht lange nachdenken. „Dann werd ick wohl jefressen!“ Selbstkritisch betrachtete sie ihren sehr schlanken Körper. „Obwohl er von den paar dürren Knochen sicher nicht satt werden würde, wa!“

Winfried musste über Ilses galgenhumorigen Kommentar lächeln.

„Wenn ein Mensch in freier Wildbahn von einem Löwen angegriffen und gefressen wird, gilt das als normal. Selber schuld. Jedenfalls würde niemand auf die Idee kommen, den Löwen deshalb als heimtückische Bestie zu verurteilen. Der Mensch hat sich im Lebensraum des Löwen aufgehalten und ist automatisch zur Beute geworden. Wenn wir ins Meer springen, begeben wir uns in den Lebensraum des Hais, der uns im Gegensatz zum Löwen aber nicht gleich angreift und auffrisst. Der Hai toleriert uns Menschen als Besucher und wird vielleicht erst mal näher heranschwimmen und uns neugierig beobachten.“

Das klang einleuchtend, doch Ilse wollte es genauer wissen.

„Und wat mach ick, wenn mir so’n Hai dann ma zu neugierig wird?“

„Da hab ich ein paar gute Tipps für euch“, ergriff Jan übergangslos das Wort. Wie er da ganz lässig neben Winfried stand und alle Augen gespannt auf ihn gerichtet waren, war ich zugegebenermaßen ein bisschen stolz, dass dieser attraktive Kerl mein Ex und Ronjas Vater war.

„Okay … wenn ihr Haien begegnet, empfehle ich euch generell in die vertikale Position zu gehen. Haltet Blickkontakt und wenn mehrere Haie da sind, behaltet das Tier im Auge, das euch am nächsten ist. Versucht dabei, euch nur mit den Armen zu bewegen und nicht wild mit euren Flossen herumzupaddeln. Davon fühlen sich Haie nämlich provoziert."

„Det wär dann mal gar nich jut …?"

„Wenn euch ein Hai tatsächlich mal zu nahe kommt oder direkt von vorne auf euch zu steuert, versucht ihr das Tier an der Schnauze oder am Kopf zu berühren und es vorsichtig von euch wegzuschieben. Wenn das nicht hilft, müsst ihr etwas energischer werden. Dann hilft nur noch ein Wasserschwall oder ein Druck auf die Kiemen seitlich hinter dem Maul. Das ist für Haie nämlich so unangenehm, dass sie in der Regel schnellstens verschwinden." Jan sah in unsere verunsicherten Gesichter. „Sowas kommt aber echt superselten vor. Meistens haben die Haie nämlich mehr Angst vor euch als umgekehrt. Bei unseren Seminaren ist jedenfalls noch kein Teilnehmer von einem Hai verletzt worden."

Beruhigend.

Versonnen betrachtete ich Jan. Seine Augen strahlten und mir wurde klar, dass dieser Job genau sein Ding war und dass er gar nichts anderes machen konnte.

„Bei jeder Haibegegnung solltet ihr auch auf die Haltung der Brustflossen achten. Wenn sie locker hängen, ist das Tier entspannt und ihr könnt versuchen Kontakt aufzunehmen. Falls nicht, haltet Blickkontakt und zieht euch langsam zurück."

Mit offen stehenden Mündern lauschten Dirk und Mario Jans Ausführungen, woraufhin der breit grinste.

„Jetzt seht ihr aus wie zufriedene, glückliche Haie. Die haben ihr Maul nämlich auch immer leicht geöffnet, wenn sie gut gelaunt sind. Wenn ein Hai euch also seine Zähne zeigt, seid ihr ihm sehr sympathisch!" Jan zog ein Script, auf dem die wichtigsten Dos und Don'ts kurz zusammengefasst waren, aus seiner Tasche und ließ es herumgehen. Ronja und ich stürzten uns wissenshungrig darauf, um das eben Gehörte noch einmal zu verinnerlichen, und ich konnte mich nicht erinnern, in der Schule jemals so eifrig gewesen zu sein. Dort war es aber auch nie um Leben und Tod gegangen!

„Na, kannst du den Text schon auswendig?" Jan setzte sich zu Ronja und mir und stupste seiner Tochter frech in die Seite.

„Als Schauspielerin musst du sowas doch im Nullkommanix draufhaben!"

„Auswendiglernen muss ich für die Bühne. Diesen Text muss ich aber kapieren – und das hab ich!", konterte Ronja schlagfertig. Im Gegensatz zu mir schien sie sich auf den morgigen Tag richtig zu freuen. Okay. Jan tauchte seit Jahren Tag für Tag mit Haien und bei all den vielen Seminaren war noch nie etwas passiert. Er hatte aber auch viel Erfahrung mit diesen Viechern und irgendwann war doch immer das erste Mal? Jan sah mich prüfend an.

„Diesen Gesichtsausdruck kenne ich. So hast du damals auch immer ausgesehen, wenn du Panik vor einer schweren Prüfung an der Uni hattest!"

Daran kann er sich noch erinnern?

„Ist doch auch fast so …!", gestand ich betreten, woraufhin Jan einfühlsam nachfragte.

„Bereust du es schon, dass du mitgekommen bist? Mal ehrlich, Doro. Wenn du zu große Angst hast oder absolut nicht mit Haien tauchen willst, dann lass es. Du musst hier niemandem was beweisen und ... ich freu mich auch so, dass du dabei bist!"

Nicht rot werden!

Ich schüttelte vehement den Kopf, als könnte ich so die aufsteigenden Indizien meiner Verlegenheit aus dem Gesicht schleudern.

„Nein, nein, alles gut und du hattest recht. Hier komme ich echt auf andere Gedanken ..."

„... und kannst Hakim vergessen?"

„Hakim? Wer ist eigentlich Hakim?"

Jan organisierte uns daraufhin zwei Drinks und prostete mir mit charmantem Grinsen zu.

„Auf die Amnesie!" Die Zeit war bis jetzt wie im Flug vergangen, sodass ich erst nach einem Blick auf die Uhr schlagartig müde wurde. Es war bereits kurz vor Mitternacht. In Anbetracht der aufregenden Ereignisse, die am morgigen Tag auf mich zukommen würden, entschied ich jetzt schlafen zu gehen. Mit einem Gute-Nacht-Küsschen verabschiedete ich mich von Ronja und stand dann etwas unschlüssig vor Jan. Vor ein paar Tagen hätte ich eine Umarmung noch kategorisch ausgeschlossen, doch wie sah das heute aus? Mitten in meine Überlegungen kam Jan auf mich zu, ergriff meine Schultern und sah mich fürsorglich an. „Schlaf gut Doro und sei nicht so aufgeregt. Mit mir an deiner Seite wird dir morgen nichts passieren." Dankbar drückte ich seine Oberarme. „Gute Nacht." Mein erster Gedanke am nächsten Morgen war: *Gleich geht es los.* Sicherheitshalber machte ich mein Bett heute besonders sorgfältig. Man wusste ja nie und falls ich nicht mehr zurückkommen sollte, wollte ich keinen schlampigen Eindruck hinterlassen – obwohl mir das dann auch egal sein konnte. Meine düsteren Gedanken ahnend, begrüßte mich im Bad auch mein Spiegelbild, als wäre es das letzte Mal. Ich streckte ihm jedoch ganz provokant die Zunge raus.

Von wegen! Heute Abend stehe ich wieder hier und du darfst mir beim Zähneputzen zusehen.

Na dann mal los. Nach einem kurzen Frühstück, das mir wie eine Henkersmahlzeit vorgekommen war, gingen wir auf die Taucherplattform und zogen Anzüge und Flossen an. Unsere Flaschen hatten wir zum Glück schon gestern Abend fertiggemacht. Ich warf einen kurzen Blick ins Wasser und glaubte bereits die Umrisse einiger Weißspitzenhochseehaie zu erkennen. Warteten die etwa bereits auf uns oder war das eine optische Täuschung?

Für heute waren noch gar keine speziellen Aufgaben oder Interaktionsversuche vorgesehen. Bei unseren ersten Tauchgängen sollten wir lediglich beobachten, wie die Haie auf uns reagierten und wie wir uns dabei fühlten.

Die Apnoe-Taucher, die ohne Sauerstoffflasche unterwegs waren und demzufolge sehr lange die Luft anhalten konnten, besser gesagt mussten, waren logischerweise schneller fertig und sprangen schon mal mit Winfried ins Wasser.

„Drei Haie sind schon da! Beeilt euch!“, rief er uns Flaschentauchern zu und widmete sich dann wieder seiner Gruppe. Es war also keine optische Täuschung gewesen. Meine Aufregung stieg. Dass es gleich drei Haie auf einmal sein mussten. Mir hätte einer für den Anfang schon völlig gereicht und ich biss mir vor Aufregung meinen letzten intakten Nagel ab. Wie ging es wohl dem Rest meiner Gruppe? Ein wenig aufgeregt wirkten sie alle. Dirk und

Mario strichen sich noch einmal über ihre Bärte, um dann entschlossen ins Wasser zu springen, woraufhin ihnen Ilse und Sina mutig folgten. Jetzt fehlten nur noch Ronja, Jan und ich. Wir hatten abgemacht, uns in einer Tiefe von fünf Metern zu treffen, und allzu lange wollten wir die anderen nicht warten lassen. Ronja und Jan nahmen mich in ihre Mitte und nach einem letzten heimlichen Stoßgebet wagte ich den Sprung ins Ungewisse.

In der vereinbarten Tiefe sah ich mich erleichtert um. Es war weit und breit kein einziger Hai mehr zu sehen. Wenn sie wirklich so *shy on stage* waren, hatten sie vermutlich vor den vielen Tauchern Reißaus genommen. Auch gut. Jan wandte sich per Zeichen an unsere Gruppe und deutete in eine Richtung, aus der sich zwei Haie näherten und direkt auf uns zusteuerten. Mein Puls begann zu rasen. Der Unterwasserlandschaft und den bunten Fischen, die in dieser Tiefe immer in großer Zahl zu sehen waren, schenkte ich heute ausnahmsweise keinerlei Beachtung. Mein Blick war ausschließlich auf die sich nähernden Haie fokussiert. Jan nahm mich an der Hand und schwamm meinen Widerstand ignorierend den Tieren auch noch ein Stück entgegen.

Halb zog er sie, halb sank sie hin ...

Eine leichte Modifikation von Goethes *Fischer*, wobei ich inständig hoffte, irgendwann wieder lebend aufzutauchen. Mit einer Mischung aus Faszination und Furcht beobachtete ich die Bewegungen der Haie. Ihre stromlinienförmigen Körper schienen ein einziger Muskel zu sein und ein einziger Flossenschlag vermochte es, sie mit unvorstellbarer Leichtigkeit und Eleganz meterweit nach vorne gleiten zu lassen. Für Menschen wäre es demnach völlig unmöglich einem Hai davonzuschwimmen. In Filmen waren derartige Versuche zwar manchmal von Erfolg gekrönt, wobei diese menschliche Überlegenheit nur der utopischen Phantasie eines realitätsfremden Drehbuchautors entsprungen sein konnte.

Die Distanz der Haie zu uns betrug jetzt nur noch ungefähr acht Meter, als Jan auf einmal stoppte. Und jetzt? Da stand doch was in Jans Script. Richtig. Wir sollten auf jeden Fall in die Vertikale gehen. Ich veränderte meine Position, währenddessen Jan weiter meine Hand hielt.

Wenn er nicht loslässt, tu ich es auch nicht.

Ronja und die anderen hatten sich ebenfalls aufgerichtet, sodass wir nun sieben Mann hoch nebeneinander wie bestellt und nicht abgeholt im Wasser standen.

Auf die Haie musste dieser Anblick jedenfalls einen bizarren Eindruck machen. Vermutlich waren sie aber derart skurrile Formationen längst gewohnt, weil die Brothers ein sehr beliebtes Tauchgebiet waren. Was auch immer – Sie blieben jedenfalls erstmal stehen und sahen uns interessiert an.

Es war Eleganz pur, wie diese an ihren Lebensraum perfekt angepassten Geschöpfe fast regungslos einfach so an einer Stelle im Wasser verharren konnten. Nach einer Weile begannen sie jedoch neugierig um uns herumzuschwimmen, um uns von allen Seiten zu inspizieren. Es hatte den Anschein, als wollten sie abchecken, mit wem sie es dieses Mal zu tun hatten.

Obwohl ich zum Glück gut tariert war, fiel es mir im Vergleich zu den Haien aufgrund der minimalen Strömung nicht ganz so leicht, meine Flossenschläge auf ein Minimum zu reduzieren. Wurden sie dadurch etwa angelockt oder fühlten sie sich gar provoziert? Zu meiner großen Erleichterung waren ihre Mäuler leicht geöffnet, doch was war mit den Brustflossen? Da ich einen Hai noch nie so genau beobachtet hatte, wusste ich auch nicht, wie eine entspannt hängende Brustflosse genau aussah. Die Flosse eines Hais hing im Vergleich zu den anderen Tieren jedoch nicht herunter. Verdammt. Was genau mochte sein Missfallen erregt haben? Meine Nervosität stieg direkt proportional zur ohnehin schon erhöhten Frequenz meines Herzschlags. Könnte es sein, dass der Hai das spürte und sich meine Befindlichkeit auf ihn übertrug? Ich wusste jedenfalls, dass Haie mit einem sensiblen Seitenlinienorgan ausgestattet waren. Damit konnten sie Herzschlag und Muskelbewegungen eines potentiellen Beutetiers in der Nähe, aber auch in weiterer Entfernung wahrnehmen, ihr Opfer aufspüren und fressen. Dieses zufällig mal aufgeschnappte Wissen half mir gerade sehr weiter. Als Mensch war ich zwar keine präferierte Beute, aber ich sollte mich trotzdem so schnell wie möglich beruhigen und atmete tief in meinen Bauchraum ein und ganz langsam wieder aus. Ein – aus – ein – aus ... Diese Technik schien langsam zu funktionieren. Ich spürte, wie ich mehr und mehr zur Ruhe kam und sich fast parallel die Brustflosse des Hais senkte. War das jetzt meine erste Interaktion gewesen?

Hatte Jan das mitbekommen? Vermutlich. Weshalb sonst hatte er mir gerade sanft über den Handrücken gestreichelt.

Nach diesem kurzen Moment der Nähe gab Jan unsrer Gruppe nach einem Blick auf den Tauchcomputer das Signal zum Auftauchen. Wir waren bereits 55 Minuten unter Wasser gewesen, doch die vielen aufregenden Erlebnisse hatten mich die Zeit völlig vergessen lassen.

Langsam tauchten wir nach oben, als überraschenderweise *mein* Hai, den ich jetzt mal *Flosse* nannte, noch einmal auf mich zuschwamm. Er musterte mich kurz, aber intensiv, um dann mit einem eleganten Flossenschlag, der für mich wie ein Winken aussah, in die Tiefe zu verschwinden. Mit breitem Grinsen im Gesicht kletterte ich die Bootsleiter nach oben und sah aus dem Augenwinkel, dass es den anderen genauso ging. Manche nehmen Drogen – uns reicht ein Tauchgang mit Haien. Wir waren high. Noch immer grinsend zog ich meine Tauchausrüstung aus und hatte währenddessen das Bild von *Flosse* vor Augen. Wie hatte ich unlängst noch über Jan gespottet, dass er einige Haie beim Namen kennen würde und was tat ich bei meinem allerersten Tauchgang?

Ohne Worte

Ob ich *Flosse* mal wiedersehen oder wiedererkennen würde?

„Du warst echt super. Ich bin total stolz auf dich!", umarmte mich Jan spontan.

„Echt irre, wie fasziniert dieses Männchen von dir war. Der konnte sich fast nicht losreißen."

„Ja, das war echt Liebe auf den ersten Blick", schwärmte ich euphorisch.

„Kommt sowas häufiger vor?" Jan sah mich vielsagend an.

„Nicht bei Tieren ..."

Verlegen und leicht errötend rettete ich mich in die Banalität.

„Ach. Das war ein Männchen?" *What a day!*

Endorphin geschwängert schwebte ich nach oben aufs Sonnendeck, wo bereits Ronja, Mario, Dirk, Ilse, Sina und die anderen beim eifrigen Erlebnisaustausch zusammensaßen. Dieser erste Tauchgang mit Haien war für jeden Einzelnen auf ganz spezielle Weise besonders gewesen. Bevor ich mich ebenfalls zur Gruppe gesellen konnte, nahm Ronja mich kurz beiseite.

„Das war ja sooo süß, Mami!"

Verständnislos sah ich sie an.

„Die Haie?"

„Haie sind toll, aber doch nicht süß!", verdrehte Ronja ob meiner Begriffsstutzigkeit die Augen.

„Ich meine Jan. Es war süß, wie der sich um dich gekümmert hat." Obwohl ich das auch sehr genossen hatte, redete ich Jans persönliche Zuwendung klein.

„Du, das ist sein Job. Er muss sich um besonders ängstliche Teilnehmer kümmern. Das hätte er bei jeder anderen auch gemacht!" Ronja sah mich mit einem Dasglaubstdudochwohlselbernicht-*Blick* an.

„Na dann." Den Rest des Abends saßen wir noch zusammen und bewunderten bei angeregten Gesprächen den faszinierenden Sonnenuntergang auf hoher See. Obwohl wir uns erst gestern kennengelernt hatten, waren wir schon zu einer richtigen Gruppe zusammengewachsen, was sicher auf unsere gemeinsamen Erlebnisse unter Wasser zurückzuführen war. Mario erhob sein Glas. „Na denn mal Prost auf uns, auf den geilen Tag und auf ne supergeile Woche!" Die Gläser klirrten und die Zeit verging auch heute wie im Flug. Selbst wenn Jan nicht ständig bei Ronja und mir sitzen konnte, weil Winfried und er für alle gleichermaßen da sein wollten, so hatte ich doch das Gefühl, als suchte er ständig meinen Blick. Daher fiel es mir auch sofort auf, als Jan plötzlich verschwunden war. Ich sah auf die Uhr. Es war tatsächlich spät geworden, aber war er etwa schlafen gegangen, ohne Ronja und mir eine gute Nacht zu wünschen? Vielleicht hatte er sich aber auch mit Winfried zurückgezogen, um noch kurz irgendwas für morgen zu besprechen, und würde gleich wiederkommen. Ich wollte jedenfalls noch eine Weile warten, obwohl mir die Augen vor Müdigkeit fast im Stehen zufielen.

Der Einzige, der kurze Zeit später wieder auf der Bildfläche erschien, war Winfried. Enttäuscht verabschiedete ich mich von den anderen, gab Ronja wie immer ein Gute-Nacht-Bussi und machte mich auf den Weg nach unten.

Wenn Jan ohne ein Wort einfach verschwunden war, wollte ich auch nicht länger auf ihn warten oder ihn gar suchen! Ich betrat meine Kabine und riss ein Bullauge auf. Obwohl der Raum wirklich groß war, war die Luft über den Tag sehr stickig geworden und mir wurde leicht schwindelig. Ob dies auf den Sauerstoffmangel, den leichten Seegang, einige Drinks oder die Kombination aus allem zurückzuführen war, vermochte ich nicht genau zu diagnostizieren. Nach diesem aufregenden Tag wollte ich jetzt nur noch schnell duschen und dann den lauten Lockrufen meines Bettes erliegen.

Gähnend öffnete ich die Badezimmertür und glaubte zu halluzinieren. Vor mir stand Jan. Nackt. Dieser Anblick, von dem ich mich nur schwer losreißen konnte, ließ meinen Schwindel nicht unbedingt geringer werden. Ich zwang mich, Jan nicht länger fasziniert anzustarren, und blickte angestrengt einen halben Meter an dem nackten Mann vorbei.

„Ähm ich … ich wollte gerade duschen gehen“, stammelte ich verlegen.

„Und ich dusche gerade.“

Ach was

„Bin gleich fertig! Sorry, dass ich nicht Bescheid gesagt habe, aber …“ Jan drehte den Hahn zu und griff nach seinem Handtuch.

„Aber du warst gerade so ins Gespräch vertieft, dass ich die Gelegenheit schnell nutzen wollte.“ In Rekordzeit trocknete Jan sich ab und sprang in seine Klamotten.

Schade eigentlich.

„Du … kein Problem! Das hattest du ja gesagt … also ich meine, dass du hier duschen willst.“ Jan zog den Reißverschluss seiner Hose zu, nickte bestätigend und lachte etwas bemüht.

„Klar, kein Problem. Hast ja auch nichts gesehen, was du nicht sowieso schon ziemlich gut kanntest.“

Einen langen Moment standen wir uns noch unschlüssig schweigend gegenüber.

Was nun?

Erwartungsvoll sah ich Jan an, wobei ich gar nicht so genau wusste, was ich überhaupt erwarten wollte oder sollte. Jan wirkte diesbezüglich ebenfalls unsicher. Dann ging er zaghaft einen Schritt auf mich zu und räusperte sich.

„Ja nun … wenn ich jetzt schon mal hier bin, kann ich dir auch gleich gute Nacht sagen. Schlaf gut.“ Er hob den Arm, als wollte er mir übers Haar streicheln, ließ ihn dann aber wieder sinken.

Wenn ich jetzt nichts sage, geht er!

„Aber ich bin doch noch gar nicht müde! Ich wollte nur kurz duschen und dann wieder nach oben gehen.“ Das war jetzt zwar gelogen, aber nur halb. Inzwischen war ich nämlich wirklich wieder hellwach. Ein warmes Lächeln zog über Jans Gesicht und seine Augen blitzten auf, als er mir seinen Arm anbot.

„Wenn dem so ist – dürfte ich dich dann noch kurz entführen ...?“

29

Wir waren erst mal nach draußen gegangen. Ich hatte zwar noch keine Ahnung, was Jan vorhaben könnte, aber bis jetzt konnte ich immer darauf vertrauen, dass seine Ideen auch mir gefielen. Jan verband mir die Augen, führte mich – zum Bug und nahm mir dort angekommen die Augenbinde wieder ab. „Das ist mein Lieblingsplatz!“, freute ich mich.

„Weiß ich doch ...“ Wir sahen eine Weile schweigend aufs Meer, dann stand Jan auf. „Wartest du kurz? Ich bin gleich wieder da.“ Ich nickte bereitwillig und lauschte in die Nacht. Das Geräusch der Wellen, die in immer gleichem Rhythmus gegen das Boot klatschten, mischte sich mit dem Gemurmel der Leute auf dem Sonnendeck, welches immer leiser wurde und schließlich ganz verstummte. Nun schienen alle schlafen gegangen zu sein, so dass nur der Mond und die unzähligen Sterne über unser Boot wachten. Jan kam zurück und breitete zwei Matten, die normalerweise auf dem Sonnendeck lagen, aus. Aus einem kleinen Rucksack zauberte er dann noch Knabber-Gebäck, eine Flasche Rotwein und zwei Gläser. „Et voilà Mademoiselle. Willkommen beim Mitternachtspicknick.“ Jan setzte sich neben mich, reichte mir charmant ein Glas und sah prüfend auf die Flasche. „Habe ich aus der Bordküche geklaut. Hoffe, der schmeckt. Kann man hier nämlich nie so genau wissen.“

Wie der Wein schmeckt, ist doch völlig egal!!!

„Mach auf, dann sehen ... besser gesagt schmecken wir's“, versuchte ich meine Rührung zu überspielen. Das gelang allerdings nur so lange, bis Jan einen Korkenzieher aus dem Rucksack zog, der mir sehr bekannt vorkam. Jan weidete sich an meinem ungläubigen Blick. „Kennst du den?“

Das ist jetzt nicht wahr!

Es war der Korkenzieher, den ich damals mitgebracht hatte, um das Zimmer in Jans WG zu ergattern. Und dieser Korkenzieher existierte noch? Der rote Lack war zwar an einigen Stellen etwas abgesplittert, aber ansonsten war er wohl noch voll funktionsfähig.

Jan hatte ihn nicht verloren oder nach unserer Trennung weggeworfen. Im Gegenteil. Mein Korkenzieher hatte ihn anscheinend sein ganzes Leben lang begleitet, aber weshalb hatte Jan ihn ausgerechnet jetzt dabei? Hatte er beim Packen für diese Reise mit Ronja gehofft, auch mich in Ägypten zu sehen und einen Wein mit mir zu trinken? Oder hatte er ihn sowieso immer dabei? Oder ...

Mit einem satten Plopp löste sich der Korken und beendete meine Spekulationen. Jan schenkte ein und stieß mit mir an. „Na dann mal Prost auf ...“

Die Safari? Auf Ronja? Auf ...???

„Auf den Korkenzieher“, rettete ich die Situation mit verschmitztem Grinsen, was Jan, der auch nicht so genau wusste, worauf er sein Glas erheben sollte, dankbar aufgriff. „Auf den Korkenzieher!“ Ob der Wein mir geschmeckt hatte, vermochte ich gar nicht mehr zu sagen und das war auch völlig irrelevant. Wir hatten die Flasche so schnell geleert, als wäre es Wasser gewesen, und sahen weinselig in den Sternenhimmel. „Ich habe eine Sternschnuppe gesehen!", jubelte ich, woraufhin Jan mit dem Mut des Alkohols vorsichtig seinen Arm um mich legte. „Und ... was hast du dir gewünscht?"

„Das verrate ich dir nicht, weil der Wunsch sonst nicht in Erfüllung geht", flüsterte ich mit kokettem Augenaufschlag.

„Jetzt hab ich auch eine Sternschnuppe gesehen!", behauptete Jan und sah mir tief in die Augen. „Aber meinen Wunsch erfülle ich mir gleich selbst ..." Liebevoll streichelte er mein Gesicht, zog mich sanft zu sich heran und gab mir einen vorsichtigen, fragenden Kuss, den ich zärtlich erwiderte. Nach diesem ersten Kuss, der wie ein Versprechen war, wurden unsere Küsse immer leidenschaftlicher und wilder, bis wir uns schließlich knutschend nach hinten sinken ließen.

Zielsicher wanderte Jans Hand Zentimeter für Zentimeter unter mein T-Shirt und öffnete geschickt meinen BH, um dann mit einem Finger spiralförmig und qualvoll langsam an meinen Brüsten entlangzuwandern, die sich ihm voll Verlangen entgegenstreckten, bis seine Zunge endlich meine Nippel liebkoste. Ich stöhnte auf. Fast besinnungslos vor Lust sehnte ich mich nach Jans Körper. Ich griff ihm in den Schritt und spürte, dass sein stahlharter Schwanz diese Sehnsucht nicht unerfüllt lassen würde ... Eilig befreite ich den ungeduldig pulsierenden Freudenspender aus seinem viel zu engen Verlies und begrüßte ihn mit liebevollen, immer eindeutigeren Küssen ... Jan konnte nun nicht mehr an sich halten. Er beugte sich über mich und wie von alleine öffneten sich meine Schenkel, zwischen denen sich inzwischen ein kleiner See gebildet hatte, dessen Wellen einladend über die Ufer getreten waren, um dem Matrosen die Reise an die Quelle der Lust zu erleichtern … Behutsam drang Jan in mich ein und als ich ihn in mir spürte, fühlte es sich so an, als wäre er nach langer Zeit endlich wieder nach Hause gekommen.

Schlaftrunken räkelte ich mich und es dauerte eine Weile, bis ich realisierte, wo ich war. Ich hatte mit Jan geschlafen und lag noch immer in seinem Arm am Bug des Schiffes. Wenn meine schmerzenden Gliedmaßen nicht heftig gegen die harte Matte rebelliert hätten, würde ich glauben, noch immer zu träumen. Vorsichtig richtete ich mich auf und sah versonnen auf den im Schlaf lächelnden Jan. Ob er noch immer lächeln würde, wenn er erwachte? Unsere gemeinsame Nacht hätte nicht romantischer sein können, aber wie viel Romantik würde nach Abzug der Flasche Rotwein noch übrigbleiben? Würde Jan bereuen, was er getan hatte? Oder gar erschrecken, wenn ich beim Erwachen noch immer bei ihm lag. Hier und da war mir nämlich schon zu Ohren gekommen, dass sich eine Frau nach einem One-Night-Stand am besten stante pede in Luft auflösen sollte, statt am Morgen danach um einen Kaffee, eine Telefonnummer oder gar ein Wiedersehen zu bitten. Ich schüttelte energisch den Kopf. So tickten vielleicht andere Männer …

War es für Jan überhaupt ein One-Night-Stand gewesen? Falls nicht – was war es dann? Und was war es für mich? Im Augenblick wollte ich weder darüber nachdenken noch reden, um die Magie des Augenblicks nicht zu zerstören. Das hieß im Klartext: Ich musste hier weg – und zwar bevor Jan aufwachte. So vorsichtig und leise wie möglich stand ich auf, schlüpfte in meine Klamotten und schlich mich auf Zehenspitzen davon, bis ich über die leere Weinflasche stolperte, die mit lautem Scheppern umfiel.

Shit!

Jan, der bis jetzt noch tief und fest geschlafen hatte, schreckte hoch. „Doro? Was machst du da?"

„Das war die Weinflasche. Sorry! Wollte dich nicht wecken." Jan hob noch etwas verschlafen eine Augenbraue. „Ich glaube, das war aber ganz gut so!"

Verunsichert hielt ich inne. Was hatte Jan mir damit sagen wollen?

Um das herauszufinden, antwortete ich provokant. „Na ja, ich wollte eben nicht, dass uns jemand zusammen sieht. Wäre doch etwas peinlich gewesen nach nem One-Night-Stand erwischt zu werden!?"

Empört richtete Jan sich auf und stellte wütend klar. „Für mich war das kein One-Night-Stand und von mir aus hätte uns auch jeder sehen können! Aber wenn du das so siehst, kannst du jetzt gerne verschwinden! Gute Nacht!"

Oh nein! Das war voll nach hinten losgegangen. Unsere gemeinsame Nacht war für Jan mehr als nur Sex gewesen und ich hatte ihn mit meiner unreflektierten Äußerung sehr verletzt. So konnte und wollte ich nicht gehen, aber ich wusste auch, dass diese Situation nur noch mit absoluter Ehrlichkeit zu retten war. Umständlich setzte ich mich wieder neben Jan und versuchte mich zu erklären. „Was ich da eben gesagt habe ..."

„Ja?"

„Für mich war das doch auch kein One-Night-Stand. Ich wollte nur rauskriegen, wie du darüber denkst und hab nen … Testballon steigen lassen.“ Schweigen. Es dauerte qualvolle Sekunden, bis Jan trocken kommentierte. „Den Ballon hast du aber mal ganz schön dick aufgeblasen!“ Die kleinen Lachfältchen um seine Augen verrieten, dass seine Erbitterung verflogen war, woraufhin ich erleichtert konterte. „Aber er ist zum Glück nicht geplatzt!“ Jan pikte mich frech in die Seite und begann mich zu kitzeln. „Das werden wir ja noch sehen, du kleiner Testballon du!“ Das Ganze endete in gegenseitigen Kitzel-Attacken, bis wir völlig erschöpft und nach Luft japsend nebeneinander lagen. Jan fand als erster seine Sprache wieder.

„Testballon beiseite. Wenn ich Lust auf One-Night-Stands hätte … dann gäbe es hier und da schon eindeutige Angebote. Das hatte ich dir auch schon bei unserem ersten Wiedersehen erzählt. Solche emotionslosen Rauf-rein-runter Nummern sind aber echt nicht mein Ding.“

„Dann war unsere Nummer also mit Emotion?“, entfuhr es mir im Umkehrschluss. Damit hatte ich Jan zwar kalt erwischt, doch er nickte. „Als ich dich vor ein paar Tagen das erste Mal wiedergesehen habe, hab ich schon nach wenigen Sekunden gespürt, dass da noch irgendwas ist zwischen uns.“ Das konnte ich zwar nicht leugnen, aber ich wusste morgens um drei in leicht verkatertem Zustand nicht, wie ich dieses *Irgendwas* interpretieren sollte. Ein Indefinitpronomen definieren zu wollen, war per se schon ein absurdes Vorhaben und von daher sollte ich von diesem *Irgendwas* wohl auch besser die Finger lassen.

Jan hingegen wurde mit einem Mal sehr konkret. Er zählte auf: „Wir waren stinksauer aufeinander, haben uns eine halbe Ewigkeit nicht mehr gesehen und auch nie miteinander geredet. Wir haben mit anderen Partnern einiges erlebt und ausprobiert, aber auf Dauer hat nichts funktioniert. Wir haben inzwischen Falten und graue Haare bekommen – aber dieses Irgendwas ist noch immer da." Er räusperte sich. „Und mir ist klargeworden, dass dieses Irgendwas nur Liebe sein kann. Doro ... gibst du mir noch eine zweite Chance?"

Überrumpelt von diesem Liebesgeständnis starrte ich Jan ungläubig an. Er wollte wieder mit mir zusammen sein, weil er mich noch liebte.

Von Emotionen überwältigt war ich drauf und dran ihm in die Arme zu fallen, bis mich ein Gedankengewitter im letzten Moment ausbremste. Wie sah das bei mir aus? Liebte ich Jan ebenfalls noch? Oder hatte ich mich nur aus Liebeskummer wieder auf ihn eingelassen? Wegen Hakim. Nein! Trost-Sex war das nicht gewesen! Aber was war es dann? Gut fürs Ego? Vertrautheit? Geborgenheit? Liebe? Eine Mischung aus allem? Könnte ich Jan wieder vertrauen? Wie sollte ein Beziehungs-Revival funktionieren? Jan war ständig auf See. Das war genau sein Ding. Meines wäre es nicht. Sehen würden wir uns nur selten. Doch Fernbeziehung? Ja, nein, vielleicht? Und wenn er den Job für mich aufgeben würde? Nein!!!

Bei so vielen ungeklärten Fragen war mir gerade nur eines ganz klar:

Bevor ich Jan eine Antwort gab, musste ich dringend meine Gefühle sortieren und über vieles nachdenken.

Es wäre falsch, ihm Hoffnungen zu machen, die ich morgen vielleicht schon wieder zerstören müsste.

Um Bedenkzeit zu gewinnen, gähnte ich demonstrativ – wohl wissend, dass in einer solchen Situation kein Mensch ans Schlafen denken würde. „Jan, ich … ich bin jetzt wirklich sehr müde. Lass uns morgen reden, ja?" Während meine Ausrede schwerfällig davonhinkte, fiel Jans Miene enttäuscht in sich zusammen und seine eben noch leuchtenden Augen wurden mit einem Mal matt. Trotzdem nickte er meine Bitte so verständnisvoll wie tapfer ab. „Klar. Können wir gerne machen." Gerührt hauchte ich ihm ein Küsschen auf die Wange. „Bis morgen dann." Es fiel mir wahnsinnig schwer, Jan so zurückzulassen, doch ich ging ohne mich noch einmal umzudrehen, glaubte aber, seinen Blick auf meinem Rücken zu spüren. Energisch beschleunigte ich meinen Schritt, um nicht magnetisch zurück in seine Arme gezogen zu werden, und öffnete eilig die Tür meiner Kabine.

30

Nach einer schlaflosen Nacht riss mich ein heftiges Klopfen an der Tür aus meinen Gedanken. Jan???

Bitte jetzt noch nicht.

„Guten Morgen, Mami! Frühstück!" Erleichtert öffnete ich Ronja noch in Nachtwäsche die Tür. „Hast du gut geschlafen?"

Einfache Frage, schwierige Antwort.

So direkt wollte ich nicht mit der Tür ins Haus fallen, aber es machte auch keinen Sinn, Ronja mein erotisches Revival mit Jan lange zu verheimlichen. Sie hatte einen siebten Sinn für Geheimnisse und würde es sowieso bald herausfinden. „Komm rein. Ich mach mich nur noch schnell fertig." Ronja hüpfte gut gelaunt in die Kabine und ließ sich auf das große Bett fallen. „Cool. Da wäre echt locker Platz für zwei gewesen ..."

„Falls du Jan meinst – mit dem hab ich draußen geschlafen." Ronja riss ungläubig die Augen auf. „Draußen übernachtet oder ...?"

„Oder!"

Jetzt war es raus. Selbst Ronja brauchte für ihre Verhältnisse lang, bis sie mein ODER richtig interpretiert hatte. Vor einigen Tagen hatte sie mich noch überreden müssen, dass ich mich überhaupt mal mit Jan traf und jetzt war ich mit ihm im Bett gelandet. Und das so kurz nach der Tragödie mit Hakim. Neugierig wollte sie wissen. „Und? Seid ihr jetzt wieder zusammen?"

Mit dieser Frage hatte ich rechnen müssen, doch meine Antwort fiel sehr vage aus. „Jan hat gefragt, ob ich ihm eine zweite Chance gebe."

Für Ronja hingegen war die Sache damit klar und über ihr Gesicht ging ein Strahlen. „Das ist das schönste Weihnachtsgeschenk, das ich jemals bekommen habe!", jubelte sie euphorisch. Obwohl das sicher übertrieben und Ronja auch kein Kind mehr war – sie würde sich über die Wiedervereinigung ihrer Eltern offensichtlich sehr freuen.

Ronjas Augen strahlten wie die von Jan, und es tat mir so leid, auch sie gleich enttäuschen zu müssen.

„Wir sind nicht wieder zusammen, weil ... weil ich Jan keine Antwort gegeben habe."

„Du hast ihn einfach so stehen lassen?", fragte Ronja entgeistert. „Nein", widersprach ich eilig. „Er hat mich damit nur so überrumpelt, dass ich erstmal sprachlos war. Dann hab ich gesagt, dass ich morgen mit ihm reden will."

Ronja schlug die Hände über dem Kopf zusammen. „Dann hast du Jans Frage ja doch beantwortet. *Lass uns morgen reden* heißt für einen Mann nämlich so viel wie NEIN.“ Ich erschrak. Hoffentlich hatte Jan das nicht so verstanden.

„Das hab ich nicht gewollt!“

„Was willst du dann?“ Ronja rekapitulierte: „Jan hat herausgefunden, dass Hakim dich nur abzocken wollte und dich nie geliebt hat. Aber Jan liebt dich. Er war schon immer dein Traummann. Jetzt will er dich zurück und du zögerst noch? Mami – manchmal versteh ich dich nicht.“

Im Grunde hatte sie recht.

Darüber hinaus hätte ich auch nie gedacht, dass ich so schnell über die große Enttäuschung mit Hakim hinwegkommen würde. Normalerweise hätte meine Seele wesentlich länger gebraucht, dieses ernüchternde Erlebnis zu verarbeiten. Aber seit Jan wiederaufgetaucht war, hatte ich nur noch ganz selten an Hakim denken müssen. Als läge dieses traurige Kapitel schon Jahre zurück. Obwohl dies alles eindeutige Indizien von Verliebtheit waren, drängte sich ganz abgesehen von allem anderen manchmal auch noch die Frage auf, ob mir dieser fliegende Männerwechsel nicht doch etwas zu schnell gehen würde? Eigentlich hatte ich mir doch Zeit nehmen wollen. Bei genauerem Nachdenken hatte sich allerdings ganz klar herausgestellt, dass ich damit ganz gut klarkommen würde. Der einzige, aber gravierende Grund für mein Zögern war und blieb meine Angst.

Wenn ich Ronja aber all meine Bedenken und Überlegungen der letzten Nacht erklären und mit ihr ausdiskutieren würde, würde das erfahrungsgemäß ewig dauern.

In Anbetracht der Tatsache, dass die Frühstückszeit bald zu Ende war, verschob ich das pragmatisch auf später. „Jetzt habe ich erstmal Hunger und später werde ich noch mal in Ruhe mit Jan reden." Eindringlich bat ich meine Tochter aber um Stillschweigen. „Bis dahin kein Wort zu niemandem!" Angespannt, aber möglichst unauffällig sah ich mich im Salon um und setzte mich auf meinen Platz, wo mich Ilse, Mario, Dirk und Sina ausgeschlafen und bester Dinge begrüßten. Saß Jan irgendwo? Wie würde er sich mir gegenüber verhalten? „Ich hab ihn auch noch nicht gesehen", raunte mir Ronja verschwörerisch zu und reichte mir die Kaffeekanne. Bevor ich jedoch einschenken konnte, wurde sie mir von hinten aus der Hand genommen. Jan. Er war wie aus dem Nichts aufgetaucht und lächelte mich an, als wäre nichts gewesen. „Guten Morgen! Darf ich?" Er nahm meine Tasse, doch seine Hand war so zittrig, dass ein Großteil danebenging. „Jut, dass de Tauchlehrer und keen Kellner jeworden bist!", kommentierte Ilse dieses kleine Missgeschick mit frecher Schnauze, während Jan um Schadensbegrenzung bemüht war. „Okay, ich muss dann auch schon wieder, wir sehen uns." Obwohl diese Aussage ganz allgemein an alle am Tisch gerichtet gewesen war, glaubte ich an der Nuance Fragezeichen am Ende des Satzes zu hören, dass damit ganz speziell ich gemeint war. Wir mussten wirklich dringend miteinander reden – nur hatte ich keine Ahnung, ob es im Laufe eines durchstrukturierten Seminar-Tages irgendwann mal eine Gelegenheit dazu geben würde.

„Hey Doro, wenn du dein Brötchen noch länger anstarrst, statt es zu essen, klau ich es dir!", ließ Mario seine Finger elsterngleich über meinen Teller kreisen. „Musst du gar nicht, weil ich es dir schenke!"

Während Mario herzhaft in das von mir verschmähte Brötchen biss, erschien Winfried auf der Bildfläche. „Ich hoffe, ihr habt nach euren ersten Haikontakten alle gut geschlafen?" Einhellig bestätigendes Gemurmel ließ ihn ohne Umschweife fortfahren. „Gestern habt ihr einen oder mehrere Haie einfach nur beobachtet. Heute zeigen wir euch einfache Übungen, mit denen ihr Kontakt zu Haien aufnehmen und erste Interaktionsversuche starten könnt. Bevor wir euch aber auf die Tiere loslassen, erzählt euch Jan erst mal, worauf ihr bei einer Kontaktaufnahme achten müsst."

Jan zuckte bei der Erwähnung seines Namens zusammen.

„Ähm ... ja klar, gerne", stammelte er leicht verpeilt. „Sorry, bin gleich so weit." Er nahm noch einen großen Schluck Kaffee, kramte dann in seiner Tasche und hielt das Foto eines durchgestrichenen Teddybären hoch. Obwohl wir keine Ahnung hatten, was das sollte, war ihm damit unsere ungeteilte Aufmerksamkeit sicher. Amüsiert über unsere verdutzten Gesichter klärte er auf. „Auch wenn Haie manchmal zutraulich wirken und Kontakt zu euch aufnehmen, sind sie trotzdem keine Kuscheltiere. Wenn ihr euch aber richtig verhaltet, sind sie auch nicht gefährlich. Es gibt keine gefährlichen Haie, es gibt nur gefährliche Situationen und die könnt ihr vermeiden, wenn ihr Folgendes ..."

Ob Jan wegen mir gerade so unkonzentriert und fahrig gewesen war? Vermutlich, denn mir ging es nicht anders. Meine Gedanken schweiften ab und Jans Stimme wurde immer leiser und leiser ... „Danke Jan! Und diese Übung probiert ihr jetzt gleich mal im Wasser aus", riss mich

Winfrieds sonore Stimme aus meinen Gedanken. Was hatte Jan da eben erzählt und welche Übung sollten wir gleich machen? Ich hatte in den letzten Minuten rein gar nichts mitbekommen. Verlegen bat ich Ronja, mich kurz auf Stand zu bringen, die mich mit wissendem Grinsen in einem Kurzbriefing über das Wichtigste informierte. „Man sollte immer in vertikaler Position Blickkontakt zu Haien halten, aber das weißt du ja schon. Außerdem sollen wir sie nie zu einer Interaktion zwingen und sie nie bedrängen oder einkesseln, sondern ihnen immer die Möglichkeit geben wegzuschwimmen", kam Ronja zum Schluss.

„Okay, danke. Und die Übung?"

„Ach ja. Die war für den Blickkontakt. Wir sollen versuchen uns in vertikaler Position nur mit den Händen um die eigene Achse zu drehen, ohne dabei wild herumzupaddeln." Sie begann mir die Übung auf dem Trockenen vorzumachen, was so komisch aussah, dass alle amüsiert loslachten. „Glatte 10 Punkte in der A-Note!", lobte Jan. „Und jetzt ab ins Wasser mit euch! Wir sehen uns in zehn Minuten!" Die Übung hatte ich zum Glück problemlos absolviert. Dennoch stieg meine Nervosität von Minute zu Minute. Nicht wegen des bevorstehenden Tauchgangs, der sicher auch aufregend werden würde. Nach dem Mittagessen hatten wir erst mal neunzig Minuten Zeit zur freien Verfügung. Zeit für ein Gespräch mit Jan.

Mechanisch schaufelte ich meine Fleischbällchen mit Gemüse in mich hinein. Dieses superleckere Essen hätte sicher mehr Beachtung verdient gehabt, doch in Anbetracht meiner emotional angespannten Situation mussten kulinarische Gesichtspunkte ausnahmsweise mal hintenanstehen.

Nach dem Essen standen Jan und ich fast gleichzeitig auf. „Mami, ihr steht unter einem Mistelzweig! Küssen!", platzte es unbedacht aus Ronja heraus. In Erinnerung an meine Bitte schlug sie sich erschrocken auf den Mund, doch alle Augen waren bereits auf uns gerichtet. Durch eine Welle neigte sich das Boot aber zur Seite und brachte Jan und mich damit aus der Gefahrenzone.

Seegang sei Dank!

Zur Befriedigung der enttäuschten Menge gab ich Jan dann doch ein kleines Küsschen auf die Wange und flüsterte ihm zu. „Kommst du kurz mit in die Kabine?" Noch im Gehen wollte Jan nach Ronjas Kuss-Forderung aufgeregt wissen. „Weiß Ronja etwa …?"

„Ja"

„Und was hat sie gesagt?" Ronjas Reaktion würde das Gespräch nicht leichter machen. „Sie wünscht sich, dass wir wieder zusammenkommen." Jan sah mich gespannt an. „Und du? Was wünschst du dir?"

Seit gestern war mein größter Wunsch eine totale Amnesie. Dann würden Ängste und Zweifel nicht wie Dämonen an jeder Ecke auf mich lauern und meine wiedererwachenden Gefühle für Jan brutal im Keim ersticken.

„Jan ich … ich weiß nicht …"

„Was weißt du denn nicht?", fragte er liebevoll nach.

„Das mit uns, ich meine unsere gemeinsame Nacht … Mir kommt das alles vor wie ein Traum: Urlaub, laue Sommernacht, Sternenhimmel, Rotwein … Nach dem Seminar wachen wir dann auf und alles ist wieder vorbei." Jan nahm meine Schultern, drehte mich sanft zu sich und beteuerte eindringlich. „Dass ich dich liebe, weiß ich auch nach dem Seminar, bei Regen, ohne Sterne und ohne Rotwein – an jedem einzelnen Tag!"

Auch wenn sich das sehr schön angehört hatte – Jans Worte waren erfahrungsgemäß so geduldig wie Papier, so dass ich deren Wahrheitsgehalt stark bezweifelte.

„Warum sollte ich dir das heute glauben? Damals hast du mir auch oft gesagt, dass du mich liebst, und hast mir das Blaue vom Himmel versprochen. Wir haben von einer gemeinsamen Zukunft geträumt, bis du von heute auf morgen andere Pläne gehabt hast. Da war ich dir dann von heute auf morgen scheißegal. Du bist auf Nimmerwiedersehen nach Australien abgehauen und nicht mal als Ronja zur Welt ..." Ich konnte nicht weitersprechen und brach mitten im Satz ab. „Das hat nie aufgehört wehzutun", brachte ich gerade noch über die Lippen, bemühte mich dann aber um Contenance. „Ein Kind bekomme ich jetzt wahrscheinlich nicht mehr, aber vielleicht werde ich krank oder irgendwas anderes. Haust du dann wieder ab?"

Jan schüttelte verzweifelt den Kopf.

„Dass ich mich bis jetzt wie ein egoistisches Arschloch verhalten habe, kann ich leider nicht mehr rückgängig machen. Aber ich werde dir beweisen, dass ich mich geändert habe, dass du dich hundertpro auf mich verlassen kannst und ..." Jan nahm meine Hand. „Und ich verspreche dir, dass ich dich nie wieder alleinlasse. Ich bleibe bei dir. Egal was kommt."

Das war typisch Jan. Er war ein absoluter Romantiker, glaubte in solchen Momenten auch zu einhundert Prozent an das, was er sagte oder versprach, und konnte sich nicht vorstellen, dass diese Momentaufnahmen des

Lebens irgendwann einmal verblassen oder andere Wege einschlagen könnten.

Und was dann?

Könnte ich es verkraften, wenn es mit Jan und mir ein zweites Mal schiefgehen würde? Vielleicht passten wir auch gar nicht mehr zusammen?

Vielleicht würde er mich trotz seiner Versprechungen wieder enttäuschen?

Für nichts im Leben gab es eine Garantie – schon gar nicht für ewige Liebe. Von daher wäre es klüger, mein Glück mit Jan jeden einzelnen Tag so lange wie möglich zu genießen, statt mich vor einem möglichen Ende zu fürchten. Diese Einstellung würde vieles leichter machen und es gab sicher Frauen, die das konnten. Nur mir fehlte dazu leider der Mut.

Mit Tränen in den Augen sah ich Jan an. „Ich würde dir so gerne glauben und mit dir glücklich werden, aber … aber ich schaffe es einfach nicht, dir wieder zu vertrauen."

31

„Doro, Doro du …", stammelte Jan. Dann brach er deprimiert ab. Was hätte er in diesem Moment auch noch sagen oder tun sollen. Er hatte alles gegeben und war an meinem Misstrauen gescheitert.

Das Läuten der Bootsglocke verkündete das Ende der Mittagspause. Erleichtert, der bedrückenden Situation entfliehen zu können, ging Jan eilig zur Tür, um sich im Abgehen aber noch einmal umzudrehen. Traurig fragte er noch einmal nach. „Das war's dann jetzt?" Er schien es nicht wahrhaben zu wollen und hoffte anscheinend, ich würde es mir noch einmal anders überlegen. Da ich aber nichts dergleichen tat, sondern seine Frage nur mit einem stummen Nicken beantwortete, verließ Jan resigniert den Raum. Nachdem er gegangen war, atmete ich tief durch. Hatte ich das wirklich getan? Hatte ich dem Mann, den ich eigentlich liebte, wirklich eine Abfuhr erteilt? Wie ging es mir damit? Ich schwankte von Sekunde zu Sekunde zwischen BESSER SO und BEREUEN. Was Isy wohl dazu sagen würde? Seit ich an Bord war, hatte ich natürlich mehrfach versucht, meine beste Freundin anzurufen, hatte sie aber leider nie erreicht. Kein Empfang. Nun war es, wie es war. Ich hatte alleine entschieden und sollte aufhören, meine Entscheidung gleich wieder zu hinterfragen.

Stimmengewirr und Fußgetrappel signalisierten, dass es nun auch für mich höchste Zeit war, wieder nach oben zu gehen, doch alles in mir sträubte sich dagegen. Ich würde den Tauchgang lieber ausfallen lassen und hierbleiben, weil ich noch viel zu aufgewühlt war, Jan zu begegnen. Es war mir ohnehin schleierhaft, wie ich künftig möglichst normal mit ihm umgehen sollte.

Daher wäre es für mich auch am besten, ihn gar nicht mehr zu sehen, aber das war unter den gegebenen Umständen vollkommen unmöglich. Das Seminar dauerte noch einige Tage und wegen eines emotionalen Notfalls würde Winfried garantiert nicht abbrechen und zurückfahren. Wenn ich also nicht von Bord springen und an Land schwimmen wollte, hatte ich keine andere Wahl: Ich musste irgendwie mit der Situation klarkommen. Mit gemischten Gefühlen machte ich mich auf den Weg nach oben ... Winfried hatte am Morgen angekündigt, dass wir heute Übungen machen sollten, um das Verhalten von

Haien besser zu verstehen und zu lernen, wie wir uns in bestimmten Situationen verhalten sollten. Dummerweise hatte das Briefing bereits begonnen. In der Hoffnung, nichts Wichtiges verpasst zu haben, entschuldigte ich mein Zuspätkommen mit einem leisen „Sorry“ und setzte mich unauffällig zu den anderen.

„... und wenn ein Hai in eurer Nähe ist, beobachtet ihr ihn wie gestern erst mal in vertikaler Position und wartet ab, ob er neugierig wird und auf euch zuschwimmt. Falls der Hai auf Abstand bleibt, wendet ihr ihm den Rücken zu. Dann fühlt er sich sicherer und kommt vielleicht näher. Ihr könnt aber auch selbst auf ihn zuschwimmen und beobachten, wann er abdreht. Versucht das mit verschiedenen Tieren und vergleicht die Reaktionen.“ Nach einem Blick in einige skeptische Gesichter versuchte Winfried zu beruhigen. „Wie schon gesagt. Die Haie haben vermutlich mehr Angst vor euch als umgekehrt. Außerdem müsst ihr für diese Übungen gar nicht weit wegtauchen, dann seid ihr auch ganz schnell wieder an Bord, wenn ihr den Tauchgang abbrechen wollt. Ich wünsche euch viel Spaß“, lächelte Winfried mit obligatorischem Okay-Zeichen, welches ich – im Augenblick wenig enthusiastisch – erwiderte.

Auf dem Weg zur Taucherplattform stupste mich Ronja frech in die Seite. „Und? Wie war's? Hast Jan wohl ganz schön ... beansprucht, so groggy, wie der gerade aussieht?“ Ich nahm meinen Taucheranzug vom Bügel, warf dabei einen kurzen Blick auf Jan und musste Ronja recht geben: Er sah wirklich sehr mitgenommen aus. Dieser Zustand war allerdings nicht auf körperliche Höchstleistungen in der Horizontalen zurückzuführen – ganz unschuldig war ich an seinem Zustand aber trotzdem nicht.

Ich nahm Ronja beiseite, um ihr den wahren Grund für den etwas desolaten Zustand ihres Vaters beizubringen. Oder hatte das auch noch bis nach dem Tauchgang Zeit? Diese Entscheidung wurde mir abgenommen, da Jan mit einem Mal wieder strahlend und scheinbar bestens gelaunt das Wort ergriff. Mit der Stimme eines Volksfestanimateurs, der für sein Fahrgeschäft warb, pries er mit galanter Verbeugung den Tauchgang an. „Meine Damen und Herren, seien Sie dabei! Heute gibt es bei unserem Seminar etwas Neues, Spektakuläres und noch nie Dagewesenes. Die Apnoe-Taucher werden heute mal mit mir die Luft anhalten." Zur Überraschung aller begann er dann auch noch mit leicht spöttischem Unterton zu singen. „A-tem-los durch das Meer, da-rauf freu-en wir uns sehr. Oder so ähnlich."

Was sollte dieses Theater? Wollte Jan mir damit demonstrieren, dass ihm unsere endgültige Trennung gar nichts ausmachte? Dass er auch ohne mich glücklich sein konnte? Oder war er einfach nur Vollprofi im Job?

Während die anderen amüsiert applaudierten, wurde mir bewusst, was diese Änderung für mich bedeutete. Jan würde bei diesem Tauchgang nicht an meiner Seite sein, obwohl er mir das am Anfang mal versprochen hatte. Aber das konnte ich nach diesem Gespräch auch gar nicht mehr von ihm erwarten. Meine Absage hatte ihn wahrscheinlich so getroffen, dass er erst mal Abstand brauchte und lieber die Apnoe-Gruppe übernahm – obwohl er noch gar nicht lange Apnoe tauchte und wenig Erfahrung damit hatte. Nun gut. Dann musste es eben ohne ihn gehen. Entschlossen zog ich die Träger meines Jacketts fest, gab Ronja nach dem Buddy-Check mein Okay und sprang mit den anderen ins Wasser. In einer Tiefe von fünfzehn Metern gesellten sich, von kleinen Ködern angelockt, bald einige Haie zu uns. Das ließ mich zwar nicht völlig kalt, aber irgendwie fand ich es auch wieder beruhigend. Beruhigend, weil die Tiere ganz genau wussten, dass ausschließlich die Köder zum Verzehr geeignet waren. Neoprenfische, auch Taucher genannt, waren für Haie in kulinarischer Hinsicht nämlich völlig uninteressant und die Pelle aus Kunstfaser auch sehr schwer verdaulich. Dass Haie aber zur genaueren Klassifikation von Nahrung manchmal zubissen und dass ein so genannter Test-Biss für Menschen tödlich enden konnte – daran mochte ich gerade nicht denken. Unsere Haie wirkten satt, zufrieden und sehr entspannt. War das nicht der ideale Zeitpunkt, die erste Übung zu wagen?

Na dann mal los! Ich tauchte langsam auf einen Hai zu, sah ihm in vertikaler Position fast regungslos in die Augen und wartete ab. Sehr lange schien das Tier noch etwas skeptisch zu sein, schwamm mit größerem Abstand um mich herum, beäugte mich, entfernte sich ein Stück und kam dann wieder zurück. Dank der Übung vom Vormittag war es mir gelungen, mich ohne Schwierigkeiten um die eigene Achse zu drehen, um immer Blickkontakt halten zu können. Nach einer Weile schien der Hai neugieriger geworden zu sein und kam ein Stück näher. Ich tat es ihm gleich, doch nach einigen Metern drehte er wieder ab, um mich mit einem gewissen Abstand weiter zu beobachten. War das Flosse? Ich glaubte, ihn wiedererkannt zu haben, doch es fiel mir selbst bei Menschen schwer, mich an Gesichter zu erinnern, die ich nur ein einziges Mal kurz gesehen hatte. Wie sollte das dann bei einem

Hai funktionieren? Der Einfachheit halber entschied ich: Das war Flosse!

Wie Winfried uns vorgeschlagen hatte, wandte ich Flosse nun meinen Rücken zu und tatsächlich. Aus dem Augenwinkel konnte ich sehen, dass Flosse näher kam, und drehte mich vorsichtig wieder um. Erwartungsgemäß wich der Hai ein Stück zurück, woraufhin ich mich wieder umdrehte. Das wiederholte ich noch einige Male, bis mein neuer Freund offenbar keine Lust mehr hatte und sich aus meinem Blickfeld entfernte. Dennoch war Flosse recht lange bei mir geblieben und schien auch ein wenig Spaß an unserem Spiel gehabt zu haben.

Was Jan wohl dazu sagen würde? Ob er wieder stolz auf mich wäre? Die Erinnerung an unseren gestrigen Tauchgang machte mich mit einem Mal sehr traurig. Vor wenigen Stunden waren wir uns noch so nah gewesen und jetzt war ich wieder allein. Ich fühlte, wie sehr ich ihn vermisste – obwohl ich ihm gerade selbst den Laufpass gegeben hatte.

Schon ein bisschen schizo!?

Gedankenverloren und ohne darauf zu achten, wo Ronja war, tauchte ich auf einen etwas weiter entfernten Hai zu und bemerkte dabei nicht, dass ich nicht geradeaus horizontal, sondern immer weiter schräg nach unten schwamm. Ein Kontrollblick auf meinen Computer ließ mich erschrecken. Ohne es wahrgenommen zu haben, war ich auf einmal in einer Tiefe von neunundzwanzig Metern gelandet, weil ich bei diesem Interaktionsversuch einen kurzen, aber fatalen Moment unaufmerksam gewesen war. So tief hätte ich gar nicht mehr tauchen dürfen. Mein Computer signalisierte durch lautes Piepen, dass ich meine Nullzeit überschritten hatte. Das hieß im Klartext:

Selbst wenn ich wollte, könnte ich den Tauchgang jetzt nicht einfach abbrechen und auftauchen. Ich musste erst den Stickstoff, der sich in meinem Gewebe angesammelt hatte, bei einem so genannten Dekompressions-Stopp in geringerer Tiefe abatmen. Bei zu schnellem Auftauchen könnte mein Körper schwere Schädigungen davontragen, die sogar tödlich enden konnten.

Nervös sah ich mich um. Wo waren die anderen? Wo war Ronja? War sie mir gefolgt? Ich war so dermaßen fixiert auf diesen Hai gewesen, dass ich sträflicherweise gar nicht darauf geachtet hatte. Nun war weit und breit niemand mehr zu sehen.

Panik!

Mein Herz raste und ich begann hektisch herumzuzappeln, was dem Hai sehr zu missfallen schien. Er schwamm jedenfalls mit geschlossenem Maul in aggressiver Haltung auf mich zu.

OH NO!

Mein erster Reflex war: schnellstens auftauchen, aber das durfte ich ja nicht. Mein Computer schrieb eine Dekompressionszeit von sieben Minuten in einer Tiefe von zwölf Metern vor.

Okay. Jetzt ganz ruhig. Vertikale Position. Wenig bewegen und langsam nach oben tauchen.

Obwohl sich der Hai nicht beruhigen wollte und mir inzwischen immer näher gekommen war, musste ich es schaffen, auf zwölf Meter aufzutauchen und dann noch die sieben Minuten dort irgendwie zu überleben.

Sicher suchten Ronja und die anderen längst nach mir und sicher würden sie mich auch bald finden und mir helfen.

Zwangsoptimistisch und so vorsichtig wie möglich bewegte ich meine Flossen, um Meter für Meter nach oben zu tauchen. Dabei versuchte ich den Hai, der mich mittlerweile in immer kleinerem Radius umkreiste, im Blick zu haben.

Ob er mich gleich angreift?

Ich musste mit allem rechnen, aber zumindest war ich jetzt auf 12 Metern angekommen und in einiger Entfernung konnte ich sogar die Umrisse von Tauchern erkennen. Um auf mich aufmerksam zu machen, schrie ich in mein Mundstück und signalisierte mit den Armen SOS, doch es schien mich niemand zu hören oder zu sehen – außer dem Hai ... In dieser geringeren Tiefe hatte ich nun einen immensen Auftrieb und lief Gefahr, sofort nach oben gezogen zu werden. Um dies zu verhindern, musste ich dringend Luft, die sich beim Auftauchen in meinem Jackett ausgedehnt hatte, ablassen. Hoffentlich provozierte ich den Hai dadurch nicht noch mehr? Behutsam drückte ich den entsprechenden Knopf an meinem Inflator, als ich einen stumpfen Schmerz in der Rippengegend verspürte. Der Hai hatte mich mit seinem Maul in die Seite gerammt, nahm erneut Anlauf und attackierte mich ein zweites Mal, woraufhin ich verzweifelt versuchte, ihn von mir wegzudrücken. Chancenlos.

Panisch sah ich auf meinen Computer. Noch zwei Minuten und achtzehn Sekunden Deko-Zeit und der Hai steuerte schon wieder auf mich zu.

Seitenkiemen. Du musst die Seitenkiemen erwischen, fiel es mir siedend heiß ein, doch als ich versuchte, diese empfindliche Stelle zu finden, sah ich jemanden auf mich zutauchen.

JAN!

Er musste mit einem Blick erkannt haben, dass diese Interaktion völlig aus dem Ruder gelaufen war und ich mich in Gefahr befand. Mutig tauchte er auf den Hai zu, um ihn durch Wasserdruck auf die Seitenkiemen zu vertreiben, doch das Tier entwischte mit einem kleinen Flossenschlag. Besorgt sah ich Jan an. Da er heute mit der Apnoegruppe unterwegs gewesen war, war er ohne Sauerstoffflasche zu mir getaucht, rang jetzt aber heftig nach Luft. Schnell zog ich meinen Oktopus aus seiner Befestigung, doch bevor er davon atmen konnte, tauchte der Hai zwischen uns hindurch. In diesem kurzen Moment drückte Jan mit letzter Kraft heftig in die Kiemen des Tiers, so dass es vor Schmerz zusammenzuckte, von uns abließ und in die Tiefe verschwand. Erleichtert wollte ich meinen Retter umarmen, doch der rührte sich nicht mehr und begann langsam nach unten zu sinken.

Neeeeein!

Hatte er nur das Bewusstsein verloren oder …? Energisch griff ich nach Jan, zog ihn zu mir und schüttelte ihn heftig.

„Jan! Jan! Bleib bei mir!"

In meiner Angst, ihn für immer zu verlieren, spürte ich mit einem Mal, wie sehr ich diesen Mann liebte und dass diese Liebe größer war als all meine Ängste und Zweifel. Jan hatte sein Leben für mich aufs Spiel gesetzt. Energisch versuchte ich ihm den Oktopus in den Mund zu schieben und schüttelte ihn erneut, doch Jan blieb regungslos. Ich hatte keine Ahnung, wann er das letzte Mal geatmet hatte, aber er war bereits bewusstlos. Von daher blieb ihm nicht mehr viel Zeit. Ich musste ihn umgehend nach oben bringen. Mein Computer forderte zwar noch eine Dekompressionszeit von siebenundvierzig Sekunden, aber das war mir egal. Ich tauchte auf, denn es ging um Jans Leben.

Mit vereinten Kräften wurde er an Bord gezogen und sofort mit 100 %igem Sauerstoff versorgt. Prüfend legte ich meine Hände auf Jans Brustkorb und spürte eine kleine Bewegung, die allmählich immer kräftiger und regelmäßiger wurde, bis sich sein Brustkorb sichtbar hob und wieder senkte.

Er atmet!?

Mit Tränen der Erleichterung beugte ich mich über ihn und streichelte sanft sein Gesicht.

Bitte wach auf! Du musst einfach wieder aufwachen!

Als hätte er mein inneres Flehen gehört, öffnete Jan langsam die Augen und sah mich noch etwas benommen an. „Doro?“ Überglücklich gab ich ihm einen zärtlichen Kuss. „Tu mir das nie wieder an, hörst du! Nie wieder und lass mich nie wieder allein!“ Jan richtete sich vorsichtig auf und grinste schräg. „Das hab ich dir doch versprochen! Schon vergessen?“

32

Der letzte Abend war gekommen. Auf dem Sonnendeck hatten die Küchen-Jungs ein riesiges Buffet gezaubert, von dem wir uns noch locker eine weitere Woche hätten ernähren können. Aus den Lautsprechern dröhnten unablässig orientalische Melodien, die uns nach und nach alle zu Bauchtanzversuchen inspirierten. Unsere Verrenkungen hatten zwar wenig bis gar nichts mehr mit dieser alten, ägyptischen Tanzform gemein, aber wir hatten einen Riesenspaß, und das war schließlich die Hauptsache.

Nach fünf Songs fühlten sich meine Hüftgelenke allerdings an wie ausgekugelt und ich ließ mich erschöpft auf Jans Schoß fallen, der sich neckend eine Weintraube zwischen die Zähne steckte. „Hol sie dir. Traubenzucker gibt Energie ...!" Ronja, die nicht minder außer Atem war, prostete uns allen zu! „Auf den geilen Abend und auf die beste, tollste und mutigste Gruppe der Welt!" Verliebt raunte ich Jan ins Ohr. „Und auf den mutigsten Lebensretter der Welt!"

„Was soll ich sagen? Dito!" Wir versanken in einen leidenschaftlichen Kuss, bis Ilse mit gespielter Verzweiflung die Augen rollte. „Nu is aber mal jut – ick will hier nich verdursten!" Sie stieß ein weiteres Mal mit uns an und zwinkerte Jan zu. „Manchmal muss *Mann* seine Prinzipien eben über Bord werfen, wa?" Jan hatte naturlich keine Ahnung, wovon Ilse sprach und auch ich verstand nicht auf Anhieb, dass sie auf meine kleine Notlüge zu Beginn des Seminars angespielt hatte. Von wegen Jan würde aus Prinzip nichts mit einer Teilnehmerin anfangen.

Nachdem der Groschen aber gefallen war, winkte ich mit breitem Grinsen über die Reling. „Bye-bye Prinzipien!" Übermütig kippte Mario dann den Rest seines Biers ins Meer. „Und bye-bye Haie. Lasst es euch schmecken!"

„Aber trinkt nicht zu viel, sonst schwimmt ihr bald Zickzack!", kicherte Sina und ich war froh, dass wir alle wieder so albern und ausgelassen feiern konnten.

Nachdem Jan und ich durch meine Schuld in diese brenzlige Situation geraten waren, war die gute Stimmung nämlich erstmal gekippt und die Begeisterung für

Haie war in Angst umgeschlagen. Zum Glück nur kurz, weil wir schnell wieder gemerkt hatten, dass diese Tiere wirklich nicht gefährlich waren, wenn man sich richtig verhielt. „Auf geht's, nächste Runde!", schubste mich Jan sanft von seinem Schoß und zog mich auf die Tanzfläche – nicht ohne mich noch mit einigen Weintrauben zu füttern. Unterm Tanzen lotste er mich dann möglichst unauffällig nach unten – an den Bug. In einem Anflug von Melancholie sah ich aufs Meer.

„Unser letzter Abend an Bord ..." Jan legte seinen Arm um mich. „Aber der Beginn unseres gemeinsamen Lebens!"

Die Ereignisse hatten sich in den letzten Tagen nahezu überschlagen, sodass ich noch einmal ungläubig nachfragte. „Und Winfried hat wirklich nichts dagegen, also ich meine, er hat dir erlaubt, dass du etwas kürzertrittst und bei mir in Ägypten bleibst?" Jan nickte bestätigend. „Ich soll ihm für Forschungsarbeiten den Rücken freihalten und mich jetzt hauptsächlich um Organisatorisches kümmern. Das heißt Seminare, Vorträge und sonstige Veranstaltungen für die Hai-Akademie planen, aber dank Internet ist es völlig egal, von wo auf der Welt ich das mache. Bei einigen Seminaren oder Vorträgen müsste ich dann aber doch noch live und in 3D dabei sein. Ist das okay für dich?"

Es war für mich völlig okay und auch selbstverständlich, dass Jan wegen seines Jobs nicht 365 Tage mal 24 Stunden bei mir sein konnte. Das erwartete oder wollte ich auch gar nicht. Im Gegenteil. Hier und da etwas Abstand würde unserer Beziehung sicher auch ganz guttun und die Wiedersehensfreude steigern. Außerdem war ich als Tauchlehrerin an der Basis von Isy und Chris selbst immer gut beschäftigt.

„Aber du hast mir doch versprochen, dass du mich nie wieder alleine lässt!“, klimperte ich naiv mit den Wimpern. „Ohne dich kann ich nämlich keine einzige Sekunde mehr leben!“ Obwohl das jetzt mehr als eins drüber gewesen war, entgleisten Jan kurz die Gesichtszüge, bis ich schallend loslachte. „Du hast jetzt aber nicht wirklich geglaubt, dass ich plötzlich zur Klette mutiert bin?“ Seine Retourkutsche hatte es in sich. „Na ja. Von Frauen um die vierzig ist mir schon so Einiges zu Ohren gekommen.“

„Ich hasse dich!!!“, schmollte ich gespielt beleidigt, bis Jan mich zärtlich zu sich heranzog. „Ich liebe dich doch auch – und du ahnst gar nicht, wie sehr!“ So eng wie möglich kuschelte ich mich an Jan und sah gedankenverloren auf die blutrote Sonne, die bald im Meer versinken würde. Nichts war so aufregend und spannend wie das Leben – insbesondere das meine und das meiner Familie.

Jan und ich hatten nach fast zwanzig Jahren unter mehr oder weniger dramatischen Umständen wieder zueinandergefunden. Unsere Tochter Ronja würde nach Weihnachten wieder nach Hause fliegen, mit zwei Freundinnen in unserer Wohnung eine WG gründen und nächstes Jahr ihre Ausbildung beenden. Ob sie danach aber in München bleiben würde, konnte sie natürlich noch nicht wissen, weil der Wohnort von Schauspielern oft von ihren jeweiligen Engagements abhängig war.

Jan und ich wollten uns nach dem Seminar erstmal eine gemeinsame Wohnung in Safaga suchen, aber ob wir für immer dortbleiben würden oder wohin die Zukunft uns noch führen würde, konnten auch wir noch nicht so genau vorhersagen. Hauptsache, Jan und ich waren zusammen und würden auch Ronja so häufig wie möglich sehen. *Ende gut, alles gut.*

Ich musste leicht schmunzeln. Unsere Story war wirklich fast filmreif und ich sah Jan mit verschmitztem Grinsen an. „Bei Rosamunde Pilcher würde das glückliche Paar jetzt verliebt in den Sonnenuntergang reiten." Jan gab mir einen Kuss auf die Nase. „Und ich sehe meiner kleinen Prinzessin an der Nasenspitze an, dass sie das auch gerne tun würde ...!" Mein Schweigen war Jan Antwort genug. Unvermittelt stand er auf und ließ alle Hüllen fallen. „Wenn Seepferdchen für dich auch okay wären, bin ich dabei." Auffordernd streckte er mir seinen Arm entgegen. „Kommst du?" In Sekundenschnelle war ich ebenfalls nackt und wir sprangen Hand in Hand ins Wasser.

ENDE

Kleines Taucher-ABC

Apnoe/Apnoetauchen:

Apnoetauchen oder Freitauchen nennt man Tauchen ohne externe Luftversorgung. Vor dem Abtauchen atmet man einmal ein und nutzt für den gesamten Tauchgang nur diesen einen Atemzug. Dies ist die ursprünglichste Form des Tauchens. Apnoetaucher arbeiten mit speziellen Atemtechniken, um aktiv Sauerstoff in ihrem Körper zu speichern und während des Tauchens wenig Sauerstoff zu verbrauchen. Dies erfordert höchste Konzentration und

Körperbeherrschung, welche durch mentales Training mit verschiedenen Meditationsformen erreicht werden kann.

Aktuelle Weltrekorde im Apnoetauchen:
Zeittauchen:
Männer: 11:35 Minuten (Stéphane Mifsud)
Frauen: 9:02 Minuten (Natalja Moltschanowa)
Streckentauchen im Pool mit Flossen: Männer: 300 m (Giorgos Panagiotakis)
Frauen: 237 m (Magdalena Solich)
Tieftauchen:
Männer: 214 m (Herbert Nitsch)
Frauen: 160 m (Tanya Streeter)

Brevet:

Ein Tauchschein oder Tauchabzeichen wird Brevet genannt. Es ist der Nachweis einer erfolgreich absolvierten Tauchausbildung. Taucher dokumentieren durchgeführte

Tauchgänge in einem Logbuch. Brevets und Logbuch dienen dazu, den Ausbildungsstand und die Erfahrung eines Tauchers zu dokumentieren.

Briefing:

Das Briefing, auch Tauchgangs-Vorbesprechung genannt, dient der Vermittlung der wichtigsten Informationen über den jeweiligen Tauchplatz und muss unbedingt vor jedem Tauchgang von einem Guide durchgeführt werden.

Buddy/Buddyteam:

Als reiner Freizeittaucher taucht man nie alleine, sondern immer mit mindestens einer Begleitung. Als Buddy wird die Person bezeichnet, mit der man einen Tauchgang verbringt. Möglich sind auch Buddyteams, die aus mehreren Personen bestehen. Buddys achten aufeinander, kommunizieren per Zeichen und können bei eventuell auftretenden Problemen Hilfe leisten.

Deko/Dekompression:

Die Dekompression, die von Tauchern umgangssprachlich: **„Deko"** genannt wird, bezeichnet in der Physik die Vergrößerung des Volumens eines Körpers durch Verringerung des Umgebungsdrucks. Für Taucher heißt das: Beim Abtauchen steigt der Umgebungsdruck an und der menschliche Körper wird zusammengedrückt. Dadurch wird Stickstoff, der sich in der Lunge befindet, im Körpergewebe gelöst. Während des Auftauchens sinkt der Druck und der Körper dehnt sich wieder aus, wobei das Gewebe den Stickstoff wieder ins Blut abgibt.

Dekompressionskrankheit:

Bei zu schnellem Auftauchen kann sich der Stickstoff nicht schnell genug und vollständig aus dem Körpergewebe lösen und über den Blutkreislauf an die Lunge zur Ausatmung übergeben werden. Der nicht ausgeatmete Stickstoff bildet kleine Blasen in den Venen und im Körpergewebe, welche dann die so genannte Dekompressionskrankheit verursachen.

Symptome leichte Form: Müdigkeit, Hautausschlag, Juckreiz (Taucherflöhe), Muskel- und Gelenkschmerzen, Kopfschmerzen.

Schwere Form: Taubheitsgefühl, Sprachstörungen, Verwirrtheit, Lähmungen und im schlimmsten Fall Tod.

Prophylaxe:

Die Dekompressionskrankheit kann verhindert werden, indem man langsam und kontrolliert auftaucht. So kann der Körper den Stickstoff langsam wieder in die Lunge überführen und ausatmen. War ein Taucher zu lange in zu großer Tiefe, muss er beim Auftauchen in vorgegebenen Tiefen für eine bestimmte Dauer so genannte Dekompressionsstopps einhalten, welche der Tauchcomputer berechnet oder mithilfe von Tabellen ermittelt werden können.

Behandlung:

Taucher, die lediglich leichte Symptome aufweisen, sollten unter Beobachtung bleiben, da sich ernstere Symptome entwickeln können. Über eine Atemmaske reinen Sauerstoff einzuatmen, kann die Beschwerden lindern.

Bei schwereren Symptomen der Dekompressionskrankheit muss der Taucher möglichst schnell in einer Überdruckkammer behandelt werden, um Langzeitschäden zu vermeiden. In einer solchen geschlossenen Kammer kann mit sehr langsamer und kontrollierter Verminderung des Umgebungsdrucks das Auftauchen simuliert werden. Auf diese Weise kann sich der Stickstoff so langsam wie erforderlich aus dem Gewebe lösen und ausgeatmet werden. Die Simulation des Abtauchens/der Erhöhung des Umgebungsdrucks ist in der Druckkammer ebenfalls möglich.

Fini/Finimeter:

Als Finimeter wird das Druckmessgerät bezeichnet, welches an der Pressluftflasche angeschlossen ist und den noch verbleibenden Druck/die verbleibende Luft in der Flasche in Bar anzeigt.

Inflator:

Mit dem Inflator, der mit einem Schlauch mit der Pressluftflasche verbunden ist, reguliert der Taucher die Füllmenge der Luftkammer im Jackett und tariert sich unter Wasser durch Hinzufügen oder Ablassen von Luft aus. Ziel ist es, die auftreibende Kraft der Luft im Jackett und die abtreibende Kraft des Bleis zu neutralisieren, also zu schweben.

Nullzeit:

Als sogenannte Nullzeit bezeichnet man die Zeitspanne in Minuten, die ein Taucher in einer bestimmten Wassertiefe verbringen kann, ohne Dekompressionsstopps beim Auftauchen einlegen zu müssen. Je tiefer man taucht, desto kürzer wird die Nullzeit. Nullzeit-Tauchgänge sind der Normalfall. So genannte Deko-Tauchgänge benötigen Dekompressionsstopps, um sich vor der Dekompressionskrankheit zu schützen. Sie werden von Freizeit- oder Sporttauchern in der Regel nicht durchgeführt.

Dennoch geben Taucherverbände aus Sicherheitsgründen an, dass auch bei Durchführung eines Nullzeittauchgangs in einer Tiefe von fünf Metern für drei Minuten verharrt werden soll. Dieser Vorgang wird als Sicherheitsstopp bezeichnet.

Oktopus:

Als Oktopus bezeichnet man beim Tauchen ein zweites Mundstück, welches am Atemregler befestigt ist und zum Schnellzugriff am Jackett fixiert wird. Es gewährleistet eine alternative Luftversorgung, wenn beispielsweise der Hauptatemregler Probleme verursacht, ausfällt oder der Buddy mit Luft versorgt werden muss.

Tarieren:

Beim Tauchen bedeutet *tarieren* den Ausgleich von Auftrieb (steigen) und Abtrieb (sinken) des Tauchers durch Zugabe/Ablassen von Luft ins Jackett oder in die Lunge. Der Tauchanzug oder auch Körperfett verursacht einen relativ großen Auftrieb. Um ein problemloses Abtauchen zu ermöglichen, müssen Bleigewichte getragen werden. Außerdem sollte das Jackett beim Abtauchen komplett luftleer sein. In der gewünschten Tiefe wird so viel Luft ins Taucherjackett gepumpt, dass sich Auftrieb und Abtrieb ausgleichen und ein Schwebezustand entsteht. Die Fein-Tarierung kann zusätzlich durch gezieltes Ein- oder Ausatmen gesteuert werden.

Quellen:

https://www.taucher.de/lexikoneintrag/dekompression
https://www.taucher.de/lexikoneintrag/nullzeit
https://de.wikipedia.org/wiki/Tarieren
WAS IST WAS Band 139 Tauchen. Faszination unter Wasser
https://www.Rateyourdive.com
https://www.msdmanuals.com/de-de/heim/verletzungen-und-vergiftung/tauchverletzungen-und-verletzungen-durch-druckluft/dekompressionskrankheit

DANKE

Wenn ich alle aufzählen würde, die mich von den ersten Zeilen bis zum Ende unterstützt und motiviert haben, würde mein Roman vermutlich noch einige Seiten länger werden …

Mein besonderer Dank gilt allerdings meinem Mann Matthias Ruttmann, der bei allen Höhen und Tiefen an meiner Seite war, mich ertragen hat und meinem Manuskript bei zahlreichen Erste-Hilfe-Einsätzen am PC das Leben gerettet hat.

Ein ganz großes MERCI auch an Laura Wagner, Birgit Weckerle, Ulrike Hoch, Heidi Entner-Ruttmann und Kerstin Kiefer – Ihr wisst schon, wofür. :-)